1781

Michael Ridpath

Jagd

Roman

[Aus dem Englischen von Andrea Fischer]

| Hoffmann und Campe |

Die Originalausgabe erschien 2006 unter dem Titel
»See No Evil« im Verlag Michael Joseph/Penguin Books, London.

1. Auflage 2007

www.hoca.de
Satz: atelier eilenberger, Leipzig
Druck und Bindung: GGP Media GmbH, Pößneck
Printed in Germany
ISBN 978-3-455-40085-4

HOFFMANN
UND CAMPE

Ein Unternehmen der
GANSKE VERLAGSGRUPPE

{ Für Barbara }

[1]

18. Juni 1988

Ich habe Angst. So, jetzt habe ich es geschrieben. Nachdem ich zwanzig Minuten auf die leere Seite gestarrt habe, ohne zu wissen, wie ich mit diesem Tagebuch anfangen soll, ist mir klar geworden, dass ich das erst einmal loswerden muss.

Ich habe Angst.

Vor wem? Vor was? Vor Neels natürlich. Als er gestern Abend die Beherrschung verlor und seine Fäuste ballte, rechnete ich damit, dass er mich schlagen, ja, mir die Seele aus dem Leib prügeln würde. Doch was mir am meisten Angst macht, ist das Gefühl, ihn zu verlieren. Ihn zu verlieren, ohne den Grund dafür zu kennen.

Ich habe Angst vor Südafrika. Oder vielleicht besser *um* Südafrika. Ich habe Angst, was die Weißen den Schwarzen antun werden und umgekehrt. Neels und ich befürchten, dass es nicht mehr lange dauert, bis der ganze Laden hier in die Luft fliegt. Und ich habe Angst vor mir selbst. Ich weiß nicht, was mit mir los ist.

Ich fühle mich allein, allein trotz meiner Familie. Neels verbringt jetzt so viel Zeit in den Staaten. Caroline ist lieb, aber sie ist erst zwölf und ein stilles Mädchen. Als ich heute den Brief von Todd las, in dem stand, dass er im Sommer nicht kommen würde, merkte ich, wie sehr er mir fehlt. Er will die Ferien mit Schulfreunden in Hampshire verbringen. Was macht mein Sohn Tausende von Meilen entfernt auf einem Internat in England? Und warum brauche ich ihn so sehr?

Ich dachte, es würde helfen, meine Gefühle niederzuschreiben. Ich will wissen, wer ich bin und wie es mit mir weitergeht. Dieses hübsche Notizbuch habe ich letztes Jahr in Paris gekauft. Es ist aus schwarzem Moleskin, Bruce Chatwin hatte auf seinen Reisen durch Afrika und Australien so eins dabei. Es bettelt förmlich darum, mit großartigen Gedanken und Einsichten gefüllt zu werden, aber mit so etwas kann ich nicht dienen. Ich weiß nicht, was in meinem Kopf vorgeht. Ich wollte einfach keinen Spiralblock nehmen, wie ihn Journalisten benutzen. Ich bin keine Journalistin mehr. Was bin ich dann? Ehefrau? Mutter? Stiefmutter? Gefangene? Gefangene meiner eigenen Ideale? Gefangene meiner eigenen Ängste?

Nur Fragen, keine Antworten.

Verdammt.

[2]

Es war ruhig auf dem Flugplatz Langthorpe. Man hörte weder startende Flugzeuge noch das Brummen der Motoren in der Platzrunde in tausend Fuß Höhe. Das einzige Geräusch war das sanfte Plätschern von dicken Regentropfen, die in unregelmäßigen Abständen von Dachrinnen und Bäumen fielen. Es war nasskalt, kein Lüftchen regte sich. Schlaff hing die orangerote Windhose neben dem Feuerwehrwagen. Eine graue Wolkenmasse, kaum in der Lage, die Myriaden winziger Wassertröpfchen zu halten, lag schwer über der Startbahn und den Pappeln hinter dem Zaun. Das Meer sieben Meilen weiter nördlich war nicht mehr auszumachen. Ebenso wenig der runde Kirchturm des Dorfes Langthorpe, der nur eine knappe halbe Meile entfernt lag.

Alex Calder spähte in die Wolken und hielt vergeblich Ausschau nach einem Sonnenstrahl. In der Wettervorhersage war angekündigt worden, dass die sich langsam bewegende Kaltfront jeden Moment einem strahlend blauen Himmel mit Schäfchenwolken weichen sollte. Calder fand es herrlich, durch diese Wölkchen hindurchzufliegen. Aber danach sah es nicht aus, jedenfalls nicht in den nächsten Stunden. Deshalb schickte Calder den Flugschüler nach Hause, der im Empfangsbereich darauf gewartet hatte, wenigstens einen Teil seiner Flugstunde retten zu können, in der er hätte lernen sollen, wie man sich aus einer »unkontrollierten Fluglage« rettet.

Auf Calders Schreibtisch lag ein Stapel der letzten »Informationen für Flieger« von der Zivilen Luftfahrtbehörde, die er eigentlich hätte lesen müssen, aber er konnte nicht widerstehen, auf seinem Computer die Website von Spreadfinex aufzurufen. Blaue und rote Ziffern flimmerten über den Schirm, vertraute Zahlenkolonnen von Rentenmärkten in den Vereinigten Staaten, Großbritannien, Japan und der Eurozone. Früher war Calder zehn Stunden täglich in diese Zahlen vertieft gewesen, hatte für seinen Arbeitgeber Bloomfield Weiss, eine große amerikanische Investmentbank, Rentenanleihen für Millionen von Dollar gekauft und wieder verkauft. Doch vor zwei Jahren hatte er der Finanzwelt angeekelt den Rücken gekehrt und zusammen mit einem Geschäftspartner den Flugplatz Langthorpe mit der angeschlossenen Flugschule gekauft. Der Nervenkitzel, sich selbst mit dem Markt zu messen, die blinkenden Ziffern zu beobachten, die Verlust oder Gewinn anzeigten, fehlte ihm jedoch bis heute. Seinen kleinen roten Kunstflieger, einen Doppeldecker vom Typ Pitts Special, durch die Lüfte zu steuern stillte Calders Durst nach Risiko nur bis zu einem gewissen Grad. Deshalb hatte er in den letzten Monaten begonnen, bei einem Internetanbieter für Spread-Betting auf die Entwicklung der Rentenmärkte zu wetten. Es war ein bisschen wie früher, nur war er dem Markt jetzt nicht mehr um eine Nasenlänge voraus. Er wusste, dass er eher verlieren als gewinnen würde. Aber er spielte jetzt mit seinem eigenen Geld, setzte vielleicht einige Tausend Pfund ein und nicht Millionen Dollar fremder Menschen.

Als er nachschaute, stand er mit 1500 Pfund in den Miesen, weil er gewettet hatte, dass die amerikanischen Rentenpreise steigen würden. Hatten sie aber nicht getan. Noch nicht. Calder war zuversichtlich, dass sie es bald tun würden. Vielleicht sollte er noch etwas nachlegen?

Da hörte er Schritte auf dem Weg vor seinem Fenster und schaute auf. Ein Mann und eine Frau gingen vorbei. Der Mann war jung, groß, selbstsicher. Und die Frau …

Calder grinste und stand auf. Als die beiden das Gebäude betraten, eilte er ihnen entgegen. Beim Anblick Calders erhellte sich das Gesicht der Frau. Sie nahm ihre Hand aus der ihres Begleiters und umarmte Calder.

»Kim, ich glaub es ja nicht!«, rief Calder. »Wir haben uns ewig nicht gesehen …«

»Zehn Jahre«, sagte die Frau.

Calder betrachtete sie. Sie hatte sich nur wenig verändert. Mit ihrer hellen Haut, dem pechschwarzen Haar und den grünen Augen war Kim O'Connells irische Herkunft nicht zu übersehen. Ihr Haar war jetzt kürzer, die wilden Locken waren gezähmt, und kleine Fältchen zogen sich um ihre Lippen und Augen, aber sie hatte noch immer dieses Lächeln, dieses warme, breite, kokette Lächeln, mit dem sie alle für sich einnahm.

»Du schaust so komisch«, sagte sie. »Hab ich die Prüfung bestanden?«

»'tschuldigung«, erwiderte Calder. »Bin einfach nur überrascht. Aber schön, dich zu sehen!«

»Das ist mein Mann Todd.«

»Hallo, Alex, freut mich.« Der Mann ergriff Calders Hand und drückte sie fest. Er war ein wenig größer als Calder, hatte ein markantes Kinn, hellblaue Augen und aus der Stirn gekämmtes blondes Haar. Todd trug einen Rollkragenpullover, Chinos und eine teure Wildlederjacke. Ein gutaussehender Mann. Aber Calder hätte von Kim auch nichts anderes erwartet.

»Ich hab gehört, dass du geheiratet hast«, sagte er.

»Ach ja? Wir hatten dich schließlich zur Hochzeit eingeladen!«

»Stimmt. Tut mir leid, dass ich nicht kommen konnte. Ich glaube, ich habe damals in New York gearbeitet.«

»Die Hochzeit war in Philadelphia! Wirklich schade, Alex.«

Calder zuckte mit den Achseln und grinste verlegen. »Egal, schade, dass ich nicht dabei sein konnte.«

»Und wie sieht's bei dir aus? Hast du eine Freundin? Eine Frau? Kleine fliegende Calders?«

Calder musste an Sandy denken. Er versuchte, sich nichts anmerken zu lassen. Der Streit, den er nach seiner katastrophalen Reise nach New York mit Sandy am Telefon gehabt hatte, war noch immer ein wunder Punkt. »Nein«, sagte er nur.

Kim kniff die Augen zusammen. Calder merkte, dass er ihre Neugier geweckt hatte. Aber sie beließ es dabei.

»Habt ihr Hunger?«, fragte er. »Es ist gleich Mittag, und in dem Dorf, wo ich wohne, gibt es einen netten Pub. Ist nicht weit.« Er schaute in den Himmel; wenn überhaupt, hingen die Wolken jetzt noch tiefer. »Hier wird in den nächsten Stunden nicht viel passieren.«

Calders Maserati bot nicht genügend Platz für alle, deshalb nahmen sie den Wagen, den Todd und Kim gemietet hatten, und Calder dirigierte sie durch das Dorf Langthorpe in Richtung Hanham Staithe, an die Küste. Kim berichtete in allen Einzelheiten, wie sie vom Haus ihrer Eltern in Liverpool nach Norfolk gefahren war. Calder hatte ganz vergessen, wie gern sie redete. Er stellte fest, dass der leichte Liverpooler Akzent von früher inzwischen von einem amerikanischen verdrängt worden war.

Zehn Minuten später saßen sie im Admiral Nelson, einem alten Pub mit weiß gekalkten Wänden, der an Wochentagen mittags so gut wie leer war. Vom Fenster hatte man einen guten Blick auf die Bucht, deren Ufer überschwemmt war vom Regen und dem Salzwasser des Meeres. Segeljollen, kleine Fischerboote und sogar einige Zehn-Meter-Jachten wurden von der hereinkommenden Tide flussaufwärts gedrückt und zerrten an ihren Leinen. Das Marschland dahinter lag unter dunklen Wolken. Calder holte die Getränke von der Theke, ein Pint Bitter für Todd, ein halbes Pint Cider für Kim und ein Ginger-Ale für sich; es bestand noch immer die Möglichkeit, dass er am Nachmittag doch würde fliegen können.

Natürlich hatte er gewusst, dass und wen Kim geheiratet hatte. Todd war der Sohn von Cornelius van Zyl, einem ursprünglich aus Südafrika stammenden Zeitungstycoon. Ihm gehörte der *Herald*, ein erfolgreiches englisches Blatt, das den Markt zwischen der seriösen und der Sensationspresse bediente, sowie weitere Zeitungen in Amerika und anderswo. Kims Hochzeit hatte unter den Freunden aus Cambridge, zu denen Calder noch Kontakt hatte, für einiges Aufsehen gesorgt. Manche von ihnen hatten Kim nach ihrer Eheschließung bereits wieder gesehen, Calder jedoch noch nicht. Was wirklich schade war. An der Uni waren sie eng befreundet gewesen und hatten im zweiten Jahr zusammen in einer Wohngemeinschaft in Kite gewohnt.

»Und, was führt euch nach Norfolk?«, fragte Calder, als er mit den Getränken an den Tisch zurückkehrte.

»Wir sind in England, um Kims Familie zu besuchen«, sagte Todd, »und da dachten wir, wir könnten auf dem Rückweg nach London mal bei dir vorbeischauen.« Todd sprach mit einem leichten Akzent, der sowohl amerikanische als auch südafrikanische Einflüsse verriet. Natürlich lag Norfolk *nicht* auf dem Weg von Liverpool nach London, doch zweifellos würde Calder bald erfahren, was die beiden von ihm wollten.

»Du arbeitest also nicht mehr in der City?«, fragte Kim. »Als wir uns das letzte Mal sahen, hattest du gerade bei Bloomfield Weiss angefangen.«

»Ja«, entgegnete Calder. »Bis vor zwei Jahren. Dann habe ich es nicht mehr ausgehalten. Das Traden hat mir zwar Spaß gemacht, ich war auch nicht schlecht darin, aber die Unternehmenspolitik wurde mir schließlich ein bisschen zu viel.«

»Wir haben von der Sache mit dem Hedgefonds gelesen«, sagte Todd. »Kim war ganz aufgeregt, weil sie dich kannte. Hörte sich ziemlich übel an.«

»War es auch«, bestätigte Calder. Im vergangenen Jahr hatte er einen Skandal bei Bloomfield Weiss und einem großen Hedgefonds aufgedeckt. Die Investmentbank hatte alle Augen zugedrückt, um Verluste in dreistelliger Millionenhöhe zu verschleiern. Eine Frau, die für Calder gearbeitet hatte, war deshalb umgebracht worden. Als der Skandal ans Licht kam, war Calder eine Viertelstunde lang berühmt gewesen. Noch immer wurde er gelegentlich darauf angesprochen.

»Und jetzt betreibst du diese Flugschule?«, fragte Kim.

»Zusammen mit meinem Geschäftspartner Jerry. Sie läuft nicht schlecht, wir erarbeiten uns gerade einen ganz guten Ruf. Aber es ist schwer, aus den roten Zahlen herauszukommen.«

»Hast du dir mal überlegt, zur Royal Air Force zurückzugehen? Ich hab mir immer vorgestellt, wie du durch die Luft saust und Bomben und so runterwirfst. Passte zu dir.«

»Ich darf keine Kampfjets mehr fliegen. Bei einer Notlandung hab ich mir durch den Schleudersitz die Wirbelsäule verletzt, deshalb habe ich aufgehört. Wahrscheinlich könnte ich es bei irgendeiner Fluggesellschaft oder so versuchen, aber ich bin ganz gern unabhängig.«

»Du hast da draußen ein paar hübsche Maschinen stehen«, bemerkte Todd. »Was für eine ist diese große Einmotorige mit dem roten Stern an der Seite?«

»Das ist eine Yak-11 von 1956. Das Hoheitsabzeichen ist von der russischen Luftwaffe. Fliegt toll.«

»Sieht cool aus.«

»Ich würde dich ja gern mal mitnehmen, wenn das Wetter nicht so schlecht wäre.«

Todds Interesse war geweckt. Kim runzelte die Stirn. Es amüsierte Calder, Kim in der Rolle der besorgten Ehefrau zu sehen.

»Und du?«, sagte er zu ihr. »Du bist nach Harvard gegangen, um deinen Master in Betriebswirtschaft zu machen.«

»Dort habe ich Todd kennengelernt. Dann habe ich für eine Management-Beratungsfirma in Philadelphia gearbeitet. Ich gebe es ja nicht gern zu, aber es hat mir wirklich Spaß gemacht. Den Leuten sagen, was getan werden muss, und dann wieder verschwinden. So wird man nicht mit den Folgen für die Belegschaft konfrontiert. Aber jetzt wohnen wir in einer Kleinstadt in New Hampshire. Todd unterrichtet dort Englisch an einer Schule. Und ich arbeite in der Verwaltung des örtlichen Krankenhauses.«

Aus Kims Tonfall war leichter Unmut herauszuhören. Nur eine Nuance, aber gerade deutlich genug, dass sie Calder auffiel. Todd ebenfalls, der leicht irritiert wirkte.

»Wir wollten aussteigen«, erklärte er. »Ich habe vorher für meinen Vater gearbeitet …«

»Todd hielt es nicht mehr aus«, unterbrach ihn Kim. »Das Zeitungsgeschäft war einfach nichts für ihn. Somerford ist eine hübsche kleine Stadt, wir wohnen gern dort.«

Calder konnte sich nicht so recht vorstellen, dass Kim das Berufsleben freiwillig aufgegeben hatte. Sie war eher der Typ, der sich mit den Ellbogen durchkämpft. Kim warf ihm einen kurzen Seitenblick zu, schien seine Gedanken zu lesen, dann legte sie die Hand auf die ihres Mannes, als wolle sie ihn ihrer Loyalität versichern. Calder fand es erstaunlich, dass er nach so vielen Jahren noch immer wusste, was sie dachte.

Er griff zur Speisekarte. »Sollen wir etwas essen? Der Fisch ist eigentlich immer sehr lecker. Er wird direkt hier im Meer gefangen.«

Sie bestellten, dann lehnte sich Calder auf seinem Stuhl zurück. »Okay, worum geht's?«

Kim und Todd tauschten einen Blick aus. »Nun, wir wollten fragen, ob du uns vielleicht einen Gefallen tun könntest«, begann Kim.

»Ich hoffe doch«, grinste Calder.

»Es hat mit Bloomfield Weiss zu tun.«

Calders Lächeln verschwand.

Kim merkte es, fuhr aber fort. »Du weißt vermutlich noch, wer Todds Vater ist, oder?«

»Ja«, sagte Calder.

»Gut. Todds Mutter Martha war Amerikanerin. Sie wohnten in Südafrika, in der Nähe von Kapstadt. Als Todd sechzehn war, wurde sie in einem Wildreservat in der Nähe des Krüger-Nationalparks im Norden des Landes getötet. Die Behörden sagten, sie wäre von Guerillas ermordet worden, aber Todd hat das nie geglaubt, stimmt's, Liebling?« Kim strich über den Ärmel ihres Mannes.

»Wie lange ist das her?«, fragte Calder.

»Das war 1988«, erwiderte Todd. »Als in Südafrika noch das Apartheidregime herrschte.« Er zögerte, warf Calder einen kurzen Blick zu und erzählte dann weiter: »Ich war damals auf einem Internat in England. Die Ehe meiner Eltern steckte in einer Krise, der schlimmsten, an die ich mich erinnern kann. Bei meinem letzten Besuch zu Hause war die Stimmung wirklich unangenehm gewesen. Deshalb blieb ich in den Sommerferien eine Zeitlang bei einem Freund in England. Meine Mutter war nicht gerade erfreut darüber. Die politische Lage in Südafrika spitzte sich zu. Eines Tages beschloss meine Mutter, ein Wochenende allein auf einer privaten Wildfarm in der Nähe des Krüger-Nationalparks zu verbringen. Keine Ahnung, warum sie gerade dieses Reservat auswählte, denn sie war noch nie zuvor dort gewesen. Es heißt Kupugani.«

Todd musste schlucken. Kim drückte den Arm ihres Mannes. Er blickte in sein Bier und schien seine Frau und Calder gar nicht wahrzunehmen. »Ich habe meinen Vater so lange genervt, bis er mir endlich erzählte, was damals passierte. Meine Mutter war in einem Cottage einige Hundert Meter vom Camp entfernt untergebracht. Es war am Morgen, sie lag im Bett, die anderen Gäste waren auf Safari.« Wieder musste er schlucken.

»Du brauchst es Alex nicht zu erzählen, wenn du nicht willst«, sagte Kim.

»Nein, schon gut, es sei denn, du willst es nicht hören.« Todd schaute Calder an. Calder spürte, dass er es sich von der Seele reden wollte.

»Erzähl weiter!«

»Das Cottage lag an einem ausgetrockneten Flussbett. Offenbar zogen Guerillakämpfer durch die Gegend, die von Mosambik aus nach Südafrika eingedrungen waren. Wenn sie aufgegriffen wurden, behaupteten sie, sie seien Flüchtlinge. Nach Informationen der Polizei war an jenem Tag eine solche Gruppe durch Kupugani gezogen. Die Guerillas entdeckten das Cottage, sahen meine Mutter und schossen durch das Fenster. Drei Kugeln trafen sie in die Brust. Sie war auf der Stelle tot.« Todds Stimme bebte, er hielt kurz inne, um sich zu sammeln. »Tut mir leid. Es ist lange her, und man sollte meinen, dass ich inzwischen drüber hinweg bin, aber ich verstehe einfach nicht, warum jemand meiner Mutter so etwas angetan hat. Sie war eine wunderbare Frau. Sie engagierte sich im Kampf gegen die Apartheid; sie sagte immer, das sei einer der Hauptgründe gewesen, weshalb sie mit meinem Vater nach Südafrika gezogen war.«

»Und du glaubst nicht, dass sie von Guerillas getötet wurde?«

»Nein«, entgegnete Todd. »Das ist mir zu einfach. Das war kein Zufall.«

»Martha wusste, dass sie umgebracht werden sollte«, warf Kim ein.

»Oder zumindest hatte sie den starken Verdacht, dass es jemand versuchen würde.«

»Woher wisst ihr das?«, fragte Calder.

»Marthas Mutter, Todds Großmutter, ist vor zwei Monaten gestorben«, erklärte Kim. »Todd ging ihre Papiere durch und fand dabei einen Brief von Martha. Darin stand, Martha hätte etwas über Zyl News herausgefunden, was alles zerstören würde, wenn es ans Licht käme. Sie schien sehr große Angst zu haben. Außerdem erwähnte sie ein Tagebuch, das ihre Mutter suchen und aufbewahren solle. »Wir ...« Kim hielt inne und schaute zu ihrem Mann hinüber. »Wir glauben, dass dieses Tagebuch uns einen Hinweis darauf geben könnte, warum sie getötet wurde und wer der Täter ist.«

»Könnt ihr nicht einfach Cornelius van Zyl fragen?«

»Das haben wir schon. Beziehungsweise hat Todd es getan. Auch andere Familienmitglieder. Aber keiner scheint irgendetwas zu wissen. Und falls doch, sagt es zumindest keiner.«

»Ich glaube, mein Vater will diese Zeit aus seinem Gedächtnis verbannen«, sagte Todd. »Er hat bestimmt Schuldgefühle, weil sie sich damals so oft gestritten haben. Aber ich muss wissen, was wirklich passiert ist.«

»Ihr habt keine Ahnung, was das für Informationen sind, von denen in dem Brief die Rede ist?«, fragte Calder.

»Nein«, gab Kim zu. »Aber Martha schrieb von einem Mann, mit dem sie darüber gesprochen habe. Er ist Banker und arbeitet bei Bloomfield Weiss.«

»Aha«, sagte Calder. »Und jetzt wollt ihr, dass ich mit ihm rede?«

»Todd hat es schon versucht«, sagte Kim. »Aber dieser Mann will sich nicht mit ihm treffen, er ruft nicht mal zurück.«

»Kann dein Vater nicht seine Beziehungen spielen lassen?«, fragte Calder.

»Dad ist nicht sehr wohl dabei ...«, druckste Todd herum.

»Er könnte wohl schon. Er will aber nicht«, unterbrach Kim ihren Mann. »Ich habe Todd gesagt, du würdest uns bestimmt helfen. Wahrscheinlich kennst du diesen Banker, und wenn nicht, kriegst du was über ihn raus. Außerdem weiß ich, dass ich darauf vertrauen kann, dass du mit dem, was du herausfindest, verantwortungsvoll umgehst.« Kim lächelte Calder ermutigend zu.

»Wir haben gelesen, was du alles getan hast, um den Skandal mit diesem Hedgefonds aufzudecken«, sagte Todd. »In diesem Fall müsstest du nur ein paar Fragen stellen.«

»Wie heißt dieser Mann?«, fragte Calder.

»Benton Davis«, sagte Kim.

Calder schloss die Augen. Als er sie wieder öffnete, schaute Kim ihn besorgt an.

»Du kennst ihn?«, fragte sie. »Ich sehe dir doch an, dass du ihn kennst!«

Calder nickte. »Ja. Aber leider kann ich euch nicht helfen.«

Kim runzelte die Stirn. Sie warf Todd einen Seitenblick zu, er zuckte kaum wahrnehmbar mit den Achseln. Offenbar hatte Kim ihrem Mann Calders Hilfe zugesichert. Und nun musste er sie enttäuschen. »Darf ich fragen, warum?«, sagte sie. »Es ginge doch nur darum, mit ihm zu telefonieren und ihn in London zu treffen.«

Calder holte tief Luft. »Benton Davis ist der Chef des Londoner Büros von Bloomfield Weiss. Bei dieser Sache vor zwei Jahren trug er die Verantwortung. Jennifer Tan, eine meiner Mitarbeiterinnen, hatte die Firma wegen sexueller Belästigung verklagt. Ihr wurde das Leben zur Hölle gemacht, deshalb kündigte sie. Kurz danach kam sie ums Leben, sie stürzte aus dem sechsten Stock auf die Straße. Zuerst sah es nach Selbstmord aus. Meiner Meinung nach war unter anderem Benton dafür verantwortlich. Deshalb verließ ich die Firma. Dann stellte sich heraus, dass sie ermordet worden war. Trotzdem trägt Benton die Schuld dafür, wie sie behandelt wurde, und das weiß er auch. Wir haben uns nichts mehr zu sagen; die Chance, dass er mit mir spricht, ist gleich null. Außerdem habe ich die Finanzwelt hinter mir gelassen und will nichts mehr damit zu tun haben.«

»Die arme Frau!«, sagte Kim entrüstet. »Was für eine furchtbare Geschichte! «

»Könntest du ihn nicht wenigstens anrufen und fragen, ob er sich mit uns treffen will?«, schlug Todd vor.

Calder schüttelte den Kopf. »Selbst wenn ich es täte, würde er mich ignorieren. Könnt ihr das nicht alles der Polizei erzählen?«

»Es handelt sich um einen ungeklärten Todesfall aus den achtziger Jahren in Südafrika«, sagte Kim. »Davon gibt es Hunderte. Tausende.«

»Wir wären dir für alles dankbar, was du tun kannst«, sagte Todd. »Ich habe meine Mutter sehr geliebt – das hört sich blöd an, jeder liebt seine Mutter –, aber ich war damals auf dem Internat in England, als sie starb. Ich hatte sie vier Monate lang nicht gesehen. Ich war nicht da. Ich weiß, dass es bescheuert ist, aber irgendwie gebe ich mir die Schuld daran. Und ich habe keine Ahnung, warum sie starb. Damals lag es auf der Hand, dass die Behörden etwas vertuschten, aber was? Und weshalb? Vielleicht wurde sie von der südafrikanischen Sicherheitspolizei umgebracht. Oder von sonst wem. Meine Familie hat alles darangesetzt, die Vergangenheit zu begraben, aber das ist der falsche Weg. Wir müssen die Wahrheit erfahren. *Ich* muss die Wahrheit erfahren.«

Calder schaute Kim und Todd an. Die Enttäuschung der beiden war fast mit Händen zu greifen. Sie waren einen weiten Weg gefahren, um ihn zu treffen. Außerdem konnte er Todd gut verstehen. Calders Mutter war gestorben, als er ungefähr im gleichen Alter wie Todd gewesen war. Ein Autounfall, ein Zusammenstoß mit einem Landarbeiter, der zu viel getrunken hatte. Dennoch hatte Calder sich auf gewisse Weise verantwortlich gefühlt. Seine Mutter war zur Schule gefahren, um ihren Sohn abzuholen, weil er den Bus verpasst hatte. Der Tod seiner Mutter hatte Calders Leben völlig verändert. Und wenn sie ermordet worden wäre, hätte er nicht geruht, bis er den Grund dafür gefunden hätte. Calder war versucht, auf Todds Bitte einzugehen.

Aber Benton Davis? Der Mann im Zentrum all der Intrigen bei Bloomfield Weiss, die er so verabscheut hatte? Nein. Nein, er konnte es nicht tun. Allein schon der Versuch war sinnlos.

»Tut mir leid«, sagte er.

Dann kam das Essen, und nach einigen betretenen Minuten nahmen sie die Unterhaltung wieder auf. Todd war ein umgänglicher, netter Kerl, nicht verwöhnt trotz all der Privilegien, die er durch seine Familie genoss. Calder merkte, dass er mit ihm warm wurde. Kim war so energiegeladen wie immer, und ihr Lächeln vermittelte jedem, er sei der wichtigste Mensch der Welt.

Immer wieder lächelte sie Calder an. Jedes Mal löste es ein vertrautes Flackern der Erregung in ihm aus, genau wie damals. Zu Calders Verdruss war er nie mit Kim zusammen gewesen. An der Uni hatte sie ausnahmslos Beziehungen mit gutaussehenden, charmanten Nichtsnutzen gehabt. Aber soweit Calder sehen konnte, gehörte Todd nicht zu dieser Kategorie. Das freute ihn. Kim hatte jemanden verdient, der sie gut behandelte.

Nach dem Essen traten sie hinaus auf den kleinen Parkplatz des Pubs. Der kleine Fluss war mit der Tide angeschwollen; das Wasser reichte jetzt bis zur halben Höhe der Uferböschung. Die grauen Wolken hingen immer noch tief: an Fliegen war heute nicht mehr zu denken.

Calder hatte ein schlechtes Gewissen, seine Hilfe verweigert zu haben. »Wie wär's hiermit, Todd: Nach den letzten Prognosen soll das Wetter morgen tatsächlich noch schlechter werden und bis zum Wochenende auch so bleiben. Aber wenn ihr nächste Woche noch da seid und es besser geworden ist, könnte ich dich in der Yak mitnehmen und dir Norfolk mal von oben zeigen.«

Todd grinste. »Gern«, sagte er. Er warf Kim einen Blick zu. Sie schien Bedenken zu haben. »Die nächsten Tage sind wir bei meinem Vater in London. Am Mittwoch fliegen wir zurück in die Staaten. Wie wäre es also mit Dienstag?«

»Gut«, sagte Calder. »Telefonieren wir am Dienstagmorgen und schauen, was das Wetter macht.«

»Ihre Gäste von Bloomfield Weiss sind da, Mr. van Zyl.«

Cornelius van Zyl sah von seinem Schreibtisch auf. Nimrod stand in der Tür des eindrucksvollen Arbeitszimmers. Anders, als sein Name vermuten ließ, war Nimrod ein kleiner, drahtiger Xhosa mit zerfurchtem Gesicht, aufmerksamen Augen und goldblitzenden Zähnen. Seine Anzüge waren immer eine halbe Nummer zu groß. Er hatte seine Loyalität dreißig Jahre lang als Chauffeur, Hausmeister und Faktotum unter Beweis gestellt und war das einzige Relikt aus van Zyls südafrikanischer Vergangenheit, das der Alte um sich haben mochte.

»Bring sie herein!«

Van Zyl griff zu einem in Leder gebundenen Buch und legte es in die Mitte des langen Tisches aus Walnussholz. Edwin wartete bereits, starrte durch seine dicken Brillengläser auf ein mit Zahlenkolonnen übersätes Blatt. Van Zyl hatte die Hemdsärmel hochgekrempelt; der schlaffe Körper seines Sohnes hingegen steckte wie immer in einem dreiteiligen Anzug. Edwin war van Zyls ältestes Kind, das Resultat seiner ersten Ehe, der am wenigsten erfreulichen von dreien. Der Junge war fleißig, er arbeitete hart, aber ihm fehlten das Charisma und der Weitblick seines jüngeren Halbbruders Todd. Der Junge? Edwin war schon Mitte vierzig. Doch so seriös er sich auch gab, van Zyl konnte ihn einfach nicht ernst nehmen.

Van Zyl selbst war auch mit über siebzig immer noch eine imposante Erscheinung. Nur wenige der Muskeln, mit denen er sich vor fünfzig Jahren als Dreiviertelspieler in der Rugby-Mannschaft der Western Province durchgesetzt hatte, waren dem Fett gewichen. Sein kräftiger Kiefer, die markanten Wangenknochen und sein weißes Haar vermittelten den Eindruck eines Granitblocks, der mit dem Alter nur eindrucksvoller wurde. In seiner Jugend hatte man van Zyl »Dart« genannt, weil er sich wie ein Pfeil durch die Abwehr aus Dreiviertelspielern kämpfen konnte, aber genauso gut hätte damit sein Verstand gemeint sein können, der mit den Jahren eher noch schärfer geworden war. Er war ein Ass in seinem Job: Zeitungen aufkaufen und Geld mit ihnen verdienen.

Die Banker von Bloomfield Weiss waren gekommen, um ihn bei seinem bisher vielleicht kühnsten Schachzug zu beraten, zumindest seit der Übernahme des *Herald* Ende der Achtziger: Die *Times* stand zum Verkauf. Der jetzige Inhaber, die Verlagsgruppe Laxton Media, hatte das traditionsreiche Blatt zur Jahrtausendwende von einer australischen Gruppe erworben – der einzig reale Wert unter einer Vielzahl von Dotcom-Unternehmen. Die gerissenen Australier hatten keine Aktien, sondern Cash verlangt. Nach der geplatzten Internetblase hatte sich Laxton Media unter der drückenden Last zahlreicher Darlehen dahingeschleppt. Anfangs forderte die Gruppe einen unrealistisch hohen Preis für das Kronjuwel ihres Portfolios. Doch jetzt wuchs der Druck der Gläubiger; es gab Gerüchte, Laxton stehe kurz vor dem Verkauf an Beckwith Communications, einem Unternehmen von Sir Evelyn Gill. Gill gehörte bereits das Boulevardblatt *Mercury*, aber er hatte keinen Hehl daraus gemacht, dass er ihm gern etwas Imageträchtiges wie die *Times* zur Seite stellen wolle.

Aber auch van Zyl hatte seine Pläne.

Drei Männer betraten das Zimmer. Der erste und bei weitem auffälligste war ein großer, eleganter Schwarzer von ungefähr fünfzig Jahren. Er hielt van Zyl die Hand hin.

»Benton, wie geht es Ihnen?«, begrüßte van Zyl ihn. »Ich hoffe, es stört Sie nicht, dass wir uns bei mir zu Hause treffen. Nicht dass ich den Leuten vom *Herald* misstrauen würde, aber je diskreter wir sind, desto besser.«

»Ganz und gar nicht«, erwiderte Davis mit seinem tiefen, volltönenden amerikanischen Akzent. »Diese alten Häuserreihen von Nash finde ich herrlich. Und dieser wunderbare Blick auf den Park!« Er ging hinüber zum Fenster. Von van Zyls Arbeitszimmer im ersten Stock konnte man tatsächlich über die Hecken in den Regent's Park blicken, wo Büroangestellte und Touristen die Maisonne genossen. Davis sah sich im Zimmer um. Computer, Drucker, Telefon und Aktenschränke fügten sich harmonisch in die Einrichtung eines Herrenzimmers: Regale mit Büchern in Ledereinbänden, Karaffen mit bernsteinfarbenen und goldenen Flüssigkeiten, gemütliche Sessel, ein Tisch, ein Globus, elegante Bronzestatuen und in den Regalen und Nischen drei oder vier Modelle von alten Rennsport-Bentleys. »Ist das ein echter Wyeth?«, fragte Davis. Er stand vor einem Gemälde. Es zeigte zwei Jungen, die durch hohes Gras auf ein Bauernhaus auf einer Hügelkuppe zustapfen. »Ich meine, bei meinem letzten Besuch hing das Bild hier noch nicht.«

»Ich freue mich, dass Sie Ihren Sinn für wertvolle Kunst nicht verloren haben, Benton«, sagte van Zyl. »Den haben wir letztes Jahr gekauft.«

»Erinnert Sie das an die Gegend, wo Sie aufgewachsen sind?«

Van Zyl schnaubte verächtlich. »Oudtshoorn ist so trocken, das ist fast schon Wüste. Da züchten sie Straußenvögel. Nein, es wurde in der Nähe unserer Farm in Pennsylvania gemalt.« Er hielt inne. »Aber eine Parallele gibt es schon: Die amerikanischen Planwagentrecks zogen gen Westen und die Buren durch den Busch. Das herrliche Gefühl, barfuß über die Felder zu laufen. Kommt bei mir nicht mehr so oft vor.« Er lächelte und drehte sich zu den anderen beiden Bankern um – jüngere, klein gewachsene, nervöse Männer. Davis stellte sie ihm vor. »Bitte, setzen Sie sich, meine Herren.«

Sie nahmen gegenüber von van Zyl und Edwin Platz. Der durch das große Fenster hereinfallende Sonnenschein wurde von dem hochglanzpolierten Tisch reflektiert.

Van Zyl betrachtete die Männer über seine halbmondförmige Lesebrille hinweg und ergriff das Wort. In seinem breiten, kräftigen Gesicht wirkte die Brille winzig, sie war ohnehin eher Requisit denn Sehhilfe. »Wir glauben, dass wir die Möglichkeit haben, die *Times* Evelyn Gill vor der Nase wegzuschnappen, wenn wir schnell genug handeln.« Er legte eine Kunstpause ein, damit die Spannung stieg. Van Zyl sprach von einer bedeutenden Transaktion. Das verhieß ebenso bedeutende Provisionen, was die Aufmerksamkeit der Banker von Bloomfield Weiss deutlich erhöhte. »Edwin ist ziemlich sicher, dass Gill 700 Millionen für die *Times* und die *Sunday Times* bietet.«

»Das ist ein stolzer Preis«, bemerkte Davis.

»Ja. Aber er ist nicht so unrealistisch wie die Milliarde, die Laxton noch vor ein paar Monaten als Minimum verlangte. Wir nehmen an, dass die Verlagsgruppe unter Druck steht, ein schnelles, sauberes Geschäft abzuschließen, deshalb spricht man jetzt auf einmal mit Gill über einen niedrigeren Preis. Wenn wir ihn ausbooten wollen, schlage ich vor, dass wir 850 bieten. Cash. Und das Angebot nur sieben Tage stehen lassen. Laxton kann zugreifen oder es sein lassen.«

»Das werden sie akzeptieren«, sagte Davis.

»Denke ich auch«, stimmte van Zyl zu. »Und ich glaube nicht, dass Gill in der Lage ist, innerhalb einer Woche 150 Millionen zusätzlich lockerzumachen. Die große Frage lautet nun: Können *wir* so viel Geld aufbringen?«

Davis sah seine Kollegen an. Van Zyl wusste, dass die jungen Männer das Geschäft abwickelten, dennoch fand er es angenehm, Benton Davis dabeizuhaben. Er hatte den Mann immer gemocht. Schon seit er sich damals bereit erklärt hatte, während des Apartheidregimes nach Südafrika zu reisen, um bei dem Kauf des *Herald* zu helfen. Jene Übernahme hatte van Zyl in die Königsklasse katapultiert. Von einem schwarzen Amerikaner hatte diese Reise Mut und Vorurteilslosigkeit erfordert.

Der kleinere und stämmigere von Davis' Kollegen, ein Engländer namens Dower, antwortete: »Ich denke, es kommt so gerade hin. 100 Millionen kommen von Zyl News selbst. Wir sollten eigentlich ohne Umstände in der Lage sein, 500 Millionen auf dem Darlehensmarkt aufzutreiben. Bleiben noch 300 Millionen plus Kleingeld, die wir durch eine hochverzinsliche Anleihe lockermachen müssten.«

»300 plus Kleingeld?«, wiederholte van Zyl. »Meinten Sie nicht 250?«

Unbehaglich rutschte Dower auf seinem Stuhl herum. Davis lächelte. »Provisionen, Cornelius! Sie dürfen die Provision nicht vergessen.«

»So viel? Das sind über 50 Millionen Pfund!«

»Mindestens«, sagte Davis. »Aber das ist nicht nur für uns, da sind auch die Banken, die Anwälte, Druckkosten, Buchhalter eingerechnet.« Er zuckte mit den Achseln. »Gut, das meiste ist für uns, aber wenn wir einen solchen Deal über die Bühne bringen, dann haben wir das auch verdient.«

»50 Millionen, das ist ungeheuerlich!«, erwiderte Cornelius mit bösem Blick. Aber er wusste genauso gut wie die Männer von Bloomfield Weiss, dass er mit Freude zahlen würde, wenn sie dieses Geschäft ermöglichen würden. »Bekommen Sie denn einen so großen Junk-Bond-Deal durch?«

»Junk Bond« war Bankersprache für »hochriskante Investments«, Anleihen, die dem Anleger hohe Zinsen brachten, weil das Risiko sehr groß war, dass der Emittent pleitegehen würde. Selbst in seinen erfolgreichsten Zeiten hatte Zyl News zur »Hochrisiko-Gruppe« gezählt.

»Im Moment denke ich schon«, sagte Dower. »Seit wann geben Sie Junk Bonds aus? Seit zwanzig Jahren? Sie haben gute und schlechte Zeiten erlebt. Einen schlechten Zeitraum haben wir gerade hinter uns, aber es sieht so aus, als würden wir bald zum Licht am Ende des Tunnels kommen. Da es eine Übernahme in Großbritannien ist, führen wir sie wahrscheinlich in Pfund Sterling durch. Dafür gibt es Nachfrage bei den europäischen Fondsmanagern, aber nur wenige Angebote. Es ist nicht viel auf dem Markt: Uns sind nur zwei Deals entsprechender Größe in Pfund Sterling bekannt, und die sind beide nicht in der Medienbranche.«

»Ich habe bisher noch alle Forderungen bedient«, erwiderte van Zyl mit trotzigem Stolz.

»Das stimmt. Aber es wird eng werden.«

Van Zyl warf Edwin einen kurzen Blick zu. »Das wissen wir«, sagte Edwin. »Aber in den letzten fünf Jahren hat Laxton die Zeitung runtergewirtschaftet. Es gibt viele mögliche Synergien zwischen der *Times* und dem *Herald.* Wir denken, wir können elf Millionen im Jahr sparen in der Druckvorstufe, der Werbung, durch Straffung von Redaktionsabläufen und durch die Abschaffung einer Managementebene. Einen Teil dieser Einsparungen wollen wir in neueste Drucktechnik und die Verbesserung der redaktionellen Qualität investieren. Wir sind überzeugt, dass wir die Verkaufszahlen erhöhen und Leser von den Wettbewerbern zurückgewinnen können. Wir haben viele Ideen.«

»Gute Ideen«, ergänzte van Zyl. »Sie wissen ja, ich kaufe nichts lieber als eine schlecht geführte Zeitung. Das mache ich nicht zum ersten Mal.«

»Sie werden die Banken und Investoren überzeugen müssen«, sagte Dower. Dann lächelte er. »Aber ich bin mir sicher, das bekommen Sie hin.«

Van Zyl grinste. Investoren liebten ihn. Banker ebenfalls. Wie hoch die Ziele auch waren, die er sich steckte (und die oft schwarz auf weiß in Rahmenbedingungen und Darlehensverträgen festgehalten wurden) – er erreichte sie. Immer. Dower hatte recht: Bei dem Preis, den sie für die *Times* zahlen wollten, wäre die Transaktion ein Wagnis. Aber es war eine der wenigen wirklich erstklassigen Zeitungen auf der Welt; es gab natürlich noch die *New York Times*, die *Washington Post*, vielleicht die *Los Angeles Times*, dann noch *Le Monde* und *Le Figaro*, aber nicht viel mehr. Mit seinen zweiundsiebzig Jahren stand van Zyl vor dem letzten großen Geschäft. Zyl News besaß bereits über achtzig Zeitungen in Amerika, Großbritannien und Australien. Die beiden größten waren der *Philadelphia Intelligencer*, den er Anfang der Achtziger erworben hatte, und der *Herald*, aber ihm fehlte noch ein Flaggschiff. Wenn er Evelyn Gill die *Times* vor der Nase wegschnappen könnte, würde Zyl News zu den zwei oder drei führenden Gruppen weltweit gehören. Cornelius van Zyl betrachtete seinen gereizten Sohn und Erben, der die Investmentbanker kampfeslustig beobachtete. Das wohlige Gefühl der Vorfreude verflog.

Wie würde es weitergehen, wenn er sich aus dem aktiven Geschäft zurückzog? Das war ein Problem, mit dem er sich noch würde befassen müssen.

»So«, sagte er. »Wie lange wird es dauern, das Angebot zusammenzustellen?«

»Das Bankdarlehen dürfte kein Problem sein, die Banken werden sich förmlich darum schlagen, uns Kredit zu geben. Natürlich dauert es einige Wochen, um die Emission vorzubereiten, aber Bloomfield Weiss kann Ihnen ein Überbrückungsdarlehen garantieren, damit Sie in der Zwischenzeit über Geld verfügen. Nach dem Übernahmekodex brauchen Sie ein Dokument von uns, in dem wir uns zur Finanzierung verpflichten.« Dower hielt inne. »Wenn wir uns beeilen, sollten wir das alles innerhalb von sieben Tagen beisammenhaben.«

»Super.«

»Vorausgesetzt natürlich, wir bekommen die interne Kreditbewilligung«, fügte Dower hinzu.

»Was?« Van Zyl starrte ihn finster an.

»Sie können sich doch vorstellen, dass ein Überbrückungsdarlehen von dieser Größenordnung ein nicht zu unterschätzendes Risiko für Bloomfield Weiss darstellt; das müssen wir auf höchster Ebene abzeichnen lassen.«

»Harrison Brothers rennen mir schon seit zwei Jahren die Tür ein, um mit mir ein solches Geschäft zu machen. Die behaupten, sie würden so ein Dokument auf der Stelle unterschreiben.«

»Genau das behaupte ich auch gegenüber den Kunden meiner Wettbewerber«, entgegnete Benton Davis grinsend. »Keine Sorge, die Genehmigung ist reine Formsache. Innerhalb einer Woche liegt das Schreiben auf Ihrem Tisch.«

Van Zyl schaute Davis in die Augen. »Gut. Aber eines möchte ich klarstellen: Ich verlange hundertprozentigen Einsatz von meinen Bankern. Sobald die Sache läuft, stecken wir alle zusammen da drin. Kein Hin und Her, kein Warten auf bessere Umstände, kein Taktieren, weil Sie einen anderen Klienten auf den Markt bringen müssen. Ich will die *Times,* und ich bekomme, was ich will. Ich brauche Ihre absolute Loyalität, haben wir uns verstanden?« Bei diesen Worten blickte van Zyl zu Dower. Der Banker wirkte unsicher und nervös.

»Natürlich verstehen wir das, Cornelius«, sagte Benton Davis lächelnd. »Sie konnten sich doch immer auf Bloomfield Weiss verlassen, oder?«

»Okay, dann geht es also los. Wenn Sie genauere Informationen benötigen, fragen Sie Edwin. Er hat unsere Buchhalter die entsprechenden Due-Diligence-Unterlagen vorbereiten lassen. Sprechen Sie mit niemandem sonst bei Zyl News. Ich will, dass es eine große Überraschung für alle wird.«

Grinsend stellte sich van Zyl die Reaktion von Evelyn Gill vor, wenn er dessen Angebot kassierte. Er hatte diesen Kerl noch nie leiden können. Gill gab den hartgesottenen Geschäftsmann aus Yorkshire, der kein Verständnis für die Egos und Eitelkeiten seiner Redakteure aufbrachte. Cornelius kannte seinen Rivalen. Evelyn Gill wollte die *Times* mehr als alles andere auf der Welt. Aber er würde sie nicht bekommen.

Edwin brachte die Investmentbanker zur Tür und kehrte ins Arbeitszimmer zurück. Sein Vater rieb sich die Hände. »Das wird klappen. Ich spüre, dass es klappt.«

»Hoffentlich«, sagte Edwin. »Ich sehe nämlich noch nicht, wie wir die Zahlen zusammenbekommen sollen.«

»Das kriegen wir schon hin«, sagte van Zyl ungeduldig. »Solange wir die Sache vernünftig angehen, kommen auch die richtigen Zahlen heraus. Und mit der *Times* können wir so viel machen.«

»Pa?«

»Was gibt's?«

»Wir haben doch gestern darüber gesprochen, dass Todd zurück in die Firma kommt, oder?«

»Ja.«

»Ich bin mir nicht sicher, ob er das tut. Und ich weiß auch nicht, ob es eine so gute Idee wäre, wenn er es täte.«

Wütend funkelte van Zyl seinen ältesten Sohn an. »Er kommt«, sagte er. »Das werde ich ihm heute Abend sagen.« Der Alte setzte sich an seinen Schreibtisch, schob die Lesebrille auf die Nase und griff zu einem Bericht. »Hast du nichts zu rechnen?«

Damit war das Gespräch zu Ende.

»Ah, da bist du ja, Todd! Schön, dich zu sehen!« Van Zyl betrat seinen teuer eingerichteten Salon und klopfte seinem Sohn auf die Schulter. »Dich auch, Kim.« Er umarmte seine Schwiegertochter. »Tut mir leid, dass ich euch hier habe warten lassen, aber Edwin und ich haben oben an einer Sache gesessen. Edwin muss gleich weiter zu einem Abendessen, aber er wollte euch noch kurz begrüßen.«

Edwin stand hinter seinem Vater in der Tür. Er lächelte seinen Halbbruder verhalten an.

»Ich sehe schon, dass Nimrod euch etwas zu trinken gebracht hat«, fuhr van Zyl fort. »Ist das der Meerlust?« Er ging zum Sideboard und hob die Weinflasche hoch, um das Etikett zu lesen. »Nicht schlecht, Todd, was?«

»Der ist wirklich gut«, sagte Todd.

»Superlecker«, fügte Kim mit deutlich mehr Begeisterung hinzu. Trotz des feuchten Wetters trug sie zu Ehren ihres Schwiegervaters ein blaues Sommerkleid und hatte sogar Lippenstift und Lidschatten aufgelegt, wodurch ihr Gesicht unter den dunklen Locken noch blasser wirkte.

»Wenn es euch nicht stört, nehme ich etwas Stärkeres«, sagte van Zyl. Er schenkte sich einen Brandy mit Cola ein und für Edwin einen Tomatensaft mit einem Spritzer Worcestersoße. »Setzt euch doch!« Alle nahmen auf Sesseln und Sofas Platz. Trotz der teuren Möbel und Gemälde wirkte das Zimmer gemütlich. Draußen senkte sich die Dämmerung über den Regent's Park, Nimrod hatte die schweren Goldvorhänge zugezogen. »Ihr kommt also gerade von deinen Eltern, Kim? Ich hoffe, es geht ihnen gut?«

»Danke, den beiden geht es prächtig«, erwiderte Kim. »Liverpool hat es ins Endspiel des Fußballpokals geschafft, das ist für meinen Vater der Himmel auf Erden. Und meine Mutter kann sich stundenlang darüber auslassen, dass es in unserer Straße mit der ehelichen Treue nicht mehr weit her ist.«

»Ich muss mir mit deinem Vater mal ein Spiel ansehen«, sagte van Zyl.

»Das würde er bestimmt liebend gern tun«, entgegnete Kim. »Wie geht's Jessica?«

Jessica Montgomery war van Zyls dritte Frau, die Tochter einer angesehenen Familie aus Philadelphia. Seit zwölf Jahren waren die beiden verheiratet. »Oh, die ist ganz aufgeregt. Sie hat sich gerade ein neues Pferd gekauft und reitet es jetzt ein. Ich hätte sie ja gern mitgenommen nach London, aber ich bin schließlich in erster Linie auf Geschäftsreise, nicht wahr, Edwin?«

Edwin nickte zustimmend. Alle nippten an ihren Getränken.

»Wir haben auf dem Rückweg von meinen Eltern einen kleinen Abstecher nach Norfolk gemacht«, erklärte Kim. »Wir haben einen alten Freund von mir besucht, der da oben einen Flugplatz gekauft hat.«

»Ach ja? Hat er euch auf eine Runde mitgenommen?«

»Es war zu stark bewölkt«, sagte Todd. »Aber er hat versprochen, mich in einer alten Yak mitzunehmen, falls sich das Wetter bessern sollte, bevor wir in die Staaten zurückfliegen.«

»Hört sich gut an«, bemerkte van Zyl.

»Ich weiß nicht recht«, warf Kim ein. »Das ist ein sehr altes Flugzeug. Mir schien es eher ins Museum zu gehören.«

»Kims Freund kennt übrigens Benton Davis«, sagte Todd.

Sein Vater runzelte die Stirn. »Ich hoffe, ihr habt ihn nicht aus diesem Grund besucht.«

»Seit ich in England bin, habe ich versucht, einen Termin bei Davis zu bekommen, aber er weigert sich schlichtweg. Wir dachten, Kims Freund könnte vielleicht etwas erreichen.«

»Wer ist dieser Mann?«, wollte van Zyl wissen.

»Er heißt Alex Calder«, erwiderte Kim. »Wir waren zusammen an der Uni. Er hat früher als Renten-Trader bei Bloomfield Weiss gearbeitet. Wo Benton Davis ja immer noch tätig ist, wie du bestimmt weißt.«

»Hat er versprochen, euch zu helfen?«

»Ähm …« Todd zögerte.

»Wir bearbeiten ihn noch«, sagte Kim selbstsicher.

Stirnrunzelnd betrachtete van Zyl sein Glas.

»Hast du noch Kontakt zu Benton Davis, Dad?«, fragte Todd.

Sein Vater knallte das Glas auf den kleinen Beistelltisch neben seinem Sessel. »Ja, habe ich. Aber ich habe dir schon gesagt, dass ich mit ihm nicht über diesen verfluchten Brief sprechen werde. Martha wurde vor fast zwanzig Jahren ermordet. Das ist lange her, es war eine andere Welt, und so soll es auch bleiben.«

»Sie war meine Mutter, Dad«, sagte Todd leise und eindringlich. »Ich habe ein Recht zu wissen, wie sie starb.«

»Wie sie starb? Das wissen wir doch alle. Sie wurde erschossen!«

»Ja, aber von wem? Und warum?«

»Von Guerillas. Guerillas haben sie erschossen.«

»Das glaubst du doch selbst nicht, Dad, oder?«

Van Zyl hätte seinen Sohn am liebsten angeschrien, bekam sich aber gerade noch unter Kontrolle. »Ich weiß nicht, wer sie umgebracht hat, Todd. Es können Guerillas gewesen sein, es können Wilderer gewesen sein, es kann sogar die Sicherheitspolizei gewesen sein, wenn du mich fragst. Aber sie ist nun mal tot, und was wir auch tun, sie wird nicht wieder lebendig. Du wirst dich nicht mehr erinnern können, aber Südafrika war in den Achtzigern ein Albtraum, jedes Jahr starben Hunderte von Menschen, schwarze wie weiße. Ich habe meinen Bruder verloren. Ich habe meine Frau verloren. Du hast deine Mutter verloren. Deswegen bin ich mit dir und Edwin und Caroline nach Amerika gegangen, um das alles hinter uns zu lassen, um von ganz vorn zu beginnen.«

»Ich will es einfach wissen«, sagte Todd.

Edwin räusperte sich. »Ich muss jetzt wirklich los«, sagte er und setzte sein Glas halb getrunkenen Tomatensaft vorsichtig auf einem Beistelltisch ab. »Sonst komme ich zu spät.« Er verabschiedete sich von Todd und Kim und ging.

Eine Weile sagte niemand etwas. Alle nippten an ihren Getränken. Kim und Todd konnten deutlich hören, wie Edwin die Treppe hoch in van Zyls Arbeitszimmer schritt. Die Einladung zum Abendessen war nur eine Ausrede gewesen, doch sie ließen sie gern gelten.

Auch van Zyl konnte die Schritte seines ältesten Sohnes verfolgen. »Edwin und ich arbeiten an einem interessanten Geschäft«, sagte er.

»Aha«, bekundete Todd ein Minimum an höflichem Interesse.

»Das Ganze ist noch sehr vertraulich, aber euch kann ich es ja erzählen. Schließlich gehört ihr zur Familie.«

»Bitte nicht«, sagte Todd. »Ich weiß, wie vorsichtig man heutzutage mit solchen Sachen sein muss.«

Van Zyl zwang sich zu einem Lächeln. »Ich möchte es dir aber gern erzählen. Euch beiden. Es ist für uns alle wichtig.« Todd erhob keine Einwände. Van Zyl merkte, dass er die Aufmerksamkeit seines Sohnes geweckt hatte. »Es geht um die *Times*.«

»Du willst die *Times* kaufen?«

»So ist es geplant. Ich habe eben gerade mit Bloomfield Weiss über die Finanzierung gesprochen.« Van Zyl lehnte sich in seinem Sessel zurück und beobachtete Todds Reaktion.

»Das wird ja ein großer Coup, falls es klappt.«

»Es wird klappen«, sagte Cornelius. »Und du hast recht, Zyl News braucht so etwas.«

Widerstrebend lächelte Todd seinen Vater an und hob das Glas. »Na dann, viel Glück. Ich werde mit Interesse verfolgen, wie es weitergeht.«

»Ich hatte gehofft, du würdest mehr als nur zuschauen.«

»Du meinst …«

»Ich möchte gern, dass du zurückkommst. Es ist fünf Jahre her, dass du für mich gearbeitet hast. Du fehlst uns.«

Todd schüttelte den Kopf. »Tut mir leid, Dad. Ich bin gern Lehrer, ich mag die Schule, ich habe mich für meinen Beruf entschieden und bleibe dabei.«

»Todd, ich bin Realist. Ich weiß, dass dies wahrscheinlich mein letztes großes Geschäft sein wird. Aber es wird mein Meisterstück. Zyl News wird eine der größten Zeitungsgruppen weltweit. Und wenn ich mich zur Ruhe setze, möchte ich, dass ein van Zyl an der Spitze bleibt.«

»Was ist mit Edwin? Er hat viel mehr Erfahrung als ich.«

»Wir brauchen keine Erfahrung«, entgegnete van Zyl. »Die kann man kaufen. Es geht um Phantasie. Um Visionen. Die hatte ich. Die hast du. Das habe ich gesehen, als du für mich gearbeitet hast. Edwin geht das leider völlig ab.«

»Ich fühle mich geschmeichelt, Dad, aber ich möchte wirklich nicht in der Zeitungsbranche arbeiten. Ich möchte Kindern etwas Nützliches beibringen.«

Der alte Mann erstarrte. Er beugte sich in seinem Sessel vor. Todd schwieg. In seinem Gesicht spiegelte sich eine Spur von Angst. Man brauchte viel Mut, um Cornelius van Zyl zu widersprechen.

»Könntest du uns bitte kurz allein lassen, Kim?«, fragte van Zyl leise. Es war kaum mehr als ein Flüstern.

Kim warf ihrem Mann einen Blick zu. »Bleib hier!«, bat er. »Bitte bleib.«

»Ich möchte gern unter vier Augen mit dir sprechen«, sagte van Zyl.

»Du willst mir vorschreiben, was ich mit meinem Leben mache«, gab Todd zurück. »Kim ist ein Teil meines Lebens. Ich möchte, dass sie dabei ist.«

»Auch gut«, sagte Cornelius und schaute Kim an. Sie hielt seinem Blick stand, jetzt nicht mehr höflich, sondern trotzig. »Ein Lehrergehalt wird heutzutage nicht sehr hoch sein.«

»Ist es auch nicht«, entgegnete Todd.

»Und du hast bei der Unternehmensberatung aufgehört?«

»Fürs Erste«, sagte Kim mit eisiger Stimme.

»Du baust also für die Versorgung von dir und Kim und euren zukünftigen Kindern auf ein Treuhandvermögen ...«

»Schluss damit!«, herrschte Kim ihn an.

»Ich spreche mit meinem Sohn.«

»Du sprichst nicht mit ihm, du erpresst ihn. Du versuchst, ihn zu kaufen!«

Wütend musterte van Zyl seine Schwiegertochter. »Ich weise ihn lediglich auf die wirtschaftliche Realität hin.«

»Nein, das tust du nicht. Du willst ihn zu etwas zwingen. Und zwar zu etwas, was du willst und nicht er. Aber das geht nicht. Sein Leben, *unser* Leben, steht nicht zum Verkauf.«

»Kim ...«, sagte Todd.

»Das ist eine Sache zwischen Todd und mir«, unterbrach ihn sein Vater.

»Du hast Todd gefragt, ob er für dich arbeiten will. Das ist ein sehr großzügiges Angebot, aber er hat es abgelehnt. Mehr ist dazu nicht zu sagen.«

»Junge Frau, *ich* entscheide hier, was zu sagen ist. Wir sprechen hier über ein Familienunternehmen, für dessen Aufbau ich den Großteil meines Lebens geopfert habe. Wenn ich möchte, dass mein Sohn es übernimmt, dann ist das mein gutes Recht.«

»Nein, verstehst du das denn nicht?«, rief Kim frustriert. »Darum geht es doch gerade. Es ist *sein* Recht, nicht deins.«

Van Zyl wandte sich seinem Sohn zu. »Sag deiner Frau, sie soll den Schnabel halten.«

Feindseliges Schweigen legte sich über den Raum. Todd schaute von Kim zu seinem Vater. Schließlich traf er eine Entscheidung. Er wurde ganz ruhig und erhob sich langsam. »Ich denke, wir bleiben nicht zum Essen. Und wir übernachten auch nicht hier.«

Sein Vater stand auf und baute sich vor Todd auf. Selbst mit zweiundsiebzig war van Zyl noch immer etwas größer als sein Sohn. »Du bleibst hier«, knurrte er.

Todd blinzelte. Kurz hatte es den Anschein, als würde er nachgeben, doch dann drehte er sich um. »Komm, Kim!«, sagte er.

»Das mit dem Treuhandvermögen habe ich ernst gemeint«, rief van Zyl ihm nach. »Wenn du jetzt durch diese Tür gehst, wirst du es noch bereuen. Das kannst du mir glauben.«

»Gute Nacht, Dad«, verabschiedete sich Todd, dann war er mit Kim verschwunden.

Van Zyl griff zu seinem Kristallglas mit Brandy und Cola und warf es in den Kamin, wo es in hundert Stücke zerbarst. Seit sehr langer Zeit war er nicht mehr so wütend gewesen.

[3]

Am folgenden Dienstag war das Wetter gut. Ein kleines Hochdruckgebiet hielt sich mehrere Tage über East Anglia. Todd und Kim machten sich von London aus auf den Weg und waren noch vor zwölf Uhr auf dem Flugplatz – Todd konnte seine Aufregung kaum verbergen, Kim ihre Besorgnis.

Calder ließ sie auf einer Bank in der Sonne Platz nehmen, während er einen gründlichen Check der Yak vornahm, Tragflächen und Rumpf prüfte, Öl- und Treibstoffmengen kontrollierte, Instrumente, Hebel und Fahrwerk checkte und sich vergewisserte, dass das Wartungsbuch auf dem neuesten Stand war. Das Flugzeug gehörte einem ehemaligen Werbefachmann aus Burnham Market. Er hatte Zehntausende in die Restaurierung gesteckt, so dass die Maschine trotz ihres Alters sehr gut in Schuss war. Er freute sich, dass Calder sie flog, natürlich gegen eine Überlassungsgebühr, und Calder hatte gute zwölf Stunden darin absolviert. Die Yak war hübsch, hatte aber nur zwei Sitze, einen vorn, einen hinten. Für Kim war kein Platz.

Sie machte einen ängstlichen Eindruck. »Ist das Ding auch wirklich sicher?«, fragte sie Calder. »Es sieht fast aus, als wäre es aus dem Modellbaukasten. Es wurde doch in Russland gebaut, oder? Dieses Museumsstück fällt bestimmt jeden Moment auseinander!«

»Bis jetzt noch nicht, und es fliegt schon seit fünfzig Jahren. Natürlich ist es sicher. Alle Flugzeuge hier werden regelmäßig gewartet und geprüft. Kein Problem.«

»Ich weiß ja nicht.« Sie schaute ihren Mann an, der das Kabel seines Kopfhörers entwirrte.

»Du hast gesagt, du würdest Alex vertrauen«, sagte Todd.

Kim blickte zu Calder. »Stimmt. Versprichst du mir, dass alles klappt?« Sie sah ihm in die Augen.

Calder zögerte kurz. Dann lächelte er. »Natürlich klappt alles. Keine Kunststücke, versprochen.«

Er ließ Todd auf dem hinteren Sitz Platz nehmen. Einige Minuten später waren sie in der Luft. Durch den Regen der letzten Tage hatte der Himmel aufgeklart. Der kräftige Sternmotor mit seinen 700 PS dröhnte. Auf Calder wirkte die Yak wie eine fliegende Lokomotive.

»Bist du schon mal in einem kleinen Flugzeug geflogen?«, fragte Calder Todd über die Bordanlage.

»Ja, damals in Südafrika. Meine Schwester hat einen Flugschein, die hat mich oft mitgenommen. Aber in so was habe ich noch nie gesessen.«

Calder erhöhte die Geschwindigkeit auf 220 Knoten. Er rief RAF Marham, seine alte Station, und bat um Fluginformationen. Die Yak war zwar schnell für eine Propellermaschine, aber nicht zu vergleichen mit den Tornados, die Calder vor zwölf Jahren in dieser Gegend geflogen hatte, als er bei der Royal Air Force war. Oft sah er Maschinen seiner alten Fliegerstaffel, der Nr. 13, an der Küste entlangdonnern, manchmal allein, manchmal in Zweier- oder Viererformation. Anfangs hatte ihn der Anblick geschmerzt, weil er ihn an sein früheres Leben erinnerte: mit 600 Meilen pro Stunde in fünfzig Fuß Höhe über der Nordsee dahinzugleiten, sich durch die walisischen Berge zu winden, sich 30 000 Fuß über der englischen Landschaft zu drehen. Doch inzwischen hatte er sich daran gewöhnt und bewunderte die robusten Kampfjets bei ihren Übungseinsätzen.

Bei Hanham Staithe erreichten sie das Meer und drehten nach rechts, flogen über Calders abgeschiedenes Cottage hinweg, dann weiter in Richtung Blakeney und Cromer. Calder blickte hinunter auf die vertraute Küste mit ihren unablässig wandernden Sandbänken, dem rauen Marschland und den kleinen Siedlungen in regelmäßigen Abständen. Er hielt die Höhe von 1000 Fuß, damit sein Passagier alles gut erkennen konnte.

»Ich habe zwar Kim versprochen, keine Kunststücke zu machen, aber einen kleinen Looping könnten wir schon wagen, wenn du Lust hast.«

»O ja, gern.«

Calder hörte das Grinsen in Todds Stimme.

»Okay. Wir müssen dann etwas höher.« Er gab Vollgas und hob die Nase an.

Das Brummen des Motors wurde zu einem Dröhnen, das Meer fiel nach unten ab, der Höhenmesser begann zu steigen. Dann geschah es: Irgendetwas in dem großen alten Motor vor Calder gab den Geist auf. Ein lautes Knallen, dann begann das ganze Flugzeug sich heftig zu schütteln. Die Motorhaube wackelte und verzog sich, die Instrumente schlugen wild aus, die Spitzen der Tragflächen vibrierten unregelmäßig.

»O Scheiße!«, hörte Calder seinen Passagier hinter sich rufen, aber er hatte keine Zeit, um mit Todd zu sprechen. Unverzüglich riss er den Gashebel in den Leerlauf und setzte den Propeller in Segelstellung, um die Geschwindigkeit zu drosseln und die Beanspruchung des Motors zu verringern. Es schien, als wäre ein zorniger Riese unter der Motorhaube gefangen, der mit aller Macht hinauswollte.

Calder versuchte, sich auf die Instrumente zu konzentrieren, aber die Maschine schüttelte sich so heftig, dass er sie nicht ablesen konnte. Er flog in Richtung Meer und schätzte seine Flughöhe auf 1000 Fuß. Um langsam zum Land zurückzudrehen, zog er den Steuerknüppel nach rechts. Die Geschwindigkeit sank, aber der Motor rappelte immer noch wie wild. Jeden Moment konnte er sich vom Rest des Rumpfs losreißen.

Calder drückte auf die Mikrotaste und setzte ein rasches »Mayday« ab in der Hoffnung, dass er noch nicht zu tief war, um von Marham gehört zu werden. Er gab seine Position als westlich von Blakeney an und konzentrierte sich dann auf den Kampf mit dem Flugzeug.

Inzwischen leckte Öl aus der Motorhaube, aber schlimmer noch: Es quoll schwarzer Rauch heraus. Der Motor brannte.

Calder unterbrach die Treibstoffzufuhr und schaltete die Zündung aus. Er musste runter, und zwar schnell. Doch ohne es zu merken, waren sie ein paar Meilen von der Küste abgetrieben.

Der Motor verlor an Kraft, sie sanken. Nun befanden sie sich in ungefähr 400 Fuß Höhe und hatten noch anderthalb Meilen vor sich bis zur Küste. Unter ihnen schimmerte kaltes graues Wasser.

»Achtung, Todd!«, rief Calder. Keine Antwort. »Todd?«

Er drehte sich um und sah Todd zusammengesunken in seinem Sitz hängen. Was war los? Obwohl das Adrenalin durch Calders Blutbahn schoss, wurde er selbst plötzlich müde. Kohlenmonoxid! In der Ausbildung lernte man, im Fall eines Motorbrandes das Cockpit zu öffnen, damit einen das Kohlenmonoxid nicht vergiftete. Mit schweren Armen griff Calder nach vorn und drehte an dem Knauf, um das Kabinendach zu öffnen. Er schob es einige Zentimeter hoch, die frische Luft schlug ihm ins Gesicht.

Das Meer war jetzt sehr nah. Auch das Ufer, aber sie würden es nicht ganz schaffen. Links konnte Calder einen schmalen Sandstreifen erkennen, ungefähr eine halbe Meile vom Strand entfernt. Den würde er vielleicht noch erreichen. Aber mit brennendem Motor wäre es sicherer, im Wasser zu landen, als eine harte Landung und womöglich eine Explosion zu riskieren. Das Dumme war, dass Todd hinter ihm bewusstlos war; sie hatten keine Rettungswesten an. Wenn sie im Wasser landeten, würde Todd nicht herausklettern und schwimmen können. Calder würde ihn herausziehen müssen.

Er war darin ausgebildet worden, Entscheidungen unter großem Druck zu treffen; jeder Entschluss war besser, als hilflos zuzusehen. Calder entschied sich für die Sandbank. Er zog den Knüppel nach links und steuerte die schwere Yak in Richtung des Sandstreifens. Er wählte die größte Landeklappenstufe und fuhr das Fahrwerk aus, dann rumste das Flugzeug in den Sand. Hätte es sich um eine glatte, feste Landebahn gehandelt, wäre alles gutgegangen, aber der Sand war feucht und uneben. Das Flugzeug bockte wie ein wildes Tier und drehte sich nach links. Einige Sekunden lang stürzten Himmel, Meer und Sand durcheinander, dann gab es einen ohrenbetäubenden Schlag, und alles wurde still.

Die Maschine lag kopfüber. Der Druck des Sicherheitsgurts auf Calders Schultern hielt ihn im Sitz. Einen Moment lang war die Stille nach dem wilden, verzweifelten Ritt mit der bohrenden Maschine eine Labsal für Calders Nerven, aber nur kurz. Calder hörte Öl tropfen und Flammen knistern, außerdem roch er Treibstoff. Er wusste, dass ihm nur Sekunden blieben.

Rasch, aber vorsichtig, um nicht auf den Kopf zu fallen, löste er seinen Gurt und hievte sich aus dem Sitz. Dann drehte er sich zu Todd um, öffnete dessen Gurt und zog ihn ebenfalls heraus. Todd hatte eine klaffende Kopfwunde und war bewusstlos. Calder legte sich seinen Passagier über die Schulter und schleppte sich so weit wie möglich fort von der Yak. Als er ungefähr zehn Meter zurückgelegt hatte, explodierte das Flugzeug auf der Sandbank hinter ihm.

Calder schaute sich um und sah einen orangeschwarzen Feuerball, der den Rumpf verschlang. Taumelnd wich er vor der Hitze zurück. Er konnte kaum begreifen, dass die alte Maschine in weniger als drei Minuten von einem perfekten Flugzeug zu einem Haufen Schrott geworden war. Calder spürte, dass er zitterte. Sie hatten unheimliches Glück gehabt.

Er legte Todd in stabiler Seitenlage auf den feuchten Sand und untersuchte dessen Wunde. Sie blutete. Todds Gesicht war blass, von gräulich weißer Farbe, doch er atmete flach. Calder fühlte nach seinem Puls; einige Sekunden hantierte er hektisch herum, dann fand er ihn endlich. Schwach und unregelmäßig, aber vorhanden.

Calder konnte weiter nichts für seinen Passagier tun. Er sah sich um. Von allen Seiten war er von grauem Meer umgeben, ruhig in der leichten Brise. Kleine Wellen brachen sich am Rand. Vom Boden aus betrachtet, schien die Sandbank weiter vom Ufer entfernt zu sein, als Calder gedacht hatte. Eher eine ganze Meile als eine halbe. Entlang der Küste war Marschland, dann kam eine Straße, die an zwei abgelegenen Häusern vorbeiführte. Schwarzer Rauch stieg aus der Yak, er war gut zu sehen. Calder konnte die Strecke zum Ufer wahrscheinlich schwimmen, aber nicht mit einem ohnmächtigen Todd im Schlepptau. Außerdem schien die Tidenströmung stark nach links zu ziehen. Das Schwimmen wäre anstrengend.

Sie würden warten müssen.

Calder warf einen kurzen Blick auf Todd. Was er sah, ließ ihm das Blut in den Adern gefrieren. Todd lag noch immer reglos da, aber kurz zuvor war das Wasser noch mehrere Meter entfernt gewesen, jetzt plätscherte hingegen eine Welle gegen den Fuß des Mannes. Die Flut kam herein!

Schon oft war Calder über diesen Küstenabschnitt geflogen. Er erinnerte sich, dass die Sandbank bei Hochwasser nicht zu sehen war. Außerdem wusste er, wie schnell die Flut im nördlichen Norfolk Sand und Schlick verschluckte.

Die Sandbank schrumpfte vor seinen Augen. Die noch immer brennende Yak stand jetzt einige Zentimeter tief im Wasser. In der Mitte der Sandbank machte Calder eine kleine Erhebung aus, vielleicht dreißig Zentimeter höher als der Rest. Mehr blieb ihnen nicht. Er hob Todd auf, legte ihn sich wieder über die Schulter und schleppte ihn hinüber. Das Wasser leckte an seinen Füßen. Bei der Erhebung angekommen, bettete er Todd in den Sand.

Calder sah sich um. Wo war die Rettung? Es waren schon einige Minuten seit der Notlandung mit der Yak vergangen, Hilfe müsste eigentlich unterwegs sein. Vorausgesetzt, Marham hatte seinen Notruf erhalten oder jemand auf der Straße hatte das brennende Flugzeug gesehen und entsprechend reagiert.

Das Wasser nagte weiter an der Sandbank. Eine Welle schwappte über die Erhebung hinweg, unterspülte Todds Körper. So konnte Calder ihn nicht liegen lassen. Er hob seinen schweren Passagier an und hievte ihn sich erneut auf die Schulter. So stand er mit gespreizten Beinen da, die Knöchel im Wasser, und wartete.

Todd wurde schwerer. Das Wasser stieg. Calders Schultern und sein Rücken schmerzten unter der Last. Inzwischen reichte das Wasser bis an Calders Oberschenkel, und er spürte die Strömung. Unter diesen Umständen an Land zu schwimmen, wäre ein kaum zu kalkulierendes Wagnis. Aber ihm würde kaum etwas anderes übrig bleiben.

Das Wasser stand Calder bis zur Hüfte. Es war erst Mai, die Kälte der Nordsee betäubte ihn, als sie über seine Hüfte stieg. Todds Gewicht war unerträglich geworden, Calder nahm ihn von der Schulter, ließ ihn ins Wasser gleiten und hob Todds Kopf über die leichten Wellen.

Bis zur Brust. Es war hoffnungslos. Vielleicht sollte er mit Todd in Richtung Strand schwimmen. Oder ohne ihn. Ohne ihn würde Calder überleben. Es war sinnlos, wenn sie beide ertranken. Es würde ein Punkt kommen, an dem es vernünftiger wäre, Todd zurückzulassen und sich selbst in Sicherheit zu bringen. Calder schaute auf Todds blasses, ausdrucksloses Gesicht. Er dachte an Kim. Er stellte sich vor, wie es sein würde, in dem Bewusstsein zu leben, ihren Mann dem Tod ausgeliefert zu haben. Das würde er weder ihr noch sich selbst jemals zumuten können. Wenn es so weit wäre, müsste er versuchen, mit Todd zu schwimmen, und einfach abwarten, was passierte.

Dann hörte er ein Brummen im Osten. Nach wenigen Sekunden tauchte ein Tornado auf, der an der Küste entlangflog. Calder sah, dass er für einen Jet sehr langsam war. Von oben war Calder praktisch unsichtbar, doch das aufgerichtete Heck der Yak befand sich noch über den Wellen. Der Tornado flog flach über ihn hinweg und wackelte mit den Tragflächen. Er hatte sie gesehen. Als das Flugzeug Richtung Südosten über dem Land verschwand, hörte Calder bereits ein anderes Geräusch im Westen, das schnelle Schlagen der Rotorblätter eines Hubschraubers. Der Tornado hatte die genaue Position des Wracks durchgegeben.

Das Wasser stand Calder bis zum Hals, und die Strömung zerrte an ihm, doch es gelang ihm, Todds Kopf über Wasser zu halten. Eine Minute später war die gelbe Sea King über ihnen. An einem Seil ließ sich ein Besatzungsmitglied zu ihnen hinunter.

[4]

20. Juni 1988

Ich will es noch einmal versuchen, nachdem ich vor zwei Tagen so einen Mist geschrieben habe. Immerhin ging es mir danach ein wenig besser, ich bin jetzt ruhiger. Zwar noch wütend, aber auf jeden Fall ruhiger.

Man sagt, in einem Tagebuch kann man später einmal nachlesen, wie man früher gewesen ist. Hätte ich doch vor fast zwanzig Jahren eines begonnen, als ich zum ersten Mal nach Südafrika kam! Damals war ich eine Idealistin, die sich über dieses Land empörte. Aber irgendwie verliebte ich mich auch in Südafrika und in Neels. Ich dachte, zusammen könnten wir dazu beitragen, die Situation zu verändern. Stattdessen scheint das Land uns verändert zu haben.

Vielleicht hilft mir das Schreiben ja bei dem Versuch, zu verstehen, wer ich bin. Warum ich hier bin. Wie es weitergeht mit mir.

Seit unserem Streit sind drei Tage vergangen. Es war der schlimmste in unserer bisherigen Ehe, wir haben uns angeschrien und beschimpft. Irgendwann dachte ich, Neels würde mich schlagen. In letzter Zeit, seit dem Mord an Hennie, kommt er mir viel aggressiver vor. Das macht mir Angst. Letzte Woche hat er sich auf der Straße mit einem Fremden geprügelt, mit irgendeinem betrunkenen Buren, der ihn erkannte und als »Kaffernfreund« beschimpfte. Neels schlug so fest zu, dass der andere das Bewusstsein verlor. Vor drei Monaten noch hätte er einfach gelacht und wäre weitergegangen.

Aus irgendeinem Grund glaube ich, dass es noch viel Ärger geben wird. Neels hat mir erzählt, dass er vorhabe, die *Cape Daily*

Mail zu schließen und seine anderen südafrikanischen »Werte« zu verkaufen. Mit »Werte« meint er die Zeitungen. Angeblich lassen sich amerikanische Investoren nicht gern mit Leuten ein, die Geschäftsinteressen in Südafrika verfolgen. Deshalb versucht Cornelius van Zyl, sich als Nicht-Südafrikaner neu zu erfinden, damit er Verlage in den Staaten, in Großbritannien und dem Rest der Welt kaufen kann.

Ich fragte ihn, warum er die *Mail* nicht einfach an einen wohlmeinenden Investor veräußern könne. Es gibt inzwischen immer mehr Geschäftsleute, die dem Regime kritisch gegenüberstehen. Neels behauptet, die Zeitung verliere das Geld schneller, als man es drucken könne, niemand wolle sie haben. Sie habe zwar eine hohe Auflage, aber der Anteil der schwarzen Leser sei stark gestiegen, das gefalle den Werbekunden nicht. Schwarze haben kein Geld. Neels sagt, er könne die Zeitung nicht für alle Zeiten subventionieren.

Er hat sogar das Familienblatt verkauft, die *Oudtshoorn Rekord*, die sein Vater vor sechzig Jahren gründete. Früher hat er immer behauptet, aus Respekt vor seinem Vater würde er an der einzigen Zeitung in Afrikaans festhalten, wie viele englischsprachige Zeitungen er in Südafrika auch hätte. Offensichtlich hat er das nicht ernst gemeint.

Doch, damals war es ihm ernst. Die Sache ist, dass er jetzt nicht mehr dazu steht. Warum nicht? Was hat sich geändert?

Irgendwie denke ich die ganze Zeit, wenn er die *Mail* und die anderen Zeitungen abgibt und Südafrika im Stich lässt, dann verlässt er auch mich. Ich weiß, ich bin Amerikanerin, aber er läuft fort von mir, geht nicht auf mich zu. Er verbringt immer mehr Zeit in Philadelphia, im Büro des *Intelligencer*. Noch nie hat er mich gefragt, ob ich ihn begleiten will. Warum nicht?

Ich verliere ihn.

21. Juni

Ein herrlicher Morgen! Nachdem ich Caroline zur Schule gebracht hatte, machte ich einen Spaziergang hoch zum Picknickplatz oberhalb des Hauses. Da sitze ich jetzt und schreibe Tagebuch. Über mir ist der Hondekop, eine schartige Felskuppe in Form eines großen Hundekopfs. Daher stammt auch der Name unseres Hauses. Rechts sehe ich eine Ansammlung weißer Gebäude, das ist Stellenbosch, und dreißig Meilen weiter einen Teil des Tafelbergs. Nach links zieht sich unser schmales Tal bis in die Hottentots-Holland-Berge. Es ist kalt heute Morgen, kalt und klar, und es weht kein Wind. Schwer hängt der Tau an den Weinreben, und die Morgensonne legt sich über die höchsten Felsen auf der anderen Seite des Tals, lässt den grauen Stein goldgelb leuchten.

Hondehoek ist eine halbe Meile weiter unten. Ich liebe es. Es ist ein klassisches holländisches Kap-Bauernhaus aus weißem Stein mit einem reetgedeckten Dach, einem Giebel in der Mitte und der Jahreszahl 1815 in Schwarz über dem Eingang. Die Räume mit den hohen Decken werden von wunderschönen Yellowwood-Holzbalken eingerahmt; die Bodendielen sind ebenfalls aus abgetretenem Yellowwood-Holz, nur in der Küche sind Bodenfliesen aus Batavia. Die ursprüngliche Farm wurde lange vor diesem Haus von einem Hugenotten namens François de Villiers gebaut, der 1694 aus Lille kam. Als Simon van der Stel sich über die Grenzen von Kapstadt hinauswagte und Stel-en-bosch gründete, schenkte er Villiers dieses Land. Der pflanzte hier die ersten Weinstöcke und die Eiche, die noch immer neben der Haustür steht. Ungefähr zur gleichen Zeit traf der erste van Zyl mit dem Schiff aus Amsterdam in Südafrika ein und gründete seine eigene Farm auf der anderen Seite des Berges.

Ich freue mich so, dass wir dieses Haus gekauft haben. Neels wollte etwas Größeres. Zusammen mit Penelope wohnte er in einer großen Villa in Constantia; sie werkelt dort noch immer vor sich hin. Aber als ich Hondehoek erblickte, verliebte ich mich sofort. Wir brauchen nichts Riesiges, und Neels muss zugeben, dass die Schönheit dieses Ortes unsere Gäste mindestens ebenso beeindruckt wie so eine gewaltige Villa. Außerdem brauchen wir hier keine Armee von Angestellten. Uns reichen Doris und das neue Hausmädchen Tuesday, dazu Finneas und hin und wieder eine Aushilfe im Garten. So ist es mir viel lieber, ich möchte nicht über einen vielköpfigen Haushalt gebieten. Wir kümmern uns auch nicht um die Weinberge; das macht unser Nachbar im Tal, und zwar sehr gut. Den Namen Hondehoek haben wir aber behalten, unser Pinotage ist berühmt. Neels gibt gern damit an und ich, ehrlich gesagt, auch.

Doris muss den Kamin angemacht haben; eine Rauchfahne windet sich aus der kalten Luft des Tals empor.

Der Winter hier ist herrlich. Zu Hause in Minnesota liegen im Dezember mindestens dreißig Zentimeter Schnee, aber hier haben die Bäume nicht mal ihr Laub verloren. Die Weinstöcke sind rotbraun, die Blätter an den Eichen, die unsere Einfahrt säumen, leuchten noch immer goldgelb. Von hier oben hat man einen schönen Blick auf den Garten. Ein kleiner Rasen führt hinab zu einem Teich vor dem Haus, daneben ist ein Rosengarten. Die meisten Rosen blühen, ebenso die Magnolien. Hinter dem Rasen habe ich ein Beet mit Fynbos bepflanzt, dieser sonderbaren, am Kap heimischen Vegetationsform. Daneben stehen die zwei weißen Säulen mit der Glocke, die früher die Sklaven von den Feldern rief. Die meisten Pflanzen blühen erst im Sommer, aber wenn es so weit ist, bilden sie eine hinreißende Farbenpracht in Gelb, Blau und Rot inmitten des grünen Blattwerks. Ich muss zugeben, dass Finneas und ich unsere Arbeit gut gemacht haben.

Sie nennen Südafrika »God's own country«, und wenn ich hier so sitze, kann ich das gut verstehen. Nein, ich spüre es. Wir wohnen hier jetzt seit siebzehn Jahren, glaube ich. Ich weiß nicht, wo mein Platz in dem Durcheinander von Widersprüchen ist, die Südafrika ausmachen, aber eines weiß ich sicher: Hondehoek ist mein Zuhause.

22. Juni

Todd hat angerufen. Seit Wochen hat er sich nicht gemeldet, er wusste, dass ich wegen seines Briefs böse sein würde, und er hatte recht. Es stellte sich heraus, dass er eine neue Freundin hat, Francesca, und dass der Junge, bei dem er die Sommerferien verbringen will, in ihrer Nähe wohnt.

Ich bin froh, dass er mir von seiner Freundin erzählt, und es ist natürlich völlig in Ordnung, dass er sich mit ihr treffen möchte. Aber den ganzen Sommer fern der Familie verbringen? Er ist doch erst sechzehn, Himmel noch mal, er wird noch mindestens zehn Jahre lang den Frauen nachlaufen!

Wirklich albern, oder? Eine Mutter, die auf die Freundin ihres Sohnes eifersüchtig ist. Aber ich brauche ihn wirklich hier, zumal sich Neels so sonderbar aufführt.

Todd erzählte mir von dem Konzert »Free Nelson Mandela« am letzten Wochenende im Wembley Stadium. Er fand es unglaublich; es dauerte zehn Stunden, und eine Milliarde Menschen rund um den Erdball waren am Fernsehen mit dabei. Er sah Eric Clapton, die Dire Straits und eine Frau namens Tracy Chapman, die er »sensationell« fand. Hier wurde es nicht übertragen, natürlich nicht.

Ach, er ist so weit weg! Caroline geht im nächsten Jahr zur High School, aber sie soll in meiner Nähe bleiben. Erst recht, falls Neels mich verlassen sollte.

24. Juni

Neels und ich haben gestern Nacht miteinander geschlafen. Es war wunderschön. Ich war angetrunken und froh, nicht mit ihm streiten zu müssen. Er war sehr zärtlich, wahrscheinlich hat er ein schlechtes Gewissen wegen des Streits letztens, und das ist auch richtig so.

Anschließend fragte er mich, ob wir nicht nach Philadelphia ziehen sollten. Wir könnten ein Haus kaufen und Caroline dort zur Schule schicken. Wir könnten Hondehoek behalten und die Ferien hier verbringen. Neels ist überzeugt, dass das Regime in den nächsten fünf bis zehn Jahren zusammenbricht und dass es nicht glimpflich ablaufen wird. Er sagte, er wolle Gewissheit haben, dass seine Familie in Sicherheit sei.

Wir sprachen über Hennie. Heute ist es zwei Monate her, dass er ermordet wurde. Man liest in der Zeitung ständig von Todesfällen, aber wenn der ANC den eigenen Bruder mit einer Landmine auf seiner eigenen Farm umbringt, sieht man das Ganze doch etwas anders. Neels gab zu, dass er sich auch deshalb gefragt habe, ob Südafrika das Ende der Apartheid überleben wird. Er sagte, er müsse ständig daran denken.

Ich erwiderte, ich wolle nicht vor diesem Land davonlaufen, und er gab mir einen Kuss. »Psst, *liefie*«, sagte er zärtlich. »Du brauchst mir noch nicht zu antworten. Lass uns jetzt schlafen, wir können später darüber sprechen, wenn du drüber nachgedacht hast.«

Und, wie sieht es nun aus? Soll ich nach Amerika ziehen? Meine unwillkürliche Antwort lautet »Nein«. Es würde bedeuten, alles zurückzulassen, wofür unsere Ehe steht, unsere gesamte gemeinsame Vergangenheit. Es würde bedeuten, dass ich die letzten zwanzig Jahre meines Lebens hier verschwendet habe und vergeblich für den Sturz des Systems kämpfte. Wir können doch nicht abhauen, wenn er kurz bevorsteht!

Aber Amerika ist meine Heimat. Vielleicht sollte ich Südafrika einfach vergessen; es war eine Phase meines Lebens, die nun zu Ende ist. In Philadelphia wird es anderes zu tun geben. Neels ist sehr ehrgeizig, das war mir immer klar. Er will ein internationales Zeitungsimperium aufbauen. Er besitzt den *Philadelphia Intelligencer* und den *Herald* und dazu die ganzen amerikanischen Lokalzeitungen. Und er will noch mehr kaufen. Und ich werde die Frau eines Pressetycoons sein. Wahrscheinlich bin ich das hier auch, aber ich merke es nicht. Hier habe ich das Gefühl, Neels beim Wiedergutmachen eines furchtbaren Unrechts zu helfen. Ich weiß, dass viele Menschen den Glamour dieser Partys in Philadelphia, New York und London vorziehen würden. Ich nicht. Wirklich nicht.

Aber mit dem Umzug könnte ich unsere Ehe retten. Das ist mir wichtig. Vielleicht sollte mir das wichtiger sein als das, was in diesem verkorksten Land passiert.

Es war klug von Neels, keine direkte Antwort von mir zu erwarten, sondern mich über seinen Vorschlag nachdenken zu lassen.

Ich liebe ihn. Mir fehlt der alte Neels, aber ich werde lernen, den neuen Neels ebenso zu lieben. Vielleicht gibt es auch gar keinen Unterschied zwischen den beiden. Vielleicht bilde ich mir das alles nur ein, und er hat sich gar nicht verändert.

26. Juni

Neels sagt, Zan hätte ihn angerufen. Sie will in ein paar Tagen kommen und zwei Monate bleiben. Sie hat einen Studienplatz an der London School of Economics bekommen, fängt im September an und möchte vorher noch etwas Zeit mit ihrem Vater verbringen.

Darauf freue ich mich ganz und gar nicht. In den letzten sechs Jahren hat sie in Johannesburg gelebt und immer wieder Ärger gehabt, weil sie sich bei der ECC, der Kampagne zur Abschaffung der Wehrpflicht, und bei der Frauenorganisation »Black Sash« engagierte. Damit habe ich kein Problem, ich bewundere sie deswegen sogar, aber wir haben sie in der ganzen Zeit kaum gesehen. Seit ihrem vierzehnten Lebensjahr hat sie sich ihrem Vater und mir gegenüber unmöglich verhalten. Besonders gegen mich hatte sie etwas. In Anbetracht dessen, wie es derzeit zwischen Neels und mir steht, freue ich mich nicht gerade auf ihren Besuch.

27. *Juni*

Ich bin so wütend, dass ich kotzen könnte. Schlimmer noch. Ich könnte Neels die Eier abschneiden!

Heute Nachmittag bekam ich einen Anruf von George Field. Er sagte, Neels hätte ihn in sein Büro bestellt und ihm mitgeteilt, dass er morgen früh die Schließung der *Mail* bekannt geben würde. George solle als Chefredakteur neben ihm stehen, wenn er den Mitarbeitern diese Mitteilung machte. George war absolut perplex. Er hatte nicht damit gerechnet und wollte von mir wissen, was vor sich ging. Ich erzählte ihm von Neels' Plänen, international zu expandieren, und von den Forderungen der amerikanischen Investoren, sich von seinen südafrikanischen Objekten zu trennen. Wir sprachen darüber, warum er die Zeitung nicht verkaufen will, und George bestätigte, dass es finanzielle Probleme gebe. Aber Neels hätte es wenigstens *versuchen* können. Ich mag George gern. Es gefällt mir nicht, wie er von Neels behandelt wird.

Ich schnauzte Caroline an, die daraufhin weglief, um ihre Hausaufgaben zu machen. Als Neels nach Hause kam, machte ich ihm die Hölle heiß. Ich vermute, er hatte damit gerechnet, denn er wehrte sich nicht. Aber er wurde richtig wütend. Er stand mit geballten Fäusten da und zitterte leicht. Es sah aus, als würde er jeden Moment die Kontrolle verlieren. Es machte mir Angst. Ich sagte zu ihm, er dürfe nicht in meinem Bett schlafen, nie wieder. Er machte auf dem Absatz kehrt und ging. Verließ einfach das Haus.

Wahrscheinlich ertränkt er sein Leid in Alkohol.

So ein Arschloch!

Später ... (genau genommen ist jetzt schon der 28. Juni).

Cornelius ist noch nicht zurück. Eine Zeitlang habe ich mir Sorgen gemacht. Ich habe mir ausgemalt, er sei etwas trinken gewesen und habe auf dem Heimweg einen Unfall mit dem Auto gehabt.

Aber jetzt weiß ich, was los ist. Es gibt eine andere. Ich weiß genau, dass er eine andere hat. Ich weiß nicht, wer und wo sie ist, aber er ist auf jeden Fall bei ihr. Kurz bevor er heute Abend ging, hatte er so einen sonderbaren Gesichtsausdruck. Wahrscheinlich dachte er in dem Moment: Wenn die mich nicht bei sich schlafen lässt, gehe ich halt zu der anderen und schlafe mit der.

Das würde dieses Gefühl erklären, dass ich ihn verliere, dass er mir entgleitet. Ich verliere ihn tatsächlich. Es ist nicht nur die *Mail.* Während ich hier sitze und schreibe, ist er unterwegs und bumst irgendein dummes Huhn.

Verdammt noch mal! Dieses Schwein! Dieses riesengroße verdammte Schwein!

[5]

»Setzen Sie sich bitte! Ich sage seiner Frau, dass Sie hier sind.«

Die Krankenschwester verschwand durch die Türen mit der Aufschrift »Wachstation«. Nach den Aufregungen der letzten beiden Stunden fiel Calder das Stillsitzen schwer, und wenn es nur für eine Minute war. Der Hubschrauber hatte Todd und ihn direkt in das Krankenhaus am Rande von King's Lynn gebracht. Der Flugplatz Langthorpe war angerufen und Kim über das Geschehen informiert worden. Man hatte Todd auf dem schnellsten Weg auf die Intensivstation geschafft, Calder war ohne Blessuren davongekommen. Er war mit dem Taxi zum Flugplatz zurückgefahren, um einen Unfallbericht zu schreiben und den Besitzer der Yak zu unterrichten. Dessen Entsetzen über den Absturz seines geliebten Flugzeugs wurde von der Sorge um Todd verdrängt. Außerdem war er ein wenig erleichtert, nicht selbst am Steuerknüppel gesessen zu haben. Anschließend war Calder nach King's Lynn gefahren, um Kim Beistand zu leisten.

»Wie geht es ihm?«, fragte er, als sie das kleine Wartezimmer für Angehörige betrat.

Kims Gesicht war noch blasser als sonst, das dunkle Haar fiel ihr in zerzausten Locken in die rot geränderten Augen. Zitternd setzte sie sich auf den Stuhl neben ihm, klein und in sich versunken. »Ach, Alex! Er ist immer noch ohnmächtig. Die Platzwunde ist genäht worden, aber die Ärzte glauben, er hat einen Schädelbruch.«

»Wie ist seine Atmung?«

»In Ordnung. Sie können aber nicht sagen, wie lange er ohnmächtig bleibt. Und ob er, wenn er zu sich kommt, irgendwelche ... Schäden hat. Du weißt schon. Bleibende Schäden.« Sie begann zu schluchzen und lehnte sich gegen Calder, der den Arm um sie legte und sie an sich drückte. »Er sieht so blass aus. Und sein Kopf … sie haben ihm teilweise das Haar abrasiert. Alles ist bandagiert. Ich habe gefragt, wann er aufwachen würde, aber niemand hat mir geantwortet.«

Mit angespanntem Gesicht starrte Calder vor sich hin. Kim schmiegte sich an seine Brust, als wolle sie sich ganz klein machen. »Was ist, wenn er nicht wieder aufwacht, Alex?« Sie sah ihn an. »Was ist, wenn er nicht wieder aufwacht?«

»Er wacht wieder auf.«

Kurz blitzten Kims Augen zuversichtlich, dann löste sie sich von Calder. »Das kannst du gar nicht wissen. Das sagst du nur, um mich zu beruhigen. Genau wie vor dem Flug.«

Hilflos zuckte Calder mit den Achseln. »Wir müssen daran glauben, dass er wieder aufwacht.«

»Du hast gesagt, das Flugzeug wäre absolut sicher. Ich hatte Angst, es könnte zu alt sein, aber du meintest, das wäre nicht wichtig.« Eine Träne rann Kim in den Mundwinkel. Sie zog die Nase hoch. »Du bist schon immer so bescheuerte Risiken eingegangen. Wie damals, als du über das Dach von South Court gestiegen bist, um zum Collegeball zu kommen. Du warst dermaßen besoffen, und ich hatte solche Angst, dass du abrutschen und dich verletzen würdest. Du fandest es lustig, ich fand es nur *bescheuert.*«

Calder wusste, dass er jetzt nicht davonlaufen konnte. »Ich weiß, was ich gesagt habe, Kim. Das Flugzeug schien absolut in Ordnung zu sein. War es aber nicht. Das tut mir leid. Es tut mir unglaublich leid.«

Einen Augenblick schaute Kim ihn wütend an. Dann biss sie sich auf die Lippe. »Was ist passiert? Keiner hier weiß irgendwas. Wie konnte das nur geschehen?«

Calder berichtete ihr von dem Motorbrand und der Notlandung auf der Sandbank.

»Was glaubst du: Woran lag das?«

»Ich weiß es nicht, zunächst mal würde ich auf einen defekten Zylinder tippen.«

»Wird so was nicht vorher geprüft? Von den Wartungsleuten? Du hast gesagt, das Flugzeug würde gründlich gewartet.«

»Wird es auch. Ich habe eben noch mal in den Büchern nachgeschaut. Die Wartung ist auf dem neuesten Stand, alles ist abgezeichnet. Ich denke nicht, dass man es irgendwie hätte verhindern können. Motorbrände sind schrecklich, aber sie kommen vor. Das war der erste, den ich erlebt habe.«

»Dann müssen wir also einfach damit leben? Wird es eine Untersuchung geben?«

»Natürlich. Die AAIB, die Untersuchungsstelle für Flugunfälle, wird sich einschalten. Die sind sehr gründlich. Sie sehen sich alle Unterlagen an, werden die Maschine wahrscheinlich aus dem Wasser ziehen und untersuchen lassen. Die finden die Ursache, fast immer.«

»Machst du dir Sorgen?«

»Wegen einer Untersuchung? Nein. Ich glaube nicht, dass ich irgendetwas falsch gemacht habe. Ich mache mir Sorgen um Todd.«

Kim warf Calder ein schwaches Lächeln zu. Sie hielt seinen Arm fest, Tränen rannen ihr aus den Augenwinkeln.

War es Calders Fehler gewesen? Hätte er notwassern sollen? Nein, Todd hätte sich genauso gut den Kopf beim Aufprall aufs Wasser verletzen können, dann wäre es schwierig geworden, ihn herauszufischen. Ein Flugzeug zu fliegen, insbesondere ein altes, war immer ein Risiko. Das hätte er Kim gegenüber zugeben sollen. Sie hatte ihm vertraut, und deswegen hatte auch Todd es getan.

»Wird die Polizei eingeschaltet?«

Calder warf Kim einen Blick zu. Nachdenklich legte sie die Stirn in Sorgenfalten.

»Wahrscheinlich«, erwiderte er.

»Ist es möglich, dass der Unfall herbeigeführt wurde?«

»Du meinst absichtlich?«

Sie nickte.

»Das glaube ich nicht. Dann hätte man schon den Motor manipulieren müssen. Am Zylinder herumschrauben. Aber das ist ziemlich unwahrscheinlich.« Calder schaute Kim an. »Oder?«

Kim biss sich auf die Lippe. »Doch, eigentlich schon. Es ist nur, weil Todd so viele Fragen über Marthas Tod gestellt hat und niemand etwas davon wissen wollte. Das kommt mir einfach seltsam vor. Die ganze Familie ist seltsam. Es ist fast so, als wollten sie nicht, dass er diese Fragen stellt.«

»Du glaubst doch nicht ...«

»Ich weiß nicht, was ich glauben soll.«

»Müsstest du nicht mit der Polizei darüber sprechen?«

»Lieber Gott, nein!« Kims Stimme war fest. »Das würde Todd nicht wollen. Wahrscheinlich sehe ich nur Gespenster. Aber schau doch mal, ob du nicht dafür sorgen kannst, dass die Polizei Ausschau nach Ungereimtheiten hält. Oder behalte es wenigstens im Hinterkopf.«

»Mach ich«, sagte Calder nachdenklich. Er wog Kims Bitte ab. Technisch gesehen, war Sabotage nicht auszuschließen. »Glaubst du wirklich, dass Todds Familie so etwas tun würde?«

»Ich weiß es nicht«, erwiderte Kim. »Ich traue denen nicht über den Weg. Und Edwin, Todds Halbbruder, schon gar nicht. Cornelius hat sein Leben lang versucht, Todd zu manipulieren, und normalerweise setzt er seinen Willen immer durch. Vor ein paar Tagen haben wir uns heftig mit ihm gestritten, weil er wollte, dass Todd wiede für Zyl News arbeitet. Wir haben deshalb nicht bei ihm, sondern im Hotel übernachtet.« Kim sah Calder mit großen Augen an. »Würdest du bitte Benton Davis aufsuchen? Bitte! Frag ihn, ob er weiß, warum Martha umgebracht wurde.«

Calder nickte. »In Ordnung.« Seine frühere Weigerung erschien ihm jetzt unpassend. Nach dem, was an diesem Nachmittag geschehen war, würde er alles für Kim tun.

»Danke.« Sie lächelte. Dann stöhnte sie auf. »Oje. Ich muss Cornelius Bescheid sagen.«

»Soll ich das für dich tun?«

»Wirklich? Hier, ich gebe dir seine Nummer.« Kim holte ihr PDA hervor und tippte auf das Display. »Da. Die in London.«

Calder holte sein Handy hervor und wählte.

»Hallo?«

»Könnte ich mit Mr. van Zyl sprechen?«

»Hier ist Edwin van Zyl.« Die Stimme hatte einen südafrikanischen Akzent. Knapp, präzise. Und sie sprach den Namen »fan sail« aus, nicht »wän dsill«, wie es in England und Amerika zu erwarten war.

»Könnte ich bitte mit Cornelius van Zyl sprechen?«

»Wer ist denn da?«

»Ich heiße Alex Calder. Es geht um Todd.«

»Sie können mit mir sprechen. Ich bin sein Bruder.«

Calder gab den Versuch auf, den Vater ans Telefon zu bekommen. »Ich bin bei Kim. Wir sind in einem Krankenhaus in Norfolk. Todd hat einen Unfall gehabt.«

»Einen Moment.«

Kurz darauf war eine andere Stimme am Telefon. Sie war kräftiger, autoritärer. »Was ist los?«

Calder fasste die Geschehnisse des Nachmittags in dreißig Sekunden zusammen.

»Ich komme sofort«, sagte die Stimme.

Cornelius van Zyl brauchte etwas mehr als zwei Stunden. Calder leistete Kim Gesellschaft. Sie wachte bei Todd inmitten der Schläuche und Apparate. Dann teilte eine Krankenschwester ihnen mit, Mr. van Zyl sei eingetroffen. Sie gingen nach draußen, um ihn zu begrüßen. Die Größe und Bestimmtheit des Mannes beeindruckten Calder. Er hatte Todds kräftigen Kiefer, wirkte aber noch härter, stärker, durchsetzungsfähiger als sein Sohn. Er machte einen besorgten Eindruck. Als er Kim erblickte, streckte er die Arme aus. Kim zögerte, dann umarmte sie ihren Schwiegervater.

Eine Weile hielt van Zyl Kim in den Armen, dann schaute er zu Calder hinüber. »Sind Sie der Pilot?«

»Ja«, sagte Calder.

»War das Ihre Schuld?«

»Nein.«

Van Zyls blaue Augen musterten Calder. Calder hielt dem Blick stand. Er hatte Verständnis für die Sorgen des Alten, wollte sich aber nicht von ihm einschüchtern lassen.

Kim löste sich von ihrem Schwiegervater, ihre Augen blitzten zornig. »Alex hat mir genau erklärt, was passiert ist. Er hat nichts falsch gemacht. Ganz im Gegenteil: Er hat Todd das Leben gerettet.«

Van Zyl ignorierte sie. »Wenn ich herausfinden sollte, dass Sie für die Verletzungen meines Sohnes verantwortlich sind, dann werden Sie dafür bezahlen. Teuer bezahlen.«

Der nächste Tag war ereignisreich. Kim hatte bei Calder im Cottage übernachtet, die meiste Zeit jedoch im Krankenhaus verbracht. Todds Zustand war unverändert. Die Computertomographie des Gehirns zeigte keinen Hinweis auf bleibende Schäden, ließ nur einen Gedächtnisverlust vermuten, aber da wollten sich die Ärzte nicht festlegen. Auch wussten sie nicht, wie lange Todd bewusstlos bleiben würde. Er war an ein Beatmungsgerät angeschlossen und bekam Medikamente, um die Schwellung seines Hirns unter Kontrolle zu halten. Kim saß neben ihrem Mann und ließ ihn nicht aus den Augen.

Cornelius van Zyl blieb am nächsten Morgen einige Stunden bei ihr im Krankenhaus, dann kehrte er nach London zurück. Vorher hatte er Kim das Versprechen abgenommen, ihn sofort zu benachrichtigen, wenn sich Todds Zustand änderte, in welche Richtung auch immer. Zwanzig Minuten lang nahm er Calder in die Mangel, wollte wissen, was genau passiert sei, schien mit den Antworten aber zufrieden. Calder machte sich keine Illusionen: Falls die Untersuchung ergab, dass jemand gepfuscht hatte – ob er selbst als Pilot oder Colin, der Wartungsingenieur vom Flugplatz, oder ein Monteur der Spezialfirma in Litauen, die die letzte große Inspektion des Motors durchgeführt hatte –, würde derjenige dafür büßen.

Es dauerte nicht lange, da tauchten die Ermittler der Untersuchungsstelle für Flugunfälle auf. Sie bargen die Yak und hatten unzählige Fragen an Calder. Calder ging mit seinem Partner Jerry Tyrell, dem Ersten Fluglehrer der Flugschule, alles durch. Jerrys Meinung nach hatte Calder unter schwierigen Umständen alles richtig gemacht. Calder war froh und erleichtert, das zu hören. Jerry hatte sich noch nie vor Kritik gescheut, wenn er Calder bei etwas erwischte, das nicht seiner eigenen strengen Auslegung der Sicherheitsvorschriften entsprach.

Ein Police Constable in Uniform stellte verschiedene Fragen, aber das schien mehr oder weniger Formsache zu sein. Calder hielt das Versprechen, das er Kim gegeben hatte, und bat den Polizisten zu prüfen, ob auch Sabotage als Ursache für den Absturz in Frage komme. Dabei kam er sich etwas albern vor. Das Interesse des Constable war geweckt, aber wie Calder Kim versprochen hatte, verneinte er, einen konkreten Grund für die Annahme zu haben, jemand hätte ihn oder Todd umbringen wollen.

Penibel untersuchte der Constable den Grasstreifen zwischen einer Warrior und einer Seneca, auf dem die Yak gestanden hatte. Dann erkundigte er sich, ob irgendjemandem am fraglichen Tag und besonders am Abend vor dem Unfall etwas Ungewöhnliches auf dem Flugplatz aufgefallen sei. Angie am Funk und Jerry waren gegen acht Uhr abends nach Hause gegangen. Angie meinte beim Zuschließen einen Mann auf dem Weg bei den Pappeln an der anderen Seite des Flugplatzes gesehen zu haben, aber das war nicht weiter verdächtig. Sonst war alles ruhig gewesen.

Der Flugplatz war eigentlich nicht viel mehr als ein Feld; man konnte ohne weiteres mitten in der Nacht über den Zaun klettern und den Motor der Yak manipulieren, ohne dass jemand etwas merkte. Doch je länger Calder darüber nachdachte, desto unwahrscheinlicher erschien es ihm. Die große Sorge um ihren Mann ließ Kim wohl jedes Gefühl für Verhältnismäßigkeit verlieren.

Inmitten des ganzen Trubels erlaubte Calder sich eine kurze Ablenkung. Als er den Computer im Büro hochfuhr, konnte er sich nicht davon abhalten, einen Blick auf die Homepage von Spreadfinex zu werfen. Der amerikanische Rentenmarkt war in den letzten vierundzwanzig Stunden in den Keller gerutscht; Calder saß auf einem aktuellen Verlust von 5000 Pfund. Er überlegte kurz, dann klickte er einige Symbole an und verdoppelte seinen Einsatz auf den niedrigeren Wert.

Spätabends holte er Kim im Krankenhaus ab und fuhr mit ihr nach Hause. Sie wirkte ausgezehrt, obwohl sie den ganzen Tag nichts anderes getan hatte, als neben ihrem Mann zu sitzen.

Calders altes Cottage lag am Rande der Marsch, ungefähr eine Meile vom Dorf Hanham Staithe entfernt. Als sie ankamen, dämmerte es bereits. In den Bäumen hinter dem Haus veranstalteten die Krähen ein wahres Getöse. Da Kim tagsüber nur wenig gegessen hatte, machte ihr Calder eine Suppe warm und bereitete einen Salat zu.

»Glas Wein?«, fragte er.

»O ja, bitte«, erwiderte Kim. »Das kann ich jetzt gut gebrauchen.«

Calder machte eine Flasche auf, schenkte zwei Gläser ein und stellte sie auf den robusten Eichentisch in der Küche. »Morgen früh geht's weiter?«

Kim nickte. »Und übermorgen. Und überübermorgen.« Sie war immer noch blass und arg mitgenommen, aber die Entschlossenheit in ihrer Stimme war unverkennbar.

»Kann immer noch niemand sagen, wie lange es dauern wird?«

»Nein. Es können Tage, Wochen, Monate werden. Eigentlich bin ich froh, dass es nicht schlimmer wird. Aber ich habe auch Angst, wie Todd wohl sein wird, wenn er zu sich kommt. Ob er sich erinnern kann, wer er ist, wer ich bin. Wenn ich da sitze und ihn ansehe, gehen mir alle möglichen Dinge durch den Kopf.«

»Wir müssen einen Schritt nach dem anderen machen«, sagte Calder. »Zunächst mal lebt er, und es sieht so aus, als sollte es dabei bleiben. Bei der Computertomographie haben sie keine ernsthaften Schäden erkennen können, oder?«

»Kleinere schon.« Kim seufzte. »Aber man weiß erst, wie schlimm es ist, wenn er aufwacht. Hast du mit der Polizei und den Unfallermittlern gesprochen?«

Calder erzählte ihr von seinen Gesprächen und dass niemandem irgendetwas aufgefallen war.

»Trotzdem mache ich mir Gedanken«, sagte Kim. »Je länger ich darüber nachgrüble, desto mehr Sorgen mache ich mir.«

»Es muss ein Unfall gewesen sein«, beharrte Calder.

Gedankenverloren trank Kim ihren Wein. Eine dunkle Locke fiel ihr über die Augen, sie ließ sie dort eine Weile hängen, ehe sie sie aus dem Gesicht schob. Dunkelheit legte sich auf die Küche, während das Abendlicht über der Marsch draußen schwand. Die Krähen beruhigten sich langsam. »Wahrscheinlich hast du recht. Trotzdem wäre ich dir sehr dankbar, wenn du mit diesem Benton Davis sprechen könntest. Todd war überzeugt, dass mit Marthas Tod etwas nicht stimmte, und wir haben nur diesen Banker, um irgendetwas herauszubekommen.«

»Ich treffe mich mit ihm in London, sobald ich hier wegkomme. Aber zuerst musst du mir ein bisschen mehr über Todds Mutter erzählen. Die Polizei sagte, sie sei von Guerillas getötet worden?«

»Genau. Angeblich war es ein wahlloses Attentat von Kämpfern des ANC, die aus Mosambik über die Grenze kamen. Die

Familie nahm das so hin. Offenbar war es eine schlimme Zeit für Todd; man sieht ja, dass es ihm immer noch zu schaffen macht. Todd sagt, Cornelius sei damals erschüttert gewesen. Kurze Zeit später zog er mit der Familie nach Philadelphia, schloss die *Cape Daily Mail*, verkaufte seine übrigen südafrikanischen Zeitungen und kaufte den *Herald*. Vier Jahre später heiratete er Jessica Montgomery. Vielleicht hast du sie schon mal in den Klatschspalten gesehen.« Kim beobachtete Calder unschlüssig. »Vielleicht auch nicht.«

»Ich meine, ich hätte mal irgendwo ein Foto von den beiden gesehen«, sagte Calder. »War Todd schon damals misstrauisch, was den Tod seiner Mutter anging?«

»Damals noch nicht. In Südafrika gab es zu der Zeit viel Gewalt, oft wurde sie dem ANC angelastet. Eigentlich ist das Land fast ein Synonym für blinde Gewalt.« Kims Stimme war bitter. »Todd wurde erst misstrauisch, als seine Großmutter, Marthas Mutter, kurz nach dem Mord nach Südafrika reiste. Sie stellte viele Fragen, die Cornelius nicht beantworten wollte. Nach der anfänglichen Trauer wuchs die Anspannung zwischen den beiden. Damals wusste Todd nicht, welche Fragen sie gestellt hatte, aber 1997 besuchte er sie in Minnesota und unterhielt sich mit ihr. Sie wohnte an einem See bei Minneapolis. Ich war auch einmal da, kurz nach unserer Hochzeit. Es ist wunderschön dort. Na ja, Todds Großmutter meinte jedenfalls, sie hätte sich mit Cornelius in Verbindung gesetzt, damit er bei der Wahrheits- und Versöhnungskommission Klage einreicht. Hast du schon mal davon gehört?«

»Nur entfernt.«

»Die Kommission wurde von der neuen Regierung in Südafrika eingerichtet, um während des Apartheidregimes begangenes Unrecht zu untersuchen. Man konnte zur Kommission gehen und über Folter oder Mord von Weißen oder Schwarzen berichten, dann wurde ermittelt. Die Täter bekamen Amnestie, wenn sie versprachen, die Wahrheit zu sagen. Die Kommission begutachtete Tausende von Fällen, meistens waren die Opfer normale Bürger, manche aber auch prominent. Todds Großmutter fand, das sei die beste Möglichkeit, um herauszufinden, was mit Martha geschehen sei. Aber Cornelius weigerte sich.«

»Nannte er einen Grund?«

»Todd hat ihn gefragt. Cornelius meinte, es würde nur das ganze Leid von Marthas Tod zurückbringen. Es sei besser, die Sache ruhen zu lassen. Todd und Cornelius hatten großen Krach deswegen. Todd drohte, selbst nach Südafrika zu gehen und mit der Kommission zu sprechen, aber am Ende überzeugte Cornelius ihn, das nicht zu tun. Aufgrund von Cornelius' Stellung hätte Todds Aussage großes Aufsehen in der Presse erregt. Das fand Cornelius unfair gegenüber den Familienmitgliedern, die ihre Ruhe haben wollten. Außerdem konnte Todd ohne die Unterstützung von Cornelius nicht sehr viel sagen. Deshalb musste er sein Vorhaben schließlich aufgeben.

Dann starb letztes Jahr zu Ostern Todds Großmutter. Sein Großvater war kurz nach Martha gestorben. Er hatte Krebs gehabt, der Tod seiner Tochter gab ihm den Rest. Marthas Bruder war mit Mitte zwanzig bei einem Verkehrsunfall ums Leben gekommen, deshalb waren Todd und seine Schwester Caroline die einzigen Erben. Als Todd die Unterlagen seiner Großmutter sichtete, fand er den Brief, von dem wir dir erzählt haben. Der Brief, den Martha an ihre Mutter geschrieben hatte. Und da fing Todd wieder an, Fragen zu stellen.«

»Darf ich den Brief sehen?«

»Warte. Ich hole ihn.« Kim ging in die Diele und wühlte in ihrem Koffer herum. Eine Minute später war sie mit einem kleinen Bilderrahmen aus Leder und einem Luftpostumschlag zurück. Sie reichte Calder den Rahmen.

»Todd hat das Foto immer bei sich. Ich dachte, du wüsstest vielleicht gern, wie seine Mutter ausgesehen hat.«

Das Bild zeigte eine Frau, die auf einer Treppe im Garten saß und den Arm um einen gelben Labrador gelegt hatte. Sie war schlank, hatte ehrliche blaue Augen und blondes Haar, das ihr bis zur Schulter reichte. Sie trug eine ausgeblichene Jeans und ein schlichtes blaues T-Shirt, war nicht geschminkt und lächelte den Fotografen an – ein warmes, entspanntes Lächeln.

»Sie sieht sehr schön aus«, bemerkte Calder.

»Das Bild wurde zwei Jahre vor ihrem Tod gemacht. Sie muss schon über vierzig gewesen sein.«

»Hm.«

»Ihre Familie stammte ursprünglich aus Norwegen, glaube ich. Ich meine, ihr Mädchenname war Olson.«

»Das sieht man ihr irgendwie an.« Calder musterte das Foto genauer. »Darf ich den Brief lesen?«

Kim reichte ihm den Umschlag. Vorsichtig zog Calder zwei Blätter abgegriffenen Luftpostpapiers hervor, die mit kleinen, gedrängt wirkenden Buchstaben bedeckt waren.

»Todd meint, die Schrift seiner Mutter hätte sonst nicht so schlimm ausgesehen. Er glaubt, es ist ein Zeichen für ihre Panik.«

Calder begann zu lesen.

Hondehoek
25. August 1988

Liebe Mama,
ich weiß, dass Dir dieser Brief eine Heidenangst machen wird. Ich entschuldige mich schon jetzt, dass ich ihn schreibe. Wenn Du ihn bekommst, lies ihn bitte und bewahr ihn gut auf. Wenn wir das nächste Mal telefonieren, sollten wir nicht darüber sprechen. Ich erzähle Dir mehr, wenn ich das nächste Mal nach Amerika komme, hoffentlich im September.

Du weißt ja, dass es bei mir und Cornelius im Moment nicht besonders gut aussieht. Ich habe dir schon erzählt, dass er seine südafrikanischen Zeitungen verkaufen und die Cape Daily Mail *schließen will und wie sehr ich mich darüber aufrege. Ich habe ein paar Sachen herausgefunden, die mir Sorgen machen. Große Sorgen.*

Wenn mir etwas passieren sollte … Ich schreibe das nicht gern, und ich weiß, wie sehr Dich das ängstigen wird, ich bin auch ganz sicher, dass nichts passiert, aber nur für den Fall, dass etwas geschieht, möchte ich, dass Du ein paar Sachen weißt. Du solltest dich mit einem Freund von mir in Verbindung setzen. Er heißt Benton Davis und arbeitet im New Yorker Büro von Bloomfield Weiss, der Investmentbank, die Zyl News betreut. Ich vertraue ihm, und er wird Dir sagen, was ich herausgefunden habe.

Du findest auch etwas hinten in meinem Tagebuch unter den Überschriften »Laagerbond« und »Operation Drommedaris«. Von mir aus kannst Du auch den Rest des Tagebuchs lesen, zeig es aber bloß nicht Cornelius. Ich habe es in meinem Schreibtisch auf Hondehoek versteckt. Es ist ein schwarzes Moleskin-Notizbuch und liegt in einem Karton mit der Aufschrift »Steuerunterlagen USA, 1980–85.« Sie ist ganz hinten in der untersten Schublade. Ich denke, dass niemand so einen Karton öffnet. Aber wenn mir etwas zustoßen sollte, komm bitte so schnell wie möglich her und hol das Tagebuch.

Wenn Du es gefunden und gelesen und mit Benton gesprochen hast, rede mit Papa und entscheide, wie Ihr vorgehen wollt. Euch beiden vertraue ich am meisten. Ihr werdet es schon richtig machen.

Ich kann nicht in Worte fassen, wie sehr ich Papa und Dich liebe. Ihr habt mir so viel beigebracht und mir so viel Liebe gegeben. Wenn ich Todd und Caroline nur eine halb so gute Mutter bin, wie Du es für mich warst, dann bin ich schon sehr glücklich. Ich weiß, ich habe einiges getan, was Du falsch fandest, aber Du hast mir vergeben, als es schwer war, und dafür danke ich Dir.

Mit all meiner Liebe,
Martha

»Okay«, sagte Calder und gab Kim den Brief zurück. »Jetzt verstehe ich, warum du unbedingt mit Benton sprechen willst.«

»Er muss irgendetwas wissen.«

»Du hast gesagt, Todd hätte bereits versucht, mit ihm Kontakt aufzunehmen?«

»Ja. Todd hat ihn von Amerika aus angerufen, bevor wir nach England flogen, aber er kam nicht an Davis' Assistentin vorbei. Als wir hier waren, sind wir persönlich zu Bloomfield Weiss gefahren, aber uns wurde gesagt, Mr. Davis sei nicht im Büro. Wir haben versucht, die Sicherheitsleute zu überreden, aber das waren richtige Sturköpfe, die haben uns nicht zugehört. Wir wussten nicht, wie Davis aussieht, deshalb konnten wir ihn nicht abfangen. Cornelius wollte uns nicht helfen. Deshalb habe ich vorgeschlagen, dich zu fragen.«

»Nach dem, was Martha hier über ihn schreibt, ist es sonderbar, dass er nicht mit euch sprechen will. Aber das ist auch nicht der Benton Davis, den *ich* kenne.«

»Was meinst du damit?«

»Ich traue ihm nicht über den Weg. Aber Menschen können sich bekanntlich ändern. Nach zwanzig Jahren bei Bloomfield Weiss können selbst die vertrauenswürdigsten Menschen ihre Integrität verlieren. Deswegen habe ich ja aufgehört.«

»Wie ist er denn so?«

»Nun, zunächst mal ist er schwarz. Was für ihn spricht. Ich glaube, er kam in den frühen Achtzigern zu Bloomfield Weiss, was damals für einen Schwarzen eine beachtliche Leistung war. Er muss ziemlich clever gewesen sein; es gab nicht viele schwarze Investmentbanker an der Wall Street.«

»Jetzt hältst du ihn nicht mehr für clever?«

»Nein. Ich habe ihn immer für ein bisschen oberflächlich gehalten. Redet viel über die Oper, lässt gern wichtige Namen fallen und so weiter. Aber vielleicht ist er einfach nur ausgebrannt. Wenn man erst mal fünfzig ist, rücken viele junge Leute nach und treten dir in die Hacken, wollen dich von deinem Posten vertreiben. Aber Benton hat Charisma. Er ist groß, ziemlich sportlich und hat eine eindrucksvolle Stimme. Man hört ihm zu.«

»Irgendwie hat er sich mit Martha angefreundet.«

»Hat Todd seinen Vater danach gefragt?«

»Ja. Cornelius hat scheinbar noch immer geschäftlich mit ihm zu tun. Er meinte, Benton Davis und Martha hätten sich kennengelernt, als Bloomfield Weiss das Geschäft mit dem *Herald* vorbereitete, kurz vor Marthas Tod. Aber Cornelius war nicht bereit, mit Todd über Marthas Brief zu sprechen.«

»Warum nicht?«

»Er will auf gar keinen Fall eine neue Diskussion über Marthas Tod. Das mag für ihn richtig sein, aber Todd hat ein *Recht*, es zu wissen, und das sollte Cornelius anerkennen.«

»Hat Cornelius eine Ahnung, was Martha herausgefunden haben könnte?«

»Nein. Behauptet er wenigstens.«

»Und das Tagebuch?«

»Nie gesehen. Er hätte nicht mal gewusst, dass sie eins führte. Er meinte, er könnte sich nicht an diesen Karton erinnern, von dem sie spricht, aber er ist sich ziemlich sicher, dass er beim Verkauf von Hondehoek ungeöffnet weggeworfen wurde.«

»Was ist mit diesem ›Laagerbond‹?«

»Davon hat er noch nie gehört.«

»Mit Bier hat das wohl nichts zu tun, oder?«

»Das schreibt sich mit zwei a, du Dummkopf. Nein, scheinbar weiß niemand, was das sein soll. *Laager* ist in Afrikaans das Wort für eine Wagenburg um ein Feldlager. Es geht zurück auf den großen Treck der Buren vom Kap ins Landesinnere und steht sprichwörtlich für eine defensive Haltung der Afrikaander gegenüber Veränderungen. *Bond* heißt einfach ›Bund‹ oder ›Gruppe‹. Todd hat herumgefragt, aber niemand hat je von dieser Gruppe gehört. Im Internet hat er einen Verweis darauf gefunden. Bei der Aussage vor der Wahrheits- und Versöhnungskommission 1997 behauptete ein Spitzel, sein Betreuer bei der Sicherheitspolizei sei Mitglied des Laagerbonds gewesen. Aber er hat den Ausdruck nur einmal erwähnt, und die Kommission ist nicht weiter darauf eingegangen.«

»Und Operation Drommedaris?«

»*Drommedaris* ist das holländische Wort für Dromedar. Außerdem ist es der Name des Schiffes von Jan van Riebeeck, der die holländische Kolonie in Kapstadt gründete. Es muss ein Codewort sein. Aber wofür?«

»Was ist mit dem Rest der Familie? Hat irgendjemand eine Idee?«

»Nein. Edwin war genauso wenig hilfreich wie sein Vater. Todd hat seine Schwester Caroline in Kalifornien angerufen, aber die wusste gar nichts – sie war damals erst zwölf. Er hat auch Zan gefragt, seine Halbschwester. Sie ist die einzige van Zyl, die noch in Südafrika lebt. Als der Mord damals passierte, wohnte sie vorübergehend bei Martha und Cornelius. Sie konnte uns auch nicht weiterhelfen, obwohl sie immerhin den Eindruck machte, als würde sie es wollen. Sie ist acht Jahre älter als Todd; als er klein war, standen sie sich ziemlich nahe, aber als er älter wurde, ist sie von der Bildfläche verschwunden. Sie hat sich mit dem Rest der Familie überworfen; sie wurde auch nicht zu unserer Hochzeit eingeladen. Ich habe sie einmal getroffen, als wir kurz nach der Hochzeit eine Reise nach Südafrika machten. Ich fand sie eigentlich recht nett. Zan hat die guten Seiten von Cornelius, ohne seinen Größenwahn.«

»Cornelius ist größenwahnsinnig?«

»Auf jeden Fall. Er liebt Macht. Und er kontrolliert gern die Menschen in seiner Umgebung.«

»Zum Beispiel Todd?«

»Todd war schon immer Cornelius' Liebling. Das treibt Edwin in den Wahnsinn. Cornelius will, dass Todd Zyl News übernimmt, wenn er sich zur Ruhe setzt. Er ist zweiundsiebzig, irgendwann wird es so weit sein. Aber man muss Todd zugutehalten, dass er sein Leben selbst bestimmen möchte.«

»Ah.«

»Was soll das heißen?«

Calder grinste. »Ich nehme an, du bestärkst ihn in seinem Unabhängigkeitsstreben?«

Kim lächelte verlegen. »Du hast schon recht. Ein Jahr nach unserer Hochzeit beschloss er – okay, mit meiner Unterstützung –, nicht mehr für Cornelius zu arbeiten und stattdessen das zu tun, wozu er Lust hatte. Nämlich zu unterrichten. Er studierte Pädagogik, wir zogen nach New Hampshire. Cornelius versucht, Todd mit Gewalt zu Zyl News zurückzuholen. Aber Todd lässt sich das nicht gefallen.«

»Und du bist auch glücklich mit der Entscheidung? In New Hampshire zu wohnen, meine ich?«

Kim zögerte. »Theoretisch auf jeden Fall. Praktisch ... nun ja, das ist ein anderes Thema.«

Calder beließ es dabei. Nachdenklich trank er einen Schluck Wein. »Es hört sich an, als wäre Martha gegenüber ihrem Mann ziemlich misstrauisch gewesen. Und als wollte Cornelius nicht, dass jemand den Grund dafür herausfindet.«

»Genau.« Kim legte die Stirn in Falten. »Ehrlich gesagt, mache ich mir Sorgen über seine Rolle in der ganzen Geschichte. Todd nicht. Er hat schon oft die Klingen mit seinem Vater gekreuzt, aber er kann sich ihn nicht als Mörder vorstellen, hat er mir gesagt.«

»Du schon?«

»Ich weiß es nicht, ehrlich. Todd und ich haben stundenlang darüber gesprochen. Für mich ist es eine Möglichkeit, die man im Hinterkopf behalten sollte.«

»Willst du damit andeuten, dass Cornelius etwas mit dem Absturz zu tun haben könnte?«

Kim zuckte mit den Achseln. »Es klingt weit hergeholt, aber …« Sie verstummte, nicht bereit, ihre Gedanken in Worte zu fassen.

»Aber würde er seinen eigenen Sohn umbringen? Der ihm so wichtig ist?«

»Ich bin mir nicht so sicher, dass er ihn immer noch so gern mag. Er war vor ein paar Tagen wirklich sauer auf Todd, weil der sich weigerte, wieder bei ihm einzusteigen. Das war ziemlich furchteinflößend. Cornelius plant da etwas …«, Kim zögerte, »… ein großes Geschäft, das Zyl News völlig verändern wird. Aber ich glaube, er weiß nicht, wozu er ein Imperium aufbauen soll, wenn er es in einigen Jahren Edwin überlassen muss – er hält nicht viel von Edwin, völlig zu Recht, wie ich finde, der Typ ist ein unfähiger Schleimer. Es geht hier schließlich um Cornelius' Lebenswerk, von dem Todd nichts wissen will. Niemand wird gern zurückgewiesen, schon gar nicht ein Mann wie Cornelius, der es gewohnt ist, seinen Willen durchzusetzen. Ich will nicht behaupten, dass er das Flugzeug selbst manipuliert hat, aber er ist ein einflussreicher Mann, er kann so etwas organisieren. Deshalb habe ich mir Gedanken über den Absturz gemacht und nicht gefragt, ob es wirklich ein Unfall war.«

Calder holte tief Luft. »Ich verstehe deine Bedenken. Obwohl ich mir immer noch nicht vorstellen kann, dass der Motorbrand kein Zufall gewesen sein soll.«

Kim zuckte mit den Schultern. »Wie du meinst. Aber ich möchte herausfinden, was hier los ist. Nicht nur für Todd, sondern auch für mich selbst. Und ich würde mich freuen, wenn du mir hilfst. Ich habe mehr Vertrauen zu dir als zu Todds Verwandten.« Kims Unterlippe zitterte, sie begann zu weinen. »Ich habe Angst, Alex. Genau wie Martha, als sie den Brief schrieb. Ich habe Angst.«

[6]

28. Juni 1988

Den ganzen Morgen hatte ich schlechte Laune. Neels ist nicht nach Hause gekommen. Ich habe George angerufen, er sagte, Neels hätte zusammen mit ihm die Schließung verkündet. Es sei eine der härtesten Aufgaben seines Berufslebens gewesen. Die Journalisten waren in Aufruhr. Und nicht nur die Journalisten, viele Leute werden ihre Arbeit verlieren, inklusive George selbst natürlich. Neels hat ihnen drei Monate bis zur Schließung gegeben, also bis zum 30. September. George sagt, es sei ein Albtraum, die Zeitung bis dahin weiterzuführen.

Was soll ich zu Neels sagen? Gestern Abend war ich kurz davor, ihn zur Rede zu stellen und rauszuwerfen. Jetzt bin ich mir nicht mehr so sicher. Es wäre entwürdigend, erniedrigend, ihn zu fragen, wo er gestern Nacht gewesen ist. Es wird schwer werden, vernünftig mit ihm zu sprechen, und gefährlich, ihn anzuschreien. Ich werde ihn ignorieren. Er kann ja behaupten, er müsse dringend auf Geschäftsreise, das hat er schon öfter gemacht.

Caroline sah heute Morgen völlig verschreckt aus, als sie zur Schule ging. Wie wird sie damit umgehen? Und was wird Todd dazu sagen?

Und zu allem Überfluss kommt heute Nachmittag Zan. Wie sie wohl sein wird? Höflich und zufrieden? Oder störrisch und kompliziert? Es wird eine Katastrophe, ich weiß es genau, und ich bin mir nicht sicher, ob ich genug Kraft habe, damit umzugehen.

Später …

Zan ist da, und es ist in Ordnung. Sie ist eine richtige Afrikanerin geworden. Ihr blondes Haar hat sie zu langen Zöpfen geflochten, an ihren Armen klimpern Reifen. Sie trug ein gelbes T-Shirt mit einem Bild des Musikers Hotstix Mabuse, Sandalen mit dicken Sohlen und einen ostafrikanischen Rock. Sie schwimmt immer noch, das sieht man ihren kräftigen, breiten Schultern an. Zan wirkt unglaublich gesund und hat noch immer Neels' blaue Augen. Sie schien sich ehrlich zu freuen, mich zu sehen, als sie kurz nach Mittag eintraf. Auch zu Doris war sie sehr freundlich; in ihrer Jugend hatten wir oft Probleme mit ihr, weil sie die Hausmädchen so schlecht behandelte. Man merkte, dass Doris ganz perplex war. Ich glaube, sie hat sich ebenso sehr darüber geärgert wie ich, als Zan sich damals so veränderte.

Sie erkundigte sich ausführlich nach Todd und Caroline und nach meinen Eltern. Sie fragte nach Neels, und ich erzählte nur Gutes, wirklich. Sie wohnt in dem Zimmer, in dem sie immer geschlafen hat, wenn sie zu Besuch auf Hondehoek war, und sie schwelgte in Erinnerungen an damals, als Doris und ich ihr halfen, Kleidung für ihre Barbiepuppen anzufertigen. Sie sagt, sie will die Sachen wieder hervorsuchen. Ich bin mir ziemlich sicher, dass nichts weggeworfen wurde; Caroline hat manchmal damit gespielt. Doris hat versprochen, morgen danach zu suchen. Vor vier Jahren wäre Zan tödlich beleidigt gewesen, wenn man erwähnt hätte, dass sie jemals mit Puppen gespielt hat. Ein bisschen peinlich ist ihr der Barbie-Kram schon noch, aber früher hat es ihr viel Freude bereitet.

Als Zan klein war, hatten wir wirklich viel Spaß miteinander. Sie war erst fünf Jahre alt, als Penelope und Neels sich scheiden ließen. Nach unserer Hochzeit verbrachte sie hin und wieder mit Edwin das Wochenende bei uns. Sie tat mir leid; ihre Mutter trank und hatte dauernd neue Männer. Ich versuchte, mich an dieses seltsame Land zu gewöhnen, und dabei wurde Zan meine Verbündete. Wahrscheinlich habe ich sie verwöhnt: Wir schenkten ihr ein Pony, und sie bekam Matt, zuerst noch ein süßer kleiner Welpe, später dann ein richtiger Prachtkerl von einem Labrador. Der arme Hund, er fehlt mir. Jedenfalls war sie an jenen Wochenenden mein kleiner Schatten, lief hinter mir her und plapperte in einem fort. Als sie mit dem Schwimmen begann und dann Wettkämpfe gewann, brachte ich sie zu den Turnieren und feuerte sie an.

Und dann ... dann änderte sich alles.

Aber ich glaube, jetzt ist es in Ordnung. In meiner momentanen Gemütsverfassung ist es sogar ganz nett, Gesellschaft zu haben. Natürlich weiß Zan nicht, dass Neels und ich momentan Probleme haben. Es wird schwierig werden. Denn wenn er heute Abend nach Hause kommt, wird sie es zweifelsohne mitbekommen.

29. Juni

Während ich hier sitze und schreibe, schwimmt Zan draußen ihre Runden durch den Pool, obwohl es nur fünfzehn Grad sind. Ich will nicht, dass sie mich Tagebuch schreiben sieht.

Sie war überglücklich gestern Abend, Neels zu sehen, er ebenso. Er umarmte sie so fest, dass ich dachte, sie bekäme keine Luft mehr. Ich war unwillkürlich gerührt.

Trotzdem bin ich immer noch wütend auf ihn, auch wenn ich mich bemüht habe, mir nichts anmerken zu lassen. Es hat funktioniert, ich glaube nicht, dass Zan irgendetwas mitbekommen hat, aber ich weiß nicht, wie lange ich das durchhalten kann. Abgesehen davon, dass mein Mann ein untreuer Hurenbock ist, war es ein schöner Abend.

Ich bereitete Jakobsmuscheln zu. Doris und ich sind ein gutes Team, ich koche gern mit ihr. Zan berichtete, was sie so in Johannesburg treibt. Sie wohnt offenbar mit Tammy Mackie zusammen, der Tochter von Don und Heather Mackie, beides Mitglieder der südafrikanischen Kommunistischen Partei, die momentan im Exil sind. Tammy ist »gebannt«, das bedeutet, sie darf nur mit einer bestimmten Anzahl von Menschen zusammenkommen. Aber Zan darf überallhin gehen und tut es auch. Ich bin mir sicher, dass sie uns nicht mal die Hälfte von dem erzählt, was sie so im Schilde führt, aber es klingt ziemlich aufregend. Neels bat sie, vorsichtig zu sein, solange sie bei uns wohnt. Zu meiner Überraschung erklärte sie sich einverstanden.

Wir sprachen nicht ein einziges Mal über die Zeitungsbranche, obwohl Neels verkündete, er wolle die Pellings in den nächsten Tagen zum Essen einladen. Wir kennen sie flüchtig, es sind aber nicht gerade unsere besten Freunde. Graham Pelling hat Geld wie Heu, es muss also irgendein Geschäftsmotiv dahinterstecken, da bin ich mir sicher. Vielleicht kann Neels ihn überreden, die *Mail* zu kaufen. Das wäre gut.

Gestern habe ich Neels bei mir im Bett schlafen lassen, aber nicht mit ihm gesprochen. Er wollte mich berühren, aber ich habe mich umgedreht.

Dieses Schwein.

30. Juni

Es hat geregnet. Wolkenfetzen winden sich um den Hondekop, und einige Meilen weiter den Fluss hinauf ist das Tal hinter einer dichten grauen Decke verschwunden. Alles ist pitschnass. Die Luft steht. Der Fynbos riecht herrlich in der Feuchtigkeit. Als ich neben der Sklavenglocke stand und überlegte, wie ich die Tulpenzwiebeln vor den Maulwürfen schützen kann, hörte ich einen Schrei, gefolgt von einer Antwort. Es war ein Bokmakiri mit seiner Gefährtin, die in den Zweigen des weißen Stinkwoodbaumes herumhüpften. Ein Bokmakiri ist ein Buschwürger, klein mit gelber Brust, schwarzer Halskrause und lauter Stimme. Sein Name in Afrikaans gibt den Tonfall seines Rufs wider. Das Männchen singt »ka-wiet, ka-wiet, bokmakiri«, und das Weibchen antwortet. Diese Vögel haben so etwas herrlich Häusliches; ich habe das Gefühl, der Garten gehört ihnen genauso wie mir.

Als ich im üppigen Grün stand, liefen mir auf einmal die Tränen über die Wangen. Ich bin tatsächlich neidisch auf das Glück zweier Vögel. Ich muss mich wirklich zusammenreißen.

1. Juli

Zan ist heute Morgen zu einem Treffen der Kampagne zur Abschaffung der Wehrpflicht nach Kapstadt gefahren. Ich habe überlegt, sie zu fragen, ob ich mitkommen könne, doch dann fehlte mir der Mut.

In den letzten Tagen habe ich nicht viel von Neels gesehen. Wenn er mir über den Weg läuft, wirkt er so, als hätte er schlechte Laune. In den Tageszeitungen von heute steht er schwer unter Beschuss. Innerhalb eines Tages wurde er vom wohltätigen Diktator zum bösen Tyrannen. Geschieht ihm ganz recht. Hoffentlich tut es ihm weh!

Heute ist Carolines letzter Schultag vor den Winterferien. Sie wirkt niedergeschlagener als sonst zum Schuljahresende. Ich bin überzeugt, dass sie die Spannungen zwischen Neels und mir spürt. Das arme Mädchen!

2. Juli

Es ist Samstag, Neels hat sich freigenommen. Die Leitartikel in den Zeitungen und die Leserbriefe beschimpfen ihn wegen der Schließung der *Mail*. Und erst die Journalisten selbst! Sie hassen Neels, und das geht ihm nahe. George und seine Mitarbeiter fordern von ihm die Erlaubnis, selbst die *Mail* kaufen oder einen anderen Käufer suchen zu dürfen. Neels hat sich zum Verkauf bereit erklärt, wenn sie einen Interessenten finden. Er ist überzeugt, dass es ihnen nicht gelingt, und ich befürchte, er hat recht.

Heute Morgen beim Frühstück hat er mit Zan und mir darüber gesprochen. Er ist verbittert, desillusioniert. Angeblich hat er im Lauf der Jahre Millionen von Rand in die *Mail* gesteckt, und niemand zollt ihm dafür Anerkennung. Zuallererst sei er Geschäftsmann, immer schon gewesen, und niemand könne die Augen davor verschließen, dass die *Mail* rote Zahlen schreibe. Als P.W. Botha vor zehn Jahren an die Macht kam und alles ändern wollte, war Neels optimistisch. Aber jetzt sagt er, er sei ziemlich sicher, dass das Land in ein paar Jahren in Flammen aufgehen werde und er nichts daran ändern könne. Die Polizei wird immer brutaler, die Schwarzen ebenfalls: Bomben, Necklacing, Schülerkrawalle, der Mord an seinem Bruder, Zulus und UDF, die sich gegenseitig umbringen. Die Spirale der Gewalt, die er hätte verhindern wollen, habe sich zu drehen begonnen und werde in einem fürchterlichen Blutvergießen enden. Es sei Zeit, aufzuhören.

Das meiste, was er sagte, war an Zan gerichtet. Sie hörte ihm verständnisvoll zu, obwohl ich merkte, dass sie nicht überzeugt war. Einen Augenblick lang tat Neels mir fast leid. Aber er hat diese Vorwürfe verdient! Er hat recht, es sieht schlecht aus in diesem Land – der Ausnahmezustand, all die Aufstände –, aber in dieser Situation braucht sein Land Leute wie ihn am dringendsten.

Und dann noch diese Schlampe. Gut, ich habe keinen Beweis, aber ich weiß, dass es sie gibt. Ich weiß es einfach. Es erklärt alles.

Nach dem Frühstück beschlossen Zan und Neels, einen Ausflug in die Berge zu unternehmen. Ich schaute ihnen nach – zwei große, tatkräftige Menschen schritten durch den dünnen Nebel, der einige Zentimeter über dem Boden zwischen den goldenen

Weinblättern schwebte. Ihre Fußabdrücke blieben im Tau auf dem Rasen zurück. Es ist jetzt drei Uhr, sie sind immer noch nicht zurück. Ein Teil von mir ist ein wenig eifersüchtig auf Zan; sie nimmt die Rolle ein, die mir zusteht, unterstützt meinen Mann in einer schwierigen Zeit.

Neels hat verkündet, er würde nächste Woche nach Durban und dann weiter nach Philadelphia reisen, um das Geschäft mit dem *Herald* voranzutreiben. Ich bin froh, wenn er weg ist. Einer seiner Banker kommt heute Abend mit, wenn die Pellings bei uns zum Essen sind. Ich werde meine Pflicht als Ehefrau erfüllen.

3. Juli

Gestern waren die Pellings und Neels' Banker bei uns zum Abendessen. Zan war auch dabei und benahm sich vorbildlich: mit ihrer braunen Haut und dem geflochtenen Haar sieht sie einfach toll aus. Sie machte großen Eindruck auf Graham Pelling. Ich spielte die perfekte Gastgeberin.

Eigentlich kann ich das ziemlich gut, besonders bei kleineren Gesellschaften. Neels lädt oft Gäste ein, es treffen manchmal interessante Menschen zusammen. Die meisten sind sehr nett. Am Anfang unserer Ehe, in den Siebzigern, luden wir öfter die Radikalenführer ein, Weiße wie Schwarze, aber heutzutage sind alle im Gefängnis oder gebannt oder einfach zu verdächtig. Manchmal kommen Akademiker von der Universität Stellenbosch. Sie sind ziemlich unterhaltsam, aber absolute Tratschtanten. Einen von ihnen mag ich besonders gern, ausgerechnet einen Professor der Journalistik namens Daniel Havenga. Er sieht lustig aus: Obgleich er wohl nicht älter als fünfundvierzig ist, ist er frühzeitig ergraut und hat schlohweißes Haar, ein kleines rundes Gesicht und einen Bart, schöne braune Augen und kleine

Ohren, die im rechten Winkel von seinem Kopf abstehen. Er nennt Stellenbosch immer »Triff mich im Busch«, und wenn nur die Hälfte von dem stimmt, was er uns beim Abendessen erzählt, dann ist der Name gerechtfertigt. Auch wenn wir nie über die Apartheid sprechen, gehe ich davon aus, dass einige unserer Gäste Mitglieder des apartheidfreundlichen Broederbonds sind, inklusive Daniel.

Einmal fragte ich Neels, ob auch er ein Bruder sei, und er beteuerte mir, nicht dazuzugehören. Ich glaube ihm, aber natürlich liegt es im Wesen einer Geheimgesellschaft, dass man seine Mitgliedschaft nicht preisgibt. Ich weiß noch, dass meine Freundin Nancy mit zwölf Jahren herausfand, dass ihr Vater Freimaurer war. Sie flippte total aus. So wie ich es verstanden habe, ist es der Broederbond gewesen, der all die aberwitzigen Ideen des Apartheidregimes ausbrütete. Daher ist es höchst unwahrscheinlich, dass Neels dazugehört. Aber ich könnte mir vorstellen, dass man ihn liebend gern dabeihätte.

Wir sprachen darüber, wie wichtig die Presse ist, besonders heutzutage, wo das, was Zeitungen überhaupt noch berichten dürfen, immer stärker eingeschränkt wird. Neels erwähnte, dass er gezwungen sein könnte, seine südafrikanischen Blätter zu verkaufen. Er machte das gut: Graham schien interessiert. Nach dem Essen unterhielten sie sich zu zweit. Neels glaubt, Graham könnte anbeißen. Er wäre ein guter Verleger. Geld hat er reichlich von seinen Goldminen. Vielleicht will er auch die *Mail* übernehmen?

Der Banker war schwarz! Du lieber Gott, ist das zu glauben? Ich hoffe, wir haben ihn wie einen ganz normalen Menschen behandelt. Der arme Kerl heißt Benton, er muss irgendwas mit Neels' südafrikanischen Zeitungen erledigen. Er wohnt in einem »integrierten« Hotel in Kapstadt, doch Neels hat ihm einen Chauffeur geschickt, der ihn überallhin bringt. Tatsächlich fährt er ihn aber nur ins Büro und zurück.

Es war so schön, mit einem Amerikaner zu sprechen, insbesondere kurz vor dem Unabhängigkeitstag. Benton machte einen wirklich netten Eindruck. Er ist belesener als die meisten Investmentbanker, die ich kennengelernt habe, und dazu noch klug. Er hat die ganze lateinamerikanische Literatur gelesen, die ich mag – er meinte, das neue Buch von Isabel Allende wäre wirklich gut, und er hat gerade Nadine Gordimer gelesen. Er wohnt in Greenwich Village. Wie man hört, gibt es dort schon viele Aids-Opfer; es soll eine Geisterstadt sein. Zumindest das ist ein Problem, mit dem Südafrika nichts zu tun hat.

Der arme Kerl tut mir leid, am 4. Juli schuften zu müssen. Vielleicht backe ich ihm ein paar Schokoladenplätzchen und gebe bei ihm im Hotel ein Care-Paket ab.

Aber woraus mache ich die Schokoladensplitter? Ich habe noch Toll House Cookies, aber die sind von Nestlé, und die Firma boykottiere ich jetzt wieder. Kürzlich habe ich gelesen, dass Nestlé noch immer versucht, Milchpulver an afrikanische Mütter zu verkaufen, die ohne weiteres stillen könnten. Man sollte meinen, dass sie bei all dem Chaos hier inzwischen damit aufgehört hätten. Vielleicht muss ich die Schokolade mit der Hand klein schneiden. Zan könnte mir helfen, wie damals, als sie noch ein junges Mädchen war.

4. Juli

Unabhängigkeitstag. Wie gern ich heute in Amerika wäre, ohne Neels! Ich habe Benton die Plätzchen ins Hotel gebracht. Hoffentlich schmecken sie ihm.

Zan hat angekündigt, dass sie für einige Tage nach Johannesburg will. Ich glaube, es hat etwas mit der Kampagne zu tun, aber sie war nicht sehr mitteilsam. Ich habe nicht weiter nachgefragt. Ich habe mich bei ihr nach Black Sash erkundigt, aber sie will mir nichts davon erzählen, nur dass es eine Organisation für weiße Frauen ist, die gegen die Apartheid kämpfen. Ich glaube, sie vertraut mir immer noch nicht. Ist wohl verständlich, denke ich.

Am Samstag ist vor dem Rugby-Stadion Ellis Park eine gewaltige Bombe explodiert – während des Spiels! Die Zeitungen staunen, dass nur zwei Personen starben. Irgendwie untermauert das Neels' Ansicht, das Land breche auseinander. Aber ich weiß nicht, ob wir weglaufen sollten.

5. Juli

Komme gerade von einem Abendessen mit Benton Davis zurück. Er hatte mir eine nette Dankeskarte wegen der Plätzchen geschickt, die Zan und ich für ihn gebacken hatten. Ich rief zurück und schlug vor, uns zu treffen. Benton wollte im Hotel bleiben, wir aßen im Speisesaal. Neels ist heute Nacht in Durban, er will sehen, wie es mit der *Durban Age* weitergeht. Ich hoffe, er ist allein, aber sicher sein kann ich mir natürlich nicht.

Es wundert mich nicht, dass Benton dieses Land nicht ausstehen kann. Er meint, das Schlimmste seien nicht die ganzen Vorschriften, die die Schwarzen diskriminieren, die separaten Toiletten und so. Das sei abstoßend, aber damit habe er gerechnet. Das Schlimmste sei die Art, wie er von Weißen angesehen werde, er, ein großer Schwarzer in einem teuren Anzug. Er sagt, es gebe unterschiedliche Reaktionen: Angst, Hass, Schock und Verachtung. Die einzige Reaktion, die er mag, ist Verwunderung. Dafür allein würde es sich schon lohnen.

Als er an seinem ersten Morgen in diesem Land durch die Hotellobby ging, hörte er jemanden rufen: »Boy!« Er ignorierte es, wäre nicht eine Sekunde darauf gekommen, dass er gemeint sein könnte. Dann hörte er es erneut: »Boy! Warte!« Als er sich umdrehte, kam ein kleiner grauhaariger Mann mit einem Schnurrbart auf ihn zu.

»Kann ich Ihnen helfen, Sir?«, hatte Benton gesagt, aus lauter Verwirrung ganz höflich. Der Mann roch nach Alkohol.

Als der Fremde Bentons Akzent hörte, funkelten seine Augen: »Geh zurück, wo du hergekommen bist, Junge. Wir wollen nicht, dass du unsere Kaffer hier aufwiegelst.«

Benton hätte den Mann fast geschlagen, obwohl der kleiner und älter war. Dann wurde ihm klar, dass der andere genau darauf aus war. Deswegen machte er auf dem Absatz kehrt und verließ das Hotel. Aber den Rest des Tages gingen ihm alle Erwiderungen durch den Kopf, die er hätte geben sollen.

Er fragte mich, ob wir hier ein Schimpfwort für verbohrte Reaktionäre hätten, so etwas wie »redneck« in Amerika. Ich erzählte ihm, dass die Buren englischsprachige Liberale als »rooinek« bezeichneten, weil sie immer Sonnenbrand im Nacken hätten. Andererseits würden die Buren beispielsweise mit dem Schimpfwort »rockspider« belegt. Das sind die Felsspinnen, die in kleine Spalten kriechen und so jede Gefahr überleben.

Ich fragte Benton, warum er hergekommen sei. Jahrelang hätte Amerika Südafrika ignoriert, jetzt sei es auf einmal ganz versessen darauf, sich mit dem Land zu beschäftigen, insbesondere das schwarze Amerika. Ob er nicht das Gefühl habe, mit dem Feind Handel zu treiben?

Er gab zu, es sei schwer gewesen. Seinen Chef könne er nicht ausstehen. Als sich abzeichnete, dass jemand von Bloomfield Weiss nach Südafrika musste, um Neels' Zeitungsgeschäft zu prüfen, habe es sein Chef für eine tolle Idee gehalten, Benton zu schicken. Benton war dagegen, sein Chef beschimpfte ihn als Feigling. Ich hätte gedacht, das würde eine Anzeige wegen Diskriminierung nach sich ziehen, aber scheinbar ist das der Trick dieses Burschen: Er will Benton dazu bringen, seine Hautfarbe ins Spiel zu bringen. Aber Benton sagt, das sei nicht sein Stil; er will seiner Leistungen wegen Erfolg haben, nicht aufgrund seiner Hautfarbe. Als er mit Neels sprach, war er unsicher, ob er wirklich reisen sollte.

Offenbar hatte Neels das Problem vorausgesehen. Er sagte, Südafrika brauche Schwarze wie Benton, die herkämen, um den Weißen hier zu zeigen, dass Schwarze im Rest der Welt gebildete Männer und Frauen in einflussreichen Positionen sein könnten. Andrew Young, der amerikanische Botschafter bei den Vereinten Nationen, und Leon Sullivan, das schwarze Vorstandsmitglied von General Motors, waren prominente schwarze Amerikaner, die Südafrika besucht und damit ein Statement abgegeben hatten. Benton könne das auch.

Offenbar hatte Neels Benton überzeugt. Er war schon immer ein großer Fan von Leon Sullivan gewesen. Benton beschloss zu kommen.

Das Abendessen war nett. Aber gegen Ende ließ Benton etwas über Zyl News verlauten, was ich nicht erwartet hatte. Es war ein Schock, ein großer Schock. Ich will von Neels mehr darüber erfahren, wenn wir wieder miteinander sprechen. *Falls* wir wieder miteinander sprechen.

7. Juli

Gestern ist Neels aus Durban zurückgekommen, morgen fliegt er in die Staaten. Ich bin froh, wenn ich ihn von hinten sehe. Immerhin wird er dann auch von dieser Frau getrennt sein, wer auch immer sie ist. Im Moment will ich nicht an sie denken.

Zan war fort, die Stimmung angespannt. Ich erwähnte, dass ich am Vorabend mit Benton essen gewesen sei, sprach Neels aber nicht darauf an, was Benton mir erzählt hatte. Schweigend gingen wir zu Bett. Als das Licht aus war, räusperte sich Neels.

»Ähm, *liefie*?«

»Ja?«

»Ich muss dir etwas sagen. Das schleppe ich schon seit ein paar Tagen mit mir herum.«

Ich lag auf meiner Seite des Bettes und machte mich, das Gesicht von ihm abgewandt, auf das Schlimmste gefasst. Eigentlich müsste ich *ihn* auf seine Geliebte ansprechen, nicht umgekehrt. Ich ärgerte mich, ihm die Initiative überlassen zu haben.

»Kannst du dich an den langen Spaziergang erinnern, den Zan und ich am Samstag gemacht haben?«

»Ja«, sagte ich unsicher.

»Sie hat mir etwas erzählt. Was sie erfahren hat, als sie in London war.«

»Ich wusste nicht, dass sie in London war.«

»Ich auch nicht«, erwiderte Neels. »Vielleicht hatte sie ein Bewerbungsgespräch für den Studienplatz an der LSE. Keine Ahnung. Ich wollte sie nicht danach fragen.«

»Okay.«

»Nun, sie hat in London jemanden aus Südafrika getroffen. Ein Mitglied der Kommunistischen Partei von Südafrika.«

»Wen?«

»Das wollte sie nicht sagen. Aber sie wohnt ja mit der Tochter von den Mackies zusammen. Vielleicht hat sie mit den Eltern gesprochen. Oder mit Freunden der Eltern. Wer weiß? Jedenfalls erzählte ihr diese Person aus Südafrika etwas sehr Beunruhigendes.«

Ich wartete. Cornelius lag auf dem Rücken und starrte an die Decke.

»Angeblich gibt es eine Liste, auf der mein Name steht.«

»Was für eine Liste?«

»Eine Liste von Leuten, die an die Wand gestellt werden sollen, wenn es zur Revolution kommt.«

»Nein!« Ich drehte mich zu Neels um.

»Doch.«

»Glaubst du das?«

»Weiß nicht. Vielleicht schon. Die Zentrale der Kommunisten ist in London, das ist bekannt.«

»Wer steht sonst noch auf der Liste?«

»Angeblich ist sie sehr lang. Der Mann hat Zan keine weiteren Namen genannt. Nur einen noch.«

»Welchen?«

Neels stützte sich auf den Ellbogen und sah mir zum ersten Mal an diesem Abend in die Augen.

»Deinen.«

[7]

In Cornelius van Zyls Büro herrschte ein heilloses Durcheinander. Jeder Winkel des teuer eingerichteten Raumes war mit Papier bedeckt: Bilanzen, Finanzberichte, ausgedruckte Zeitungsartikel, Dossiers von Beratern sowie einige Zeitungen. Van Zyl legte Wert darauf, jeden Tag wenigstens den *Herald* und den *Philadelphia Intelligencer* zu lesen, aber die Zeitungen stapelten sich bereits. Auch ältere Ausgaben der *Times* lagen herum. Die hatte er allerdings genau studiert.

Edwin wirkte müde. Er trug einen ordentlichen Dreiteiler und eine Krawatte, und sein oberster Hemdknopf war noch geschlossen, aber er machte einen mitgenommenen Eindruck. Weil van Zyl darauf bestanden hatte, dass kein anderer Mitarbeiter von Zyl News einbezogen werden sollte, hatte Edwin vieles übernehmen müssen, das er normalerweise an seine fleißigen Betriebswirte delegierte. Er hatte sorgfältig gearbeitet und deshalb nur wenig Schlaf gefunden.

Sein Vater hingegen war ein Energiebündel. Er konnte kaum länger als ein, zwei Minuten still sitzen, sprang von einem Problem zum nächsten. Er nahm die Sache nun selbst in die Hand und degradierte seinen Sohn damit zum Statisten.

Die Banker von Bloomfield Weiss kamen ins Büro. Benton Davis ging voran, gefolgt von Dower. Da es jetzt um ein richtiges Geschäft ging, für das es Provisionen geben würde, war das Team auf sechs Personen angewachsen. Wahrscheinlich saß im Büro von Bloomfield Weiss in Broadgate noch einmal ein Bataillon von unsichtbaren Zuarbeitern, die ebenfalls mit dem Deal beschäftigt waren.

»Entschuldigen Sie die Unordnung, meine Herren«, begann van Zyl. »Wie läuft es mit den Banken?«

Dower wollte etwas sagen, doch bevor er den Mund öffnen konnte, ergriff Davis das Wort: »Sehr gut. Anfangs hatten sie Bedenken. Die Geschichte ist zeitlich ein bisschen knapp, daran ist nichts zu ändern, aber wir haben die National Bank of Scotland so weit, dass sie nun die Führung übernehmen will. Das ist ein angesehenes Haus, ich denke, die werden das gut über die Bühne bringen.«

»Welche Zusicherungen wollen die haben?«

»Andy?« Davis drehte sich zu Dower um, in dem es sichtlich gärte. Van Zyl war klar, dass Dower sich von Davis in den Hintergrund gedrängt fühlte. Ihn langweilte die Eitelkeit der Investmentbanker, er hatte sich aber im Lauf von zwanzig Jahren daran gewöhnt. Wie viele Fehler Bloomfield Weiss auch haben mochte, so hatte die Bank doch in guten wie in schlechten Zeiten zu ihm gestanden, und das war eine Menge wert. Aber Cornelius würde diesen Leuten niemals völlig vertrauen. Schließlich waren sie Investmentbanker.

Dower erläuterte detailliert, auf welchen finanziellen Zusicherungen die Banken in den Vereinbarungen bestehen würden, und erklärte Edwin und van Zyl, wie die Präsentation am nächsten Tag vor den Banken würde aussehen müssen. Dann verlagerte sich die Diskussion wieder auf den Preis, den sie für die *Times* zahlen konnten.

»Wir haben unsere Analysten mal auf Evelyn Gill und seine Beckwith Communications angesetzt«, sagte Dower. »Wenn Gill sich Geld leiht, geht er meist zu einigen Schweizer Banken. Wir glauben aber nicht, dass er an weiteres Kapital herankommt. Wenn wir 850 Millionen bieten, wird es schwer für ihn werden. Er wird nicht auf den Aktienmarkt gehen wollen, und seine Unternehmensstruktur ist zu unübersichtlich, als dass er schnell mal eben eine Kapitalerhöhung durchziehen könnte.«

Van Zyl wollte nicht den Fehler machen, seinen Gegner zu unterschätzen. Sir Evelyn Gill war ein kräftiger Kerl mit einem herausfordernden Blick und einem aggressiv vorgeschobenen Unterkiefer. Er hatte im Stahlwerk seines Vaters in Sheffield gearbeitet, aber das Menetekel für die Stahlindustrie frühzeitig erkannt und war in immer wertvollere Metalle eingestiegen, bis er das Familiengeschäft zu einem international tätigen Warenspekulationsunternehmen umgebaut hatte. In den frühen Achtzigern hatte er einen Teil seiner Gewinne in den Kauf von Beckwith Communications investiert, einen Zeitschriftenverlag, mit dessen Hilfe er dann 1988 für den *Herald* bot und unterlag. Im Jahr darauf holte er sich dafür den *New York Globe*. Seitdem hatte Gill das Londoner Boulevardblatt *Mercury* und eine Reihe anderer Zeitungen und Magazine in Europa, Australien und Südafrika gekauft sowie einen Buchverlag in London. Beckwith Communications veröffentlichte zwar keine Zahlen, doch es wurde gemunkelt, dass die Zeitungen sich hervorragend rentierten. Alle vertraten eine populistische, rechtskonservative Linie – patriotisch, gegen Einwanderung, gegen Bürokratie. Wo auch immer diese Botschaft verkündet wurde, schien sie auf offene Ohren zu stoßen. Selbst Gills seriösere politische Wochenzeitungen in Frankreich und Schweden verfolgten diese Linie, und auch ihre Auflage war gestiegen. Gills Beitrag zur Medienlandschaft Großbritanniens war 1996 öffentlich gewürdigt worden, als er von der konservativen Regierung ein Jahr vor ihrer Wahlniederlage zum Ritter geschlagen wurde.

»Gill hat versucht, den Preis runterzuhandeln«, sagte van Zyl. »Wir kennen das Spielchen: Zuckerbrot und Peitsche. Einem Preis prinzipiell zustimmen und ihn dann runterhandeln, weil man bei der Due-Diligence-Prüfung angeblich auf Probleme gestoßen ist. In diesem Fall auf Unregelmäßigkeiten in der Buchführung und auf unterfinanzierte Pensionsverpflichtungen.«

»Das könnten auch für uns echte Probleme sein«, sagte Dower.

»Laxton Media will nichts mehr davon hören. Die haben die Schnauze voll. Gestrichen voll. Umso besser für uns, wenn wir mit einem höheren Angebot einsteigen.«

»Woher wissen Sie das alles?«, fragte Davis.

»Edwin hat eine Quelle.«

Kurz herrschte betretenes Schweigen. Edwin studierte eifrig die Papiere vor sich, während die anderen am Tisch überlegten, wer Edwins Quelle sein könne. Van Zyl wusste, dass sein Sohn in dem Ruf stand, gelegentlich auf unlautere Methoden zurückzugreifen, wenn er etwas erreichen wollte. Und diesen Ruf hatte er zu Recht. Van Zyl hatte Edwin nicht nach seiner Quelle gefragt, weil er die Antwort lieber nicht wissen wollte. Vielleicht hätte er es tun sollen. Van Zyl war bewusst, dass sein integrer Ruf mit ihm verschwinden würde, wenn er sich einmal zur Ruhe setzte.

»Hervorragend«, sagte Benton Davis, um das Schweigen zu brechen. »Vielleicht können wir jetzt über die Junk Bonds sprechen.«

»Kann ich dich wirklich nicht überreden, zu uns zurückzukommen, Zero?« Grinsend nippte Tarek al-Seesi an seinem Orangensaft. Im Speisesaal des Claridge's war es so früh am Morgen noch sehr ruhig. Der Saudi und Calder sowie ein einsamer Geschäftsmann in der hintersten Ecke waren die einzigen Gäste. Ihr Tisch war für drei gedeckt. Ein Stuhl war noch frei.

»Ziemlich sicher nicht«, erwiderte Calder. »Zero« war sein alter Spitzname aus Tradertagen. »Aber es ist nett, dass du fragst.«

»Ich werde nicht lockerlassen«, gab der Saudi zurück. »Bis du eines Tages zusagst.«

Tarek al-Seesi war Calders Kollege und direkter Vorgesetzter bei Bloomfield Weiss gewesen. Tarek war ein intelligenter Mann mit einem breiten Schnurrbart, schütterem Haar und nachdenklichen, großen braunen Augen. Er war nur wenige Jahre älter als Calder, wirkte und benahm sich aber deutlich reifer und klüger.

In ihm vereinte sich das orientalische Feilschen des Basars mit einem guten Gespür für die menschliche Psychologie und einem gründlichen Verständnis für Makroökonomie, ablesbar an seinem Doktortitel. Außerdem war er ein geschickter Taktiker, was man von Calder bestimmt nicht behaupten konnte. Am wichtigsten aber war, dass al-Seesi ein Mensch war, den Calder nicht nur respektierte, sondern dem er vertraute. Als Calder ihm tags zuvor am Telefon seine Bitte vorgetragen hatte, war al-Seesi nur zu gern darauf eingegangen. Und so war Calder am vergangenen Nachmittag mit seiner Cessna nach Elstree geflogen und hatte den Abend bei seiner Schwester in Highgate verbracht, damit er früh aufstehen und al-Seesi um zehn vor sieben treffen konnte.

»Du kannst mir nicht erzählen, dass dir das Traden nicht fehlt«, sagte al-Seesi.

»Du hast recht«, erwiderte Calder. Er war kurz davor, al-Seesi von seinen kleinen Versuchen im Spread-Betting zu erzählen, doch dann hielt ihn etwas zurück. Früher, als Rentenhändler, hatten sie immer über die »dummen Kunden« gelacht, ihre Bezeichnung für schlecht informierte Freizeitspekulanten. Calder wollte nicht zugeben, dass er einer von ihnen geworden war. Außerdem war es eh nur ein bisschen Zockerei. Ein kleiner Spaß. »Danke, dass du das hier in die Wege geleitet hast.«

»Kein Problem. Ich bin gespannt, was passiert. Ah, da kommt ja unser Mann.«

Al-Seesi stand auf und winkte mit ausgestrecktem Arm. Calder saß mit dem Rücken zum Eingang des Speisesaals. Er wartete einige Sekunden und drehte sich dann um. Benton Davis kam auf sie zu. Als er Calder erblickte, gefror sein höfliches Lächeln.

Al-Seesi gab ihm die Hand. »Setz dich, Benton. Du kannst dich doch noch an Alex erinnern, oder?«

»Natürlich«, sagte Davis mit ernstem Gesicht. Kurz schüttelte er Calders Hand, dann zögerte er. Es war deutlich zu spüren, dass er lieber nicht mit seinem früheren Kollegen frühstücken wollte. Benton Davis war zwar offiziell Leiter des Londoner Büros, tatsächlich handelte es sich dabei jedoch nur um einen Verwaltungsposten mit Repräsentationspflichten. Tarek al-Seesi hatte den europäischen Rentenhandel unter sich, sein Team setzte viel Geld um. Hunderte Millionen Dollar. Al-Seesis Stern war im Aufstieg begriffen. Davis nahm Platz.

»Ich gratuliere dir zur Wahl des Treffpunkts, Tarek«, sagte er und sah sich im reich verzierten Saal um.

Der Saudi lächelte. Er hob eine Augenbraue, und der Oberkellner kam heran. Al-Seesi bestellte sein übliches kompliziertes Menü aus Mozzarella, Brot und Olivenöl, Calder entschied sich für ein typisch englisches Frühstück, und Davis nahm einfach nur eine Schüssel Müsli und Obst. Calder hatte vergessen, wie eindrucksvoll Benton Davis mit seiner großen, sportlichen Gestalt, seinem perfekt geschnittenen Anzug und der tiefen, autoritären Stimme wirkte. Außerhalb von Bloomfield Weiss erschien er nicht wie der unbedeutende Grüßaugust, als der er vom Handelsraum aus immer gewirkt hatte.

Eine Zeitlang übten sich Davis und der Saudi in Smalltalk und ignorierten Calder. Dann sprach Davis ihn an. »Hm, Alex, mit Ihnen habe ich ja gar nicht gerechnet.« Er war höflich und ließ sich nichts von der Empörung anmerken, die er angesichts al-Seesis Manipulation empfinden musste. Doch sein Blick war misstrauisch.

»Alex möchte dir eine Frage stellen«, sagte al-Seesi.

Calder meinte, ein erleichtertes Blinzeln in Davis' Blick zu bemerken. Ihm wurde klar, dass Benton Davis angenommen haben musste, Tarek al-Seesi wolle Calder wieder seine alte Stelle anbieten, das Frühstück sei in Wahrheit ein Bewerbungsgespräch. Mit einer einfachen Frage hatte er offensichtlich nicht gerechnet.

»Klar«, sagte Davis mit einem kurzen Lächeln. »Schießen Sie los!«

»Können Sie sich an Martha van Zyl erinnern?«

Davis zögerte kurz. »Ja, kann ich. Sie war die Frau von Cornelius van Zyl. Sie wurde ermordet, stimmt's? In Südafrika. Furchtbare Geschichte.« Er schüttelte den Kopf. Sein Kummer wirkte aufrichtig.

»Marthas Sohn Todd würde Ihnen gerne einige Fragen zum Tod seiner Mutter stellen. Ich bin ein alter Freund seiner Frau Kim. Sie hat mich gebeten, mit Ihnen zu reden.«

»Ah«, sagte Davis. »Ich habe gehört, dass Todd versucht hat, mich zu erreichen.«

»Aber Sie sind ihm aus dem Weg gegangen?«

Davis lächelte. »Cornelius van Zyl ist ein wichtiger Kunde unserer Firma. Es schien mir unangemessen, mit einem Verwandten von ihm über den Tod seiner Frau zu sprechen.«

»Haben Sie Cornelius gefragt, ob Sie mit Todd sprechen dürfen?«

»Nein«, sagte Davis. »Erfolgreiche Männer haben oft schwierige Familien. Martha war Cornelius' zweite Frau, glaube ich. Jetzt ist er zum dritten Mal verheiratet. Und Edwin, sein Sohn aus erster Ehe, arbeitet für ihn. Ich habe keine Ahnung, wie die Verhältnisse in der Familie sind, aber auch keinen Ehrgeiz, das herauszufinden. Und wenn ich mit Todd van Zyl nicht über diese Dinge sprechen kann, dann rede ich mit Ihnen schon gar nicht darüber.«

Damit hatte Calder gerechnet. »Todd liegt im Krankenhaus im Koma. Er ist mit einem Flugzeug abgestürzt. Zusammen mit mir.«

Benton runzelte die Stirn. »Das tut mir leid. Ich hoffe, er wird wieder.«

»Ich auch«, sagte Calder. »Aber seine Frau möchte gern eine Antwort auf seine Fragen. Und deshalb bin ich hier.«

»Die Situation muss wirklich schwer für sie sein. Aber ich kann leider nichts tun.«

Calder holte tief Luft. »Erinnern Sie sich an Jennifer Tan?«

Davis seufzte. »Ich habe schon darauf gewartet, dass der Name fällt. Ich habe mit Sidney darüber gesprochen. Es ist vorbei. Das liegt hinter uns.«

Sidney Stahl war der Aufsichtsratsvorsitzende von Bloomfield Weiss. Zu Calders Enttäuschung hatte er Benton Davis nach Jennifers Tod nicht entlassen.

»Das stimmt nicht, Benton! Es vergeht keine Woche, in der ich nicht an Jennifer denke.«

Davis warf Calder einen kurzen Blick zu. Calder wusste, dass er einen Nerv getroffen hatte. Benton Davis mochte schlecht beraten, ja, hartherzig gewesen sein, so wie er Jen behandelt hatte, aber Calder glaubte nicht, dass er sie absichtlich in den Tod getrieben hatte. Wie sehr Davis auch protestierte, wie viel Rückendeckung er sich auch besorgte, er wusste genau, dass er Jennifer nicht hätte freistellen dürfen, als sie gegen ihren ehemaligen Chef Anklage wegen sexueller Belästigung erhob. Ihr Boss war ein Schwein gewesen, das wusste jeder, bloß war er ein Schwein, das der Firma jährlich hundert Millionen Dollar einbrachte. Als also einer von den beiden gehen musste, sorgte Davis dafür, dass es Jen traf.

»Die Antwort auf meine Frage ist mir wichtig, und sie ist den Menschen wichtig, die mir etwas bedeuten. Ich wäre wirklich dankbar für eine Antwort.«

Davis rutschte auf seinem Stuhl herum. Calder wartete. »Na gut«, sagte er. »Aber nur, wenn Cornelius nichts davon erfährt. Wie lautet Ihre Frage?«

Calder erzählte von dem Brief, den man unter den Papieren von Todds Großmutter gefunden hatte, und dass Davis darin erwähnt wurde. Davis hörte aufmerksam zu. »Was sollten Sie Marthas Mutter erzählen?«, fragte Calder.

»Ich weiß es nicht. Ehrlich nicht. Direkt nach Marthas Tod kam ihre Mutter zu mir. Es war ein Schock damals, Marthas

Tod. Ich kannte sie nicht gut, ich habe sie nur ein-, zweimal gesehen, aber so zu sterben … hm.« Er verzog das Gesicht. »Südafrika war ein absolut kaputtes Land. Ist es wohl immer noch. Ich würde nicht noch mal hinfahren.«

»Was haben Sie ihr gesagt?«

»Dass ich nicht wüsste, was Martha meint. Ich habe mir den Kopf zerbrochen. Ich konnte mir nur vorstellen, dass ich etwas erwähnt haben musste, als wir zusammen in Kapstadt essen waren. Ich wurde kurz vor ihrem Tod runtergeschickt, um die südafrikanischen Zeitungen von Zyl News betriebswirtschaftlich unter die Lupe zu nehmen. Sie sollten verkauft oder geschlossen werden. Ich fand Südafrika abartig, und Martha hatte Mitleid mit mir. Wahrscheinlich habe ich angedeutet, dass Zyl News das Geld ausginge. Aber mehr habe ich nicht gesagt. Martha nahm wohl an, Cornelius' Geschäft sei mehrere Millionen Dollar wert. War es auch, klar, aber seine Schulden waren genauso hoch. Er hatte Schwierigkeiten, die Zinsen zu zahlen. Den *Herald* zu kaufen und damit noch mehr Schulden zu machen war eine mutige Entscheidung. Ich stelle mir vor, wenn die Frau eines reichen Mannes herausfindet, dass unterm Strich rote Zahlen stehen, dann ist das ein kleiner Schock für sie.«

Calder ließ Benton nicht aus den Augen. »Das war alles?«

Benton zuckte mit den Achseln. »Mehr fällt mir nicht ein.«

»Wie reagierte Marthas Mutter?«

»Sie war enttäuscht. Ich nehme an, sie hatte mehr erwartet.«

»Hat sie nach einem Tagebuch gefragt?«

Davis winkte ab. »Das ist schon lange her. Könnte sein. Ich weiß es wirklich nicht mehr.«

»Sie haben nicht zufällig mal ein Tagebuch gesehen? Martha hat Ihnen nicht vielleicht ein Tagebuch gegeben, das Sie aufbewahren sollten?«

Der Amerikaner schnaubte verächtlich. »So gut habe ich sie wirklich nicht gekannt. Ich mochte sie, aber ich habe keine Ahnung, ob sie Tagebuch führte, und wenn, hätte sie es mit Sicherheit nicht mir gezeigt.«

»Letzte Frage: Sagt Ihnen der Name ›Laagerbond‹ irgendetwas?«

Davis schüttelte den Kopf. Er trank den letzten Schluck Kaffee und legte die Serviette auf den Tisch. »Wenn das alles ist – ich muss jetzt ins Büro.«

»Danke, Benton«, sagte Calder.

»Schon gut. Sorgen Sie bloß dafür, dass Todd und seine Frau nicht Cornelius erzählen, dass ich mit Ihnen gesprochen habe. Und ich hoffe, Todd geht es bald wieder besser.«

Calder und al-Seesi sahen Davis nach, als er den Speisesaal verließ. »Hast du erfahren, was du wissen wolltest?«, fragte der Saudi.

»Ich habe die Frage gestellt, er hat sie beantwortet«, sagte Calder.

»Glaubst du ihm?«

Calder sah seinem Freund in die Augen. »Weiß nicht. Du?«

Al-Seesi zuckte mit den Achseln. »Bin mir nicht sicher. Aber ich glaube, eine bessere Antwort bekommst du nicht.«

»Hatte Zyl News 1988 Schwierigkeiten?«, fragte Calder. »Das war noch vor meiner Zeit.«

»Auch vor meiner«, sagte al-Seesi. »Wenn du noch ein bisschen Zeit hast, könnten wir mit Cash Callaghan reden. Der hat mit Sicherheit schon damals Junk Bonds verkauft.«

Seit zwei Jahren war Calder nicht mehr bei Bloomfield Weiss gewesen. Das reichte für einen Anflug von Melancholie, als er Tarek al-Seesi in den vertrauten Handelsraum im zweiten Stock des Bürogebäudes in Broadgate folgte. Er sah viele bekannte Gesichter, die ihm zunickten, aber genauso viele waren ihm neu. Junge, hektische Männer und Frauen, die durch die Mangel von Bloomfield Weiss gedreht wurden und als Ersatz für jene dienten, die ausgemustert oder von sechsstelligen Garantiezahlungen anderer Firmen fortgelockt worden waren. Als Calder hier und dort einen Blick auf die Bildschirme mit den Zahlenkolonnen warf, konnte er eine gewisse Erregung, ein neugieriges Kribbeln, nicht unterdrücken. Was ging hoch? Was ging runter? Wie lief es draußen auf den Märkten? Und wie lief es im Handelsraum von Bloomfield Weiss? Wer machte Geld, wer verlor, wer hatte große Positionen, wer saß auf riesigen Verlusten? Und die größte Frage: War er tatsächlich bereit, all das für immer hinter sich zu lassen?

Sie bahnten sich ihren Weg durch das Labyrinth von Schreibtischen, Computern, Stühlen und Menschen zum Tisch der Rentenhändler und blieben neben einem übergewichtigen Amerikaner von Mitte fünfzig stehen, der zurückgelehnt auf seinem Stuhl saß und telefonierte. Und redete, als ginge es um sein Leben.

»Gut, Josie, du hast knapp 500 Millionen in forderungsbesicherten Anleihen, ja? Daraus machst du 500 Millionen Staatsanleihen. Du verzichtest auf hohe Zinsen, aber dafür bekommst du Konvexität, okay? Massenweise. Wenn die Märkte so hüpfen, wie du meinst, dann bekommst du ein Portfolio mit Raketenantrieb. Echt, damit kommst du bis zum Mond, Josie. Beste Quartalsleistung, Investmentmanagerin des Jahres, Beförderung, Mörderbonus, neues Auto, neue Jimmy Choos. Denk an die Jimmy Choos, Josie!« Cash Callaghan holte kaum Luft.

Calder und al-Seesi hörten die Frau am anderen Ende lachen.

»Gut, denk drüber nach«, sagte der Banker. »Aber mach schnell. Eine Woche ist zu lang. Dann hast du nämlich geschlafen, nicht nachgedacht, klar?«

Cash Callaghan legte auf und drehte sich zu Calder um. »Hey, Zero, mein Mann! Wie sieht's aus?« Er sprang auf und streckte ihm die Hand entgegen. Calder ergriff sie.

»Sehr gut, Mr. Callaghan. Was war das eben mit der Konvexität?«

»Das ist das Wort der Woche für Josie. Hin und wieder lernt dein Kunde ein neues Wort, dann musst du aufpassen. Die Kleine ist süß, aber ich glaube nicht, dass sie erlebt, wie ihre erste Anleihe Früchte trägt. Sind Sie noch immer da draußen auf dem Land und spielen mit Modellflugzeugen?«

»Mehr oder weniger.«

»Versuchen Sie, ihn zu uns zurückzuholen, Tarek?«

»Ich versuche es«, sagte al-Seesi. »Aber er ist eine harte Nuss.«

»Kommen Sie, Zero, wir brauchen Sie hier! Wir brauchen einen Kerl mit Eiern.« Voller Verachtung musterte Callaghan die parallele Tischreihe, wo die Trader saßen. Cash Callaghan war Verkäufer, der erfolgreichste von Bloomfield Weiss in London. Er war schon lange da, hatte aber nichts von seiner Energie eingebüßt. Auch wenn er nicht so aussah, war er berühmt für sein Gedächtnis. Die Rentenanleihen kamen und gingen, aber Callaghan erinnerte sich an alles. Er wusste, wer was emittierte, wer was kaufte und verkaufte, wie es weiterging.

»Zero wollte dich gern was über einen unserer liebsten Junk-Bond-Emittenten fragen«, kam al-Seesi zur Sache. »Zyl News.«

»Ah ja. Steckt also was hinter den Gerüchten, dass sie die *Times* kaufen wollen?«

»Davon weiß ich nichts«, sagte Calder. »Ich wollte mich nach 1988 erkundigen.«

»Hmm ... 1988.« Callaghan dachte kurz nach. »Ich erinnere mich. Die Übernahme des *Herald*. 200-Millionen-Dollar-Emission, Zinssatz dreizehneinhalb Prozent, Fälligkeit 2000, Mann, war das schwer loszuwerden. Das war nicht mal ein Jahr nach dem Crash im Oktober 87, da öffnete sich der Junk-Bond-Markt erst wieder für gute Emittenten. Aber Zyl News war kein guter.«

»Wo lag das Problem?«

»Es gab Gerüchte, Zyl News hätte Schwierigkeiten. Der Cashflow deckte kaum die Zinsausgaben. Wir hatten Cornelius van Zyl in den Achtzigern unterstützt. Er kaufte alle möglichen Zeitungen in den Staaten – der *Philadelphia Intelligencer* war die größte, aber es waren noch viel mehr, unter anderem zwei große

Blätter in Indiana und Ohio. Er hat da auch wirklich gut den Turnaround geschafft, Kosten gesenkt, Werbepreise hochgezogen, so was. Aber er musste immer neue Schulden aufnehmen, um diese Käufe zu realisieren und von den Banken und vom Junk-Bond-Markt Geld zu bekommen. Es funktionierte, solange wir ihm das Geld geben konnten, um den Apparat am Laufen zu halten. 1986 versuchte er es in Los Angeles mit einem neuen Blatt gegen die *LA Times* – das ging daneben und kostete ihn richtig Geld. Im Oktober 87 brach dann der Markt ein. Sah aus, als würde sich der Junk-Bond-Markt nie wieder erholen. Leute wie van Zyl hatten große Probleme. Ohne Junk Bonds konnten sie keine Geschäfte machen, ohne neue Geschäfte waren sie kaum in der Lage, die Zinsen der alten zu tilgen. Der einzige Ausweg war, eine größere Gruppe zu kaufen und mit dem Cashflow daraus die Schulden zu bedienen. Deshalb war der Kauf des *Herald* so wichtig. Alles oder nichts.«

»Hatte sonst noch jemand Interesse am *Herald*?«

»Aber ja. Evelyn Gill. Damals hatte noch keiner von ihm gehört. Er hatte sein Geld mit Warengeschäften gemacht und besaß einen kleinen Zeitschriftenverlag. Dann kam er plötzlich auf die Idee, mit seinem Geld eine Tageszeitung zu kaufen. Es war sein erstes Geschäft. Er bot einen höheren Preis als Zyl News, aber der *Herald* ging trotzdem an van Zyl. Gill war stinksauer. Seitdem verbindet van Zyl und Gill eine erbitterte Feindschaft. In der Zwischenzeit hat Gill alle möglichen anderen Blätter gekauft, darunter den *New York Globe* und den *Mercury*.«

»Sie sagten, es war schwer, das Geschäft mit dem *Herald* durchzuziehen?«

»Allerdings. Der Zins musste angehoben werden, ich glaube, der begann bei zwölf und musste auf dreizehneinhalb gedreht werden. Ich hab mir echt Sorgen gemacht, wenn ich ehrlich bin. Man verkauft nicht gern was, das den Kunden in null Komma nichts um die Ohren fliegt.«

»Sie haben also nichts verkaufen können?«

Callaghan grinste. »Die Verkaufsprovision wurde verdoppelt, ich musste meine Prioritäten überdenken. In Europa bin ich vierzig Millionen losgeworden. New York hat mir die Füße geküsst!«

Calder verdrehte die Augen.

»He«, sagte Callaghan. »Ihnen habe ich auch mehr als einmal aus der Patsche geholfen!«

»Das stimmt.« Calder hatte sich Cash Callaghans Verkaufstalent zunutze gemacht, um schwierige Positionen loszuwerden, die der übrige Markt nicht haben wollte. Dafür hatte sich Calder einiges von ihm anhören dürfen, aber Callaghan hatte die Anleihen immer verkaufen können. Er brachte alles unter. »Wie läuft es seitdem bei Zyl News?«

»Hat sich gut gehalten. Der *Herald* hat den Turnaround geschafft, alle Zinsforderungen wurden bedient, und obwohl der Konzern noch mehr Zeitungen gekauft hat – ein paar regionale bei uns, ein paar in Australien und Kanada, andere in den USA –, hat er seine Lektion gelernt. Momentan ist nur eine Bond-Emission am Markt, und die verkauft sich gut.«

»Danke, Cash.«

»Keine Ursache. Jetzt muss ich mir erst mal überlegen, was ich mit den fünfhundert Millionen Forderungsbesicherten mache, wenn Josie sie nicht verkauft.«

Als Calder das Gebäude von Bloomfield Weiss verließ, klingelte sein Handy. Es war Kim. Sie klang aufgeregt.

»Was ist?«, fragte Calder.

»Wann kommst du zurück?«

»Ich wollte heute Nachmittag fliegen. Warum? Was ist passiert?«

»Beeil dich bitte! Ich habe gerade mit der Polizei gesprochen. Ich hatte recht, ich hab's doch gewusst. Der Absturz war kein Unfall. Es war Sabotage.«

[8]

11. Juli 1988

Heute war ich bei einer Vorstandssitzung des Alphabetisierungsprojekts in Guguletu. Nimrod hat mich hingebracht: Seit den Krawallen vor zwei Jahren fahre ich nicht mehr gern selbst dorthin. Überhaupt sind wir erst vor wenigen Monaten wieder dazu übergegangen, die Vorstandssitzungen im Township abzuhalten; bis vor kurzem war der Ort tabu für Weiße. Für einen weißen Südafrikaner existiert Guguletu gar nicht. Es steht auch nicht auf der Landkarte, obwohl dort mehrere Hunderttausend Menschen leben. Guguletu ist ein schnell wachsender Moloch von Hütten aus Holz, Wellblech und verrostetem Eisen. Die Leute dort nutzen jeden Quadratzentimeter Fläche. Aus unerfindlichen Gründen ist die vorherrschende Farbe Pistaziengrün. Im Township wimmelt es vor Leben: Kinder laufen herum, Hühner kratzen im Dreck, hin und wieder sieht man sogar eine Kuh, die hier ein Statussymbol ist. Es riecht nach Küche und Unrat, man hört Geplapper, Kinderlachen und überall den Rhythmus der »Location Music«, dieselben Melodien, die Finneas zu Hause auf seiner Mundharmonika spielt.

Vor zehn Jahren gründete Miriam Masote das Projekt, um Erwachsenen Lesen und Schreiben beizubringen. Ihr Vater sitzt inzwischen seit fast dreißig Jahren auf Robben Island im Gefängnis. Sie meint, wenn genügend schwarze Südafrikaner lesen können, werden sie ihre Stimme so laut erheben, dass der Rest der Welt einfach zuhören muss. Ich hoffe, dass sie recht hat. Es gibt Hunderte, ja, Tausende von Menschen in den Townships, die dank Miriam jetzt lesen können. Sie erreicht mit sehr wenig Geld unglaublich viel. Da kann ich ihr helfen, nicht nur mit Spenden, sondern auch, indem ich in den Staaten Geld organisiere. Mama hat bei den Kirchen in Minnesota schon jede Menge Geld gesammelt.

Libby Wiseman war hervorragend aufgelegt. Diese Frau ist unglaublich. Man braucht wirklich einen Sinn für Humor an einem Ort wie Guguletu. Was das Regime angeht, sagt sie ziemlich deutlich ihre Meinung, ich glaube, sie wurde schon mehrmals verhaftet, aber irgendwie scheint sie bisher einem Bann entgangen zu sein. Sie kann sich sehr über die gierigen Kapitalisten in Südafrika aufregen, ohne Neels beim Namen zu nennen. Ob sie Kommunistin ist? Ich frage mich, ob es in Südafrika überhaupt noch welche gibt oder ob sie alle entweder im Gefängnis oder im Exil sind. Aber Libby und ich kommen gut miteinander aus; sie ist eine der wenigen südafrikanischen Frauen, die ich als Freundin bezeichnen würde. Ich kann mir nicht vorstellen, dass sie Neels und mich auf eine Exekutionsliste gesetzt hat. Wenn, dann haben das die Anführer im Exil getan.

Nach dem Treffen lud sie mich auf ein Glas zu sich nach Hause ein, aber ich lehnte ab. Ich wollte einfach nur meine Ruhe haben und mich auf Hondehoek zurückziehen.

In den letzten Tagen habe ich viel über Neels nachgedacht, über den Anfang unserer Beziehung. Die Begegnung mit ihm hat mein Leben verändert. Es war in den späten Sechzigern, ich war seit einem Jahr mit der Universität fertig und empörte mich unglaublich über das Unrecht in der Welt, ganz besonders über die Apartheid. Als freie Mitarbeiterin für *Life* hatte ich zwei erfolgreiche Beiträge über die Studentenproteste geschrieben und wollte dem Magazin auch einen Artikel über Presse und Apartheid in Südafrika verkaufen.

Der Vater einer meiner Freundinnen war Korrespondent von *Time* in Johannesburg, ich konnte bei ihm wohnen. Er legte ein gutes Wort für mich ein, damit ich Interviewtermine bei verschiedenen Verlegern und Eigentümern südafrikanischer Zeitungen bekam.

Mit Ausnahme einiger Afrikaander, die das Apartheidregime offen unterstützten, waren alle Zeitungsleute, die ich traf, blind – blind gegenüber dem, was in ihrem Land vor sich ging. Ihre politische Einstellung ließ sich auf einen schlichten Nenner bringen: Nichts hören, nichts sehen, nichts sagen. Aber dann lernte ich Neels kennen.

Ich flog zu unserem Termin nach Kapstadt, der im Büro der *Cape Daily Mail* stattfinden sollte. Ich war neugierig, hatte aber keine große Hoffnung. Natürlich hatte die *Mail* einen Ruf als regimekritische Zeitung, andererseits war Neels offensichtlich burischer Herkunft. Zudem hatte ich zum damaligen Zeitpunkt eine allgemein schlechte Meinung von Zeitungsverlegern.

Vom ersten Moment an fühlte ich mich zu ihm hingezogen. So wirkte er auf Frauen. Damals, er war Ende dreißig, genauso wie heute, obwohl er über fünfzig ist. Es war oder ist eine Art Stärke, die eher beschützend als bedrohlich wirkt, eine Selbstsicherheit, die nichts mit Eitelkeit zu tun hat. Breite Schultern, ein markantes Kinn und diese durchdringenden, ehrlichen Augen. Ich war hin und weg.

Er nicht, jedenfalls nicht am Anfang. Sicher, er beachtete mich, das taten Männer damals. Er erklärte mir, wie es dazu kam, dass er als Afrikaander Besitzer der zweitgrößten englischsprachigen Zeitungsgruppe in Südafrika sei. Er erzählte mir von dem kleinen Blatt seines Vaters in Oudtshoorn. Dass er eines von fünf Kindern war, dass er ein Stipendium für die Universität Stellenbosch bekam und mit Unterstützung seines Vaters ein Rhodes-Stipendium für Oxford. Dass er dort Penelope kennenlernte und durch sie gezwungen wurde, sich auf das zu konzentrieren, was ihn schon immer bewegt hatte: die Ungerechtigkeit der Apartheidpolitik. Sie heirateten. Penelopes Familie sprach Englisch, wohlhabende Goldhändler mit einer Villa im Johannesburger Stadtteil Parktown. Dem Afrikaander aus dem Karoo standen sie misstrauisch gegenüber. Doch bald wurden sie warm mit

Cornelius, und Penelopes Vater gab ihm Geld, um eine bankrotte Zeitungsgruppe zu kaufen, zu der die *Durban Age*, die *Johannesburg Post* und die *Week in Business* gehörten. Mit allen drei Publikationen schaffte Neels den Turnaround und übernahm zwei Jahre später die *Cape Daily Mail*. Zu dem Zeitpunkt war er gerade mal dreißig Jahre alt.

Neels beantwortete meine Fragen engagiert und detailliert. Er war der Ansicht, die wirksamste Opposition der Apartheid sei die Presse, insbesondere die englischsprachige. Seine Aufgabe als Verleger sei es, die Opposition und den gesunden Menschenverstand zu Wort kommen zu lassen.

Ich widersprach ihm. Wie konnte die Presse in einem Land wie Südafrika jemals frei sein? Und wenn seine Redakteure eingesperrt wurden, sobald sie die Wahrheit sagten, unterstützte er dann nicht lediglich trotzdem das System, indem er sich diesen Bedingungen unterwarf und dort publizierte?

Neels sagte, mir fehlte einfach das Verständnis, wie allen englischsprachigen Liberalen. Es war schon das vierte Mal, dass ich das hörte. Mir riss einfach der Geduldsfaden. Ich hatte es satt, von weißen Rassisten bevormundet zu werden. Ich hielt ihm eine Gardinenpredigt, bei der er sich ein Grinsen nicht verkneifen konnte. Nicht nur das, er begann sich für mich zu interessieren. Nicht für mich als zwanzigjährige Blondine mit langen Beinen, sondern als Frau. Als Mensch. Das regte mich noch mehr auf, verwirrte mich aber auch, sodass ich den Mund hielt.

»Tut mir leid«, sagte er. »Ich wollte Sie nicht beleidigen. Ich will Ihnen erklären, wie ich das gemeint habe.« Er sah mich mit seinen durchdringenden blauen Augen an. »Der verhängnisvolle Fehler des Apartheidregimes, der Fehler, der letztlich seinen Untergang besiegeln wird, ist die Überzeugung, moralisch im Recht zu sein.«

»Wie kann Apartheid moralisch im Recht sein?«, unterbrach ich ihn.

»Das ist eine verdrehte Moralauffassung, gegründet auf ein verdrehtes Verständnis des Christentums. Aber wenn das Regime an seine Rechtmäßigkeit glaubt, muss es sich den Anschein von Rechtsstaatlichkeit geben, muss Gut und Böse auseinanderhalten. Es muss eine unabhängige Justiz geben, ein Parlament, in dem die Opposition sprechen darf, und eine freie Presse.«

»Aber das ist unvereinbar mit einer Regierung, die von einer kleinen Minderheit gewählt wurde und Menschen ohne Prozess foltert und einsperrt!«

»Genau. Mit der Zeit wird diese Unvereinbarkeit immer augenscheinlicher werden, bis die Mehrheit der National Party sich nicht mehr vor ihr verstecken kann. Dann wird sie die Macht abgeben müssen. Freiwillig.«

»Sie spielen also einfach Ihre Rolle in der Farce, die sich hier rechtmäßige Regierung nennt?«

»Nein, ganz und gar nicht. Afrikaander wie ich werden dieses Regime friedlich beenden. Vielleicht dauert es zehn Jahre, vielleicht fünfzig, aber es wird kommen. Unabhängige Richter, kritische Politiker, eine freie Presse, Anwälte, die an Gerechtigkeit glauben, Ärzte, die die Wahrheit über die von ihnen behandelten Verletzungen sagen. Mit der Zeit werden wir unseren Landsleuten vor Augen führen, dass man nicht die Apartheid unterstützen und sich gleichzeitig für einen moralisch integren Menschen halten kann. Einen Bahnhof in die Luft zu jagen, das bringt niemanden weiter, ganz im Gegenteil. Ich möchte nicht zusehen, wie mein Land in einer blutigen Revolution in Flammen aufgeht.«

Neels hatte mich zum Schweigen gebracht. Er lächelte mich an. »Wie lange sind Sie noch in Südafrika?«

»Eine Woche.«

»Nun, warum verbringen Sie diese Woche nicht im Büro der *Mail*? Sie können ein, zwei Artikel über Amerika für uns schreiben. Und Sie werden verstehen, wie die Presse in Südafrika wirklich funktioniert.«

Und so blieb ich eine Woche. Dann verlängerte ich um eine Woche. Dann noch einen Monat. Er überzeugte mich. Wir verliebten uns. Er war verheiratet – aber darüber möchte ich jetzt nicht nachdenken.

Ich bin froh, dass ich über unsere erste Begegnung geschrieben habe. Dadurch habe ich mich nicht nur an die Ideale erinnert, die wir damals teilten, sondern auch daran, wie sehr ich ihn liebte. Immer noch liebe.

Was es umso schmerzhafter macht, dass er mich betrügt.

12. Juli

Neels ist aus Philadelphia zurück, wenn auch nur für ein paar Tage; am Freitag fliegt er wieder hin. Ich frage mich: Warum verbringt er das Wochenende da und nicht hier? Wie im Moment üblich, fuhr er vom Flughafen direkt ins Büro und kam erst um neun Uhr abends nach Hause. Er wirkte erschöpft. In den letzten Wochen ist er sehr zerstreut. Ich habe gedacht, es hätte mit unserer Ehe oder mit Hennies Tod zu tun, aber nach allem, was ich von Benton erfahren habe, denke ich, es könnte auch etwas anderes sein. Ich habe mir vorgenommen, es herauszufinden.

Ich fragte ihn, ob ich ihm etwas zu trinken bringen könne. Er warf mir einen kurzen Blick zu, prüfte wahrscheinlich, ob ich es ironisch meinte. Da es nicht so aussah, lächelte er müde. »Ja, bitte«, sagte er.

Ich schenkte ihm einen Brandy mit Cola ein und mir selbst ein Glas Wein, damit setzten wir uns vor den Kamin. Der Geruch des Blue-Gum-Kaminholzes lag im Raum.

»Läuft die Übernahme des *Herald* nicht gut?«, fragte ich.

Wieder prüfte er mein Gesicht auf Anzeichen von Schadenfreude, sah aber, dass meine Sorge echt war.

Er seufzte. »Nein. Ich dachte, wir hätten alles im Sack. Aber es sieht so aus, als könnte ich nicht genug Kapital aufbringen. Die Junk-Bond-Märkte sind immer noch zäh. Der Crash letztes Jahr im Oktober hat den Leuten Angst gemacht; sie meinen, ich wäre ein zu großes Risiko.«

»Bist du denn auf diese Junk Bonds angewiesen?«, fragte ich. »Ich fand immer schon, dass die sich ziemlich übel anhören. Kannst du dir das Geld nicht einfach von der Bank leihen?«

Neels schüttelte den Kopf. »Die Banker haben genauso viel Schiss wie die Junk-Bond-Investoren.«

»Ach«, sagte ich. »Es gibt bestimmt noch andere Möglichkeiten.«

»Ich bin mir nicht sicher, dass Zyl News noch lange genug für andere Möglichkeiten überlebt, *liefie*.«

Es war das erste Mal, das Neels mir gegenüber zugab, was Benton angedeutet hatte: Zyl News war so hart am Limit, dass die Firma kurz vor dem Bankrott stand. Es war auch das erste Mal seit Cornelius' Ankündigung, die *Cape Daily Mail* zu schließen, dass wir über die Firma sprachen. Früher, in der ersten Zeit unserer Ehe, unterhielten wir uns ständig übers Geschäft. Neels entspannte sich immer dabei, wenn er mir erzählte, was bei den Zeitungen lief, und ich fand es immer interessant. Er ist ein raffinierter Geschäftsmann, ich ließ ihn gern über seine Tricks und Erfolge berichten.

»Könntest du nicht die amerikanischen Zeitungen verkaufen und die südafrikanischen behalten?«, fragte ich.

Neels warf mir einen kurzen Blick zu, aus dem leichte Verärgerung sprach. Aber er dachte über meine Frage nach. »Es ist keine gute Zeit, um etwas in den Staaten zu verkaufen. Alle warten ab, niemand plant irgendwas. Nein. Ich muss einen Weg finden, den *Herald*-Deal zu finanzieren. Anders geht es nicht.«

Im ersten Moment tat er mir fast leid. Dann musste ich an die Nacht denken, in der er nicht nach Hause gekommen war.

Ich trank meinen Wein. »Du findest bestimmt eine Möglichkeit, so ein internationaler Medienmogul wie du.« Diesmal war die Ironie offensichtlich.

14. Juli

Ich sitze hier auf dem Picknickplatz am Hang des Hondekop und zittere beim Schreiben. Ich muss unglaublich aufpassen, wie und wo ich in dieses Tagebuch schreibe. Hier oben werde ich wenigstens nicht gestört. Ich will alles so ausführlich wie möglich festhalten, bevor ich etwas vergesse. Sinnlos, mir jetzt noch Sorgen über das zu machen, was ich hier hineinschreibe – allein diese Liste hintendrin ist Dynamit für jeden, der das Tagebuch findet.

Unten im Tal, im Haus, in unserem Haus, ist Neels. Was er wohl denkt? Ich habe keine Ahnung, was ihm durch den Kopf geht. Als ich auf den ersten Seiten dieses Tagebuchs schrieb, ich hätte ihn verloren, hatte ich völlig recht. Er hat alles verraten: seine Überzeugungen, mich. Ich weiß nicht mehr, wer er ist.

Und ich habe Angst vor diesem neuen Neels.

Er sagte, er wolle am Vormittag zu Hause arbeiten, was mir ein wenig seltsam vorkam, da er momentan ja ins Büro flüchtet, wann immer er kann. Ich machte mich gerade fertig, um Caroline nach Stellenbosch zu fahren. Neels hat ihr letzten Monat einen CD-Player geschenkt, und dementsprechend möchte Caroline jetzt ihre Plattensammlung nach und nach durch CDs ersetzen. Das hätten wir uns denken können. Todd wird genauso reagieren, wenn er einen bekommt. Egal. Als wir gerade aufbrechen wollten, fuhr Daniel Havenga vor. Bei ihm war ein adretter kleiner Mann, der humpelte. Fröhlich wie immer erzählte Daniel seinem Begleiter, wie wunderbar unser Garten sei. Da erschien Neels. Es lag auf der Hand, dass die drei miteinander verabredet waren, auch wenn ich nichts davon wusste. Das war nicht verwunderlich, da Neels und ich momentan nicht viel miteinander sprechen. Aber er hatte ja angedeutet, er wolle am Vormittag zu Hause arbeiten. Daniel stellte seinen Freund als Andries Visser vor, Neels nahm die beiden mit in sein Büro.

Meine Neugier war geweckt. Bisher hatten wir mit Daniel nur rein privat zu tun gehabt, hier aber ging es ums Geschäft. Visser trug einen grauen Anzug und hatte eine dünne schwarze Aktentasche unterm Arm. Er sah aus wie ein Geschäftsmann bei einem wichtigen Termin, nicht wie jemand, der einen Freund auf dem Land besucht.

Ich sagte Caroline, ich wolle nur schnell etwas hinten im Garten erledigen, und schlich um das Haus herum. Neels' Arbeitszimmer befindet sich neben der Sklavenglocke. Ich hantierte in den Tulpenbeeten herum, um das Gespräch belauschen zu können. Das Fenster, das Neels normalerweise offen lässt, wenn es nicht sehr kalt ist, war geschlossen. Ich hörte Gemurmel von drinnen, konnte aber nicht verstehen, was gesagt wurde. Erschwerend kam hinzu, dass die Bokmakiris genau in dem Augenblick begannen, ein ohrenbetäubendes Geschrei zu erheben.

Ich wollte unbedingt herausfinden, worüber die Männer redeten. Ich überlegte sogar, mich in den Flur zu stellen und an der Tür zu lauschen, aber das wäre zu offensichtlich gewesen. Ich ging ums Haus herum nach vorn, wo Daniels Renault stand, und schaute hinein. In dem Wagen herrschte ein heilloses Durcheinander, überall lag Weingummipapier herum, auf dem Rücksitz stapelten sich Unmengen von Büchern, daneben Daniels Regenmantel. Es waren Lehrbücher von der Uni über Medien und Journalismus. Ich überlegte, ob ich vielleicht im Kofferraum etwas finden könnte, was mir den Grund für dieses Treffen verriet. Ich schaute mich um. Von Caroline, Doris, Finneas oder sonst jemandem war nichts zu sehen. Schnell öffnete ich die Klappe und spähte hinein. Ich sah zahllose Plastiktüten, ein Paar Stiefel und eine kleine Tüte Rosendünger. Enttäuscht schlug ich den Kofferraumdeckel wieder zu.

Ein letztes Mal blickte ich durch das Rückfenster in den Wagen. Da sah ich braunes Leder unter dem Regenmantel hervorlugen. Rasch vergewisserte ich mich, dass ich nicht beobachtet wurde, dann prüfte ich, ob die Tür abgeschlossen war. Nein! Ich öffnete sie, schob den Regenmantel zur Seite und entdeckte eine zerknautschte braune Aktentasche. Ich schlug sie auf.

In der Tasche herrschte dieselbe Unordnung wie im Wagen: Überall zerknitterte Blätter, einige davon mit dem Emblem der Universität Stellenbosch. Hinten steckte eine Plastikmappe mit einem dicken Stapel Papier. Ich warf einen Blick auf das erste Blatt. Es handelte sich um eine Analyse der Zeitungsbranche in Großbritannien. Gerade wollte ich sie in die Aktentasche zurückschieben, da fiel mein Blick auf die Worte »Zyl News«.

Ich blätterte durch den Bericht. Zahlenreihen, Analysen der Märkte in Südafrika, Europa und den USA.

Am Ende fand ich eine zweiseitige Notiz. Die Überschrift lautete »Cornelius van Zyl«.

Ich zögerte. Ich wusste nicht, wie lange Neels' Besprechung dauern würde. Aber Neugier siegte über Vorsicht, und ich las weiter. Die Notiz war auf Afrikaans, das war natürlich nicht einfach für mich. Als ich mich damals entschieden hatte, auf lange Sicht in Südafrika zu bleiben, bemühte ich mich, die Sprache zu lernen. Ich kann Zeitungen in Afrikaans relativ flüssig lesen. Mit ein wenig Mühe und Kombinationsgeschick konnte ich den Inhalt der Notiz größtenteils entschlüsseln.

Sie war an A. Visser und F. Steenkamp gerichtet und stammte von D. Havenga. Mit brennender Neugier las ich den Inhalt:

Ich glaube, die Zeit ist reif, dass der Laagerbond an Cornelius von Zyl herantritt. Wie ich schon vor einiger Zeit andeutete, ist er vom ANC immer stärker enttäuscht und fürchtet eine gewalttätige Revo-

lution. Wie erwartet, hat der Tod seines Bruders ihn sehr erschüttert. Zeit seines Lebens hat sich van Zyl auf das konzentriert, was er für unabdingbar hält: die Arbeit gegen das Apartheidregime. Außer Acht gelassen hat er dabei die Folgen, die das für die Nation der Afrikaander haben wird. Jetzt erst wird ihm klar, was die Zukunft für sein Volk bereithält, wenn es dem ANC tatsächlich gelingt, sich durchzusetzen. Diese Zweifel wirken sich langsam auch auf van Zyls Geschäftsentscheidungen aus. Insbesondere sein Entschluss, die Cape Daily Mail *zu schließen, hat weitreichende politische Konsequenzen, deren sich van Zyl vollkommen bewusst ist, auch wenn er darauf besteht, es geschehe aus rein wirtschaftlichen Gründen.*

Impala bestätigt das. Sie sagt, dass van Zyl maßlos enttäuscht sei. Die Beziehung zu seiner Frau hat sich so verschlechtert, dass sie kaum noch miteinander sprechen. Impala bestätigt auch meinen Eindruck, dass van Zyl seine Afrikaander-Herkunft sehr wichtig ist und er das Gefühl hat, sie in den letzten dreißig Jahren vernachlässigt zu haben. Er ist kein Anhänger der Apartheid und wird es auch nie sein, aber er kann als Befürworter der Afrikaander-Nation gewonnen werden … (Es stand noch mehr über Impala darin, aber dafür reichte mein Afrikaans in der Eile nicht aus.)

Eland bestätigt das alles ebenfalls.

Van Zyl hat eine einzigartige Stellung. Er ist der einzige Afrikaander mit internationalem Einfluss auf die Medien. Er ist ein angesehener Geschäftsmann und Zeitungsverleger, der sowohl in den Vereinigten Staaten als auch hier unterstützt wird. Außerdem ist er ein Ehrenmann, und in der Rolle, die wir in der Operation Drommedaris für ihn vorsehen, würde ich einen Mann bevorzugen, dessen Antrieb Ehre und Geschichtsbewusstsein sind, nicht nur Geld.

Wie schon besprochen, gibt es viele Gründe, warum Muldergate zur Katastrophe wurde und sich jetzt nur wenige bewerben. Aber ich bin überzeugt, dass Cornelius van Zyl von viel größerem Kaliber ist als alle Personen, die wir damals unterstützt haben.

Ich glaube, das war ungefähr der Inhalt des Dossiers. Es stand noch mehr darin, das ich aber nicht richtig verstand.

Ich blätterte durch den Ordner. Zeitungsausschnitte über Neels und dann ein einzelnes Blatt: eine Liste von Namen, vermutlich Mitglieder des geheimnisvollen Laagerbonds. Ich zählte sie; es waren vierundzwanzig. Daniel Havenga war dabei, Andries Visser auch und ein gewisser Frederick Steenkamp. Auch einige der anderen Namen kannte ich: Generäle und Politiker, hochrangige Politiker, ein Professor.

Ich habe nicht die leiseste Ahnung, was dieser Laagerbond ist, aber seine Mitglieder sind äußerst erlesen. Die Liste ist Dynamit. Ich konnte sie nicht einfach entwenden, man würde ihr Fehlen bemerken. Kurz überlegte ich, ob ich sie mit ins Haus nehmen und abschreiben sollte, fand es dann aber sicherer, im Auto sitzen zu bleiben. Falls Neels' Besprechung plötzlich zu Ende sein sollte, hätte ich vielleicht noch Zeit, die Aktentasche zu schließen und mir irgendeine Ausrede auszudenken. Ich lief ins Haus, holte einen Stift und mein Tagebuch und schrieb die Namen hinten hinein.

Kaum war ich fertig, fand mich Caroline. Ich fuhr sie an, die Arme, weil sie mich so erschreckt hatte, und sie lief davon. Es tat mir leid, aber ich war in Panik und stopfte schnell alles zurück in die Aktentasche, die ich wieder unter den Regenmantel auf dem Rücksitz schob.

Dann machte ich mich auf den Weg zum Picknickplatz und nahm das Tagebuch mit.

Was ist hier nur los? Wer sind Impala und Eland, und was ist der Laagerbond? Und was wollen die von Neels?

{9}

Calder nahm ein Taxi zum Haus seiner Schwester in Highgate, um seine Sachen abzuholen. Anne hatte angeboten, ihn zum Flugplatz Elstree zu bringen. Sie stiegen in Annes neuen Luxus-Geländewagen von Mercedes und fuhren über die Ausfallstraßen Nordlondons.

Calders Gedanken beschäftigten sich unablässig mit Kims Telefonanruf. Es war ein Fehler gewesen, ihre Mutmaßungen nicht ernst zu nehmen. Jemand hatte versucht, Todd umzubringen, und dabei Calders Tod in Kauf genommen. Er rief sich die hektischen Minuten ins Gedächtnis, als er verzweifelt versucht hatte, die Yak unter Kontrolle zu bringen, und sie auf der Sandbank notlanden musste. Calder standen die Bilder der Explosion vor Augen, Todds bleiches Gesicht und dessen Kopfverletzung. Sie waren nicht Opfer von Pech oder Pfusch, sondern eines kaltblütigen Mörders. In den vergangenen Tagen hatte Calder die tiefe Dankbarkeit des Davongekommenen empfunden. Jetzt wandelte sie sich in Wut.

»Was ist los, Alex?«

Calder sah seine Schwester an und musste grinsen. Anne wirkte zu klein für ein solch großes Auto. Sie hatte kurzes schwarzes Haar und trug ein violettes Oberteil und eine Jeans mit Blumenmuster. Anne und Calder hatten sich schon immer sehr nah gestanden, doch nach dem Tod der Mutter hatte sich ihre Bindung noch verstärkt. Damals war Calder fünfzehn und Anne zwölf Jahre alt gewesen. Sie passten aufeinander auf.

»Ach, nichts. Denke nur an den Rückflug«, erwiderte er leichthin.

»Hast du keine Angst, nach dem furchtbaren Absturz wieder in ein Flugzeug zu steigen?«

»Der Flug von Norfolk runter war in Ordnung«, sagte Calder. »Ist kein Problem. Das ist wie Fahrradfahren. Man muss einfach schnell wieder aufsteigen.«

Zweifelnd schaute Anne ihn an. »Schon ein bisschen schlimmer, als vom Fahrrad zu fallen, oder?«

Calder grinste. Er hatte Anne ausführlich vom Absturz der Yak berichtet, aber nicht die Absicht, ihr von den neuesten Erkenntnissen der Polizei zu erzählen. Aus langjähriger Erfahrung wusste er, dass Anne sich Sorgen machen würde.

»Irgendwas von Vater gehört?«, fragte er, um das Thema zu wechseln. Ihr Vater war Arzt in Kelso in den Scottish Borders.

»Ja. Letzte Woche habe ich mit ihm telefoniert. Er hörte sich ganz munter an. Er darf noch ein Jahr länger in der Praxis bleiben, Teilzeit. Offenbar gibt es zu wenig praktische Ärzte.«

»Da wird er aber froh sein. Die Vorstellung, dass Vater in den Ruhestand geht, macht mir ein bisschen Sorgen.«

»Hat er dir noch mehr Schecks geschickt?«

»Ich glaube, ja. Im März habe ich einen Umschlag bekommen, der von ihm beschriftet war. Ich habe ihn ungeöffnet zurückgehen lassen.«

»Du weißt also nicht, wie viel es war?«

»Nein. Und auch nicht, woher er das Geld hat.«

Anne fädelte sich auf die A1 ein und drängelte sich vor eine alte Dame in einem Kleinwagen, die empört hupte. Anne ignorierte sie. »Ich bin vor drei Wochen mit den Kindern nach Kelso gefahren. War ein schönes Wochenende. Schien alles in Ordnung zu sein.«

»Keine Anzeichen, dass er was verkauft hat?«

»Mir ist nichts aufgefallen. Ich habe mich umgesehen. Möbel, Bilder, Silber: soweit ich sehen konnte, war noch alles da.«

»Rennzeitschriften lagen auch nicht herum?«

»Nicht dass ich wüsste. Ich habe aber nicht die Schubladen durchwühlt.«

»Natürlich nicht.« Calder sah aus dem Fenster und beobachtete den Verkehr.

»Wie viel war es damals?«, fragte Anne. »Ich meine, wie viel hast du ihm gegeben, als du ihm aus der Patsche geholfen hast?«

»Viel.« Im vergangenen Jahr hatte Calder herausgefunden, dass sein Vater enorme Spielschulden hatte. Calder hatte sie bezahlt, insgesamt 143 000 Pfund. Den genauen Betrag hatte er seiner Schwester nie genannt. Es war für beide ein gehöriger Schock gewesen, dass ihr Vater, ein strenger Calvinist, der die auf Spekulieren gegründete Karriere seines Sohnes in der City of London immer missbilligt hatte, regelmäßig auf Pferde wettete.

»Ich würde gern die Hälfte übernehmen«, sagte Anne.

Calder lächelte. »Danke. Aber mir wäre es lieber, wenn wir das Ganze vergessen. Okay?«

Schweigend fuhren sie weiter.

»Wie läuft es mit Sandy?«, fragte Anne. »Du hast gar nicht von ihr gesprochen.«

»Nicht gut«, gestand Calder. »Im letzten Jahr haben wir uns nur drei- oder viermal gesehen. Wenn wir uns treffen, ist alles super, dann verstehen wir uns wirklich gut. Letztes Jahr im September haben wir eine herrliche Woche Urlaub in Italien verbracht. Aber es ist nicht möglich, sie auf irgendetwas festzunageln.«

»Wegen ihrer Arbeit?«

Calder nickte. »Ja. Es ist das Letzte, wie diese amerikanischen Anwaltsfirmen ihre Leute behandeln. Ich meine, letzten Monat bin ich nach New York geflogen, um Sandy zu treffen, nur für ein langes Wochenende. Sie war aber nicht da, sie musste plötzlich nach Dallas oder sonst wohin. Ich hab sie gerade eine Stunde lang gesehen, bevor ich am Sonntagabend wieder zurückmusste. Leider konnte ich dafür nicht den nötigen Humor aufbringen.

Hab ein paar unschöne Worte gesagt. Seitdem haben wir nicht mehr miteinander gesprochen.«

»Das tut mir leid«, sagte Anne. »Ich weiß, wie sehr du sie magst. Besteht noch die Möglichkeit, dass ihr euch zusammenrauft?«

»Ich bezweifle es. Sie sagt, dafür müsste sie den Job wechseln, und das will ich ihr nicht zumuten. Ich hoffe immer, dass sie es fertigbringt, das Ganze etwas besser zu managen. Aber ich fürchte, es klappt einfach nicht.«

»Schade.«

»Ja. Schade.« Bedrückt schaute Calder aus dem Fenster. »Da hast du es schon besser mit William.« Anne war seit acht Jahren verheiratet. Zuerst hatte Calder William für einen langweiligen Spießer gehalten, aber inzwischen zu schätzen gelernt, dass sein Schwager auf seine Schwester Rücksicht nahm und sich auf ihr chaotisches Leben einstellte.

Keine Antwort.

Calder schaute zu Anne hinüber. Sie biss sich auf die Lippe.

»Ist alles in Ordnung bei euch?«

»Weiß nicht«, sagte sie. »In den letzten Monaten haben wir uns auseinandergelebt. Er arbeitet so viel, genau wie Sandy, ist nie vor neun zu Hause, oft noch am Wochenende im Büro. Seltsam, als mich die Kinder den ganzen Tag auf Trab gehalten haben, war mir das egal. Natürlich, ich hab ihm manchmal die Meinung gesagt, aber ich kam klar. Seitdem die beiden in der Schule sind, denke ich öfter drüber nach, und dann wurmt es mich.«

William hatte eine Stelle bei einer Risikokapitalfirma. Bis Phoebe ein Jahr alt war, hatte Anne als Rechtsanwältin gearbeitet, aber dann den Job an den Nagel gehängt. Während des Dotcom-Booms hatte Williams Firma den großen Reibach gemacht und den darauf folgenden Absturz gut überstanden. William hatte viel Geld verdient. Aber er war lange nicht so ein heller Kopf wie Anne. Calder wusste das schon lange, Anne selbst wahrscheinlich auch. Calder hatte immer vermutet, dass seine Schwester sich daran stören würde, aber nie einen Hinweis darauf erhalten.

Anne warf ihrem Bruder einen Blick zu. »Keine Sorge. Läuft momentan nur schlecht. Kommt in jeder Ehe mal vor, oder?«

»Glaube ich auch«, sagte Calder.

Der Flug von Elstree zurück nach Langthorpe war angenehm. Anne hatte recht: Die Notlandung mit der Yak war etwas anderes, als vom Fahrrad zu fallen, aber Calder war froh, dass er ohne größere Schwierigkeiten wieder ins Flugzeug hatte steigen können. Die Wolkendecke in 2000 Fuß Höhe über Hertfordshire brach auf, als er in Richtung Norden flog und der Fluglotse von der Air Force ihn mit südenglischem Akzent durch den blauen Himmel über den Fliegerhorsten Lakenheath und Mildenhall dirigierte. Über dem Thetford Forest ging Calder auf 1500 Fuß hinunter, und etwas mehr als eine Stunde nach seinem Start in Elstree entdeckte er den vertrauten Grünstreifen des Flugplatzes Langthorpe, rechts daneben die Pappeln, links auf dem kleinen Hügel die Dorfkirche mit ihrem runden Turm, vor sich die schimmernde Nordsee. Calder überflog den Platz in sicherem Abstand zu einer Piper Warrior mit Jerry und einem unberechenbaren Flugschüler an Bord und landete sanft auf der Grasbahn.

Kim wartete vor der Flugschule auf ihn, der Wind wehte ihr die dunklen Locken ins Gesicht. Vor Aufregung trat sie von einem Fuß auf den anderen. Sie gingen in Calders kleines Büro und schlossen die Tür. Kim setzte sich auf den Stuhl vor dem Schreibtisch.

»Es war also Sabotage?«, fragte Calder.

»Definitiv«, erwiderte Kim. »Es wurden Bombenreste gefunden.«

»Aber wahrscheinlich hat niemand eine Ahnung, wer die Bombe im Flugzeug deponiert hat, oder?«

»Nein. Hast du irgendetwas von Benton erfahren?«

»Auch nicht«, sagte Calder. Er schilderte das Frühstück im Claridge.

Kim hörte enttäuscht zu. »Glaubst du ihm?«

»Weiß nicht. Der Zyniker in mir sagt, Benton lügt gewohnheitsmäßig. Es besteht kein Zweifel, dass Zyl News damals am Rande des Bankrotts stand. Ich nehme an, das war ein großer Schock für Martha.«

»Ja, aber könnte das der Grund dafür sein, dass sie ihre Mutter bat, nach New York zu fliegen, falls ihr etwas zustieße? Und warum sollte ihr diese Information Angst einjagen? Denn sie hatte *wirklich* Angst. Dieses ständige ›falls mir etwas zustößt‹. Da muss noch was anderes im Busch sein.«

Calder nickte. »Du hast recht. Vielleicht ist das nur die halbe Wahrheit. Vielleicht steht die andere Hälfte im Tagebuch.«

»Oder Benton Davis lügt …«

»Möglich. Aber er wird mir ganz bestimmt nicht mehr verraten. Vielleicht kann die Polizei ihn zu einer Aussage bewegen.«

»Darüber wollte ich sowieso mit dir sprechen«, sagte Kim. »Die Polizei wird dich befragen wollen. Man hat sich schon bei mir erkundigt, wo du bist, und ich habe gesagt, du würdest heute Nachmittag zurückkommen. Die Beamten müssten jeden Augenblick hier sein.«

»Gut«, sagte Calder. »Kein Problem.«

Kim schaute auf ihre Hände. »Also …«

»Kim?« Calder sah sie alarmiert an. »Du willst doch nicht etwa, dass ich das mit Benton verschweige, oder?«

»Ähm … lieber wäre es mir schon. Oder dass du es zumindest nur erzählst, wenn du danach gefragt wirst. Und dann bring es möglichst nicht mit der Bombe in der Yak in Verbindung.«

»Aber du hast gesagt …«

»Ich weiß, was ich gesagt habe, aber das ist doch nur eine Vermutung«, verteidigte sich Kim. Sie schaute Calder in die Augen. »Weißt du, Todd und ich haben vor dem Absturz viel darüber gesprochen. Er wollte auf keinen Fall, dass die Polizei in Familienangelegenheiten hineingezogen wird. Deshalb sind wir ja zu dir gekommen.«

»Gut, aber jetzt sieht es doch ein bisschen anders aus, oder? Er wurde beinahe umgebracht.«

»Ich sage ja nicht, dass wir der Polizei nicht helfen sollen, den Täter zu finden. Aber ich finde, wir sollten sie nicht ermuntern, zu viele Fragen über Marthas Tod zu stellen.«

»Aber wir können unser Wissen gegenüber der Polizei doch nicht zurückhalten«, sagte Calder.

»Bitte!«, flehte Kim. »Wenn es nur um mich ginge, würde ich der Polizei sofort alles sagen, was ich weiß. Aber Todd würde auf keinen Fall wollen, dass die Polizei bei Zyl News ermittelt. Ich hätte ein schrecklich schlechtes Gewissen, gegen seinen Willen zu handeln, während er im Krankenhaus im Koma liegt.«

»Was sollen wir also tun?«, fragte Calder. »Uns zurücklehnen und die Polizei im Nebel herumstochern lassen, ohne ihr das wahrscheinlichste Motiv zu verraten?«

»Wir lehnen uns nicht zurück. Wir finden heraus, was Benton weiß, was der Laagerbond ist, warum Martha in das Wildreservat fuhr und vor wem sie Angst hatte. Wir versuchen zu erfahren, wer sie aus welchem Grund umgebracht hat. Und *dann* gehen wir zur Polizei.«

»Wir?«

»Du und ich. Gut, hauptsächlich du. *Bitte*, Alex.«

Calder dachte nach. Dann schüttelte er den Kopf. »Tut mir leid, aber wir müssen der Polizei sagen, dass Todd unangenehme Fragen über Marthas Tod stellte. Und ich muss den Brief und mein Gespräch mit Benton erwähnen.«

Kims blasse Wangen röteten sich. »Ach, Alex ...«

Calder hob die Hand. »Pass auf, wir machen es so: Die Polizei erfährt nur die Minimalversion. Wir erzählen nicht, was du oder Todd vermuten. Vielleicht hatte die Bombe gar nichts mit dieser Geschichte von damals zu tun, und Todd hat Feinde, von denen wir gar nichts ahnen …«

»Das ist doch lächerlich!«

»Wir wissen es nicht, wir können uns nicht sicher sein. Bis dahin werde *ich* dir helfen herauszufinden, was mit Martha passiert ist. Und wenn wir merken, dass es eine direkte Verbindung zu der Bombe im Flugzeug gibt, sagen wir der Polizei Bescheid. Okay?«

Kim lächelte. »Okay.« Zu Calders Überraschung kam sie um den Schreibtisch herum und küsste ihn auf die Wange. »Oh-oh«, sagte sie, als sie aus dem Fenster schaute. Eine Frau und ein Mann gingen über den Pfad zum Eingang der Flugschule. »Da sind sie auch schon.«

Zwei Minuten später war Kim auf dem Weg zum Krankenhaus, und Calder unterhielt sich mit den beiden Polizeibeamten. Die Frau war schlank, hatte ein blasses Gesicht und kurzes rotes Haar. Der Mann war ein wenig jünger und korpulent. Sein helles Haar stand senkrecht vom Kopf ab. Die Frau stellte sich als Detective Inspector Banks vor, der Mann als Detective Constable Wardle.

Calder beantwortete all ihre Fragen. Er berichtete, dass er Todd einen Flug in der Yak angeboten habe und was am Tag des Absturzes geschehen war. Die Polizei hatte bereits den Standplatz der Yak abgesucht und Angie, die Frau am Funk, nach dem Mann befragt, der am Abend vor dem Absturz den Pfad am hinteren Rand des Flugplatzes entlanggegangen war. Dann erwähnte Calder, Todd habe den Tod seiner Mutter verdächtig gefunden und ihn gebeten, mit Benton Davis zu sprechen.

Sofort horchten die beiden Polizeibeamten auf und stellten weitere Fragen. Calder gab den Inhalt von Marthas letztem Brief an ihre Eltern wieder. Detective Inspector Banks leitete die Befragung und beobachtete Calder genau. Er war froh über seinen Entschluss, die Polizei nicht zu belügen.

»Warum hat uns Mrs. van Zyl nichts von alldem erzählt, was meinen Sie?«, fragte Banks.

»Ich habe eben gerade mit ihr gesprochen«, erklärte Calder. »Sie glaubte offenbar, es sei nicht so wichtig.«

»Ach, ich bitte Sie, Mr. Calder!«, entgegnete die Polizistin.

»Die van Zyls leben sehr zurückgezogen. Mrs. van Zyl wollte diese Privatsphäre nicht verletzen«, sagte Calder. »Ich habe mit ihr darüber gesprochen. Sie wird Ihnen mit Sicherheit alles sagen, was Sie wissen möchten. Mrs. van Zyl kann Ihnen auch den Brief zeigen.«

»Das hoffe ich. Ist sie ins Krankenhaus gefahren?«

»Ich glaube, ja«, erwiderte Calder. Die Polizeibeamten erhoben sich. »Haben Sie eine Vorstellung, wie die Bombe gezündet wurde?«, fragte Calder.

»Man hat Sprengstoffspuren gefunden und etwas, das nach den Überresten eines Höhenmessers aussieht.«

»Ein Höhenmesser?« Calder überlegte. »Das heißt, die Bombe detonierte, als das Flugzeug eine bestimmte Höhe erreicht hatte?«

»So stellen wir uns das vor. Sie sagten gegenüber den Flugunfallermittlern, das Flugzeug sei im Steigflug gewesen, als die Bombe explodierte?«

»Ja.«

»Die Unfallermittler meinen, wenn es ein Leichtflugzeug gewesen wäre, hätte die Explosion den Motor aus dem Rumpf gerissen. Der Motor der Yak ist so stabil gebaut, dass er trotz der Explosion weiterlief. Sie hatten sehr großes Glück, Mr. Calder.«

Gegen acht Uhr kehrte Calder nach Hause zurück. Kim stand am Herd und kochte.

»Wie geht's Todd?«, fragte er, holte eine Flasche Wein aus dem Kühlschrank und füllte zwei Gläser.

»Unverändert.«

»Tut mir leid.«

Kaum merklich zuckte Kim mit den Schultern, während sie die Soße in der Pfanne umrührte. »Cornelius hat heute dreimal angerufen. Und Todd hat Blumen von seiner Schwester Zan bekommen.«

»Die aus Südafrika?«

»Genau. Fand ich wirklich lieb von ihr. Edwin hat ihr von dem Unfall erzählt.«

»Was ist Zan überhaupt für ein Name?«

»Die Abkürzung von Xanthe. Ihre Mutter mochte es scheinbar ein wenig ausgefallen. Nach allem, was ich gehört habe, muss sie furchtbar gewesen sein. Sie starb vor zehn Jahren, die Leber war hinüber.«

»Hast du nicht gesagt, dass Todd auch noch eine jüngere Schwester hat?«

»Caroline, Marthas Tochter. Ihr Mann ist Herbert Hafer IV, der Besitzer von Hafer Beer. Die Hafers gehören zu den reichsten Familien von Pennsylvania. Caroline ist die Einzige von den van Zyls, die sich hochgeheiratet hat. Jessica, Cornelius' Frau, hat dafür gesorgt. Aber für einen Milliardär ist Carolines Mann eigentlich ganz bodenständig. Er nennt sich ›H‹ und vermehrt das Familienvermögen. Kurz nach der Hochzeit sind sie nach San Diego gezogen. Das ist ganz schön weit weg von New Hampshire, deshalb sehen wir Caroline nicht oft.«

»Das riecht aber lecker«, bemerkte Calder.

»So schmeckt es hoffentlich auch. Abwarten. Fisch zu braten ist ein bisschen schwierig, wenn man den Herd nicht kennt.« Kim prüfte die beiden Schollenfilets. »Sieht ganz gut aus.« Sie rührte die Pilzsoße um, die in der Pfanne sanft vor sich hin blubberte, und nahm das Glas von Calder entgegen. »Du hast der Polizei also doch alles verraten.«

»Waren sie noch mal bei dir im Krankenhaus?«

»Allerdings! Die beiden waren nicht gerade begeistert, dass ich nichts von dem Mord an Martha und von Todds Vermutungen erzählt hatte. Ich habe ihnen den Brief gezeigt.«

»Das war bestimmt gut so.«

»Abwarten«, sagte Kim. »Sie werden Cornelius bestimmt gründlich unter die Lupe nehmen. Und ich habe ein schlechtes Gewissen. Als hätte ich Todd verraten.«

»Jemand wollte ihn umbringen!«, sagte Calder. »Und mich noch dazu.«

»Ich weiß, entschuldige, ich bin einfach so durcheinander.« Kim strich über Calders Hand. »Und ich bin dir wirklich dankbar, dass du Benton Davis besucht hast.«

»Ach, nein, das ist … äh … das war doch das Mindeste.« Kims Berührung verwirrte Calder. »Aber wir müssen trotzdem herausbekommen, was mit Martha passiert ist.«

»Nachdem wir es bei Benton versucht haben, weiß ich nicht, was wir noch tun sollen.« Kim überprüfte abermals den Fisch. »Er ist fertig. Hilfst du mir bitte mal?«

Sie trugen die Teller nach draußen in den kleinen Garten hinter dem Cottage, wo ein Tisch, Stühle und eine Bank aus Teakholz standen.

»Wir müssen Cornelius zum Reden bringen«, sagte Calder.

»Das hat Todd schon probiert«, sagte Kim. »Ohne Erfolg.«

»Gut, aber jetzt sieht es etwas anders aus. Jetzt hat jemand versucht, Cornelius' Sohn umzubringen. Vielleicht sprichst du ihn darauf an, wenn er das nächste Mal bei Todd ist. Aber geh ein bisschen geschickter vor als Todd.«

»Cornelius hat sich für morgen Nachmittag angekündigt. Aber man kann nicht gut miteinander reden, wenn man an Todds Bett sitzt. Vielleicht schlage ich Cornelius vor, essen zu gehen«, überlegte Kim.

»Versuchen kannst du es«, sagte Calder und probierte die Scholle. »Hm, ist die lecker!«

»Danke. Seit der Uni haben sich meine Kochkünste ein bisschen verbessert.« Kim nahm den ersten Bissen. »Hm, nicht schlecht. Hübscher Garten«, sagte sie mit Blick auf den Apfelbaum, den kleinen Rasen, die Rosen, den Blauregen und die gut gefüllten Rabatten. »Du als Gärtner, das hätte ich mir nie vorstellen können.«

Calder grinste. »Ich auch nicht. Aber das Grundstück war schon wunderschön, als ich hierher gezogen bin. Mit der Zeit arbeitet man sich hinein, es ist ziemlich therapeutisch. Bei den meisten Pflanzen weiß ich nicht mal, wie sie heißen. Sobald ich mir den Namen merke, geht die Blume ein.«

»Es ist so friedlich hier.«

»Das stimmt.« Vom Garten aus blickte man nach Süden auf ein Wäldchen, das sich über eine kleine Erhebung erstreckte. Rechts war ein Feld mit neugierigen Ochsen, links stand eine alte Windmühle mit arretierten Flügeln. Vom Westen fiel das Abendlicht in den Garten, obwohl die Sonne schon hinter dem Haus verschwunden war.

»Du in so einem Cottage, das passt gar nicht zusammen«, bemerkte Kim.

»Und ich kann mir nicht vorstellen, dass du in einer Kleinstadt in New Hampshire lebst.«

»Nicht?«

»Gefällt's dir denn da?«

Kim zögerte. »Nein. Nein, es gefällt mir nicht. Dir gegenüber kann ich das zugeben, aber Todd könnte ich das nie sagen.«

»Warum nicht?«

»Weil er Somerford liebt. Er liebt die Schule. Todd unterrichtet Englisch. Er kann die Schüler begeistern, wenigstens erzählt er mir das. Er hat eine Rugby-Mannschaft gegründet. Aber ich glaube, was ihn am meisten fesselt, ist die Rolle des Helden. Er ist sehr beliebt bei den Jungs, und auch der Rektor mag ihn. So etwas ist Todd wichtig. Ich habe ihn lange bearbeitet, damit er sich nicht von seinem Vater herumkommandieren lässt. Ich wollte, dass er tut, wozu er Lust hat. Nun kann ich mich wohl kaum beschweren, wenn er es dann auch tatsächlich macht, oder?«

»Aber was du willst, ist doch auch wichtig!«

Kim schaute Calder an. »Nein«, sagte sie emotionslos. »Nein.« Sie aß weiter. »Alle machen sich immer über Consulting-Firmen lustig, aber mir hat die Arbeit dort Spaß gemacht. Ich habe viel Geld verdient, und wenn ich dageblieben wäre, wäre ich ziemlich schnell Teilhaber geworden. Ich hätte keinen reichen Mann heiraten müssen.«

»Was ist mit dem Krankenhaus? Da machst du dich doch nützlich, oder?«

»Ja, schon. Ich mache da klar Schiff. Die wissen gar nicht, wie ihnen geschieht. Natürlich ist es eine verdienstvolle Aufgabe, im Krankenhaus zu arbeiten. Alle sind auch immer furchtbar nett. Aber manchmal finde ich es unerträglich. Dann habe ich die verrücktesten Ideen, zum Beispiel alle an ihrem Geburtstag zu feuern oder dem Verband der Tabakindustrie eine große Spende zukommen zu lassen. Es würde noch nicht mal jemand merken. Alle würden weitergrinsen und immer freundlich fragen: ›Wie geht's, Kimmy?‹«

»Du bist ja gemeingefährlich!«

»Ich habe mich bisher zusammengerissen. Aber es ist frustrierend. Wir möchten gern ein Kind. Das heißt, *Todd* möchte eins, also muss ich eins bekommen.«

»Du willst kein Kind?«

»Doch. Doch, schon. Besonders wenn wir in Somerford bleiben. Die Sache ist, dass Todd überhaupt nicht merkt, wie es mir geht. Er ist ein wirklich lieber Kerl, aber er ist es gewohnt, immer im Mittelpunkt zu stehen. Es dreht sich alles nur um ihn. Er geht einfach davon aus, dass unsere Ehe eine Veranstaltung ist, in der ich tue, was *ihn* glücklich macht.«

»Du hast anscheinend viel darüber nachgedacht.«

»Allerdings. Tut mir leid, dass ich dir hier etwas vorjammere. Es ist gemein, so zu reden, während er im Koma liegt. Aber du hast recht, ich habe mehr darüber nachgegrübelt, als gut für mich ist. Kannst du dich noch an Dom erinnern?«

»Deinen Freund aus Cambridge? Den Cricket-Spieler?« Calder konnte sich noch gut an den großen, feschen Sportler erinnern, mit dem Kim im zweiten Jahr eine Zeitlang gegangen war.

»Ja, der. Todd hat gewisse Ähnlichkeit mit ihm. Er ist genauso egoistisch.«

»Hast du Dom damals nicht mit Emma erwischt?« Emma war eine von drei anderen Studenten, mit denen sich Kim und Calder in Cambridge das Haus geteilt hatten.

»Ja«, bestätigte Kim. »Diese dumme Kuh! Und ausgerechnet in unserem Haus! Wenigstens davon werde ich bei Todd verschont.«

»Er hat einen ziemlich soliden Eindruck auf mich gemacht.«

»Ach, ist er auch. Mein Gott, ich hatte ganz vergessen, wie furchtbar sich Dom am Schluss aufgeführt hat. Aber ich weiß noch, dass ich schrecklich verknallt in ihn war. Damals war ich noch jung und unerfahren.«

»Jung stimmt.« Calder grinste. Mit neunzehn hatte Kim zum Anbeißen ausgesehen. Er fand sie auch jetzt, fünfzehn Jahre später, immer noch sehr attraktiv.

»Ja, jung. Du warst damals sehr lieb zu mir nach der ganzen Sache.«

»Wahrscheinlich wollte ich dich nur ins Bett bekommen«, sagte Calder.

»Alex! Und ich dachte, du wärst ein feinfühliger, verständnisvoller Mann.« Kims unwiderstehliches Lächeln kannte Calder noch von damals.

»War ich auch! Ein feinfühliger, verständnisvoller Mann, der mit dir ins Bett wollte. Hat ja leider nicht geklappt. Vielleicht hätte ich es doch besser als Chauvi versuchen sollen.«

»Nein«, sagte Kim. »Das hätte nicht zu dir gepasst. Glaub mir. Mit denen kenne ich mich aus.«

Der Weinpegel in der Flasche sank stetig.

»Was ist mir dir?«, fragte Kim. »Als ich dich nach deiner Freundin gefragt habe, warst du ganz verschlossen. Was ist los?«

Calder erzählte von Sandy. Kim hatte Verständnis, doch als Calder von dem Krach nach dem Wochenende in New York berichtete, ergriff sie Partei für Sandy.

»Sie hat sich deswegen bestimmt genauso schlecht gefühlt wie du!«

»Wenn ja, hätte sie ja was dran ändern können.«

»Woher willst du das wissen?«

»Du hast recht. Aber trotzdem funktioniert es nicht.«

»Und wenn du nach New York ziehen würdest?«

»Ich bin mir nicht sicher, ob unsere Beziehung schon so weit ist. Außerdem würde ich drüben nur als Investmentbanker arbeiten können, und das will ich auf gar keinen Fall mehr.«

»Warum nicht? Ich denke, du würdest keinen schlechten Trader abgeben. Ich fand sogar, nach der Air Force war das der perfekte Job für dich.«

»Ich war ja auch ein guter Trader«, gab Calder zu. »Ein sehr guter sogar. Und es hat mir Spaß gemacht. Aber man lebt in einer Scheinwelt. Wenn man ein paar Jahre lang mit den Millionen anderer Leute um sich geworfen hat, verliert man den Bezug zur Realität. Alles bekommt einen messbaren Wert. Zuerst mal das Gehalt, dann Gewinn und Verlust, der Bonus, die Trading-Positionen, das Haus, das Auto, und ehe du dich versiehst, auch deine Beziehungen. Schließlich glaubst du, arme Leute wären dumm. Dann denkst du, dass jeder, der nicht alles tut, um einen Deal durchzuziehen, ein Waschlappen ist. Nicht nur ein Waschlappen, sondern eine dumme Lusche. Die Arbeit verändert dich.«

»Ach komm, Alex! Nicht alle Investmentbanker sind so. Da gibt es doch auch viele anständige Leute.«

»Ja, aber das sind viel weniger, als man meint, und selbst die verändern sich. Sieh dir Benton Davis an! Martha schrieb, sie würde ihm vertrauen. Vor achtzehn Jahren konnte man das vielleicht, heute würde sie es auf keinen Fall mehr tun. Mir erging es ja genauso.

Ich habe dir doch von meiner Assistentin Jen erzählt, nicht? Von der alle dachten, sie hätte sich umgebracht. Ihr ehemaliger Chef mobbte sie, solange sie für ihn arbeitete. Er zerstörte ihr Selbstbewusstsein. Deshalb kam sie in mein Team. Dann machte der Kerl eines Abends in einer Bar eine Anspielung, ich würde mit ihr schlafen. Vielleicht klingt das gar nicht so schlimm, aber bei ihr brachte es das Fass zum Überlaufen. Jen zeigte Bloomfield Weiss an. Benton Davis und alle anderen machten ihr das Leben zur Hölle. Und willst du wissen, was ich getan habe? Ich habe versucht, ihr die Anzeige auszureden. Ich sagte ihr, sie würde weiterkommen und mehr Geld verdienen, wenn sie sich mit solchen Beleidigungen abfände. Aber Jen war eine mutige Frau, sie trat der Firma aufrecht gegenüber, allen dort. Dann starb sie. Und erst da habe ich versucht, ihr zu helfen. Als es längst zu spät war.«

»O Gott«, sagte Kim.

»Deshalb bin ich hier und düse mit Flugzeugen durch die Gegend.«

Kim musste gähnen. »Unglaublich, wie müde man wird, obwohl man den ganzen Tag nur rumsitzt und nichts tut. Ich gehe jetzt ins Bett.«

»Gute Nacht.«

Kim verschwand im Haus, und Calder blieb allein im Garten sitzen und sah zu, wie die Nacht hereinbrach.

Andries Visser bog mit seinem Land Rover Discovery von der Straße auf die pappelgesäumte Zufahrt seiner Farm ab. Gelbbraun erstreckte sich das Buschland bis in die Ferne. Er sah die große Gestalt seines älteren Bruders Gideon auf einem Traktor sitzen. Gideon holte Winterfutter für das Vieh, eine preisgekrönte Herde Limousin-Rinder. Er war ein kräftiger, hart arbeitender, aber einfallsloser Farmer. Gideon wohnte in dem Cottage hinter dem Haupthaus, obwohl er den Großteil der Arbeit erledigte. Andries lebte mit seiner Familie im Haupthaus, denn von ihm stammte das Geld, das in die Farm investiert worden war. Und er hatte die Ideen. Wenn man das Anwesen Gideon überlassen hätte, würden die Vissers noch heute im Dreck wühlen.

Es gab noch einen zweiten Grund, warum Andries im Haupthaus und sein älterer Bruder mit seiner Familie im Nebengebäude wohnte. Als Gideon Ende dreißig war, vor zwanzig Jahren, geriet er mit dem Gesetz in Konflikt. Er war mit seiner Frau und fünf Kindern zu einem *braai* auf einem benachbarten Hof gegangen. Traditionell dauerte das Fest den ganzen Tag, es gab *boerewors* vom Grill und Castle Beer aus der Kühlbox. Das Wetter war prächtig, die Kinder spielten, die Frauen tratschten, und Gideon und die Nachbarn leerten ein Bier nach dem anderen. Plötzlich gab es einen Aufruhr hinten bei den Hütten. Ein Arbeiter hatte einen Dieb gestellt. Es war ein schmächtiger Schwarzer, man hatte ihn beim Stehlen einer Dose roter Farbe erwischt. Warum er Farbe klaute, wurde nicht ganz klar, aber Gideon und sein Nachbar empörten sich furchtbar darüber, insbesondere als Gideon glaubte, in dem Mann den vermeintlichen Dieb einer Kuh wiederzuerkennen, die einen Monat zuvor vom Hof eines Nachbarn gestohlen worden war. Später stellte sich heraus, dass Gideon sich geirrt hatte. Die beiden Buren beschlossen, dem Mann eine Lektion zu erteilen. Um die Kinder nicht zu erschrecken, warfen sie ihn hinten auf den *bakkie* und fuhren davon. Am nächsten Tag wurde er im Graben gefunden, erschlagen.

Einige Monate später standen Gideon und sein Nachbar wegen Mordes vor Gericht. Der Dieb, ein Mann namens Moses

Nkose, war tot, aber eindeutige Beweise für den Mord gab es nicht. Andries besprach die Angelegenheit mit seinem Vater, und Gideon willigte in eine Vereinbarung ein. Andries nahm Kontakt mit den entsprechenden Leuten auf, und Gideon bekam lediglich zwei Jahre wegen Totschlags. Andries, der Sohn, der am liebsten Anzug und Aktentasche trug, erbte die Farm. Im Lauf der Zeit hatte sich Gideons Groll gelegt, und jetzt lief das Zusammenleben gut.

Andries hätte ohne weiteres einen Freispruch für seinen Bruder erwirken können, hatte sich aber dagegen entschieden. Schließlich humpelte er noch immer, weil sein großer Bruder ihm, als er zwölf war, einen Schlag mit der flachen Seite einer Spitzhacke verpasst hatte.

Andries fuhr zum Haus, das von einem zweiten, vier Meter hohen Stacheldrahtzaun umgeben war. Oben zogen sich drei stromführende Leitungen entlang. Gelbe Schilder warnten, man würde auf Eindringlinge schießen. Heutzutage waren Viehdiebe bewaffnet. Hinter dem Zaun lag eine grüne Oase bewässerten Wohlstands. Es gab hohe Bäume, Pappeln und Zypressen, einen üppigen grünen Rasen, einen Swimmingpool und das Haus selbst, ein schlichtes, niedriges, einstöckiges Gebäude, an das Andries zwei Anbauten gesetzt hatte. Auf einer Seite standen der Wasserturm, eine Windmühle, die Hütten der Arbeiter und, besonders wichtig, die Kuhställe. Die Zäune waren sowohl zum Schutz des Viehs als auch der Menschen bestimmt.

Andries war kein Bauer, aber er war enorm stolz auf seine Farm. Seit 160 Jahren war sie im Besitz der Familie. Die Vissers waren um 1830 in Graaff-Reinet im Karoo mit dem großen Treck aufgebrochen, über die Drakensberge ins Zululand eingedrungen und einige Jahre später von den Briten vertrieben worden. Wieder waren sie über die Berge gezogen und hatten diesen Ort gefunden, vierzig Kilometer vor Pretoria. Mühselig hatten sie sich durchgeschlagen – gottesfürchtige, hart arbeitende, ehrliche Menschen, die mit Heimsuchungen wie schlechtem Wetter, kargen Böden und britischen Kolonialbeamten fertig werden mussten. Der kleine, schwache, humpelnde Andries war der Meinung gewesen, er sei mit seinen Fähigkeiten besser bei der Regierungsverwaltung in Pretoria aufgehoben, doch vergaß er nie die körperlichen Strapazen und das Leid seiner Vorfahren. Nun, da er in Pension gegangen war, war er stolzer Besitzer jenes Landes, das schon seit Generationen von seiner Familie bestellt wurde.

Er parkte neben einem unauffälligen blauen Toyota Corolla, den er gut kannte. In dem Topf neben der Haustreppe drückte er seine Zigarette aus. Seine Frau Hannah hatte ihm schon vor Jahren verboten, im Haus zu rauchen. Andries stieß das Sicherheitstor vor der Eingangstür auf und trat in den Flur.

Seine Frau trank in der Küche eine Tasse Kaffee mit einem großen, breitschultrigen Mann. Er hatte einen Stiernacken, einen Schnurrbart und kurz geschnittenes Haar.

»Kobus! Schön, dich zu sehen!«, sagte Visser mit schwachem Lächeln auf Afrikaans. »Nimm den Kaffee doch mit in mein Büro! Wir müssen uns unterhalten.«

Steif hockte Colonel Kobus Moolman auf dem Stuhl neben Vissers Schreibtisch und nippte an seinem Kaffee. Er war Anfang sechzig, und sein Ruf bei der Sicherheitspolizei beruhte ebenso sehr auf seiner Gerissenheit wie auf seiner Skrupellosigkeit. Er hatte seinem Land in Südwestafrika gedient und war Offizier im berüchtigten Todesschwadron gewesen, das Dutzende, wenn nicht Hunderte von Menschen in Vlakplaas gefoltert und getötet hatte. Visser hatte ernsthafte Bedenken gehabt, als Freddie Steenkamp ihn für den Laagerbond vorgeschlagen hatte, aber Freddie hatte recht gehabt. Es gab Zeiten, in denen der *bond* jemanden wie Moolman brauchte.

Außer Sichtweite seiner Frau verflog Vissers Lächeln. »Was ist schiefgegangen?«, fragte er.

»Schlicht und einfach zu wenig Sprengstoff. Dieses Flugzeug war robuster, als ich gedacht habe. Aber der Bursche liegt doch im Koma, oder? Der stellt keine Fragen mehr.«

»Er kann jeden Moment wieder aufwachen.«

»Soll ich die Sache zum Abschluss bringen?«

»Im Krankenhaus?«

»Ist nicht einfach, aber wenn es sein muss …«

Visser schaute aus dem Fenster über das Buschland zu der Schlucht, durch die sich der jetzt fast trockene Elands-Fluss zum Limpopo und schließlich zum fünfhundert Kilometer entfernten Indischen Ozean wand. Visser wurde von einem Hustenanfall gequält, die Schultern taten ihm weh. Der Husten wurde immer schlimmer, er musste dringend zum Arzt. »Nein«, sagte er. »Nicht, solange er im Koma liegt. Das gibt nur noch mehr Ärger. Die englische Polizei weiß, dass es kein Unfall war, die ermitteln in der Sache. Ich hoffe, die finden nichts. Aber ich möchte, dass du wieder nach London fliegst, damit du vor Ort bist, falls wir dich brauchen.«

Moolman nickte. Eigentlich arbeitete er lieber in seiner Heimat, auch wenn es inzwischen immer weniger alte Freunde bei den Behörden gab, auf deren Hilfe er sich verlassen konnte. Aber er war immer ein loyales Mitglied des Laagerbonds gewesen und würde seine Kameraden auch jetzt nicht im Stich lassen.

»In Ordnung, Andries. Du kannst auf mich zählen.«

[10]

18. Juli 1988

Heute habe ich mit George im Greenmarket Square zu Mittag gegessen. Es regnete. Auf dem Hinweg sah ich an einem Zeitungskiosk eine *Financial Times* mit geschwärzter Titelseite. Dieses Land ist jämmerlich.

George ist richtig fertig wegen der Schließung der *Mail*. Er hat erfolglos versucht, einen Käufer zu finden, aber niemand war interessiert; die Verluste sind einfach zu hoch. Ich schlug ihm vor, an Graham Pelling heranzutreten und ihn zu fragen, ob er vielleicht die *Mail* zusammen mit den anderen Zeitungen übernehmen wolle. George sagte, er würde es versuchen, aber viel Hoffnung habe er nicht.

Ich fragte George nach Muldergate. Es ist zehn Jahre her, und ich kann mich nicht mehr genau daran erinnern. Die *Mail* war eine der wenigen Zeitungen, die über den Skandal berichteten, George wusste noch genau Bescheid. Ich fragte ihn, ob er schon mal vom Laagerbond gehört hätte. Hatte er nicht. Meine Fragen machten ihn neugierig, ich versprach, ihm bei Gelegenheit mehr zu erzählen. Aber jetzt noch nicht. Erst muss ich herausfinden, was mit Neels los ist.

20. Juli

Ich weine, während ich das hier schreibe. Gerade hatte ich einen schlimmen Streit mit Neels. Es ging nicht um seine Freundin. Ihn darauf anzusprechen, habe ich mich nicht getraut. Es ging um den Laagerbond.

Ich fragte ihn lediglich, worum es sich dabei handelte. Er ging sofort in die Luft. Er wollte wissen, wie ich von der Organisation erfahren hätte. Als ich ihm sagte, ich hätte in Daniels Aktentasche geguckt, flippte er aus. Er sagte, das wäre unterste Schublade, ich sei Abschaum und würde ihn bespitzeln. Ich hätte kein Recht, in seinen Sachen herumzuschnüffeln, ich würde sowieso nichts verstehen, ich hätte ihn verraten. Ich verlor die Beherrschung, brach in Tränen aus und lief ins Schlafzimmer.

Das ist doch grotesk! Er ist derjenige, der untreu ist, der eine Affäre hat, der sich mit diesen komischen Buren abgibt.

Zum ersten Mal in unserer Ehe lief ich davon.

»Abschaum«, das hat er wirklich zu mir gesagt. Zu seiner eigenen Frau. Das kann ich ihm nicht verzeihen. Niemals.

21. Juli

Neels hat heute Nacht in Todds Zimmer geschlafen. Er ist früh zur Arbeit gefahren, ich habe ihn gehört. Wenigstens hat er sich nicht mitten in der Nacht aus dem Haus geschlichen.

Zan und Caroline waren sehr still beim Frühstück. Sie müssen den Streit gestern Abend gehört haben. Die arme Caroline! Es ist ihr zweiter Schultag nach den Ferien, und sie ist offensichtlich froh, aus dem Haus zu kommen.

22. Juli

Habe heute Abend mit Todd telefoniert. Ich schlug ihm vor, am Ende der Sommerferien für eine Woche zu kommen und Francesca mitzubringen. Die Vorstellung schien ihm zu gefallen, aber er meinte, er müsse sie erst fragen. Ich hoffe, dass er kommt.

Neels arbeitet so intensiv an dem *Herald*-Geschäft, dass ich ihn kaum noch sehe. Zum Glück. Morgen fliegt er nach London, von da aus nach Philadelphia. Er meinte, er wäre wohl drei Wochen lang fort. Meine Gefühle für ihn sind konfus. Ich bin wütend, unglaublich wütend darüber, wie er mich in letzter Zeit behandelt hat und über seinen Umgang mit der *Mail*. Außerdem bin ich überzeugt, dass er eine Geliebte hat. Anzeichen dafür gab es keine mehr, aber ich *weiß* es einfach.

Gleichzeitig habe ich Angst. Die Gewalt, die es schon immer in diesem Land gab, stiehlt sich jetzt auch in meine eigene Familie. Zuerst war es Hennie, dann die Todesliste der Kommunistischen Partei, dann diese Leute vom Laagerbond. Männer, die im Afrikaander-Establishment so weit oben stehen, können nur gefährlich sein. Und dann Neels. Direkt bedroht hat er mich nicht noch einmal, aber er schaut immer düster drein, als würde er jeden Moment in die Luft gehen. Ich habe Angst, dass er sich verändert hat, aber mehr noch befürchte ich, dass es diese schleichende, alles durchdringende Gewalt ist, die ihn verändert.

23. Juli

Habe heute in Kapstadt mit Libby Wiseman zu Mittag gegessen. Sie wohnt in einem blau gestrichenen kleinen Haus am Hang des Signal Hill in Tamboerskloof, gegenüber dem Tafelberg. Libby unterrichtet englische Literatur an der Universität von Kapstadt, ihr Mann Dennis ist Anwalt und hat sich auf politische Gefangene spezialisiert. Darin ist er sehr erfolgreich. Es gelingt ihm zwar nicht, sie aus dem Gefängnis zu bekommen, aber er bringt die Behörden jedes Mal arg in Verlegenheit, und genau das wollen seine Klienten. Heute ist Samstag, Dennis war Golf spielen. Libby schlug vor, ein Restaurant im Viertel Bo-Kaap zu besuchen.

Wir gingen den Hügel hinab und dann weiter in Richtung Bo-Kaap. Ich mag diesen Stadtteil mit seinen steilen kopfsteingepflasterten Straßen, den alten bunt gestrichenen Reihenhäusern, den Autowerkstätten, den Moscheen mit den zierlichen beige Minaretten und das Geruchsgemisch von Afrika und Orient. Es herrscht Rassentrennung: Im Bo-Kaap leben nur sogenannte Farbige. Ein typisch südafrikanischer Euphemismus. Er bezeichnet Menschen mit gemischten Vorfahren, Menschen, die nicht in die vorgegebenen Rassenkategorien passen. Bo-Kaap ist ein herrliches Beispiel dafür, was das Wort »gemischtrassig« bedeuten kann: Die Gene von Malaien, Indern, Europäern, Sklaven aus Guinea und von den Ostindischen Inseln, sogar die der ursprünglichen Bewohner des Kaps, der Hottentotten, sind verantwortlich für diese wunderbaren Menschen mit brauner Haut, hohen Wangenknochen und breitem Lächeln. Und das Essen ist superlecker.

Libby führte mich zu einem orange-gelb gestrichenen Restaurant an der Ecke Wale Street, von dem man einen herrlichen Blick auf die Stadt und den Tafelberg hat. Der Morgennebel hatte sich aufgelöst, die Sonne war herausgekommen und beschien die schartige graue Panzerung des Berges in weichem, winterlichem Glühen. Wir lästerten über die Mitglieder des Guguletu-Projekts. Dann erzählte mir Libby eine Geschichte über einen ihrer Studenten aus dem ersten Semester, der George Eliot und Charles Dickens verwechselt hat und jetzt glaubt, Dickens sei eine Frau gewesen.

Ich erwähnte die Todesliste der Kommunistischen Partei, von der Zan Neels erzählt hatte. Ohne erkennen zu lassen, ob sie Verbindungen zur SACP hatte, sagte Libby, das halte sie für unwahrscheinlich. Offenbar hat Joe Slovo im vergangenen Jahr verkündet, Veränderung komme durch Verhandlungen, nicht durch Umsturz zustande. Aber Libby gab zu, dass nicht unbedingt alle Parteimitglieder die Meinung ihres Anführers teilten. Ehrlich gesagt, macht mir diese Liste immer noch Angst.

Ich beschloss, Libby von meinem Verdacht zu erzählen, Neels habe eine andere. Libby hatte Mitleid mit mir. Sie vertraute mir an, dass auch sie und Dennis Probleme hätten. Ich erzählte ihr, dass Daniel Havenga gesagt hätte, man nenne Stellenbosch auch »Triff-mich-im-Busch«: eine Stadt voller Mittvierzigerinnen, gestrandet in gescheiterten Ehen. Was wäre so seltsam daran, wenn Libby und ich dazugehörten? Es war gut, mit ihr zu sprechen und das Gefühl zu haben, in diesem verdammten Land nicht allein zu sein.

25. Juli

War heute Nachmittag mit Zan in Stellenbosch. Es war ein klarer, sonniger Tag, die alten Häuser schimmerten weiß, die wenigen Blätter, die noch an den Eichen entlang der Bürgersteige hingen, blitzten golden. Wir gingen zu Oom Samie's, so wie damals, als Zan noch ein kleines Mädchen war. Der Laden ist immer noch vollgestopft mit demselben alten Mist, da hat sich nichts geändert. Zan kaufte Schnickschnack und klebrige Sahnebonbons. Ich erstand Gewürze. Dann tranken wir eine Tasse Kaffee.

Wir unterhielten uns über die Kampagne zur Abschaffung der Wehrpflicht. Zan sagte, bisher hätten einhundertfünfzig Männer die Einberufung verweigert. Ich erzählte ihr von Freunden, die sich während des Vietnamkriegs der Einberufung entzogen hatten, und von den Artikeln über die Studentenbewegung, die ich in den Sechzigern für *Life* geschrieben hatte. Sie war sichtlich beeindruckt und interessiert. Aber als ich sie nach Black Sash fragte, machte sie dicht. Und als ich vorschlug, sie bei einer der Demonstrationen für die Kampagne zu begleiten, schüttelte sie nur den Kopf. Das wurmte mich.

»Warum hast du mir nichts von der Todesliste der SACP erzählt?«, fragte ich sie.

Zan schaute in ihre Tasse. »Hab mich schon gefragt, wann du auf das Thema kommst.«

»Vertraust du mir nicht?«

Zan zuckte mit den Achseln und wich meinem Blick aus.

Sie vertraute mir tatsächlich nicht. Angesichts unserer Vergangenheit konnte ich das verstehen, aber ich spürte oder hoffte zumindest, dass unsere Beziehung sich verbessert hatte, seit Zan nach Hondehoek zurückgekehrt war. Ich glaubte, sie sei meine Verbündete, und Verbündete brauchte ich dringend. Ich holte tief Luft. »Ich möchte mich entschuldigen.«

Zan sah mich an.

»Wegen der Sache mit diesem schrecklichen Bernie Tunstall damals. Vielleicht hätte ich es Neels nicht erzählen sollen. Du hattest mich darum gebeten, ich weiß, aber ich war stinksauer und wollte mir das nicht noch länger ansehen. Du warst schließlich erst vierzehn, Herrgott noch mal!«

Zan starrte wieder in ihren Kaffee.

»Kannst du mir vergeben?«

Sie murmelte etwas.

»Wie bitte?«

»Ich habe gesagt, ich kann vergessen. Mehr kann ich nicht. Ich kann nicht vergeben. Vergessen. Es ist vergessen.« Sie sah mich an, zornig, konfus, traurig. »Sprich bitte nicht mehr darüber.«

»Gut«, sagte ich. »Tut mir leid, dass ich dich drauf angesprochen habe. Ich meine nur, du kannst mir vertrauen, verstehst du?«

Sie lächelte kurz, obwohl ich sah, dass sie nicht wirklich überzeugt war.

»Kannst du mir wenigstens noch etwas über die Todesliste sagen?«

»Ich habe Pa alles erzählt, was ich weiß.«

»Aber gibt es sie wirklich? Ich dachte, die Führung der SACP spricht von einer friedlichen Revolution.«

»Doch, klar gibt's die. Die Führer reden vor der internationalen Presse so und vor ihren Genossen so. Es gibt wirklich eine Liste. Pa ist drauf. Und du auch.«

»Du nicht?«

Zan schüttelte den Kopf. »Nein.«

»Wer hat dir das erzählt?«

»Jemand ...« Sie zögerte. »Jemand, der mich sehr gern mag.«

»Ein Mann?«

Zan nickte.

»Den du in London getroffen hast?«

Wieder nickte sie.

»Und du vertraust ihm?«

»Oh ja«, sagte sie. »Ich vertraue ihm.« Sie sah mir in die Augen, jetzt herzlicher, wohlwollender. »Für mich war es auch ein Schock. Ein Riesenschock. Das und Onkel Hennies Tod. Ich meine, theoretisch weiß ich natürlich, dass sich dieses Regime nur durch Gewalt verändern wird und dabei Menschen sterben werden, die dieselbe Hautfarbe haben wie ich. Damit kann ich leben. Aber wenn es um meinen eigenen Vater geht ... Deshalb möchte ich eine Weile hierbleiben. Ich muss mir über all das klar werden.«

Du willst also deinen Vater noch einmal besuchen, bevor deine sogenannten »Genossen« ihn umbringen, dachte ich. Aber ich hielt den Mund. »In London willst du nicht einfach nur an der LSE studieren, oder?«

Zan schüttelte den Kopf.

Schweigend saßen wir da und beobachteten, wie die braven Bürger von Stellenbosch ihren Besorgungen nachgingen. »Martha?«, sagte sie schließlich.

»Ja?«

Nervös lächelte Zan mich an. »Als ich hörte, dass dein Name auf der Liste steht, hat mir das nicht viel ausgemacht. Jetzt aber schon, jetzt macht es mir etwas aus.«

Es war schön, Zan bei uns zu haben. Sie wird mir bestimmt fehlen, wenn sie nach London geht. Vielleicht hat sie recht, und es ist das Beste, zu vergessen. Ich bin immer noch überzeugt, dass es damals richtig war, mit Neels über Bernie Tunstall zu sprechen. Sicher, Zan hatte mir im Vertrauen von ihm erzählt, aber wie hätte ich da tatenlos bleiben sollen? Schließlich hatte er ein vierzehnjähriges Mädchen verführt. Doch von da an ging es mit unserer Beziehung bergab. Bernie Tunstall war reich, hatte Beziehungen und war clever genug, um sich überzeugend als Unschuldslamm zu verkaufen. Penelope glaubte ihm mehr als ihrer Tochter. Zan weigerte sich, bei der Polizei eine Aussage zu machen. Daraufhin wurde sie von einem Arzt untersucht, der bestätigte, dass sie keine Jungfrau mehr sei. Penelope sagte der Polizei, Zan hätte wahrscheinlich mit mehreren Jungen geschlafen, und Zan leugnete es nicht. Das machte Neels umso wütender. Ein Jahr stritten sie um das Sorgerecht. Zan wollte nicht bei uns leben, und Neels gestattete ihr nicht, zu Penelope zurückzukehren, daher verbrachte sie die Schulzeit im Internat und die Ferien bei ihrem Onkel Hennie auf seiner Schaf-Farm im Karoo. Schließlich ging sie zu Penelope zurück. Sie besuchte uns noch gelegentlich, blieb aber verschlossen und mürrisch, und ihre Besuche wurden immer unangenehmer.

Sie konnte schnell schwimmen, richtig schnell. Als sie mit siebzehn die Olympia-Qualifikation schaffte, war sie stocksauer, weil sie nicht zu den Olympischen Spielen nach Los Angeles fahren durfte. Natürlich war es nicht ihre Schuld, es war einfach eine Folge der Apartheidpolitik und, wie ich ihr sagte, nicht die schlimmste. Sie konnte nicht an diesem internationalen Schwimmwettkampf teilnehmen, aber zumindest wurde sie, anders als achtzig Prozent der Bevölkerung, in ihrem eigenen Land wie ein Mensch behandelt. Ein plausibles Argument, hätte man denken sollen, besonders für die Tochter von Cornelius van Zyl. Aber Zan wollte nichts davon wissen. An allem waren die ahnungslosen, engstirnigen Amerikaner Schuld, Leute wie ich. Ich war wütend auf sie. Natürlich ist mir heute klar, dass sie mich nicht an sich heranlassen wollte, das war eben ihre Methode. Nun, sie hatte Erfolg.

Ungefähr zur gleichen Zeit begann Zan, zweifellos ermutigt von Hennie und seiner Familie, ein Interesse an ihrer Afrikaander-Herkunft zu entwickeln. Hennie war schon immer der Ansicht gewesen, Neels habe sein Volk verraten. Eifrig ergriff er jede Gelegenheit, um Zan zu demonstrieren, wie eine gottesfürchtige Burenfamilie wirklich lebte. Zuerst war Neels zufrieden. Südafrika ist ebenso zerstritten zwischen Englisch- und Afrikaanssprechenden wie zwischen Schwarzen und Weißen. Zan wurde ausschließlich im englischsprachigen Bildungssystem aufgezogen. Neels ist unheimlich stolz auf seine burischen Vorfahren. Ich glaube, an der Apartheid stört ihn am meisten, dass sie ihn von seiner Sprache, der Kirche, der Gemeinschaft und seinen Verwandten entfremdet hat. Er ist ein Ausgestoßener inmitten seiner eigenen Leute. Als Zan also ernsthaftes Interesse an der Sprache zeigte und aus Spaß Wyk Louw und Malherbe las, war Neels begeistert. Noch mehr freute er sich, als sie sagte, sie würde möglicherweise auf eine afrikaanssprachige Universität gehen. Natürlich nahm er an, dass sie sich um einen Studienplatz in Stellenbosch bewerben würde – die Uni wird immer liberaler, wie man in Südafrika meint, obwohl ich sie völlig normal finde. Doch letztlich entschied sich Zan für die neue Rand Afrikaans University in Johannesburg, wo sie Geschichte studierte. Wahrscheinlich nur, um ihren Vater zu ärgern.

Neun Monate lang hörten wir nichts von ihr. Dann stand sie plötzlich vor unserer Tür und sagte, sie hätte einen furchtbaren Fehler gemacht. Die Rassisten, die sie an der Uni kennengelernt hätte, und die Apartheid-Ideologie, die dort unterrichtet würde, hätten sie schockiert. Eines Abends sei sie mit einer Gruppe Rugby spielender Studenten losgezogen. Die Männer hätten

Streit mit einem alten Schwarzen angefangen und ihn verletzt und blutend in der Gosse liegen lassen. Das brachte für Zan das Fass zum Überlaufen. Ihre Freunde lachten nur. Zan wollte nicht mehr mitmachen.

Neels war erleichtert. Sie wechselte auf die weitaus liberalere englischsprachige University of the Witwatersrand und wurde ein anderer Mensch, organisierte Demonstrationen, schrieb Beiträge für Untergrundmagazine, bekam Ärger mit der Polizei. Nach der Uni blieb sie in Johannesburg und machte mehr oder weniger weiter wie zuvor, schlug sich mit Aushilfsjobs in Büros durch.

Und jetzt geht sie nach London, um dort wer weiß was zu tun.

Mir kam der Gedanke, dass der Laagerbond möglicherweise eine *gegen* die Apartheid gerichtete Geheimgesellschaft ist. Ich erzählte Zan von Havengas und Vissers Besuch bei Neels, aber sie hatte auch keine Ahnung, was der Laagerbond sein könnte. War wohl nur Wunschdenken meinerseits.

Neels ist jetzt seit zwei Tagen in London. Es tut gut, ihn aus dem Haus zu haben.

27. Juli

Eben war jemand von der Sicherheitspolizei da. Das ist mir noch nie passiert. Ein höflicher junger Mann mit Mantel und Krawatte stand vor der Tür. Als er Zan sah, sagte er, er wolle unter vier Augen mit mir sprechen. Doris machte uns Kaffee, wir setzten uns in den Garten und plauderten. Ihm gefielen die Magnolien und die Fynbos-Beete, er wollte wissen, wie alt die Eiche neben dem Hauseingang sei. Offenbar machen Finneas und ich unsere Arbeit gut.

Der Beamte fragte mich, wie gut ich Libby Wiseman kenne. Als ich sagte, ich kenne sie ziemlich gut, wollte er wissen, ob ich wüsste, dass sie Mitglied der Kommunistischen Partei sei. Ich gab mich schockiert und ungläubig und fragte, ob sie gebannt sei, und er erwiderte, das sei sie nicht, aber man behalte sie gut im Auge. Dann sagte er, für eine Frau in meiner Position sei es nicht klug, ihr zu nahe zu kommen.

»In meiner Position?«, sagte ich. »Meinen Sie damit als Frau eines Zeitungsverlegers oder als Bürgerin der Vereinigten Staaten?«

»Beides«, antwortete der Polizist. »Wir glauben an das Gesetz in diesem Land und behandeln alle Bürger gleich, ungeachtet ihrer Nationalität und ihres Familienstandes.«

Fast verschluckte ich mich am Kaffee. Aber ich wusste, was er meinte. Es war eine Warnung.

Nach seinem Besuch war Zan sehr nervös. Sie hatte natürlich angenommen, der Polizist wolle über sie sprechen. Als ich ihr sagte, von ihr sei keine Rede gewesen, war sie erleichtert. Sie dachte kurz nach und fragte mich dann, worüber er mit mir gesprochen hätte. Ich lächelte nur.

Als ich heute mit dem Tagebuch anfing, musste ich darüber grinsen. Wie aufregend! Meine Aktivitäten werden so ernst genommen, dass die Sicherheitspolizei auf mich aufmerksam wird! Doch je länger ich darüber nachdenke, desto mehr Sorgen mache ich mir. So einen Besuch hatte ich noch nie. Das liegt hauptsächlich an der Vereinbarung, die ich mit Neels kurz nach unserer Hochzeit traf und an die ich mich in den letzten zwanzig Jahren gehalten habe: Ich würde mich nicht in »den Kampf« oder »die Sache« hineinziehen lassen.

Neels wusste, dass ich mit meiner Meinung nicht hinterm Berg halte, aber das war schließlich auch einer der Gründe, warum er mich heiratete. Ich brauchte nicht lange, um Ärger zu bekommen. Es war kurz nach unserer Hochzeit und dem Erwerb von Hondehoek. Doris war erst seit einer Woche als Hausmädchen bei uns. Die Vorstellung, Hausangestellte zu haben, war mir fremd, erst recht welche in Uniform, aber Neels bestand darauf, dass sie uns im Haushalt und im Garten halfen. Es stellte sich heraus, dass Doris und ich uns von Anfang an gut verstanden. Am dritten Tag fand ich sie weinend vor. Ihr Bruder hatte Ärger mit der Polizei bekommen; man hatte ihn mit einer Flasche Bier erwischt, und Schwarze durften damals keinen Alkohol trinken. Doris brauchte zwanzig Rand, damit er auf Kaution freigelassen wurde. Sie bat mich nicht um das Geld, ich gab es ihr einfach, und ihre Dankbarkeit war mir fast schon unangenehm.

Am darauffolgenden Sonntag erzählte ich das auf einer Dinnerparty, zu der Neels und ich eingeladen waren. Der Gastgeber war einer der wichtigsten Geschäftsleute von Kapstadt, ein großer Werbefachmann, eine Säule der englischsprachigen Gemeinschaft. Die Gastgeberin, eine ausgemachte Rassistin, regte sich unglaublich über meine Reaktion auf. Ich wäre dumm, einem Hausmädchen zu glauben, besonders einem, das ich noch gar nicht kannte, und ich könne von Glück sagen, wenn ich das Geld jemals wiedersähe. Wahrscheinlich würde Doris am Wochenende verschwinden und nie wiederkommen. Sie deutete an, dass letztlich Menschen wie ich für die schlechte Disziplin und die Ausschweifungen schwarzer Südafrikaner verantwortlich seien.

Ich erwiderte, Doris mache einen vertrauenswürdigen Eindruck, und selbst wenn sie das nicht sei, könnten sie und ihr Bruder die zwanzig Rand wohl besser gebrauchen als ich. Die Gastgeberin lief rot an; ihr gefiel nicht, dass ich als Amerikanerin ihr Land kritisierte. Die Afrikaander werden immer aggressiv, wenn sie in die Defensive geraten.

»Sie verstehen das nicht«, sagte sie. »Ihre Schwarzen sind anders als unsere.«

»Ich besitze keine Schwarzen. Sie im Übrigen auch nicht«, gab ich zurück.

Böse funkelte sie mich an. »Sind Sie Kommunistin?«

»Wenn ich Kommunistin bin, sind Sie ein Nazi«, erwiderte ich. Nicht gerade feinfühlig.

Ihr fiel die Kinnlade herunter. Dann wandte sie sich an ihren Mann. »Geoffrey! Ich möchte diese Frau nicht länger in meinem Haus haben! Bringst du sie bitte zur Tür?«

Unsere Männer schlichteten den Streit. In frostiger Atmosphäre blieben wir am Tisch sitzen, bis der Kaffee serviert wurde. Danach hielt Neels mir eine Standpauke. Es sei eigentlich ganz einfach, sagte er. Er könne keine Zeitungen verlegen, wenn ich mich so benähme. Es würde seine Position gefährden, wenn er mit bekannten Radikalen, egal ob schwarzen oder weißen, gesehen würde. Ich begriff, worauf er hinauswollte. Inzwischen stand ich voll und ganz hinter seiner Strategie des Umbruchs. Die Arbeit der *Mail* und seiner übrigen Zeitungen war zu wichtig, als dass ich sie für symbolträchtige Gesten aufs Spiel setzten konnte, die keinen anderen Nutzen hatte, als mein Gewissen zu beruhigen. Seither habe ich mich eigentlich an unsere Abmachung gehalten. Im Lauf der Jahre war ich mehrmals versucht, den Kampf zu unterstützen; wenn man an mich herantrat, wies ich aber jede Anfrage zurück und erklärte meine Beweggründe. Die meisten schienen es zu verstehen. Wahrscheinlich habe ich deswegen meine Energie in Wohltätigkeitsorganisationen gesteckt: Alphabetisierungsprojekte, Stipendien für schwarze und farbige Studenten, Kliniken. So habe ich immerhin zu kleinen Veränderungen beitragen können.

Aber jetzt kommt der Ärger auf mich zu. Liegt es wirklich an meinem Treffen mit Libby Wiseman oder doch eher an Zans Anwesenheit in unserem Haus? Vielleicht hat es auch etwas mit dem Laagerbond zu tun. Ich bin immer davon ausgegangen, unter Neels' Schutz zu stehen, aber vielleicht gibt es den ja nicht mehr. Ich bin amerikanische Staatsbürgerin. Das macht mich doch unantastbar. Oder bin ich deshalb ein Spion?

Früher dachte ich immer, Gewalt und Ungerechtigkeit würden nur andere Menschen in diesem Land treffen. Jetzt erlebe ich sie am eigenen Leib.

Ich muss aufpassen, was ich in dieses Tagebuch schreibe.

[11]

Manche Hürden beim Betrieb eines Flugplatzes sind so lächerlich wie unerbittlich. An diesem Morgen ging es um Leichensäcke. Es gab keine in Langthorpe, was bei der letzten Prüfung der Zivilen Luftfahrtbehörde irgendwie übersehen worden war. Zu spät war Jerry eingefallen, dass man mindestens einen Sack haben musste: ohne war die Lizenz des Flugplatzes letztlich ungültig. Beim Erwerb der Flugschule hatten Calder und Jerry die Sache locker genommen, aber schnell lernen müssen, dass man sich mit der Luftfahrtbehörde nicht mal in den kleinsten Detailfragen anlegte. Vor allem nicht in den kleinsten Detailfragen. Wenn die Behörde meinte, der Flugplatz sei erst sicher, wenn irgendwo ein Leichensack auf dem Gelände herumliege, dann würde Calder nicht mit der Behörde streiten. Also, woher bekam er jetzt schnell einen Leichensack?

Sein Blick schweifte zum Fenster und zur Startbahn draußen, wo eine Piper Warrior schwerfällig aufsetzte. Dann schaute er wieder auf den Bildschirm. Seine Neugier war einfach zu groß; er klickte das Icon von Spreadfinex an. Der Rentenmarkt war über Nacht ins Bodenlose gefallen. Calder hatte 29 000 Pfund verloren.

Er lehnte sich zurück und starrte die Zahlen an. Eine eiskalte Welle schwappte über ihn hinweg, dann brannten seine Wangen. Es war kein Zorn, es war kein Frust, nicht einmal Resignation – es war Scham. Der Moment, als er innegehalten und dann geschwiegen hatte, anstatt Tarek al-Seesi von seinem Spread-Betting zu erzählen, hatte sich in sein Hirn eingebrannt. Calder schämte sich. Und zwar aus folgendem Grund: Er wusste, dass der amerikanische Rentenmarkt auf Messers Schneide stand, auf der einen Seite bedrängt von denen, die eine weltweite Inflation befürchteten, auf der anderen Seite von denen, die Angst vor einer Deflation hatten. In den letzten vierundzwanzig Stunden war die Angst vor Inflation immer größer geworden. Calder hatte das schlichtweg übersehen. Der Grund dafür lag auf der Hand: Er hatte nur beiläufig darüber nachgedacht, da er in erster Linie mit Todd, Kim, Benton Davis, Sandy und den täglichen Problemen des Flugplatzes beschäftigt war. Er hatte nicht die geringste Ahnung, was auf dem Rentenmarkt vor sich ging.

Calder schämte sich, weil er sich etwas anderes vorgemacht hatte.

Genauso gut hätte er sich an einen Roulettetisch setzen oder auf das Rennen um drei Uhr dreißig in Goodwood wetten können. Und noch am Morgen zuvor hatte er sich bei seiner Schwester über die Spielsucht seines Vaters beklagt.

Mit ein paar Mausklicks nahm er seinen Verlust mit und schloss seine Positionen. Noch etwas länger schaute er auf den Bildschirm. Vielleicht sollte er sein Konto bei Spreadfinex kündigen, dann wäre diese Versuchung fort.

Vielleicht auch nicht.

Er griff zum Telefon, um Steve vom Flugplatz Little Gransden anzurufen. Mal sehen, woher die ihre Leichensäcke bekamen. Eventuell hätten sie ja einen übrig, den sie Langthorpe leihen konnten, bis Calder selbst einen bestellt hatte.

»Alex, haben Sie mit der Polizei gesprochen?«

Durch seine halbmondförmige Lesebrille schaute Cornelius van Zyl auf die Speisekarte vor sich. Seine aufmerksamen blauen Augen fixierten Calder. Sie waren im Restaurant eines schicken Landhotels wenige Meilen vom Krankenhaus entfernt. Todds Schwester Caroline war von San Diego herübergekommen, sie hatte den Nachmittag mit van Zyl bei ihrem im Koma liegenden

Bruder verbracht. Edwin war spät am Nachmittag eingetroffen. Van Zyl war auf Kims Vorschlag eingegangen, gemeinsam essen zu gehen. Es herrschte eine gedrückte Stimmung.

»Natürlich«, erwiderte Calder. »Nachdem die Polizei herausgefunden hatte, dass an der Yak Sabotage verübt worden war, stellten die Beamten viele Fragen.«

»Worüber?«

»Über die Yak, den Motorbrand, die Notlandung«, sagte Calder vorsichtig.

»Haben sie sich nach unserer Familie erkundigt?«

Langsam ließ Calder seine Speisekarte sinken. »Wenn Sie damit wissen wollen, ob ich denen erzählt habe, dass Todd versucht hat, etwas über den Tod Ihrer verstorbenen Frau herauszubekommen, dann lautet die Antwort ›Ja‹.«

Am Tisch herrschte Schweigen.

»Mir wäre es lieber, wenn Sie das nicht erwähnt hätten«, sagte van Zyl. »Das ist eine rein private Familienangelegenheit.«

»Und die Polizei ermittelt in einem Mordversuch«, entgegnete Calder. »Das bedeutet, dass die Polizisten so viel wie möglich auch über private Familienangelegenheiten erfahren wollen.«

»Die aber nichts mit Ihnen zu tun haben«, beharrte der alte Mann.

»Ich habe der Polizei auch davon erzählt«, mischte Kim sich ein. »Nicht beim ersten Mal, aber dann habe ich darüber nachgedacht und fand, ich müsste es sagen. Alex hat recht. Todd hätte ohne weiteres tot sein können; wir müssen der Polizei alles sagen und darauf vertrauen, dass sie das Unwichtige vom Wichtigen trennt.«

Zornig funkelte van Zyl seine Schwiegertochter an. Sie zuckte mit den Achseln und lächelte traurig.

Sein Blick wurde weicher. »Tut mir leid, Kim. Ich bin krank vor Sorge um Todd, das sind wir alle, und ich war einfach nicht erfreut, einen Schwall aufdringlicher Fragen von dieser Polizistin zu beantworten. Du weißt, wie sehr mir die Privatsphäre meiner Familie am Herzen liegt. Aber für dich muss es noch schwerer sein.«

Kim lächelte schwach. »Alex hat mich in den letzten Tagen sehr unterstützt.«

Van Zyl wandte sich an Calder. »Danke für alles, was Sie tun«, sagte er. »Todd wäre Ihnen bestimmt dankbar.«

Caroline, die nur wenig gesagt hatte, saß neben Kim. Sie legte ihre Hand auf die ihrer Schwägerin. Kim ergriff sie und drückte so fest zu, dass ihre Knöchel weiß wurden. Sie hatte sich zusammengerissen, aber Carolines unvorhergesehene Geste des Mitgefühls schien ihre Abwehrmauer bröckeln zu lassen. Eine Träne lief ihr über die Wange. Sie schaute Caroline an und sagte tonlos: »Danke.«

Caroline war einige Jahre jünger als Todd. Sie war dünn, hatte Todds ebenmäßige Gesichtszüge, aber nicht seine lockere Selbstsicherheit. Sie war gut gekleidet in einer beigefarbenen Hose und einem Seidenoberteil, doch abgesehen von unauffälligen, teuren Ohrringen wies nichts darauf hin, dass sie mit einem Milliardär verheiratet war. Ihre neun Monate alte Tochter hatte sie zu Hause gelassen, deshalb konnte sie nur wenige Tage in England bleiben. Aber sie hatte Todd unbedingt sehen und seine Hand halten wollen, auch wenn er nicht reagieren konnte.

Schweigend sahen alle Kim an, jeder mit anderen Gefühlen. Der Kellner ergriff die Gelegenheit und nahm die Bestellungen entgegen. Kim war eine starke Frau; sie riss sich merklich zusammen. »Ich habe in der Zeitung gelesen, dass du die *Times* kaufen willst«, sagte sie zu ihrem Schwiegervater. »Der Verfasser schien überzeugt, dass du sie bekommst. Das muss eine aufregende Zeit für dich sein.«

Van Zyl zögerte kurz, respektierte dann aber Kims Wunsch, das Thema zu wechseln. »Wir haben noch eine Menge vor uns«, sagte er. »Evelyn Gill ist ein beachtlicher Konkurrent, es wäre ein großer Fehler, ihn zu unterschätzen. Aber du hast recht: Es wäre sehr spannend, die *Times* zu besitzen. Ich hoffe nur, dass Todd den Triumph miterleben kann. Ich habe nie verstanden, warum er nichts mit dem Zeitungsgeschäft zu tun haben will.«

»Jeder hat so seine Vorlieben, Pa«, sagte Edwin.

Van Zyl beachtete seinen Sohn nicht, sondern ließ Kim nicht aus den Augen.

»Edwin hat recht«, sagte Kim. »Todd kann das selbst entscheiden.« Sie lächelte van Zyl an. »In dieser Hinsicht ähnelt er ganz seinem Vater. Und du oder ich können nichts daran ändern.«

»Wahrscheinlich nicht«, sagte van Zyl, sichtlich enttäuscht.

»Das ist doch wohl dein größtes Geschäft seit dem *Herald*, oder?«, fragte Kim. »Wann war das, 1988?«

»Ja.« Van Zyl grinste. »Durch die Übernahme wurde Zyl News von einer südafrikanischen Firma zu einem internationalen Medienkonzern. Wenn wir die *Times* bekommen, schließt sich der Kreis, dann haben wir ein Flaggschiff, auf das wir stolz sein können.«

»Das muss schwierig gewesen sein damals«, sagte Kim. »Wie ich gehört habe, bist du damals fast bankrottgegangen.«

Mit zugekniffenen Augen sah van Zyl sie an. »Hat Todd dir das erzählt?«

Kim antwortete nicht, sondern machte ein verschämtes Gesicht, als sei ihr die Indiskretion ihres Mannes peinlich. Calder staunte, wie geschickt sie die Informationen aus ihrem Schwiegervater herauskitzelte.

»Es ist ja sinnlos, das heute abzustreiten, auch wenn ich glaube, dass der Außenwelt nie ganz klar war, wie knapp wir vorm Bankrott standen. Es war die alte Junk-Bond-Geschichte. Um die Gelder zu bekommen, mit denen wir die Schulden von den alten Übernahmen tilgen wollten, mussten wir immer größere Geschäfte machen. Als die Börse im Oktober 87 zusammenbrach, kam das Karussell zum Stehen. Für viele war da Schluss. Uns wäre es genauso ergangen, wenn die Übernahme des *Herald* noch nicht abgeschlossen gewesen wäre. Mittlerweile sind wir sehr viel vorsichtiger geworden.«

»Jetzt hat Zyl News keine südafrikanischen Zeitungen mehr«, sagte Kim. »Ich habe mich schon oft nach dem Grund gefragt. Ich meine, in den Achtzigern musstest du sie natürlich auf Druck der amerikanischen Investoren verkaufen, aber danach wäre es doch sicherlich kein Problem gewesen, hier und dort eine zu erstehen, oder?«

»Der Markt ist klein und zersplittert und stark umkämpft«, antwortete Edwin.

Sein Vater ignorierte ihn. »Ich habe Südafrika hinter mir gelassen«, sagte er. »Ich habe einen amerikanischen Pass, eine amerikanische Frau und bin entweder in England oder in Amerika. Aber nicht in Südafrika.« Er schaute Kim an. »Ich hoffe bei Gott, dass du das niemals lernen musst, aber wenn der eigene Partner stirbt, beurteilt man vieles anders. Es wird einem klar, was wichtig ist. In meinem Fall war das meine Familie.« Er lächelte Caroline und Edwin zu. »Nicht mein Land.«

Kim bemühte sich, angesichts der Anspielung auf Todds Situation ein tapferes Gesicht zu machen. Calder sah, dass sie fest entschlossen war, mehr herauszufinden. »Wolltest du schon vor Marthas Tod fortziehen?«

»Ja, wollte ich. Wie du weißt, war ich seit 1962, als ich meine erste Zeitung kaufte, ein beharrlicher Gegner der Apartheid. Aber in den Achtzigern machte ich mir langsam Gedanken, was passieren würde, wenn das Regime stürzte. Die Polizei wurde immer brutaler, der ANC und die anderen Gruppen ebenfalls. Es gab Krawalle, mein Bruder wurde von einer Landmine getötet, und dann Martha …« Er seufzte. »Dann holten sie sich Martha. Hätte ich doch nur darauf bestanden, ein paar Monate früher wegzuziehen!«

»Du bereust es also nicht, fortgegangen zu sein?«

»Nein, überhaupt nicht.« Van Zyls Stimme war fest. Die nächsten Worte kamen erst nach reiflicher Überlegung. »Ich bin Afrikaander. Besser gesagt, ich war einer. In den Jahren vor Marthas Tod wurde mir das immer wichtiger. Den Großteil meines Lebens hatte ich meine Herkunft verleugnet. Ich war ein Gegner der Apartheid, wusste, dass sie falsch war, lehnte die National Party mit ihren abscheulichen Vorstellungen ab, heiratete eine englischsprachige Südafrikanerin und dann – noch schlimmer! – eine Amerikanerin. Meine Brüder und Schwestern meinten, ich hätte meine Herkunft verraten, aber ich leugnete sie nur zu gern. Bis ich das Ende kommen sah.«

Der alte Mann trank einen Schluck Wein und sah sich am Tisch um, vergewisserte sich, dass ihm alle lauschten.

»Ich gelangte zu der Überzeugung, dass das Afrikaandervolk verschwinden würde, wenn die Apartheid abgeschafft würde und eine schwarze Mehrheitsregierung an die Macht käme. Als Urheber der Apartheid würde man die Afrikaander zerstören, entweder sofort oder langsam über Jahrzehnte. Von der Apartheid einmal abgesehen, hat das Afrikaandertum vieles, was sich zu erhalten lohnt. Zum Beispiel die Sprache. Und die Geschichte. Afrikaander sind seit dreihundert Jahren in Afrika, wir sind afrikanisch, wir können nicht zurück in die Niederlande, auch sonst nirgendwohin. Wir haben unendlich viel Leid ertragen, um unsere Lebensweise durchzusetzen, der Große Treck vom Kap nach Transvaal, die Kämpfe gegen die Zulus und gegen die Briten. Meine Vorfahren litten im Burenkrieg – meine Mutter wurde im Konzentrationslager Bloemfontein geboren, meine Großmutter starb da –, und auch danach wurden wir wie Bürger zweiter Klasse behandelt. Wenn mein Vater als kleiner Junge in der Schule dabei erwischt wurde, dass er Afrikaans sprach, musste er sich in die Ecke stellen und eine Narrenkappe aufsetzen.

Mein Vater war ein guter Mann. Wisst ihr, dass er eine Zeitung in Afrikaans gründete, die *Oudtshoorn Rekord*? Das Blatt trat dafür ein, dass Südafrika im Zweiten Weltkrieg auf der Seite der Briten kämpfte, es bekämpfte die National Party, als sie 1948 an die Macht kam und die Apartheid einführte. Glaubt mir, diese Haltung war nicht bei allen Lesern beliebt. Mein Vater glaubte auch voller Überzeugung an Bildung. Die Buren konnten den Briten nur ebenbürtig sein, wenn sie eine ebenbürtige Bildung erhielten. Er ermutigte mich, in Stellenbosch und danach in Oxford zu studieren. Und was machte ich aus all dieser Bildung? Trug ich dazu bei, ihm und seinem Volk zu helfen? Nein, ich wandte ihm den Rücken zu.

Später hatte ich deswegen Schuldgefühle. Es scheint das Schicksal eines weißen Südafrikaners zu sein, sich auf diese oder jene Art schuldig zu fühlen. So ging es auch mir. Und dann wurde Martha ermordet …«

Van Zyl zögerte. Alle am Tisch schwiegen. »Sie war eine wirklich wunderbare Frau, wir verstanden uns hervorragend. Ihr wisst wohl alle, dass es in den Monaten vor ihrem Tod Spannungen in unserer Ehe gab, die ich immer bedauert habe. Ihr Tod änderte alles. Plötzlich war mir egal, wer meine Vorfahren waren, welche Sprache sie hatten und wie viele von ihnen von den Zulus bei Blood River getötet worden waren. Ich wusste, dass ich meine Familie so schnell wie möglich da rausholen musste. Das tat ich. Wir verkauften Hondehoek, verkauften oder schlossen die Zeitungen und begannen in Amerika und England ein neues Leben. Caroline und Edwin sind mit Amerikanern verheiratet, Todd heiratete Kim. Meine Enkelkinder werden andere Heimatländer haben. Südafrika liegt für uns alle in der Vergangenheit.«

»Außer für Zan«, sagte Edwin.

Van Zyl ließ eine leichte Verärgerung erkennen. »Außer für Zan. Aber das ist ihre Entscheidung.«

»Glaubst du wirklich, dass Martha von ANC-Guerillas ermordet wurde?«, fragte Kim.

Van Zyl sah sie an. »Wahrscheinlich.« Er hob die Hand, um Kims nächste Frage zu verhindern. »Natürlich können wir das nicht wissen. Vielleicht waren es Wilderer. Es könnte vertuscht worden sein. Vielleicht brachte die Sicherheitspolizei sie aus irgendwelchen Gründen um, die nur ihr selbst bekannt sind. Oder jemand anders. Ich will es, ehrlich gesagt, nicht wissen. Marthas Mutter schlug vor, den Fall vor die Wahrheits- und Versöhnungskommission zu bringen, aber das war das Letzte, was ich wollte. Mir die schäbigen Details anhören zu müssen und zu erfahren, dass es sich irgend so ein kranker Schläger, egal ob schwarz oder weiß, in den Kopf setzte, Martha umzubringen. Und das hätte nicht nur ich erfahren, sondern die Kommissionsmitglieder, die Presse und die Öffentlichkeit. Es hätte mich in jedem Zeitungsartikel verfolgt, der von da ab über mich geschrieben worden wäre. Über jeden von uns: Edwin, Caroline, Todd, auch dich. Ich bin wirklich froh, dass ich es nicht gemacht habe.«

»Todd nicht.«

»Ich weiß.«

»Alex hilft mir dabei, herauszufinden, was damals wirklich geschehen ist.«

»Ach ja?« Van Zyl warf Calder einen warnenden Blick zu.

»Ich habe ihn darum gebeten«, sagte Kim. »Was ist zum Beispiel aus dem Tagebuch geworden?«

»Meinst du das, von dem Martha in dem Brief an ihre Mutter schrieb?«, fragte van Zyl. »Das ich nicht lesen sollte?«

»Genau das.«

»Ich weiß es nicht. Ich wusste nicht mal, dass sie eins führte«, gestand van Zyl.

»Ich schon«, sagte Caroline.

»Du?«

»Ja. Vergiss nicht, ich war erst zwölf Jahre alt und viel öfter zu Hause als du, Dad. Ich habe mehrmals gesehen, wie sie in ein schwarzes Buch schrieb. So ein schickes schwarzes Büchlein, ganz klein und geheimnisvoll. Es war ihr jedes Mal peinlich, sie wollte nicht, dass ich sah, was sie machte. Einmal sagte sie, es sei etwas Intimes, ich dürfe es niemals lesen.«

»Und?«, fragte Edwin.

»Nein«, sagte Caroline. »Auch wenn ich versucht war, es zu lesen, ich hab es nie getan.«

»Du hast also nie gesehen, wie sie es in der untersten Schublade ihres Schreibtisches verstaute?«

»Nein.« Caroline zögerte, sah alle an. Sie wirkte schüchtern, wollte aber unbedingt loswerden, was sie zu sagen hatte. Sie war die einzige van Zyl, die einen rein amerikanischen Akzent hatte, was sie ein wenig zur Außenseiterin machte. Die anderen warteten schweigend. »Ich habe einmal gesehen, dass sie etwas tat, was nicht richtig war.« Wieder hielt Caroline inne. Van Zyl legte die Stirn missbilligend in Falten, Kim hing ihr an den Lippen, Calder ebenfalls. Caroline entschloss sich, weiterzusprechen. »Meine Mutter saß vor unserem Haus in einem fremden Auto und schrieb etwas in ihr Tagebuch. Sie schrieb es aus einem Aktenordner ab, der auf einer Aktentasche lag.«

»Wem gehörte die Aktentasche?«, fragte Kim.

Caroline warf ihrem Vater einen Blick zu. Er schaute düster drein. »Es war ein Mann mit Bart und abstehenden Ohren; ich glaube, er war ein Freund von dir und Mama. Er war mit einem anderen Mann bei dir zu Besuch. Ein Fremder, den ich noch nie gesehen hatte. Kannst du dich erinnern? Das war ungefähr eine Woche vor Mamas Tod.«

»Ich habe keine Ahnung, wer das gewesen sein soll«, sagte van Zyl.

»Als Mama mich sah, wurde sie richtig wütend«, sagte Caroline, »aber gleichzeitig hatte sie Angst. Sie wurde fast panisch. Ich sollte vergessen, was ich gesehen hätte, und es niemandem erzählen.«

»Das hast du jetzt aber«, sagte van Zyl ungehalten.

»Sie war meine Mutter«, entgegnete Caroline. »Ich will wissen, was wirklich passiert ist.«

»Wo das Tagebuch wohl ist?«, sinnierte Kim.

»In Hondehoek ist es nie aufgetaucht«, sagte van Zyl. »Da bin ich mir ganz sicher.«

»Könnte es in dem Wildreservat gefunden worden sein, wo sie ermordet wurde?«, fragte Calder.

»Wenn ja, dann habe ich nichts davon gehört.«

»Aber wenn die Polizei es gefunden hätte, hätte sie es Ihnen nicht unbedingt mitgeteilt«, gab Calder zu bedenken.

»Hätte sie müssen.«

»Es sei denn, es wurde vertuscht«, warf Kim ein.

»In dem Fall haben wir keine Möglichkeit, das jetzt noch aufzudecken.« Den letzten Satz sprach van Zyl mit einer gewissen Endgültigkeit aus.

»Ich werde es versuchen«, sagte Kim. »Ebenso sehr für Todd wie für mich. Und Alex wird mir dabei helfen.«

Van Zyl schaute erst Calder, dann Kim an. »Ich habe gesagt, es hat keinen Sinn. Hört auf damit. Habe ich mich klar genug ausgedrückt?«

Kim warf Calder einen Blick zu. »Absolut«, sagte sie sanft mit einem versöhnlichen Lächeln. »Könntest du mir bitte noch ein wenig Wasser nachschenken, Edwin?«

Calder steuerte den Maserati durch die dunklen Straßen von Norfolk zurück nach Hanham Staithe.

»War super, wie du Cornelius ausgefragt hast«, lobte er Kim.

»Ich hatte das Gefühl, er wollte reden. Zumindest über seine Gründe, Südafrika zu verlassen.«

»Aber nicht über Marthas Tod. Es kommt mir vor, als ob er lieber nicht wissen will, was mit ihr passiert ist.«

»Nichts hören, nichts sehen …«, sagte Kim. »Aber so geht das nicht. Auch wenn er ein einflussreicher Mann ist – er hat nicht das Recht zu entscheiden, was Todd über seine Mutter wissen soll und was nicht. Oder Caroline.«

»Die fand ich nett«, sagte Calder.

»Ja. Sie ist eine angenehme Frau. Hat viel Ähnlichkeit mit Todd, ist nur nicht so egozentrisch.« Kim warf Calder einen kurzen Blick zu. »Tut mir leid, das wollte ich nicht sagen. Ist mir so rausgerutscht.«

Betreten schweigend fuhren sie eine gute Minute lang weiter.

»Meinst du, Cornelius ist aufrichtig?«, fragte Calder.

»Du meinst, ob er etwas verbirgt?«

»Ja.«

Kim dachte darüber nach. »Ich weiß es nicht. Das regt mich ja so auf. Einerseits bringt ihn dieser Lebensabschnitt immer noch durcheinander, in der Beziehung ist er bestimmt ehrlich. Aber ich glaube nicht, dass er uns den wahren Grund dafür genannt hat, oder wenigstens nicht alle Gründe. Du hilfst mir doch, Alex, oder? Du hilfst mir herauszufinden, was da los ist. Was er verbirgt.«

»Natürlich«, sagte Calder. »Ich mag keine Menschen, die schöne alte Flugzeuge wie die Yak zerstören. Schon gar nicht, wenn ich drin sitze.«

Als sie Calders Cottage erreichten, ging Kim sofort zu Bett. Durch die emotionale Belastung der letzten Tage war sie sichtlich erschöpft. Calder hatte beim Essen nicht viel getrunken, weil er noch Auto fahren musste, aber da er jetzt zu Hause war, goss er sich einen großzügigen Single Malt aus dem Dekanter ein, den sein Vater ihm zum einundzwanzigsten Geburtstag geschenkt hatte. Er setzte sich in einen Sessel und stellte Musik an, leise. Tom Waits.

Er dachte über sein Versprechen nach, Kim zu helfen. Todd und er waren beinahe ums Leben gekommen. Eigentlich wäre es klüger, sich zurückzuziehen, damit sich niemand durch etwaige Nachforschungen bedroht fühlte. Genau das würde seine

Schwester von ihm erwarten. Aber ein Rückzug lag nicht in Calders Natur. Am Tod von Martha van Zyl war irgendetwas faul. Todd und Kim stellten mutig unbequeme Fragen, sie brauchten Calders Hilfe, jetzt mehr denn je. Es wäre falsch und feige, sie im Stich zu lassen. Außerdem war Calder überzeugt, auf sich selbst aufpassen zu können.

Kim nötigte ihm Respekt ab. Die Fähigkeiten, die er schon als Student an ihr bewundert hatte, waren gereift. Sie hatte sich gut gegenüber Cornelius behauptet und ihn trotz ihres verletzlichen emotionalen Zustands geschickt ausgehorcht. Sie war fest entschlossen, das weiterzuführen, was ihr Mann begonnen hatte. Sie liebte Todd sehr, auch wenn sie ihn im Auto als selbstsüchtig bezeichnet hatte. Und offenbar gefiel es ihr nicht, neben ihm die zweite Geige zu spielen in dieser Kleinstadt in New Hampshire. Kim sah jetzt sogar besser aus; ihr früher so zarter Körper war voller und weiblicher geworden. Und dann dieses Lächeln. Früher hatte Calder immer gedacht, sie schenke es jedem, doch jetzt schien es ihm ganz allein vorbehalten zu sein. In der Öffentlichkeit hatte sie ein neues Lächeln: verhaltener, reifer, immer noch freundlich, aber etwas reservierter. Calder wusste, dass Kim ihm vollends vertraute und ihn brauchte. Der Gedanke gefiel ihm.

Er erinnerte sich an den Abend vor vielen Jahren, als er sich Zugang zum Collegeball verschafft hatte, indem er eine Mauer hochgeklettert und über Dächer gestiegen war. Kims Sorge um seine Sicherheit war ihr ins Gesicht geschrieben, sehr zum Ärger ihres Begleiters, der immerhin ihre Eintrittskarte bezahlt hatte. Später dann, als der Ball vorbei war und der Bursche – Calder konnte sich nicht an dessen Namen erinnern – zu seinem College zurückgekehrt war, gingen Kim und Calder am Fluss entlang Richtung Grantchester. Es dämmerte bereits. Ein stiller, friedlicher Morgen. Die Schwäne glitten lautlos über das Wasser, der Nebel schwebte über den Feldern. Kim trug ein schlichtes grünes Kleid, in dem sie einfach hinreißend aussah. Es war kalt, Calder legte ihr den wenige Tage zuvor bei Oxfam gekauften Smoking über die Schultern und zitterte in Hemdsärmeln. Beide waren betrunken, beide waren müde. In der Morgenluft schien ein Zauber zu liegen.

Calder wollte Kim küssen. Sie hatte gerade keinen Freund, das kam selten genug vor; der Kommilitone, der sie zum Ball begleitet hatte, war chancenlos. So gern Calder Kim auch geküsst hätte, er tat es nicht. Aus Angst, sie könne ihn abweisen. Oder noch mehr aus Angst davor, dass sie ihn nicht abweisen würde, sondern er einer von ihren vielen Freunden werden würde. Heute er, morgen ein anderer.

Sie waren Freunde geblieben. Und Calder hatte sich zahllose Male gefragt, was wohl passiert wäre, wenn er sich doch getraut hätte.

Er schaute zur Decke empor: Kim schlief in dem Zimmer direkt über ihm. Mit einer gewissen Scham verbannte er den Gedanken, noch ehe er ihn zu Ende gedacht hatte. Ihr Mann lag im Krankenhaus im Koma, Herrgott noch mal! Calder leerte sein Whiskyglas.

Er dachte an Sandy. Sie hatten sich im vergangenen Jahr kennengelernt. Sandy war eine enge Freundin von Jennifer Tan gewesen und hatte Calder geholfen herauszufinden, wer Jen ermordet hatte. Zwischen ihnen war so etwas wie eine Beziehung entstanden. Sandy war eine große, schlanke Frau mit kurzem blondem Haar und Sommersprossen auf der Nase. Sie hatte als Teilhaberin einer großen New Yorker Anwaltsfirma im Londoner Büro gearbeitet. Nach ihrer Rückversetzung nach New York hatten die beiden sporadisch versucht, in Kontakt zu bleiben. Wenn sie zusammen waren, lief es phantastisch. Im vergangenen September hatten sie eine idyllische Woche in Italien verbracht, waren durch die Toskana gefahren, entspannt von einem Ort ins nächste Dorf gewandert. Eine Woche lang hatten sie sich rege ausgetauscht, über alle erdenklichen Themen geplaudert. Dann war Calder nach New York geflogen, um ein, zwei Tage mit Sandy zu verbringen, aber sie war ständig beschäftigt gewesen: hier ein dringender Termin, dort Unterlagen, die der Klient am Montagmorgen auf dem Schreibtisch haben wollte. Auch Sandy hatte London und Norfolk mehrmals für zwei Tage besucht. Ihre Pläne, Weihnachten gemeinsam zu verbringen, waren ins Wasser gefallen. Sandy hatte nur zwei Wochen Urlaub im Jahr, die viele ihrer Kollegen nicht einmal in Anspruch nahmen. Für Calder war es ebenfalls schwer, sich das Wochenende frei zu halten: Dann war Hauptflugzeit, und die Flugschule brauchte so viele Lehrer wie möglich. Als es ihm dann im April gelungen war, drei Tage nach New York zu fliegen, endete alles im Chaos. Diese Beziehung funktionierte so einfach nicht.

Vielleicht sollte er mehr darin investieren? Sich eine Weile aus dem Flugplatz ausklinken und für ein paar Monate nach Amerika ziehen? Er könnte sogar versuchen, an der Wall Street zu arbeiten.

Aber zu so viel Engagement war er nicht bereit. Das war ein emotionales Risiko, das er, der Risikofreudige, nicht eingehen wollte. Er schenkte sich noch etwas Whisky nach.

Sandy war Geschichte.

Der pure Alkohol tat seine Wirkung: Leicht benebelt schaute Calder wieder gegen die Decke.

Es war erst zehn Uhr am Montagmorgen, und Benton Davis hatte bereits seine erste Niederlage einstecken müssen. Eine Stunde lang hatte er mit seiner Personalchefin Linda Stubbes und mit Jack Grote von der Finanzierungsabteilung in New York darüber gesprochen, wie die Kosten der betriebsinternen Ausbildung auf die einzelnen Abteilungen verteilt werden sollten. Als Leiter der Niederlassung in London hätte es ein Leichtes für Davis sein müssen, einfach zu verfügen, wie es geregelt würde, aber in Wirklichkeit besaß er diese Macht nicht. Er hatte es mit wahren Primadonnen zu tun, die von ihren jeweiligen Förderern in New York auch noch unterstützt wurden. Davis konnte es nicht erwarten, wieder am *Times*-Deal zu arbeiten – ein reales Geschäft mit der Aussicht auf eine handfeste Provision.

Als die beiden Kollegen Benton Davis' Büro verlassen hatten, kam seine Assistentin Stella herein. »Da sind zwei Personen, die mit Ihnen sprechen möchten«, sagte sie. »Von der Kriminalpolizei Norfolk.« Normalerweise war Stella diskret, aber diese Besucher hatten sie sichtlich neugierig gemacht. Fragend hob sie die Augenbrauen.

Davis wollte ihr nichts erzählen. »Norfolk, sagen Sie? Wo sind die?«

»Unten in der Lobby. Sie warten schon eine Viertelstunde. Ich habe gesagt, Sie wären in einer Besprechung. Sie wollten warten.«

Davis zog die Augenbrauen zusammen. »Warten Sie noch zehn Minuten, und schicken Sie sie dann zu mir.«

»Gut«, sagte Stella auf dem Weg zur Tür. Dann blieb sie stehen. »Ach ja, Sie hatten einen Anruf von einem Mr. Moolman.«

»Moolman?«, fragte Davis. »Irgendwie kommt mir der Name bekannt vor.«

»Er hatte einen südafrikanischen Akzent. Sehr auffällig. Er sagte, er rufe nur an, um mitzuteilen, wie leid ihm das mit Todd van Zyls Unfall tue. Sie bräuchten ihn nicht zurückrufen, er hat auch keine Telefonnummer hinterlassen.« Stella schaute ihren Chef an. »Benton? Ist alles in Ordnung? Sie sehen aus, als hätten Sie ein Gespenst gesehen.« Ihr Chef antwortete nicht, sondern starrte sie halb panisch, halb schockiert an. »Gut«, sagte sie. »Ich … ähm … ich sage den Leuten von der Polizei, sie sollen sich noch ein wenig gedulden.« Stella verließ den Raum so schnell wie möglich und schloss die Tür hinter sich.

Zwei Meilen östlich der City of London saß Edwin in der Chefetage des *Herald*-Gebäudes am Madeira Quay mit einem grauhaarigen hyperaktiven Journalisten namens Jeff Hull zusammen. Jeff war Südafrikaner, ein ehemaliger Angestellter der *Cape Daily Mail*, der früh erkannt hatte, dass es von Vorteil war, sich mit dem Sohn des Chefs anzufreunden. Während der Übernahme des *Herald* war diese Freundschaft enger geworden; Jeff hatte faszinierende Informationen über Lord Scotton, den Besitzer des *Herald*, und dessen Besuch einer öffentlichen Bedürfnisanstalt in Piccadilly herausgefunden. Damit war Scotton überzeugt worden, nicht an Evelyn Gill, sondern an Zyl News zu verkaufen. Als Edwin das Management des *Herald* übernahm, war Jeff von Kapstadt nach London gezogen. Er hielt sich für einen hartgesottenen Enthüllungsjournalisten; einige seiner Kollegen, auch sein Chefredakteur, sahen in ihm eher einen skrupellosen Skandalreporter. Aber was sein Chefredakteur auch von ihm hielt, Jeff war unantastbar. Und er besaß die Fähigkeit, regelmäßig Sensationsgeschichten aufzustöbern, von denen der *Herald* einige für druckwürdig befand.

»Das ging aber schnell«, sagte Edwin. »Was hast du da?«

Jeff reichte ihm ein Blatt Papier. Während Edwin es las, nagte er an seinem Daumennagel. »Glaubst du wirklich, dass so was reicht?«, fragte Edwin zweifelnd.

»Aber hallo«, sagte Jeff.

»Noch mal der Reihe nach. Der Bruder des Superintendent saß in Haft, weil er Kinderpornos aus dem Internet heruntergeladen hatte, stand aber nie dafür vor Gericht?«

»Genau.« Jeff grinste.

»Hat der Superintendent selbst Pornos runtergeladen?«

»Nein.«

»Wissen wir, wann der Superintendent seinen Bruder zum letzten Mal gesehen hat?«

»Nein.«

»Und?«

»Das gibt eine Überschrift, in der die Wörter ›Polizist‹ und ›pädophil‹ vorkommen. Sehr beliebt bei den Lesern und der Polizei von Norfolk. Man wird sich fragen, ob der Superintendent seine Beziehungen spielen ließ, damit die Anklage gegen seinen Bruder fallen gelassen wurde.«

»Können wir das beweisen?«

Jeff grinste. »Kann er das Gegenteil beweisen? Und wenn er es gemacht hat, was war sein Motiv? Gehört er selbst zu einem Pädophilenring? Vor zwanzig Jahren arbeitete er in London bei der Sitte, da kann ich mal rumfragen. Außerdem kenne ich einen, der als Pädophiler registriert ist. Ich sorge dafür, dass er sich für jeden Aushilfsjob in Norfolk bewirbt, der mit Kindern zu tun hat. Irgendwer nimmt ihn bestimmt. Dann bricht hier die Hölle los. Außerdem – und das ist wirklich interessant«, Jeff lehnte sich grinsend vor, »wird unser Superintendent schnell erfahren, dass wir ihm nachschnüffeln. Und wenn er etwas zu verbergen hat, was, jetzt mal ehrlich, eigentlich jeder hat, dann wird ihm das nicht gefallen.«

»Ich hatte auf etwas Handfesteres gehofft.«

»Glaub mir, vor nichts haben Bullen heutzutage so viel Schiss wie vor einem Kinderschänderskandal. Ich ruf ihn heute Abend an. Ich bitte ihn zu bestätigen, dass sein Bruder wegen Herunterladens von Kinderpornos in Haft saß, dann stelle ich ihm ein paar harmlose Fragen über seine Zeit bei der Sitte. Dabei belassen wir es. Wir müssen gar nicht mehr ins Detail gehen oder Druck ausüben, wir müssen nicht mal irgendwas schreiben. Er soll nur wissen, mit wem er es zu tun hat. Er braucht es ja nur etwas ruhiger angehen zu lassen, oder?«

»Genau.« Edwin überlegte einen Moment. Was Jeff sagte, hatte vieles für sich. Eine versteckte Drohung war bestimmt wirksamer als offene Erpressung. »Okay, mach das.«

[12]

28. Juli 1988

Arme Doris! Heute Nachmittag bekam sie einen Anruf. Dass man sie bei uns zu erreichen versuchte, sagte mir, dass es etwas Ernstes sein musste. Ich hörte, wie sie am Telefon Xhosa sprach, dann schrie sie auf, es war herzzerreißend. Gerade weil Doris sonst immer so fröhlich ist, fuhr es mir durch Mark und Bein. Sie wollte sich gar nicht wieder beruhigen. Zum Schluss ließ sie einfach den Hörer fallen und schluchzte.

Es ging um Thando. Zusammen mit zwei anderen Jungen ist er in der vergangenen Nacht von Unbekannten getötet worden. Weiße sind in seine Hütte eingedrungen und haben ihn und seine Freunde erschossen. Thando wohnt in einem Township außerhalb von Port Elizabeth; ich meine, er hat in einer der Autofabriken dort gearbeitet. Er war erst siebzehn und Doris' einziger Sohn, ein Einzelkind. Finneas kam aus dem Garten. Wir taten unser Bestes, um Doris zu beruhigen, aber sie war untröstlich. Ich kann es ihr gut nachfühlen.

Genaueres weiß Doris nicht. Ihr Sohn wird natürlich als Verbrecher hingestellt. Aber ich kannte ihn gut. Wie Doris schon sagte: »Er war ein lieber Junge.«

Ich sagte Finneas, er solle den Renault nehmen und Doris damit am Abend nach Port Elizabeth fahren.

30. Juli

Was für ein Tag! Ich war bei der Beerdigung. Warum nicht, dachte ich mir. Doris und ich kennen uns seit achtzehn Jahren, seit kurz vor Thandos Geburt, und ich sehe nicht ein, warum ich ihr nur wegen ihrer oder meiner Hautfarbe nicht beistehen soll. Zan bot an, mich zu begleiten, aber ich sagte, es sei mir lieber, wenn sie bei Caroline zu Hause bliebe. Ich nahm den ersten Flug am Morgen nach Port Elizabeth und stieg dort in ein Taxi. Die Beisetzung fand in einem Fußballstadion in einem Township am Rande von Uitenhage statt, einer Stadt mit Automobilindustrie in der Nähe von Port Elizabeth. Ein Polizeikordon hatte das Township umstellt: Junge Männer in Tarnuniformen fuchtelten mit Waffen herum, einige saßen auf den »Hippos« – so nennt man hier diese gruseligen Panzerkampfwagen.

Ich musste mich regelrecht durch den Polizeikordon kämpfen; niemand schien zu begreifen, dass eine Weiße, noch dazu eine Amerikanerin, mit einem der Opfer befreundet war. Ich redete auf alle ein, und schließlich gab mir ein Sergeant schulterzuckend zu verstehen, wenn ich schon so verrückt sei, dann hätte ich es nicht anders verdient.

Hinter der Absperrung hatte ich das Gefühl, ich sei in einem anderen Land – einem Land von Schwarzen für Schwarze. Ein Ordner führte mich an meinen Platz im Sportstadion. Da waren bestimmt 40 000 Leute, ein Tumult aus Wärme, Farbe und Leidenschaft. So eine Atmosphäre hatte ich noch nie erlebt. Überall wehten Flaggen mit den bunten Farben der Gewerkschaften, die schwarz-gelben des UDF, die schwarz-grün-goldenen des ANC. Zwischendurch entdeckte ich sogar die rote Fahne der Kommunistischen Partei mit Hammer und Sichel. Die Redner saßen auf erhöhten Tribünen, daneben waren Sitzreihen für Verwandte. Ich konnte Doris' rundliche Gestalt ausmachen, aber sie konnte mich mit Sicherheit nicht sehen. Mein Vorhaben, ihr hier mein Beileid auszusprechen, war völlig abwegig.

Auf dem Platz vor den Rednern standen drei Särge, zwei aus dunkelbraunem Holz und ein kleinerer in Weiß. In einem von ihnen lag Thando. Der kleine musste für ein Kind sein.

Ich fragte die Frau neben mir, ob sie wüsste, was geschehen sei. Sie sagte, die Polizei habe die drei erschossen.

»Mitten in der Nacht?«

»So machen sie es immer«, sagte sie. »Dann sieht es keiner. Dann müssen sie sich nicht mit Verhaftungen, Anwälten und Gerichten herumschlagen.« Sie hielt sich zwei Finger an die Schläfen.

»Aber warum gerade diese jungen Leute?«

»Die Polizei hatte schon immer etwas gegen Joshua. Angeblich war er ein Unruhestifter. Die Leute sagen, sie wussten, dass er irgendwann sterben würde. Aber er war ein tapferer Kamerad.«

»Und Thando? War der auch ein Unruhestifter?«

»Nein«, sagte die Frau nachdenklich. »Aber er war auch ein tapferer Kamerad. Und Joshuas kleiner Bruder, der hat niemals irgendwem was getan.«

Ich dachte an Thando, an den schüchternen, vertrauensseligen Jungen, der die Großzügigkeit seiner Mutter besaß. Neels und ich hatten uns erboten, seine Ausbildung an der High School und später an der Universität zu übernehmen, aber er hatte abgelehnt. Er wolle Geld verdienen, sagte er, in der Autofabrik. Mit Sicherheit war er kein Aufwiegler. Ich bin mir auch nicht sicher, ob er ein »tapferer Kamerad« war. Wahrscheinlich war er nur zur falschen Zeit am falschen Ort. Ich fragte mich, was für einen Eindruck diese Heldenfeier auf Doris machen würde: Ob es sie tröstete, dass so viele Menschen sie in ihrer Trauer begleiteten, oder ob sie lieber allein am Grab ihres Sohnes gestanden hätte. Ich konnte mich nicht in sie hineinversetzen. Die Vorstellung, Todd auf so eine Weise zu verlieren, war einfach unerträglich.

Und was war mit dem Kind in dem kleinen weißen Sarg? Das konnte doch wohl niemanden bedroht haben!

Die Beerdigung dauerte stundenlang, aber das war mir egal. Die eigentliche Zeremonie nahm nicht viel Zeit in Anspruch, aber dann kamen Reden, Schlachtrufe, Predigten, der Toyi-Toyi-

Tanz junger Krieger, und schließlich wurde gesungen, wunderbare Lieder. Aus unzähligen Kehlen erscholl »Hambe hahle Umkhonto«, das Lied zu Ehren der Umkhonto-we-Sizwe-Guerillas, das den weißen Südafrikanern immer große Angst einjagt. In dem Moment fühlte ich mich eng mit den Schwarzen verbunden.

Dann hievten junge Männer die Särge auf ihre Schultern und trugen sie aus dem Stadion. Ich folgte ihnen. Auch wenn unter den Besuchern nur wenige Weiße waren, hauptsächlich Presseleute und Fotografen, so fühlte ich mich doch als Teil des Ganzen, mitgerissen von dem berauschenden Gemisch aus Trauer, Stolz, Leidenschaft und Freude – widersprüchliche Gefühle, die zusammen eine Art Massenhysterie auslösten.

Als wir das Stadion verließen, war ich weit vorn in der Menge. Ich konnte die Männer mit den Särgen sehen, vor ihnen fuhren kleine Jungen auf Fahrrädern hin und her. Die Polizei sah abwartend zu. Es war nicht die Bereitschaftspolizei wie in anderen Ländern. Die Beamten waren nicht geschützt, sie hatten keine Schilde oder schusssicheren Westen, nicht mal Helme. Dafür besaßen sie Pistolen, Schlagstöcke und Hunde. Ich sah in ihre Gesichter: Auf mich wirkten sie eher wie Mitglieder einer Straßengang, die ganz versessen auf eine Schlägerei waren. Einigen schaute ich in die Augen. Sie blickten zur Seite, als schämten sie sich vor einer weißen Frau.

Fotoapparate blitzten. Es waren nicht die Kameras der Presseleute, sondern der Polizei. Eine war auf mich gerichtet. Der Fotograf sah, dass ich ihn bemerkte, und hielt mir den ausgestreckten Daumen entgegen.

Ich wollte hier raus. Die Sprechgesänge der Menge wurden immer aggressiver. Hippos rangierten herum, suchten die beste Position. Ich sah die Jungen weiter oben vor der Polizeiabsperrung auf ihren Fahrrädern im Kreis fahren. Sie reckten die Fäuste zum Gruß der Black-Power-Bewegung in die Luft.

Plötzlich riss sich ein Deutscher Schäferhund aus dem Polizeikordon los, sprang auf einen der Jungen zu und warf ihn vom Rad. Ich konnte nicht sehen, was der Hund mit dem Jungen machte, als er auf dem Boden lag, aber nach einer Sekunde betäubten Schweigens brüllte die Menge los.

Alles geriet in Bewegung – Rufe, Schreie, Bellen, dann Schüsse. Ein Teil der Menschenmenge drängte nach vorn, ein anderer, darunter ich, versuchte zurück zum Stadion zu gelangen. Weitere Schüsse, und dann liefen alle los, Tausende von Menschen, in alle Himmelsrichtungen. Ein junger Mann mit langen Dreadlocks sah meine Angst und nahm mich beim Arm. Er zerrte mich in eine Seitenstraße. Wir schlichen uns durch die Hütten des Townships, bis wir hinter den Hippos wieder auf die offene Straße gelangten.

Atemlos ließ ich mich zu Boden sinken und bedankte mich. Der Mann schien nicht im Geringsten erschöpft. Er lächelte kurz und verschwand.

Ich schreibe das jetzt auf dem Rückflug nach Kapstadt. Neels wird sich wegen der Fotos Sorgen machen. Er wird sagen, dass ich nicht dorthin hätte gehen sollen. Er wird mich an mein Versprechen erinnern, keinen Ärger zu machen. Aber da Neels ja jetzt die *Mail* schließt, wen kümmert es dann, ob ich bei einer schwarzen Beerdigung gesehen wurde? Mich auf jeden Fall nicht.

1. August

Ich bin ein bisschen beduselt, aber irgendwie gefällt es mir.

Ich hatte mir schon Gedanken um Zans Privatleben gemacht. Regelmäßig verschwindet sie in Kapstadt, weiß Gott wozu, und sie war in Johannesburg, aber von einem Freund ist nie die Rede, überhaupt nicht von irgendwelchen Bekannten. Heute rief sie mich aus Kapstadt an und fragte, ob sie zwei Freunde zum Übernachten mitbringen könne.

Am Nachmittag kamen sie dann. Der Mann heißt Björn und kommt irgendwo aus Skandinavien. Er ist mindestens eins achtzig, hat einen dunklen Bart und ruhige blaue Augen. Eigentlich ganz süß. Begleitet wurde er von seiner Freundin Miranda, die fast genauso groß ist wie er, eine Afro-Frisur und wunderschöne goldbraune Haut hat. Die beiden sehen aus wie ein Hippiepärchen aus den Siebzigern. Im Vergleich zu ihnen wirkt Zan äußerst gesittet. Nach kurzem Geplauder mit mir verzogen sich die drei auf Zans Zimmer.

Ich arbeitete draußen im Garten. Das Fenster war geöffnet, ich hörte Musik, ich glaube, es war Dollar Brand, und dann roch ich den vertrauten Duft aus Uni-Tagen: Gras. Marihuana. »Dagga« heißt es hier. Ich wusste nicht, was ich tun sollte. Besonders toll fand ich es nicht, dass jemand in meinem Haus Dope rauchte, wollte mich aber vor Zan nicht als Autoritätsperson aufspielen, besonders nicht, da sie zum ersten Mal Freunde mit nach Hondehoek gebracht hatte. Ich wusste, dass Neels stinksauer sein würde, wenn er es mitbekäme. Deshalb beschloss ich, ihnen Einhalt zu gebieten. Sonst würde Zan meinen, sie könne Dope rauchen, wo und so viel sie wolle.

Ich ging ins Haus, nahm vor ihrer Tür allen Mut zusammen, klopfte an und trat ein. Der süßliche Geruch warf mich fast um. Zan und Miranda saßen im Schneidersitz mitten auf dem Boden, Björn hatte sich gegen das Bett gelehnt, einen langen Joint in der Hand. Auf der Anlage tobte sich Dollar Brand am Piano aus.

Schuldbewusst sah Zan mich an. Ich suchte nach den richtigen Worten. Resolut, aber nicht allzu harsch sollten sie sein.

Da sprach mich Björn an: »Hey, Martha«, sagte er sanft und hielt mir den Joint entgegen. Ich sah ihn an, als sei er verrückt. Er lächelte schwach und zuckte mit den Achseln. Er hatte etwas unglaublich Ruhiges, fast Weises.

Was soll's, dachte ich. Scheiß auf Neels. Ich nahm den Joint.

Es ist das erste Mal seit über zwanzig Jahren, dass ich Marihuana geraucht habe, und wahrscheinlich auch das letzte Mal. Aber Spaß gemacht hat es trotzdem. Ich sagte Zan später, ich wolle nicht noch einmal Gras in meinem Haus sehen. Sie entschuldigte sich grinsend.

Aber eines weiß ich sicher: Wenn mein sechzehnjähriger Sohn auch nur versucht, hier eine Zigarette zu rauchen, bekommt er gewaltigen Ärger. Und seine Freundin schläft in ihrem eigenen Zimmer. Darauf werde ich bestehen.

2. August

O Gott, Neels hatte doch recht. Dieses Land ist böse und schlecht. Hätte ich doch nie meinen Fuß hineingesetzt! Ich hätte vorsichtiger sein müssen. Stattdessen habe ich mich dumm angestellt. Ich hasse dieses Land!

Gestern ... gestern war ich noch ein anderer Mensch.

Ich war auf einem Vorstandstreffen des Alphabetisierungsprojekts. Finneas fuhr mich hin, der arme, gebrochene Finneas. Wäre es Nimrod gewesen, wäre es vielleicht anders ausgegangen. Nimrod ist zwar klein, aber durchaus in der Lage, seinen Herrn zu schützen. Und dessen Frau.

Nach meinem Erlebnis auf Thandos Beerdigung konnte ich es kaum erwarten, am Projekt zu arbeiten. Als wir durch Guguletu fuhren, fühlte ich mich sogar sicher. Die Besprechung dauerte zwei Stunden, dann sahen wir uns, wie üblich, noch in der Schule um. Gegen vier machten Finneas und ich uns wieder auf den Heimweg. Wir hatten kaum eine Viertelmeile zurückgelegt, als zwei *bakkies* anhielten, einer vor, einer hinter uns, und bewaffnete Männer heraussprangen. Es waren Schwarze, aber sie sahen nicht wie die Leute von hier aus. Sie waren größer, stärker und besser gekleidet und strahlten Disziplin und Entschlossenheit aus. Mit den Waffen, die sie schwenkten, wussten sie auf jeden Fall umzugehen.

Finneas begann zu weinen und zu flehen, ich war zu betäubt, um irgendwie zu reagieren. Man zerrte mich aus dem Auto, ich schrie. Ich weiß noch, dass am Straßenrand drei kleine Jungen standen, die mich erschreckt anstarrten. Dann wurde mir ein übel schmeckendes Tuch in den Mund geschoben. Ich trat um mich, aber es war sinnlos, die Männer waren zu stark. Sie stülpten mir einen Sack über den Kopf, drehten mir die Arme auf den Rücken und fesselten mich. Ich wurde hochgehoben und auf hartes Metall geworfen. Hinten auf den *bakkie*. Eine Plane wurde über mich gebreitet, ein schwerer Mensch setzte sich auf mich. Dann fuhren wir los.

Ich habe keine Ahnung, wie lange wir unterwegs waren, ich verlor jedes Zeitgefühl. Vielleicht zwanzig Minuten, vielleicht eine Stunde. Aber schließlich hielt der *bakkie* an. Ich hörte Verkehrslärm in der Ferne, aber nicht das gleichmäßige Summen von Townshipmusik und -geplapper. Ich wurde aus dem *bakkie* gezerrt, in ein Gebäude und durch mehrere Räume getragen und auf hartem, kaltem Boden abgesetzt. Kurz darauf wurde mir die Kapuze abgenommen.

Ich befand mich in einer Art Lagerraum. Er hatte ein kleines Fenster, das mit Brettern vernagelt war. Eine nackte Glühbirne hing unter der Decke. In der Mitte stand ein klappriger Tisch, rechts und links flankiert von zwei umgedrehten Castrol-Öl-fässern. Die beiden Männer, die mich hineingebracht hatten, verließen den Raum und verschlossen die Tür hinter sich. Ich stand auf und rief laut um Hilfe. Sofort kehrte einer der beiden zurück. Rasch trat er auf mich zu und schlug mir in den Magen. Es war kein besonders heftiger Schlag, aber ich bekam keine Luft mehr, lag zusammengekrümmt auf dem Boden und rang nach Atem.

»Leise!«, fuhr er mich böse an. Dann verließ er den Raum wieder.

Ich hielt es für besser, nicht mehr zu schreien. Ich stand auf und ging im Zimmer auf und ab, die Hände auf dem Rücken gefesselt. Was waren das für Männer? Wenn sie mich entführt hatten, um Geld zu fordern, würde Neels zahlen? Vor ein paar Monaten hätte ich die Antwort noch gewusst. Aber jetzt? Würde mein Mann darin vielleicht eine einfache Möglichkeit sehen, mich loszuwerden?

Die Männer waren abgebrühte Profis. Ich nahm an, dass sie Geld wollten.

Ich hatte große Angst.

Nach gut zehn Minuten ging die Tür auf, und ein anderer Mann trat ein. Ein Weißer, das wunderte mich. Er war klein und stämmig. Muskulös, nicht dick. Der Mann hatte einen Stiernacken, einen dünnen Schnauzer und harte kleine Augen. Mir fielen seine großen Hände auf. Mir wurde klar, dass mein Instinkt mich getäuscht hatte. Dieser Mann war von der Polizei. Zan hätte ihn zweifellos als »rockspider« bezeichnet. Er sah böse aus, dennoch fasste ich Mut. Ich war in der Hand der Obrigkeit. Eigentlich konnte mir nichts passieren.

»Setzen Sie sich, Mrs. van Zyl!« Sein Akzent war grob, seine Stimme jedoch überraschend weich. Weich und selbstsicher.

Ich tat, wie mir geheißen, hockte mich auf ein Ölfass. Er nahm auf dem anderen Platz.

»Es tut mir leid, dass wir Sie herbringen mussten«, sagte der Mann und holte eine Schachtel Zigaretten hervor. Er bot mir eine an. Ich schüttelte den Kopf, er zündete sich selbst eine an. »Wir haben leider keinen Kaffee. Aber Wasser. Wie wäre es damit?«

Wieder schüttelte ich den Kopf.

Der Mann lächelte. »Ich glaube, Sie brauchen noch etwas Wasser, bevor wir hier durch sind.« Er ging zur Tür und rief jemanden namens Elijah.

Dann setzte er sich wieder auf das Ölfass und musterte mich über den Tisch hinweg.

»Warum haben Sie mich hierher gebracht?«, fragte ich.

»Um mit Ihnen zu sprechen.«

»Aber deshalb müssen Sie mich doch nicht entführen! Wer sind Sie überhaupt?«

Ein Mann brachte einen Plastikbecher Wasser herein. Es war derjenige, der mir die Kapuze über den Kopf gezogen und mich in den Bauch geboxt hatte. Der Weiße wartete, bis der andere wieder fort war.

»Ich bin ein Mitglied des Laagerbonds.«

»Und weshalb halten Sie mich hier fest?«, fragte ich. »Das dürfen Sie nicht. Ich bin amerikanische Staatsbürgerin. Ich verlange, mit jemandem von der amerikanischen Botschaft zu sprechen. Wissen Sie, wer mein Mann ist?«

Der Laagerbonder grinste. »Ich weiß sehr wohl, wer Ihr Mann ist, Mrs. van Zyl. Aus dem Grund sind Sie ja hier. Was die Botschaft angeht, nach der können Sie lange rufen. Meine Freunde und ich arbeiten zwar für die Regierung, aber wir sind hier in inoffizieller Mission unterwegs.«

»Nun, in diesem Fall lassen Sie mich bitte gehen!«

»Ich möchte, dass Sie mir alles über den Laagerbond sagen, was Sie wissen.«

»Ich weiß überhaupt nichts über den Laagerbond. Ich habe das Wort noch nie gehört.«

»Ich weiß, dass das nicht stimmt. Bitte beantworten Sie meine Frage.«

»Ich habe sie beantwortet. Ich habe noch nie vom Laagerbond gehört.«

»Ich kann Sie zwingen, es mir zu sagen.«

»Können Sie nicht«, sagte ich, dumm, wie ich war.

Er lächelte sein hochmütiges Lächeln. »Ich kann gar nicht zählen, wie viele Menschen mir im Laufe der Jahre erzählt haben, was ich wissen wollte. Es waren Hunderte. Sie werden es mir schon verraten.«

Es war die Gewissheit, mit der er diese Behauptung aussprach, die mich erschütterte. Bis dahin hatte ich mich gut gehalten, mich an meiner aufgesetzten Tapferkeit hochgezogen.

»Sie werden mich nicht foltern«, sagte ich. Es sollte eine mutige Feststellung sein, doch sie kam mir eher fragend über die Lippen.

»Das wird nicht nötig sein«, sagte der Mann und beugte sich vor. »Es besteht keine Notwendigkeit. Falls doch, werde ich es natürlich tun, aber Sie und ich, wir wissen beide, dass das, was Sie vor mir verbergen, nicht *so* wichtig ist. Wenigstens nicht für Sie. Ich könnte natürlich dafür sorgen, dass Sie Ihre eigene Mutter oder Ihren Mann verraten.« Er hielt inne und lächelte kurz. »Selbst Ihre Tochter. Es würde nicht lange dauern, nicht mal eine Stunde. Aber das will ich gar nicht. Ich möchte nur, dass Sie mir etwas sagen, das nichts mit Ihnen zu tun hat. Es ist Ihnen gleichgültig, sollte es wenigstens sein.«

»Sie wagen es nicht, mich zu foltern«, sagte ich. »Mein Mann ist eine einflussreiche Persönlichkeit. Es gäbe unvorhersagbare diplomatische Verwicklungen.«

»Ich werde Ihnen Fotos zeigen«, sagte der Mann. »Sie werden wahrscheinlich Elijah erkennen, das ist der Mann, der Sie hereingebracht hat. Auch wenn Sie mein Gesicht nicht sehen, werden Sie vielleicht diese Hände erkennen.« Er streckte seine fleischigen Fäuste aus und öffnete und schloss die Finger. »Und vielleicht erkennen Sie noch jemanden.«

Aus einem braunen Umschlag holte er ungefähr zwanzig Fotos hervor, die er mit der Bildseite nach unten vor sich auf den Tisch legte. Er drehte das erste um. Es war das Schwarzweißfoto eines erschreckten Schwarzen, eines Jugendlichen. Weit aufgerissene Augen, gebleckte Zähne – noch nie hatte ich solche Angst gesehen.

Das nächste Foto. Eine Schwarze von ungefähr zwanzig Jahren. Wieder Angst, aber nicht nur das – wahres Grauen. »Prägen Sie sich dieses Gesicht ein, Sie sehen es später noch einmal«, sagte der Mann.

Ich hätte die Augen schließen sollen, doch ich starrte die Fotos an, ich konnte einfach nicht anders.

Das nächste zeigte den misshandelten Rücken eines ungefähr zehnjährigen Kindes. Der Mann namens Elijah stand neben ihm, in der Hand eine Peitsche aus Nashornleder. Weitere Bilder. Männer, Frauen, Kinder; nackt, blutig, blau geschlagen, gebrochen, dann das Gesicht der ersten Frau, auf den Boden gedrückt, die Augen blind. »Ich habe ja gesagt, Sie sollen sich das Gesicht merken«, sagte der Mann.

Ich glaube, da begann ich zu schluchzen. Dennoch konnte ich den Blick nicht von den Bildern abwenden. Ein Weißer, der mit Ketten geschlagen wurde. Sie wurden von den großen Fäusten gehalten, die mir das Foto zeigten. Der Weiße nackt auf dem Boden. Das tote Gesicht des Mannes.

»Ist das nicht …?«, sagte ich.

»Ja«, bestätigte mein Gegenüber. »Ich dachte mir, dass Sie ihn erkennen würden.«

Es war das Gesicht von Reverend Tom Kettering, einem Aktivisten der UDF, der vor zwei Jahren in Soweto ermordet aufgefunden worden war. Die Behörden behaupteten, er sei von einer Bande aus den Townships getötet worden.

»Waren Sie das?«, fragte ich.

»Haben Sie die Hände nicht erkannt?«, fragte der Mann zurück. »Mr. Kettering hatte einflussreiche Freunde in den USA, nicht wahr? Ich würde sagen, er war wichtiger als Sie, meinen Sie nicht?«

»Das haben Sie doch nicht auch mit mir vor, oder?«

Der Mann lächelte. »Das liegt ganz bei Ihnen. Wenn Sie wollen, mache ich es. Oh, ein Foto habe ich noch für Sie.« Er drehte das letzte Bild um. Es zeigte Caroline. Sie plauderte mit ihren Freundinnen auf dem Schulhof. Der Mann griff in den Stapel, zog das Foto des zehnjährigen Jungen mit dem zerschundenen Rücken hervor und legte es neben die Aufnahme von Caroline.

Das war es. Ich brach zusammen. Tränen traten mir in die Augen. Ja, ich hatte Angst um mich selbst und um Caroline, aber das war es nicht allein, ich weinte um die Menschen auf diesen Fotos, um alle Opfer dieses bösartigen Regimes und des Ungeheuers, das vor mir saß.

Der Mann wartete, bis ich mich ein wenig beruhigt hatte. »Gut. Zurück zu meinen Fragen. Was wissen Sie über den Laagerbond?«

Natürlich erzählte ich ihm alles. So viel wusste ich ja gar nicht. Ich erzählte ihm, dass ich mich in Daniel Havengas Auto gesetzt hätte, ich erzählte von dem Bericht über Neels und gab zu, dass ich die Liste mit den Mitgliedern des Laagerbonds gesehen hätte. Diese Information sorgte für eine gewisse Unruhe bei ihm. Mehrmals fragte er mich, ob ich die Liste mitgenommen hätte, aber ich verneinte jedes Mal. Dann wollte er wissen, an welche Namen ich mich erinnern könne. Ich wusste nicht mehr alle, aber ich gab die berühmtesten wieder, die Generäle und Politiker, die mir bekannt waren. Ich erwähnte Visser und Havenga und noch einige Namen von der Liste. Als ich den Namen Moolman nannte, huschte ein Schatten über sein Gesicht. Ich wette, das ist er selbst. Der komische Name hatte sich mir irgendwie eingeprägt.

Er fragte mich nicht, ob ich die Namen abgeschrieben hätte, und deshalb erzählte ich es auch nicht.

Er wollte wissen, mit wem ich über den Laagerbond gesprochen hätte. Ich erwähnte George Field, Neels und Zan, schwor aber, dass ich keinem irgendwelche Details verraten hätte, auch wenn ich annahm, dass Neels sie bereits kannte.

Irgendwann war die Befragung vorbei.

»Vielen Dank, Mrs. van Zyl. Das war doch gar nicht so schwer, oder?«, sagte der Mann. »Ich wusste, dass keine Sonderbehandlung nötig sein würde.«

Ich antwortete nicht, blickte einfach nur auf den Boden, beschämt, dass ich so schnell aufgegeben hatte, während all diese tapferen Menschen auf den Fotos durchgehalten hatten.

Der Laagerbonder schien meine Gedanken zu lesen. »Ach, Sie müssen sich nicht schämen. Sie wären mit Sicherheit viel härter zu knacken, wenn Sie jemanden schützen würden, den Sie lieben.«

»Was meinen Sie damit?«

»Ihre Tochter zum Beispiel.«

»Sie werden Caroline nichts antun!«

Ungeduldig seufzte der Mann. »Natürlich tun wir ihr nichts. Denn Sie werden nie wieder mit jemandem über den Laagerbond sprechen. Nicht mal mit Ihrem Ehemann. Nicht wahr?«

Ich antwortete nicht.

»Nicht wahr?« Seine Stimme, die während der gesamten Befragung unnatürlich sanft gewesen war, wurde hart.

»Nein«, flüsterte ich.

Er musterte mich, um sich zu vergewissern, dass ich die Wahrheit sagte. Offenbar glaubte er mir.

»Hervorragend. Ich sehe, Sie möchten sich keine Sorgen um die Sicherheit Ihrer Tochter machen. So, jetzt geht's aber nach Hause. Elijah bringt Sie hin. Aber dafür müssen Sie noch einmal diese Kapuze aufsetzen.«

Eine Stunde später stand ich allein am Straßenrand, eine halbe Meile von Hondehoek entfernt.

Finneas kam einige Stunden später nach Hause. Er hatte einen Zahn verloren und zwei gebrochene Rippen.

Ich habe oft darüber gesprochen, das Regime zu bekämpfen. Erst jetzt habe ich eine dunkle Ahnung, was das wirklich bedeutet.

{13}

Sandy Waterhouse stand in der Reihe für »All Other Passports« am Terminal 3 in Heathrow. Ihr Flug aus New York war gleichzeitig mit einem aus Pakistan und einem aus Jamaika eingetroffen, die Schlange ging nur langsam voran. Sandy war müde – im Flugzeug hatte sie nur ein bisschen gedöst –, aber in ihrem Kopf schwirrte alles durcheinander.

Sie wusste, dass es eine wichtige Reise war, aber erst jetzt, da sie auf britischem Boden stand, *fühlte* sie es auch. Sie war unsicher, aufgeregt und ungeduldig. Die Würfel waren gefallen, jetzt wollte sie wissen, was sie zeigten.

Offiziell war Sandy drei Tage mit einem Klienten in London, einer großer amerikanischen Versicherungsgesellschaft, die gerade eine britische Investment-Management-Firma übernahm. Aber um elf Uhr hatte Sandy einen Termin beim wichtigsten Teilhaber im Londoner Büro ihrer eigenen Firma. Sie schaute auf die Uhr. Noch nicht mal sieben. Sandy hatte noch ausreichend Zeit, um ins Hotel zu gehen und zu duschen, bis sie zum Büro von Trelawney Stewart in der City musste.

Die für New Yorker Verhältnisse nur mittelgroße Anwaltsfirma hatte einen hervorragenden Ruf. Sie machte sich gut in London und expandierte. Neue Leute wurden eingestellt, es war vorgesehen, zwei weitere Teilhaber aus New York herüberzuschicken. Ebenfalls brauchte man erfahrene, fähige Mitarbeiter, die sowohl die amerikanischen als auch die britischen Geschäftsgepflogenheiten kannten. Das traf, so hoffte Sandy, genau auf sie zu.

Zwei Jahre hatte sie in London verbracht und das Leben dort

größtenteils gehasst. Sie hatte keine Freunde gehabt, und die fast schon lächerlichen Arbeitszeiten, zu denen sie gezwungen wurde, hatten es praktisch unmöglich gemacht, neue Freundschaften zu schließen. Sie hatte nur Jen gekannt, und deren Tod hatte sie tief erschüttert. Und dann war da noch Alex. Alex Calder.

Jens Tod hatte sie zusammengebracht, da Sandy ihm geholfen hatte herauszufinden, was tatsächlich mit seiner Assistentin geschehen war. Sie mochte Alex, sie mochte ihn sehr. Sie fand ihn nicht nur körperlich attraktiv mit seinem muskulösen, wohlgeformten Körper und den nachdenklichen blaugrauen Augen, die sie zu durchschauen und zu verstehen schienen, mit seinem freundlichen Lächeln und der sanften Stimme mit ihrem weichen schottischen Klang. Nein, Sandy bewunderte Alex. Er war bereit gewesen, enorme Risiken einzugehen, um das, was er und auch sie für richtig hielten, durchzuziehen. Viele der Männer, die sie jeden Tag an der Wall Street sah, gingen nur geringe Risiken ein, obwohl sie wussten, dass sie etwas Falsches taten.

Sandy hatte die Beziehung zu Calder nicht gefördert, wenn man sie denn als solche bezeichnen konnte; ihre Achtzig-Stunden-Woche tat so einer Freundschaft nicht gerade gut. Aber in Italien waren sie wirklich prächtig miteinander ausgekommen. Die Treffen danach waren von Frust und dem einen oder anderen gestohlenen Tag mit Jetlag gekennzeichnet gewesen. Dann kam das schreckliche Wochenende, als er sie in New York besuchen wollte und sie nach Dallas geschickt worden war. Gut, das hatte er ihr vorgeworfen, aber er schien nicht zu verstehen, dass sie nichts daran ändern konnte, dass der Geschäftsabschluss kurz bevorstand und es keinen anderen Anwalt gab, der sich mit den Unterlagen auskannte. Wenn Sandy sich geweigert hätte, wäre sie ihre Stelle bei Trelawney Stewart los gewesen. Sie hatte sich doch auch auf das Wochenende gefreut! Es war nicht gerade lustig gewesen, Freitag und Samstag bis vier Uhr morgens über Garantien in rechtswirksamen Vereinbarungen zu diskutieren.

Aber das hatte Calder nicht einsehen wollen.

Die Schlussfolgerungen waren beiden klar: Ihre Beziehung hatte keine Zukunft. Sandy ärgerte sich darüber. Ärgerte sich über sich selbst, über Alex. Aber nach ein paar Wochen machte es sie auch traurig. Es geschah nicht oft, dass man jemanden wie Alex traf. Konnte sie nicht irgendetwas tun, die Sache irgendwie vereinfachen? Ohne weiteres würde das nicht gehen. Sandy wusste, was die Teilhaber bei Trelawney Stewart denken würden. Man würde sie für eine Frau ohne Rückgrat halten, die bereit war, ihre Karriere für ihr Liebesleben zu opfern. Man würde annehmen, dass es nicht mehr lange dauern würde, bis sie heiratete und Kinder bekäme. Das würde niemand aussprechen, wahrscheinlich würde nicht einmal untereinander darüber geredet werden, aber denken würden es alle.

Warum auch sollte unbedingt sie die Kompromisse machen? Warum konnte Alex nicht nach New York ziehen? Die Gründe, aus denen er die Finanzwelt verlassen hatte, verstand sie sehr wohl, aber vielleicht könnte er etwas mit Flugplätzen oder Flugzeugen machen. Zumindest könnte er es versuchen; zumindest könnte er mit ihr darüber sprechen. Wieder flackerten die Wut und der Frust auf, die seit jenem katastrophalen Wochenende in Sandy gärten.

Dann war sie nach Martha's Vineyard geflogen, um das lange Wochenende um den Memorial Day Ende Mai bei ihren Eltern zu verbringen. Beim Abendessen hatte sich ihr Vater nach Alex erkundigt. Sandy erklärte das Problem und warum die Beziehung keine Chance hätte. Sie rechnete damit, dass es ihr Vater dabei bewenden lassen würde, denn normalerweise zeigte er nicht mehr als höfliches Interesse an ihren Freunden. Ob das an seinem mangelnden Interesse an ihr lag oder ob er Rücksicht auf ihre Privatsphäre nehmen wollte, das wusste sie nie so genau. An dem Tag jedoch war es anders.

»Magst du diesen Mann?«, hatte er gefragt.

»Ja. Doch.«

»Sehr?«

Bei dieser ungewöhnlichen Frage ihres Vaters war Sandy rot geworden. »Ja, ich denke schon. Ich mag ihn sehr.«

»Warum sprichst du dann nicht mit Trelawney Stewart? Vielleicht kann die Firma ja etwas arrangieren?«

»Du weißt doch, wie solche Firmen funktionieren, Dad«, sagte Sandy. »Es wird als Zeichen der Schwäche gewertet. Im Moment läuft es wirklich gut bei mir, das will ich nicht aufs Spiel setzen.«

Ihre Eltern tauschten Blicke aus. Sandy vermutete eine Verschwörung. Schweigend aßen sie weiter. Sandy wurde argwöhnisch.

»Stanhope Moore hat mich vor Jahrzehnten gebeten, nach Sydney zu gehen«, sagte ihr Vater schließlich. »Die Firma wollte sich in Australien und Asien etablieren. Ich sollte das Ganze leiten. Es war eine großartige Chance. Ich glaube, damals war ich fünfunddreißig. Du warst drei Jahre alt.«

»Ich kann mich gar nicht an Sydney erinnern«, sagte Sandy.

»Kein Wunder. Grandma Peabody war sehr krank. Sie hatte Krebs, und Mom war oft bei ihr. Deshalb schlug ich das Angebot aus. Dann bot man mir an, die Familie in den Staaten zu lassen und abwechselnd einen Monat drüben und zwei Wochen hier zu verbringen. Sie ließen sich wirklich eine Menge einfallen. Aber deine Mutter brauchte mich hier.«

»Gut, aber das hat deiner Karriere nicht geschadet, oder?«

»Oh, doch! In jenem Jahr und im folgenden wurde ich bei den Beförderungen übergangen. Ich brauchte drei oder vier Jahre, um das wieder aufzuholen.«

»Das ist etwas anderes«, widersprach Sandy. »Du bist ein Mann, dafür hat man Verständnis. Ich bin eine Frau. Von mir verlangt man, den Beruf an die erste Stelle zu setzen.«

Sandys Vater zuckte mit den Achseln. »Ich weiß nicht, wie

du auf diese Idee kommst. Ich will dir eigentlich nur sagen, dass ich froh bin, meine Familie nicht der Karriere geopfert zu haben.«

Sandy schaute ihren Vater an, und zahllose Argumente schossen ihr durch den Kopf. Er wollte ihr natürlich zeigen, dass er letztlich trotzdem Karriere gemacht hatte. Er war Vorstandsvorsitzender von Stanhope Moore gewesen, einer der angesehensten konservativen Handelsbanken des Landes, die vor einigen Jahren bei einer Fusion geschluckt worden war.

Aber Sandy musste ihrem Vater widersprechen. Sie konnte einfach nicht anders. Natürlich liebte sie ihn, und er liebte sie, aber seit ihrem achtzehnten Lebensjahr war er für sie ein Feindbild gewesen. Am College war sie einmal in eine Diskussion geraten, ob die Großbanken der Vereinigten Staaten den Ländern der Dritten Welt Milliarden von Schulden erlassen sollten. Für Sandy lag es auf der Hand, dass dieser Schritt dringend überfällig war. Außerdem wurde ihr damals bewusst, dass ihr Vater einer der wenigen Menschen im Land war, in deren Händen eine solche Entscheidung lag.

Diesen Kampf mit ihrem Vater führte sie noch immer, wenn auch sehr viel unaufgeregter als mit Anfang zwanzig. Sobald er sie bezüglich ihrer Einstellung zu Alex und ihrer Arbeit in die Enge trieb, war Sandy instinktiv versucht, die Not der Hungernden in Afrika und Lateinamerika zu zitieren, aber sie riss sich diesmal zusammen. Dafür nahm sie den Rest des Wochenendes ihr Recht in Anspruch, mürrisch zu sein.

Doch die Worte ihres Vaters waren trotzdem nicht auf taube Ohren gestoßen.

Als ihr Reisepass abgestempelt war, holte sie ihr Gepäck und ging durch den Zoll, den Koffer von der Größe einer Reisetasche im Schlepptau. Sie beschloss, kein Taxi zu nehmen, sondern mit dem Zug nach Paddington zu fahren. Sandy wusste nicht, woran es lag, aber wenn sie in London in ein Taxi stieg, drängte ihr der

Fahrer regelmäßig ein Gespräch auf. Meistens war ihr das egal, aber heute brauchte sie Ruhe und wollte für sich sein. Sie kaufte sich eine *International Herald Tribune*, hinter der sie sich verstecken konnte, und suchte ihren Bahnsteig.

Sandy hatte ihren Plan nicht mit Alex besprochen. Zum Teil deshalb nicht, weil immer noch die Möglichkeit bestand, dass es nicht klappte, aber auch um sich selbst die Gelegenheit zu geben, in letzter Minute ihre Meinung zu ändern. Doch Sandy stellte fest, dass sie immer stärker von ihrem Vorhaben überzeugt war, je näher sie dem Londoner Büro von Trelawney Stewart kam. Nach der Besprechung wollte sie Alex anrufen, vielleicht könnten sie sich für den Abend oder den folgenden Tag verabreden.

Sandy wusste nicht, wie sich ihre Beziehung entwickeln würde. Aber sie lächelte in sich hinein. Sie freute sich darauf, es herauszufinden.

Calder verbrachte den Tag auf dem Flugplatz. Es war ein perfekter Morgen zum Fliegen. Er hatte die Gelegenheit ergriffen, seinen kleinen roten Pitts-Doppeldecker auf Herz und Nieren zu prüfen und mehrere Fassrollen, Außenloopings, Kubanische Achten und Immelmanns am Himmel von Norfolk durchgeführt. Am Nachmittag jedoch frischte der starke Seitenwind auf und machte Starten und Landen unmöglich. Calder beschloss, Kim im Krankenhaus zu besuchen. Nach seinen verfänglichen Gedanken vom Vorabend wollte er Todd wiedersehen, um sich so drastisch wie möglich vor Augen zu führen, dass Kim einen Mann hatte, der im Koma lag.

Als er mit dem Maserati auf dem Parkplatz hielt, sah er Kim auf der anderen Seite ihren Mietwagen aufschließen. Calder stieg aus und winkte ihr zu. Sie bemerkte ihn und kam lächelnd herüber zu ihm.

»Willst du Todd besuchen?«

»Ja«, sagte Calder.

Kim warf ihm einen zweifelnden Blick zu. Scheinbar spürte sie, aus welchem Grund Calder gekommen war. »Ich gehe noch mal mit dir rein.«

»Gibt's was Neues?«

»Nein. Aber ich war den ganzen Tag da. Ich habe gelesen.« Sie deutete auf ein dickes Taschenbuch.

»Haben sich die anderen van Zyls blicken lassen?«

»Cornelius ist schon früh mit dem Hubschrauber nach London zurückgeflogen. Caroline war heute Morgen da, aber sie ist jetzt auf dem Rückweg nach Kalifornien. Wir haben uns lange unterhalten. Ich mag sie.«

Kim und Calder gingen durch die vertrauten Korridore zu dem Privatzimmer, auf das Todd verlegt worden war. Sie öffneten die Tür. Am Kopfende des Bettes saß eine Frau zusammengekauert auf einem Stuhl, über Todds Gesicht gebeugt. Als sie eintraten, drehte die Frau sich um. Sie war jung und auffallend hübsch, hatte eine Stupsnase, weiße Zähne und einen blonden Bob. Ihre großen blauen Augen waren rot und verweint. Als sie Kim sah, verlor ihr vom Weinen rotes Gesicht jede Farbe.

»Donna?«, sagte Kim.

»O mein Gott«, sagte die junge Frau mit amerikanischem Akzent und legte die Hand vor den Mund. Unsicher stand sie auf und stolperte an Kim vorbei zur Tür.

»Donna!«, rief Kim ihr nach. »Donna!«

Auch Kim war blass geworden. Ihre Lippen bebten. Eine Krankenschwester kam, um zu sehen, was los war. »Ist diese Frau schon öfter hier gewesen?«, erkundigte sich Kim bei der Schwester. »Haben Sie sie hier schon einmal gesehen?«

»Setzen Sie sich bitte«, sagte die Krankenschwester. Sie war eine kräftige Frau mit einem starken Norfolk-Akzent.

»Sie war schon mal hier, stimmt's?«, fragte Kim. Empört schaute sie die Schwester an, verlangte eine Antwort.

Die Krankenschwester nickte.

Kims Wangen, eben noch blass, liefen rot an. Wütend betrachtete sie ihren bewusstlosen Mann inmitten der Schläuche, der von dem Drama um sich herum nichts mitbekam. Dann sah sie zu Calder hinüber, ihr Gesicht eine Mischung aus Wut und Bestürzung.

»Komm, wir gehen!«, sagte Calder, legte einen Arm um Kim und führte sie aus dem Zimmer. Eine Träne rann ihre Wange hinunter, dann noch eine. Schweigend gingen sie in die Cafeteria des Krankenhauses. Calder holte zwei Tassen Tee.

»Wer war das?«, fragte er.

»Donna Snyder. Kunstlehrerin an Todds Schule.«

Calder nickte. Es war überflüssig, zu fragen, was die Frau in England wollte oder warum Kim so aufgebracht war. Kurz überlegte er, ob er sagen sollte, es sei alles vielleicht nur ein Missverständnis, aber ein Blick auf Kim überzeugte ihn vom Gegenteil.

»Die muss gewartet haben, bis sie mich gehen sah«, sagte sie. »Wie lange die wohl schon auf dem Parkplatz herumgelungert hat?«

»Es tut mir leid«, sagte Calder. »Wirklich. Schrecklich, das so zu erfahren.«

»Ich hätte es wissen müssen«, sagte Kim. »Ich wusste, dass die beiden sich mochten. Auf Schulveranstaltungen redeten sie immer miteinander, scherzten und so weiter. Ich war vielleicht ein bisschen eifersüchtig, Donna hat ja so große babyblaue Augen, aber man kann nicht auf jede attraktive Frau eifersüchtig sein, mit der der eigene Mann befreundet ist.« Sie seufzte. »Na ja, vielleicht doch. Vielleicht war das mein Fehler. Auf jeden Fall fiel mir vor einem Monat auf einer Party des Schuldirektors auf, dass die beiden sich aus dem Weg gingen. Naiverweise war ich erleichtert. Ich dachte, sie hätten sich gestritten, eine Auseinandersetzung im Lehrerzimmer oder so was. Aber nein, so läuft es, wenn aus dem Flirt eine Affäre wird, nicht wahr? In der Öffentlichkeit ignoriert man sich, aber wenn man dann allein ist …«

Schluchzend brach Kim zusammen. Calder beugte sich vor und legte die Hand auf ihren Arm. Es waren noch andere Gäste in der Cafeteria, die voller Mitleid hinüberschauten. In Krankenhäusern ist man Kummer gewohnt.

Calder fuhr Kim nach Hause und versprach ihr, sie am nächsten Morgen zurückzubringen, damit sie ihren Leihwagen abholen konnte. Dann kochte er etwas. Kim machte einen langen Spaziergang durch die Marsch. Als sie zurückkam, hatte sie ein wenig Farbe im Gesicht. Ihr dunkles Haar war völlig zerzaust. Calder hatte eine Flasche Weißwein geöffnet. Dankbar ließ Kim sich ein Glas einschenken.

»Ich weiß nicht, Alex, ich weiß nicht, was ich denken soll. Ich meine, ich liebe ihn, ich liebe ihn sehr. Jeden Tag sehe ich ihn da liegen, so hilflos, und ich weiß nicht, wann er sich wieder erholt, ob er sich überhaupt erholt. Und die ganze Zeit sitzt sie da draußen, allein mit ihrem Kummer. Ich komme mir so unglaublich bescheuert vor. Ich will, dass es ihm besser geht, aber gleichzeitig könnte ich ihn erwürgen. Und was besonders schlimm ist: Wenn er sich nicht erholt, dann weiß ich, dass er am Ende *sie* liebte, nicht mich. Damit könnte ich nicht leben, das könnte ich einfach nicht ertragen.« Kim schlug die Hände vors Gesicht.

Ihr Schmerz war für Calder nur schwer mit anzusehen. Er wollte niemandem Todds Zustand wünschen, dennoch wuchs seine Wut. Todd war also doch nicht besser als all die gutaussehenden Charmebolzen. Er hatte Kim benutzt und ihr wehgetan. Und es sah aus, als sei Kim so sehr getroffen, dass sie sich nur schwer davon erholen würde.

Sie aßen zu Abend und setzten sich dann nach draußen auf die Bank in den Garten. Calder machte noch eine Flasche Wein auf. Trotz der Wolken war es warm, im Westen war der Himmel klar. Die untergehende Sonne warf ihren langen Schatten in den Garten. Die Krähen erhoben ihr abendliches Geschrei. Kim redete und trank. Calder lauschte und trank.

Sie sprachen über die Uni, über die Verehrer und Freunde von damals. Calder erzählte von einer Freundin, die ihn sitzengelassen hatte. Sie öffneten die dritte Flasche Wein. Calder legte den Arm um Kim, sie lehnte den Kopf an seine Schulter. Die Sonne versank hinterm Horizont, die Windmühle auf dem Hügelkamm verschwand im Dunkeln. Die Krähen beruhigten sich. Calder küsste Kim, oder küsste sie ihn? Sie lösten sich voneinander. Wieder schmiegte sich Kim an seine Schulter. Dann wandte sie Calder das Gesicht zu, und sie küssten sich erneut.

Voller Leidenschaft liebten sie sich stürmisch im Gras unter dem Apfelbaum.

Calder hörte ein Auto vor dem Haus halten. Der Motor stotterte und erstarb. Dann klopfte jemand an die Haustür. Calder brauchte einige Minuten, bis er reagierte. Panisch sah er sich nach seinen Klamotten um. Kim lag halbnackt im Gras, den Mund geöffnet, und schlief. Calder griff zu einem T-Shirt und seiner Hose und zog beides an. Wer mochte das bloß sein?

»Hallo?«

Verdammt! Er kannte diese Stimme. Die Frau kam näher, um das Haus herum, suchte im Garten nach ihm.

»Hallo?«

»Sandy!«, rief er und riss hektisch am Reißverschluss seiner Hose. »Sandy! Warte! Ich bin im Garten. Ich komme nach vorn!«

Kim bewegte sich, stützte sich auf einen Arm. »Hm?«

»Alex?« Sandys Stimme kam näher. Das kleine Gartentor wurde quietschend aufgestoßen. »Alex? Was ist denn los …?«

Barfuß stand Calder vor ihr, das Hemd hing ihm aus der Hose. Sprachlos blieb Sandy neben dem Haus stehen. Kim saß im Gras und blinzelte. Ihr Oberkörper war bekleidet, doch ihre Jeans und ihr Slip lagen in einem Knäuel zu ihren Füßen.

»O mein Gott!« Sandy legte die Hand auf den Mund und lief

davon. Calder folgte ihr. »Sandy, warte! Sandy!«

»Hast du meine Nachricht nicht bekommen?«, fragte sie, als sie die Tür ihres Wagens aufriss.

»Was für eine Nachricht?«

»Ich habe dir eine Nachricht hinterlassen. Dass ich dich besuchen würde.« Sie setzte sich ins Auto.

»Sandy, warte!«

Aber Sandy legte den Gang ein, wendete und fuhr zurück ins Dorf, Richtung London.

Calder stand da und sah den Rücklichtern nach, die um die Kurve verschwanden.

»Alex?«

Noch immer blinzelnd, stand Kim neben ihm, inzwischen in ihrer Jeans. »Wer war das denn?«

»Sandy«, erwiderte Calder.

»O Gott«, sagte Kim. »Das tut mir leid.«

Calder schaute sie an. In seinem alkoholisierten Kopf verwandelte sich das Gefühl der Verwirrung zusehends in nackte Panik.

Kim schlang die Arme um ihre Schultern. »Oh, Alex, was haben wir getan?«

[14]

»Kann ich etwas davon haben?«

Kim wies auf die halbvolle Kaffeekanne. Calder schenkte ihr einen Becher ein. Sie setzte sich. Es war acht Uhr. Seit sechs Uhr war Calder wach und grübelte.

Kim trank einen Schluck und schaute Calder in die Augen. »Wir haben alles verbockt, was?«

Calder war im Kopf durchgegangen, was er zu Kim sagen wollte, alle Erklärungen, Ausreden, Selbstvorwürfe. Aber sie machte es ihm einfach.

»Ja«, sagte er.

Eine Träne lief ihr die Wange hinunter. Sie holte tief Luft. »Ich kann gar nicht glauben, was ich da getan habe. Während Todd im Krankenhaus liegt.«

»Du warst betrunken. Ich habe dich verführt«, sagte Calder. »Es ist meine Schuld.«

»Wir sind beide schuld«, sagte Kim. »Wir haben das gemeinsam getan. Aber der Alkohol ist für mich keine Entschuldigung. Ich habe es darauf angelegt, mich zu betrinken. Ich war sauer und wollte Todd eins auswischen. Dazu habe ich dich benutzt.«

Calder antwortete nicht, sondern starrte in seinen Kaffee.

»Das war also Sandy?«

»›War‹ ist das richtige Wort.«

»Es tut mir leid.«

»Mir auch.«

Schweigend saßen sie da. In der Nacht hatten sich in Calders Kopf zwei Bilder abgewechselt: zum einen Todd, der seit Tagen hilflos in seinem Krankenbett lag, zum anderen Sandy, die Calder in die Augen sah. Er hatte sich die Nachrichten auf seinem Handy angehört. Es waren drei. Als Erstes richtete Sandy ihm aus, sie hätte gute Neuigkeiten, die sie ihm persönlich mitteilen wolle. Sie würde sich ein Auto mieten und ihn in Norfolk besuchen. Gegen neun Uhr müsste sie da sein. Ob er sie im Hotel anrufen könne, damit sie wüsste, dass er die Nachricht erhalten habe? Die zweite Nachricht war von seiner Schwester, die ihn fragte, ob sie die Kinder am Wochenende bei ihm lassen könne. Dann kam die zweite Nachricht von Sandy, sie hätte noch nichts von ihm gehört, würde aber trotzdem losfahren. Sie sei spät dran und würde wahrscheinlich nicht vor zehn Uhr bei ihm eintreffen.

Calder ärgerte sich, am Abend nicht auf sein Handy geschaut zu haben, aber er war zu sehr in Anspruch genommen gewesen von Kims Verzweiflung.

Welche Neuigkeiten hatte Sandy gemeint? Es musste etwas Wichtiges sein, das Einfluss auf ihre Beziehung gehabt hätte. Vielleicht hatte sie beschlossen, aus ihrem Beruf auszusteigen. Oder sie hatte eine neue Stelle bekommen. Oder war nach England zurückversetzt worden. Irgendeine gute Neuigkeit für Sandy, für sie beide.

Und da war auch noch Todd. Calder hatte noch nie zuvor mit einer verheirateten Frau geschlafen. Es war ein Fehler. Sicher, unter besonderen Umständen konnte es vertretbar sein: beispielsweise, wenn sich das Paar schon getrennt hatte. Aber ein Ehemann im Koma gehörte definitiv nicht zu den Ausnahmen, selbst wenn er Kim betrogen haben sollte.

Calders Vater war ein strenger Presbyterianer; sein Großvater war Priester gewesen, und seine englische Mutter hatte ebenfalls ein starkes Gerechtigkeitsempfinden gehabt, das sie ihren Kindern mitgegeben hatte. Was Calder getan hatte, war falsch. Unbestreitbar falsch.

Er warf Kim einen Blick zu. Sie schien auch nicht gerade stolz auf sich zu sein.

»Ich suche mir ein Hotel«, sagte sie.

Calder wollte protestieren, doch er nickte nur. »Der Pub im Dorf hat bestimmt Zimmer frei. Ich bringe dich gleich hin. Aber zuerst holen wir dein Auto vom Krankenhaus ab, in Ordnung?«

»Ich weiß nicht, ob ich Todd heute sehen will«, sagte Kim. »Wir haben einen Fehler gemacht, aber ich bin immer noch wütend wegen Donna. Was ist, wenn sie sich wieder auf dem Parkplatz herumtreibt? Und was soll ich Todd sagen? Ich spreche nämlich mit ihm. Auch wenn er bewusstlos ist.«

Calder holte tief Luft. Irgendwie war es einfacher, sich um Kims Probleme zu kümmern als um seine eigenen. »Wie wär's hiermit: Heute besuchst du Todd nicht. Du unternimmst etwas für dich. Kommst erst mal mit dir selbst ins Reine, dann kannst du morgen wieder ins Krankenhaus fahren. Ich suche Donna und sorge dafür, dass sie verschwindet.«

»Wie willst du das machen?«

»Keine Sorge«, sagte Calder. »Ist mein Problem.«

Sein Handy klingelte. Er meldete sich. »Hallo?« Calders Stimme war rau. Am anderen Ende herrschte Schweigen. Aber Calder wusste, wer dran war. »Sandy?«

»Alex. Ich wollte dir nur sagen, dass es in Ordnung ist, wenn du eine neue Freundin hast, ist ja schließlich – wie lange? – zwei Monate her, dass wir uns das letzte Mal gesehen haben, und du bist nicht mein Eigentum ...«

»Sandy ...«

Aber Sandy hatte sich ihre Worte zurechtgelegt und spulte sie so schnell wie möglich ab. »Ich habe einen Fehler gemacht. Einen großen Fehler. Wir haben nicht viel miteinander gesprochen, ich denke, das ist meine Schuld. Aber ich habe meinen Fehler jetzt erkannt und weiß, wie es aussieht. Es tut mir leid, dass ich dich gestern Abend in Verlegenheit gebracht habe ...«

Sandy sprach immer schneller. Sie holte kaum noch Luft und war den Tränen nahe.

»Sandy, du hast überhaupt nichts falsch gemacht!«

»Wie gesagt, ich weiß jetzt, woran wir sind, und ich werde dich nicht noch einmal in Verlegenheit bringen, das kann ich dir versprechen.«

»Hör mal, können wir nicht darüber reden ...«

»Leb wohl, Alex.« Sandy legte auf.

Calder starrte auf das Telefon, dann rief er die Nummer im Hotel an, die Sandy ihm am Vortag in ihrer Nachricht genannt hatte. Es war das Swissotel Howard in London. Er bat, auf ihr Zimmer durchgestellt zu werden. Es klingelte einmal, dann meldete sie sich.

»Ja?«

»Sandy?«

Sie legte wieder auf.

Calder ließ sich auf seinem Stuhl nach hinten fallen. »Ich würde sagen, das war's.«

»Tut es dir leid?«, fragte Kim.

»Ja«, sagte Calder. »Sehr leid.«

»Soll ich mal mit ihr sprechen? Sie anrufen und ihr alles erklären?«

Calder lachte verbittert. »Was denn? Dass ich die Frau eines anderen gebumst habe, dass der Mann im Koma liegt und vielleicht nicht mehr zu Bewusstsein kommt? Das erklärt bestimmt alles.«

Kim sah ihn fassungslos an, dann brach sie in Tränen aus.

Calder streichelte ihre Hand. »Ach, Kim, es tut mir leid. Ich bin nur total im Arsch.«

Kim entzog ihm ihre Hand. »Ich gehe nach oben und packe.«

Calder schenkte sich noch eine Tasse Kaffee ein. Kim verließ die Küche. Doch wie viel er auch trank, es änderte nichts.

»Danke, dass ihr gekommen seid«, begrüßte Andries Visser seine beiden Gäste. Seine Stimme war ungewöhnlich heiser. Sie saßen in Sesseln im Wohnzimmer und hielten Gläser mit Brandy und Cola in der Hand. Im Kamin prasselte ein Feuer. Draußen, hinter den vergitterten Fenstern und dem hohen Zaun, flüsterte die Nachtluft im langen gelben Gras des Buschlands.

Vissers Gäste waren Mitglieder des Laagerbonds, beide über sechzig, Männer, die in einem anderen Südafrika groß geworden waren. Daniel Havenga war kürzlich als Professor für Journalismus an der Universität Stellenbosch in den Ruhestand gegangen. Freddie Steenkamp war stellvertretender Direktor der gefürchteten Militärischen Aufklärung gewesen und jetzt Zweiter Vorsitzender des Laagerbonds. Obwohl Steenkamp dem Apartheidregime bis zu seinem Ende gedient hatte, war er bis in die späten neunziger Jahre weiterhin für den Geheimdienst tätig gewesen. Dann hatte er sich mit einer großzügigen Pension zur Ruhe gesetzt.

Alle Männer waren angespannt. Sie wussten, dass etwas passiert war, denn der Vorsitzende lud sie sonst nicht so kurzfristig auf seine Farm ein. »Was ist los, Andries?«, fragte Professor Havenga.

»Ich bin der Ansicht, dass Drommedaris ernsthaft bedroht ist«, sagte Visser.

»Die ganze Operation oder nur der aktuelle Plan?«

»Die ganze Operation.«

»Aber Todd van Zyl liegt doch im Koma, oder?«

»Schon, aber seine Frau stellt weiterhin Fragen über den Tod seiner Mutter. Sie hat einen Freund in England eingespannt, einen ehemaligen Banker von Bloomfield Weiss. Offenbar sind die beiden zu allem entschlossen.«

»Aber das ist doch viel zu lange her!«, sagte Havenga. »Wenn die Kommission nichts herausfinden konnte, was wollen die dann bitte schön erreichen?«

»Da bin ich mir nicht so sicher«, sagte Visser. »Ich befürchte, die Situation entgleitet uns.«

»Das dürfen wir nicht zulassen«, sagte Steenkamp. Er war ein großer, beeindruckender Mann mit schütterem Haar, der selbst in Vissers bequemstem Sessel aufrecht saß. »Wie ihr wisst, wäre es mir manchmal lieber, wenn wir nicht so viele Mittel auf Drommedaris verwenden würden. Aber die Operation ist jetzt ein so wichtiger Teil unserer Aktivitäten, dass wir keine Gefährdung riskieren dürfen.«

»Und was meinst du, Daniel?«

Der Professor nippte an seinem Brandy. Seine tief liegenden, stechend braunen Augen in dem runden Gesicht schätzten die anderen ab. Er zupfte an seinem Bart. »Generell bin ich der Meinung, je unauffälliger wir sind, desto besser. Ich würde lieber nichts tun, was die Aufmerksamkeit auf den Laagerbond lenkt. Wir wissen, dass die britische Polizei bereits den ... Unfall von Todd van Zyl untersucht.«

»Wenn wir nicht reagieren, und zwar schnell, dann lenken andere die Aufmerksamkeit auf uns«, bemerkte Steenkamp.

Der Professor seufzte. »Dieser Aspekt unserer Aktivitäten hat mir noch nie gefallen.«

»Meiner Erfahrung nach«, sagte Steenkamp, »ist das Ergebnis letztlich umso diskreter, je schneller man in so einem Fall handelt.«

»Du musst es ja wissen«, sagte der Professor. »Was machen wir also?«

»Um das zu besprechen, habe ich euch eingeladen, meine Herren«, sagte Visser. Ein heftiger Hustenanfall unterbrach ihn. »Kobus ist wieder in England und wartet auf unsere Anweisungen.«

[15]

3. August 1988

Die letzte Nacht war grauenhaft. Kaum war ich eingeschlafen, suchten mich diese Bilder heim. Der Rücken des Jungen, die leblosen Augen der jungen Frau. Irgendwann lief ich ins Badezimmer und musste mich übergeben. Aber danach fühlte ich mich auch nicht besser.

Natürlich werde ich tun, was dieser Mann von mir verlangt. Ich werde nie wieder mit jemandem über den Laagerbond sprechen. Ich kann nicht riskieren, was dieses Ungeheuer Caroline antun könnte. Wenn ich doch nie Daniels Aktentasche aufgemacht, nie diese Notizen erblickt hätte! Was hat Neels bloß mit solchen Leuten zu tun?

Ich muss hier raus. Ich will nach Hause. Ich will zurück in die Staaten. Ich buche jetzt einen Flug nach Minneapolis.

Später …

Ich habe das Ticket, morgen Abend fliege ich. Doris ist aus Port Elizabeth zurück, Caroline ist gut bei ihr aufgehoben, besonders weil Zan auch hier ist.

5. August

Ich habe ihn erwischt. Und es geht mir schrecklich.

Es passierte einfach so. In letzter Minute entschied ich, auf dem Weg nach Minneapolis in Philadelphia Zwischenstation zu machen. Ich weiß nicht, warum ich auf die Idee kam. Ich redete mir ein, es sei gut, dort einige Tage mit Neels zu verbringen. Ich wollte sehen, wie Philadelphia für uns beide wäre, ob wir uns vielleicht versöhnen könnten. Ich hatte mir noch nicht überlegt, was ich ihm über den Laagerbonder, diesen Moolman, erzählen würde, oder wie auch immer er heißt. Einerseits sehnte ich mich nach dem Trost von Neels' kräftiger Umarmung, andererseits wusste ich nicht, ob ich ihm vertrauen konnte. Und wenn Moolman je herausfinden sollte, dass ich mit Neels gesprochen hatte …

Aber es ging noch um etwas anderes. Ich hatte mich nicht angemeldet, weil ich ihn überraschen wollte. Ich wollte sehen, wie dieses amerikanische Leben so ist, das er jetzt führt, ohne die Möglichkeit für ihn, etwas zu vertuschen. Ich wollte ihn ertappen, alles sollte auf den Tisch, ich wollte Klarheit darüber, wie ich mich fühlte.

Mit einem Taxi fuhr ich vom Flughafen in die Stadt. In Philadelphia war es heiß: diese schwere, klebrige Hitze, die sich eher wie Sirup als wie Luft anfühlt. Der *Intelligencer* sitzt in einem massiven Gebäude aus dem neunzehnten Jahrhundert, das mit Säulen und lateinischen Inschriften geschmückt ist, in der Chestnut Street. Neels residiert im obersten Stockwerk. Ich meldete mich am Empfang an. Eine attraktive schwarze Sekretärin holte mich ab und brachte mich nach oben. Sie war sehr freundlich, zeigte mir Neels' Büro und brachte mir eine Tasse Kaffee. Sein Büro sah eigentlich noch so aus wie vor einem Jahr, als ich zum letzten Mal da war. Das alte Foto von mir stand noch auf seinem Schreibtisch, das freute mich. Aber irgendwie ist es auch ganz schön traurig, wenn man prüft, ob das eigene Bild noch auf dem Schreibtisch des Ehemanns vorhanden ist. Ein neues Foto steht daneben, Todd beim Rugby, letztes Jahr. Neels ist stolz auf Todds Rugbyspiel. Er ist ziemlich gut darin ist, auch wenn er nie so gut sein wird wie sein Vater.

Da saß ich nun auf seinem Sofa und sah zu, wie die feuchte Luft sich über der Stadt zu nachmittäglichen Gewitterwolken zusammenballte. Der Luftdruck fiel, das spürte ich in den Ohren.

Dann hörte ich Neels mit seiner dröhnenden Stimme näher kommen. Er sprach Afrikaans. Eine Frau antwortete ihm, sie klang jung. Kurz vor der Tür zu seinem Büro sagte sie: »Oh, Neels!« Er lachte und erwiderte etwas, das ich nicht verstand, doch es endete mit dem Wort »*liefie*«. *Liefie* bedeutet auf Afrikaans »Liebling«. Aber es bedeutet viel mehr, so viel mehr als das. Neels nennt mich immer so. Es ist das einzige Wort auf Afrikaans, das er in meiner Gegenwart verwendet. Er sagt, es gehöre mir. Die Kinder hat er nie damit angesprochen, weder Zan noch Caroline; er sagte mir einmal, auch Penelope hätte er nicht so genannt. Nur mich. Und nun sie. Diese Frau, die ich noch nicht einmal gesehen hatte.

Sie kamen ins Büro. Natürlich war sie schön. Blondes, aus der Stirn gekämmtes Haar, blasse Haut, ein kräftiges, markantes Gesicht, ein schicker Hosenanzug, perfektes Make-up. Erst um die fünfundzwanzig, höchstens achtundzwanzig. Und cool, absolut cool. Neels erschrak, als er mich sah, aber die Frau lächelte höflich und hielt mir die Hand hin. »Sie müssen Martha sein«, sagte sie mit erkennbar südafrikanischem Akzent. »Ich bin Beatrice Pienaar. Cornelius hat mir freundlicherweise gestattet, hier zwei Monate zu arbeiten.«

Ich ergriff ihre Hand und sah ihr in die Augen. Blau, intelligent, ruhig, berechnend. Sie hatte sich perfekt unter Kontrolle, beinahe jedenfalls. Doch dann erschienen zwei kleine rosa Flecke auf ihren edlen Alabasterwangen. Beatrice Pienaar wurde von ihren Blutgefäßen verraten.

Ich weiß nicht mehr genau, was dann geschah. Neels stotterte und verhaspelte sich, ehe er seine Selbstbeherrschung wiedergewann. Beatrice entschuldigte sich und verschwand. Neels fing sich und erzählte begeistert von seinem Plan, den *Herald* zu kaufen. Ein anderer Interessent habe ein höheres Gebot abgegeben, aber Neels meinte, er würde sich durchsetzen. Von einem bevorstehenden Bankrott war keine Rede mehr. Kein Wort vom Laagerbond. Nein, wie sehr er sich freue, dass ich ihn besuchte, wir würden zwei wunderbare Tage miteinander verbringen. Ich nickte lächelnd, noch immer wie betäubt. Ich weiß noch, dass ich dachte, wenn ich ihn bei einer geschäftlichen Besprechung gestört hätte und nicht beim Flirten mit seiner Geliebten, wäre er bei weitem nicht so freundlich gewesen.

Neels war zum Mittagessen mit dem Chefredakteur seiner Zeitungen aus Ohio verabredet und schlug deshalb vor, dass ich mit Edwin essen ging. Wir einigten uns, dass Neels um sieben in unsere Wohnung käme. Ich mag Edwin wirklich nicht. Er ist erst achtundzwanzig, aber er spielt sich immer so auf in seinen Dreiteilern, die er trotz einer Außentemperatur von über dreißig Grad trägt. Er benimmt sich, als wäre er fünfundvierzig, und bald wird er auch so aussehen, wenn er weiter so zunimmt und ihm das restliche Haar auch noch ausfällt. Er ist völlig anders als Neels. Aber er ist nicht dumm, nein, er ist ein durchtriebener kleiner Widerling. Er mag mich auch nicht besonders, ich habe seiner Mutter schließlich den Mann weggenommen. Aber wir sind immer höflich zueinander gewesen. Ich glaube, Edwin hat ein viel größeres Problem mit Neels, aber das ist eine andere Geschichte.

Ich hatte keine Lust, mit ihm zu essen. Kaum waren wir draußen auf der Straße, schickte ich ihn fort. Dann winkte ich mir mit meinem Koffer ein Taxi heran. Es hatte zu regnen begonnen, einer dieser Platzregen im Sommer, bei dem die dicken Wassertropfen nur so herunterprasseln. Eine Viertelstunde lang musste ich mir das Schauspiel ansehen, ehe ein Taxi hielt.

Ich ließ mich zum Flughafen bringen.

Jetzt sitze ich im Flugzeug nach Minneapolis. Es gibt ein paar Turbulenzen, der Pilot sprach von weiteren Gewittern, es ist etwas schwer, den Stift zu führen.

Es geht mir schlecht. Ich habe das Gefühl, als hätte sich eine riesige Hand den Weg in meinen Bauch gebahnt und zerquetsche meine Eingeweide. Es hört einfach nicht auf. Auf den letzten Satz ist eine Träne gefallen. Den Wodka Tonic habe ich mir gerade auf meine weiße Hose gekippt. Aber ich bedaure nicht, nach Philadelphia geflogen zu sein. Ich musste Bescheid wissen. Und ich wollte es nicht herausfinden, indem ich in Neels' Sachen herumschnüffelte, einen Detektiv beauftragte oder unsere Freunde ausfragte. Ich bin froh, dass ich diese Frau gesehen habe.

Froh? Als ich im Regen auf ein Taxi wartete, fiel es mir wie Schuppen von den Augen: Sie ist genau wie ich, beziehungsweise wie ich war. Ich habe Neels auf genau dieselbe Weise kennengelernt. Als er mir anbot, bei ihm ein Volontariat zu machen, war ich in ihrem Alter. Er war damals verheiratet, und ich war groß, blond und attraktiv, auch wenn ich niemals so eine kaltblütige Hexe war wie diese Beatrice. Aber man erkennt ein Muster.

Ich weiß, dass es falsch war, Penelope Neels wegzunehmen, aber ich habe es nie bereut. Ich redete mir ein, ich hätte keine Wahl: Ich war verliebt, und Neels liebte mich. Penelope war eine furchtbare Frau, damals schon auf dem Weg zur Alkoholikerin. Meine Eltern waren nicht gerade begeistert. Zuerst glaubten sie wohl, ich hätte den Verstand verloren, einen apartheidbegeisterten Buren zu heiraten, aber als sie Neels kennenlernten, sahen sie schließlich ein, dass er ein anständiger Kerl war. Anständig, aber älter, zehn Jahre älter. Und verheiratet.

Meine Eltern sind gute Menschen. Sie verziehen mir. Ich glaube, mit der Zeit mochten sie Neels sogar. Was soll ich ihnen nun sagen? Dass er genau der untreue Schürzenjäger ist, für den sie ihn immer gehalten haben?

Ich brauche noch einen Wodka.

6. August

Was für tolle Eltern ich habe! Meine Mutter war *sooo* lieb. Sie merkte natürlich, dass etwas nicht stimmte, als ich halb betrunken vor der Tür stand, das Elend ins Gesicht geschrieben. Offenbar hatte Neels ganz aufgeregt angerufen und wissen wollen, wo ich sei, warum ich nicht in der Wohnung in Philadelphia auf ihn warte. Mom stellte keine Fragen, setzte mich nicht unter Druck, sondern hieß mich einfach nur willkommen. Sie rief Neels zurück und sagte ihm, ich sei bei ihnen und es ginge mir gut, ich sei nur zu müde, um mit ihm zu sprechen.

Heute Morgen sitze ich auf der Schaukel draußen auf der Veranda und schaue auf den See. Ich habe Caroline angerufen, sie war gerade von der Schule zurückgekommen. Es ging ihr gut. Ich habe ein schlechtes Gewissen, weil ich sie zurückgelassen habe, aber ich weiß, dass sie ein paar Tage ohne mich zurechtkommt.

Heute Nachmittag gehe ich mit Dad segeln. Ich hoffe, dass er das noch schafft. Er wirkt viel zerbrechlicher als beim letzten Besuch meiner Eltern in Südafrika. Das war Weihnachten. Er ist jetzt über siebzig, zweiundsiebzig, und zum ersten Mal sieht er auch so aus. Mama ist zwar auch neunundsechzig, aber sie benimmt sich nicht wie eine alte Dame.

Ich denke, dass ich mit ihr über Neels sprechen werde. Sie ist der einzige Mensch, mit dem ich wirklich reden kann.

Später …

Ich war mit Dad segeln. Er hat es kaum noch geschafft. Ich bin mir sicher, dass er allein nicht mehr hinausfährt. Es ist furchtbar, ihn alt werden zu sehen.

Aber es war schön draußen auf dem See, um die kleinen Inseln zu kurven, die ich so gut kenne. Und ich merkte, dass Dad gern mit mir da draußen war. Es ist heiß hier, knapp dreißig Grad, aber zum Glück nicht mal halb so schwül wie in Philadelphia. Dennoch zu heiß für Dad. Ich war froh, als er wieder zurück im Haus war und die Klimaanlage für kühlere Temperaturen sorgte.

Ich habe mit Mom über Neels gesprochen. Sie war wirklich lieb, das hatte ich mir gedacht. Sie sagte nicht, dass sie ja immer schon gewusst hätte, was für ein Schwein er sei. Ratschläge erteilte sie mir keine; es gibt keine einfachen Antworten, und ich kenne meine Mutter – sie würde sagen, dass ich mir nun überlegen müsse, was ich tun will. Aber ich musste es einfach loswerden, ich wollte diese Liebe spüren – einfache, bedingungslose Liebe. Ich weiß, dass sie nicht durch einen Kuss alles ungeschehen machen kann, aber es schadet nichts, ein paar Tage mit dieser Illusion zu leben.

Ich erzählte ihr nicht vom Laagerbond und meinem Erlebnis in Guguletu. Sie würde sich vor Angst verrückt machen. Macht es mich ja auch.

Ich rief Monica an, um mich mit ihr zu treffen. Sie sagte, Nancy sei mit den Kindern aus Kalifornien zu Besuch. Sie würde versuchen, Arlene zu erreichen und ein Treffen für morgen Abend zu vereinbaren.

7. August

Komme gerade von einem Abend mit den Mädels zurück. Bin leicht angesäuselt und ein bisschen aufgedreht. Aber ich muss jetzt sofort aufschreiben, was mir durch den Kopf geht. Mir ist jetzt alles klar. Amerika, Südafrika, Neels, diese beschissene Burenschlampe Beatrice. Ich weiß, was ich tun werde. Was ich mit Neels tun sollte, diesem egoistischen Schwein. Er meint, er könnte mit dieser Beatrice machen, was er will, und mich vergessen, nur weil ich vierundvierzig bin. Ich sehe immer noch gut aus, das weiß ich genau. Er ist hier der alte Mann, und was ist eigentlich mit den Kindern? Was glaubt er, was er den Kindern antut?

Und was ist mit seinem Land? Er lässt sein Land im Stich. Was für ein beschissener Feigling, was für ein beschissener, alter Feigling.

8. August

Es ist elf Uhr. Ich bin gerade erst aufgestanden und habe eine Tasse Kaffee getrunken. Nein, es ist sogar schon die dritte. Kopfschmerzen. Ein richtiger Kater. Und was ich gestern für einen peinlichen Mist geschrieben habe. War mir tatsächlich »alles klar«? Wenn ich wirklich die Antwort auf meine Probleme wusste, so kann ich mich jetzt nicht mehr daran erinnern. Es ist traurig, wenn alles betrunken mehr Sinn ergibt als nüchtern.

Wir waren in Minnetonka in einem Laden namens TGI Fridays. Die machen da klasse Cocktails. War toll, die Mädels zu sehen, am Anfang jedenfalls. Monica, Arlene und ich sind Freundinnen seit der Grundschule, Nancy kam auf der Junior High dazu. Die Jungs waren ganz heiß auf uns, aber wir hatten mehr drauf als die. Ich glaube, wir haben ihnen Angst eingejagt. Den Lehrern wahrscheinlich auch, so sehr waren wir von uns eingenommen. Aber wir gingen alle auf gute Colleges, Monica und Arlene auf das St. Olaf in Minnesota, ich im Süden auf das Smith College und Nancy im Westen in Berkeley.

Ein Drink folgte auf den anderen, eine Geschichte jagte die nächste. Alle hatten so ihre Probleme mit der Arbeit, mit Kindern und Männern. Besonders mit Männern.

Ich erzählte von Neels und dieser Beatrice. Eigentlich wollte ich das gar nicht, aber nachdem die anderen mir so viel über ihr Leben berichtet hatten, wollte ich ihnen nicht nachstehen. Die drei hatten Verständnis, waren aber der Meinung, dass Männer nun mal so seien. Ich versuchte ihnen Südafrika zu erklären. Versuchte ihnen klarzumachen, dass ich immer noch an die Notwendigkeit glaube, das Apartheidregime zu beenden, und dass Schwarze wie normale Menschen behandelt werden sollten.

Auf dem Weg nach draußen hielt mich Monica am Arm fest. »Wenn du das Gefühl hast, dort bleiben zu müssen, dann tu das«, sagte sie. »Fechte es bis zum Ende aus! Lauf nicht davon!« Ich denke, sie sprach von Südafrika, nicht von Neels. Ob es so weit kommen wird?

Ich glaube, ich weiß noch, was ich mir gestern Abend überlegt habe. Aber jetzt, wo ich nüchtern bin, weiß ich nicht mehr, ob die Idee so gut ist. Hm ... mal sehen.

11. August

In wenigen Stunden landen wir in Kapstadt. Im Osten geht die Sonne über Afrika auf, und ich bin glücklich.

Es ist lange her, dass ich mich so gut gefühlt habe. Letzte Nacht konnte ich nicht schlafen, weil ich nur über diese eine Sache nachgedacht habe.

Aufschreiben kann ich das aber nicht. Ich würde es gern, ich habe mich so sehr daran gewöhnt, meinem Tagebuch alles anzuvertrauen. Ich achte natürlich darauf, es gut zu verstecken. Neels weiß mit Sicherheit nichts von seiner Existenz. Doris und Caroline haben, glaube ich, ein- oder zweimal beobachtet, wie ich hineinschrieb, aber keine von beiden hat etwas dazu gesagt. Das Problem ist, dass man nie hundertprozentig sicher sein kann, ob nicht doch mal jemand reinschaut. Deshalb darf ich nicht die ganze Wahrheit schreiben. Ich würde gern, aber es ist besser, es zu lassen.

Wenn ich zurück in Hondehoek bin, werden Neels, die *Cape Daily Mail* und alles andere mich wieder zermürben, aber im Moment verdränge ich das, strecke die Beine aus, genieße den Sonnenaufgang und lächle.

{16}

In Zürich war Frühsommer, und die Schweizer zollten dem Rechnung: In Hemdsärmeln liefen die Menschen über den Paradeplatz, die Jacke über die Schulter geworfen, erstmals wurden die Sommerkleider ausgeführt. Die Sonne schien durch die Fensterfront der Konditorei und wärmte das blasse, eingefallene Gesicht von Andries Visser. Er trank seinen Kaffee und schaute nach draußen auf den Platz, wo die blauen Straßenbahnen fuhren. Dahinter waren die mächtigen grauen Steinbauten, die die Zentralen der großen Schweizer Privatbanken beherbergten. In dieser Stadt gab es keine glitzernden Wolkenkratzer: Hier war die Macht diskret. Erst vor anderthalb Stunden war das Flugzeug nach einem langen Flug von Johannesburg gelandet; der Husten hatte Visser wach gehalten. Er hatte sich bemüht, ihn bestmöglich zu unterdrücken, um die anderen Passagiere in der Business Class nicht zu stören, aber ihren Mienen am Morgen las er ab, dass er nicht sehr erfolgreich gewesen war.

Wieder hustete er.

»Ist alles in Ordnung, Andries?«, fragte sein Begleiter Dirk du Toit und stopfte die letzten Tortenkrümel in sich hinein. Dirk war ein stämmiger Mann von rund vierzig Jahren mit einem roten Haarschopf, den er auf Bankerart nach hinten gelte. Schließlich arbeitete er bei der United Farmers Bank, der drittgrößten Bank Südafrikas. Sein Vater Martin war dort bis vor fünf Jahren Vorstandsvorsitzender gewesen, aber es bestand kein Grund zu der Annahme, dass du Toits Aufstieg etwas mit Vetternwirtschaft zu tun gehabt hatte. Genauso wenig wie seine Aufnahme in den Laagerbond im Alter von dreißig Jahren oder vor kurzem die Ablösung seines Vaters als Schatzmeister. In Anbetracht der Werte des Laagerbonds trug der Schatzmeister beachtliche Verantwortung. Du Toit war ein tüchtiger Kerl, der seine Aufgabe vorbildlich erledigte.

Visser hustete wieder und schüttelte den Kopf. »Ist nur Raucherhusten. Mein Arzt hat mich davon überzeugt, aufzuhören. Hoffentlich wird's dann besser. Werden wir sehen.«

Tatsächlich hatte ihm sein Arzt bei dem Gespräch Anfang der Woche schlicht und einfach eröffnet, er habe Lungenkrebs. In der nächsten Woche hatte er noch einen Termin für weitere Untersuchungen und eine CT, aber der Arzt war sich seiner Diagnose ziemlich sicher. Lungenkrebs war bösartig. Geringe Überlebenschancen, starke Chemotherapie und Bestrahlung, Schmerzen. Noch immer rang Visser mit der Ungeheuerlichkeit der Nachricht. Er hatte noch niemandem davon erzählt, nicht einmal seiner Frau und schon gar nicht den Mitgliedern des Laagerbonds. Unablässig kehrten seine Gedanken zu seiner eigenen Sterblichkeit zurück. Er fragte sich, was es bedeuten würde, nur noch wenige Monate zu leben, was er mit dieser Zeit anfangen würde, wie er den Mut finden sollte, die Schmerzen zu ertragen. Noch war er zu keinem Schluss gekommen, doch langsam kristallisierte sich heraus, dass der Laagerbond in der ihm noch verbleibenden Zeit eine wichtige Rolle spielen würde.

Visser berührte seinen schmaler gewordenen Bizeps, auf den er sich am Morgen in der Toilette des Flughafens ein Nikotinpflaster geklebt hatte. Es war schwer, sich ohne Zigarette mit diesen Problemen auseinandersetzen zu müssen. Insbesondere, wenn man mit einer Tasse Kaffee in der Sonne saß. Vielleicht sollte er einfach weiterhin fünfzig am Tag rauchen und es gut sein lassen.

Voller Sorge betrachtete du Toit seinen Kollegen. Visser brachte ein Lächeln zustande. Er hatte du Toit immer für einen feinen Jungen gehalten. Vielleicht würde er irgendwann Vorsitzender werden, wenn Visser nicht mehr lebte. Das wäre eine gute Wahl. Der Laagerbond musste von einer neuen Generation geführt werden, nicht mehr von den Dinosauriern aus den Jahren der Apartheid. Die Nation der Afrikaander wäre am Ende, wenn sie sich allein durch die glorreichen Tage von Verwoerd und Vorster definierte.

»Dirk, du weißt ja, dass wir zwei neue Mitglieder brauchen, jetzt, wo Jan und Dawid tot sind.« General Johannes Lessing hatte 1987 bei der Invasion Angolas eine wichtige Rolle gespielt. Er war im Alter von einundachtzig Jahren gestorben. Dawid Roux hatte eine gehobene Position im Außenministerium innegehabt. Wie viele Laagerbonder waren beide wichtige Mitglieder des Staatssicherheitsrats gewesen, des Organs, das in den Achtzigern die antirevolutionären Aktivitäten in Südafrika koordinierte. Der Laagerbond war auf vierundzwanzig Mitglieder beschränkt; wenn ein Mitglied starb, musste ein neues gewählt werden.

»Ich dachte, Freddie Steenkamp hätte einen Kandidaten.«

»Ja, hat er. Paul Styrdom. Ein zuverlässiger Mann mit guten Beziehungen, er wird nächste Woche aufgenommen, aber wüsstest du vielleicht jemanden für den anderen Posten? Jemanden, der eher … vorwärtsgerichtet denkt? Vielleicht jemanden so um Mitte dreißig, der ganz nach oben will?«

Du Toit nickte. »Verstehe. Mal sehen.«

Visser lächelte. »Gut. Ich mache mir Sorgen. Ich möchte, dass der Laagerbond gesund bleibt, damit er in Südafrika noch lange Einfluss nehmen kann. Wenn wir solchen Irren wie Eugene Terre'Blanche mit seiner ganzen Nazisymbolik das Feld überlassen oder den anderen Deppen, die einen dritten Burenkrieg wollen, dann sind wir erledigt. Sicher, das Geld reicht eine Weile, aber wir würden vorgeführt, diskreditiert, vielleicht sogar zerstört werden. Wenn wir hingegen mit unseren Geldern die fördern, die uns in Ruhe lassen, und wenn wir die in Verruf bringen, die uns schaden wollen, dann werden wir etwas erreichen. Dann wird das Volk der Afrikaander weiter in Afrika leben, wo es hingehört.«

»Aber wir machen doch nicht noch einmal so eine Dummheit, oder?«, fragte du Toit.

»Nicht, solange ich da bin«, sagte Visser. »So gern ich Freddie mag und seine Gerissenheit schätze, er hat ein altmodisches Weltbild. Er möchte gern einen Afrikaander-Staat, egal ob in einem Eckchen des Free State oder in Perth oder Argentinien, er will halt irgendwo auf der südlichen Halbkugel einen kleinen Fleck, den wir absperren und bis in alle Ewigkeit für Weiß erklären können. Aber das ist nicht durchführbar, das ist nur ein gefährlicher Traum. Siehst du das nicht auch so, Dirk?«

Du Toit nickte zustimmend. »Wir können vielleicht eine Schlacht gegen die Schwarzen gewinnen, aber einen Krieg werden wir immer verlieren: Die sind achtmal so viele wie wir.«

»Bisher haben wir uns gut gehalten«, sagte Visser. »Zwölf Jahre, und noch hat sich keiner gegen uns gewendet. Aber wir müssen auf der Hut sein. Mit unseren Geldmitteln Einfluss ausüben. Deshalb ist Drommedaris so entscheidend. Und die jetzige Phase ist die Krönung meiner Funktion als Vorsitzender des Laagerbonds. Darauf habe ich all die Jahre hingearbeitet.«

»Apropos«, sagte du Toit mit Blick auf seine Armbanduhr. »Ich glaube, es ist Zeit, den Mann zu treffen, mit dem wir über die Gelder für die Zeitung sprechen wollen.«

»Warte, ich trockne ab!«

»Gern!«

Anne nahm ein Geschirrhandtuch und machte sich an die Frühstücksteller. Es war Samstagmorgen, sie war spät am Vorabend mit ihrer Familie bei Calder eingetroffen. Gemeinsam hatten sie gefrühstückt, dann war William mit den beiden Kindern zum Schwimmen nach Hunstanton gefahren.

»Ich habe nicht gewusst, dass William mitkommt«, sagte Calder. »Ist natürlich kein Problem, aber deine Nachricht klang so, als würdest du allein mit den Kindern kommen.«

»So war es eigentlich auch geplant«, sagte Anne. »William hatte mir gesagt, er müsste das ganze Wochenende arbeiten. Ich war ziemlich sauer und kam auf die Idee, dich mit den Kindern zu besuchen. Du weißt ja, wie gern sie hier sind, und ich wollte auch mal raus. Aber ich muss William zugutehalten, dass die Botschaft bei ihm angekommen ist. Er hat seine Arbeit seinem Teilhaber aufgebrummt und sich entschieden, uns zu begleiten. Da konnte ich nicht Nein sagen.«

»Freut mich, dass er dabei ist«, sagte Calder. »Ist alles okay?« Seine Schwester wirkte müde. Die Falten in ihrem schmalen Gesicht waren tiefer geworden.

Sie seufzte und fuhr sich mit der Hand durch das kurze schwarze Haar. »Ich weiß nicht. Eigentlich nicht, aber was soll ich schon erwarten mit zwei kleinen Kindern und einem Mann, der jede Stunde arbeitet, die Gott ihm schenkt? Es gibt unzählige Ehen, in denen es genauso läuft. Oder noch schlimmer. Wenn ich noch arbeiten würde, wäre das Ganze ein Albtraum.«

»Bereust du nicht, aufgehört zu haben?«

»Doch, schon. Aber ich hatte keine Wahl. Andere Frauen, die super organisiert sind, hätten es vielleicht geschafft, aber du kennst mich ja. Die Familie ist so schon ein permanentes Chaos. Was William nicht gerade gefällt.«

»Als Anwältin musst du doch organisiert gewesen sein.«

»Theoretisch«, grinste Anne. »Aber in Wirklichkeit nicht. Der Clerk of Chambers konnte mich nicht leiden. Ich war nie zur richtigen Zeit am richtigen Ort.« Sie trocknete eine Kaffeetasse ab. »Weiß nicht. Wird schon laufen. Ich bin William dankbar, dass er mitgekommen ist. Solange wir in der Lage sind, aufeinander zuzugehen, schaffen wir es.«

»Hast du was von Vater gehört?«

»Am Donnerstag habe ich mit ihm gesprochen. Und bevor du fragst: Nein, er hat nicht gesagt, er wäre gerade vom Pferderennen nach Hause gekommen.«

»Sorry. Du weißt, dass ich mir Sorgen mache.«

»Ja. Aber wir können nicht viel ausrichten. Er hat wieder von Mrs. Palmer gesprochen.«

»Mrs. Palmer? War die nicht Lehrerin an der High School?«

»Ist sie immer noch. Ihr Mann ist vor zwei Jahren gestorben. Mir ist aufgefallen, dass er sie in letzter Zeit ziemlich oft erwähnt.«

»Du meinst doch nicht …« Calder sah seine Schwester an.

Sie lächelte hintersinnig und zuckte mit den Achseln.

»Das wäre merkwürdig«, sagte Calder.

»Irgendwie schon«, stimmte Anne zu. »Aber ist ja nur eine Vermutung. Warten wir's ab.«

»Hm.« Es war Calder nie in den Sinn gekommen, dass sein Vater noch einmal heiraten könnte. Calders Mutter war vor fast zwanzig Jahren gestorben, und obwohl sein Vater immer wieder auf Dinnerpartys eingeladen wurde, hatte sich nie etwas aus der Kuppelei ergeben. Aber warum sollte sich das nicht einmal ändern? Dr. Calder war in Kelso ein beliebter Arzt, bekannt für sein aufmunterndes Lächeln.

»Wie geht es Todd van Zyl?«, fragte Anne.

»Liegt leider immer noch im Koma.«

»Ist seine Frau zurück in die Staaten geflogen? Ich dachte, sie wohnt bei dir!«

»Sie ist noch in Norfolk. Sie hat sich ein Zimmer im Pub genommen. Schien besser zu sein«, sagte Calder.

»Wir haben sie doch nicht rausgeekelt, oder?«

»O nein. Als ihr klar wurde, dass sie länger hierbleiben muss, fand sie es besser, irgendwo allein zu wohnen.«

Calder war versucht, seiner Schwester von dem Durcheinander mit Kim und Sandy zu erzählen, aber er konnte sich einfach nicht überwinden zu beichten, was er getan hatte. Seine Schwester war nachsichtig, aber *so* nachsichtig nun auch wieder nicht. Das war nicht mal er. Wenn er das Geschehene nur vor sich selbst auch so leicht hätte verbergen können!

Schweigend hatte er Kim zum Parkplatz des Krankenhauses gebracht und ihr Gepäck in den Kofferraum ihres Autos geladen. Sie war in den Pub gefahren, in dem sie ein Zimmer gemietet hatte. Calder hatte auf Donna gewartet.

Irgendwann war die Kunstlehrerin eingetroffen, ebenfalls in einem Mietwagen, und hatte vor dem Krankenhauseingang geparkt. Calder war zu ihr gegangen. Ruhig, aber bestimmt hatte er sie gebeten zu gehen, zurück nach Amerika zu fliegen. Anfangs hatte sie Einwände gehabt, dann gefleht, schließlich war sie in Tränen ausgebrochen, aber Calder war hart geblieben. Er erklärte Donna, Kim könne darauf bestehen, dass das Krankenhaus ihr den Zugang zu Todd verweigere. Er ließ sich ihre Telefonnummer geben und versprach, sie anzurufen, wenn sich Todds Zustand entscheidend veränderte, in welche Richtung auch immer. Calder stellte fest, dass seine Wut auf sie nachgelassen hatte. Wie konnte er dieser Frau etwas vorwerfen nach dem, was er mit Kim getan hatte?

»Ich kann mir nicht vorstellen, was wäre, wenn William so etwas passieren würde«, fuhr Anne fort. »Das muss schrecklich sein für Kim. Hast du schon mehr darüber herausfinden können, was mit der Mutter passiert ist? Die damals ermordet wurde?«

»Noch nicht«, sagte Calder. »Aber wir haben noch nicht aufgegeben.«

»Wäre mir lieber.«

»Was?«

»Wenn du aufgeben würdest.«

»Warum?«

»Weil es zu gefährlich ist.«

»Ich stelle doch nur Fragen.«

Anne schnaubte verächtlich. »Das hast du beim letzten Mal auch gesagt, und dann bist du fast dabei draufgegangen. Wenn die van Zyls wirklich Feinde haben, dann sind es einflussreiche Feinde, und du solltest sie besser in Ruhe lassen.«

»Immerhin schön zu wissen, dass sich meine kleine Schwester um mich sorgt«, sagte Calder.

Anne schlug mit dem Geschirrhandtuch nach ihm. »Einer muss es ja tun.«

Calder nahm sich ebenfalls ein Tuch und schlug zurück. Anne drückte ihn gegen die Wand und hob drohend das Knie.

»Na, das ist aber ein fieser Trick«, klagte Calder. »Du hast schon mal großen Ärger deswegen gekriegt.«

»Nur weil du heulend zu Mum gelaufen bist. Waschlappen!«

»He, pass auf!« Calder schoss an ihr vorbei und drehte das heiße Wasser ab, das über den Rand der Schüssel quoll.

Schweigend machten sie sich weiter über den Abwasch her. Dann öffnete Anne die Schranktüren.

»Was suchst du?«, fragte Calder.

»Butter, Zucker, Eier, Mehl und Backpulver. Cranberrysaft. Phoebe will unbedingt einen Kuchen für dich backen, wenn sie zurückkommt.«

»Cranberrysaft?«

»Ja. Phoebe ist überzeugt, dass der Kuchen damit besser schmeckt.«

»Also, ich habe Eier, Zucker und ein bisschen Butter. Wahrscheinlich nicht genug. Cranberrysaft und Mehl – Fehlanzeige. Gibt es vielleicht im Dorfladen.«

Anne schloss die Schranktüren. »Ich fahr mal hin. Scheiße. William hat ja unser Auto.«

»Du kannst meins nehmen«, sagte Calder.

»Was, deinen Maserati?« Annes Augen leuchteten.

»Klar«, sagte Calder.

»Geht das denn in Ordnung mit der Versicherung?«

Calder zuckte mit den Achseln. »Ist ja nur ins Dorf und zurück. Pass bloß auf, dass du nicht zu viel Gas gibst. Die Maschine reagiert ziemlich heftig.«

»Ich bin vorsichtig«, versicherte Anne grinsend.

Calder warf ihr die Schlüssel zu, sie nahm ihre Tasche vom Stuhl und verließ das Haus.

Calder packte den Rest vom Frühstück weg. Konnte er Anne seinen Maserati anvertrauen? Wie viel Schaden sollte sie auf der Straße nach Hanham Staithe schon anrichten?

Er hörte das vertraute Geräusch, als direkt vor dem Küchenfenster die Fahrertür geöffnet wurde.

Stille.

Dann zerschlug eine gewaltige Explosion das Fenster und zerriss Calders Leben.

In jenem Moment schloss Colonel Kobus Moolman seinen Sitzgurt, und der Kapitän des EasyJet-Flugs von Stansted nach Amsterdam-Schiphol verkündete, sie würden in zehn Minuten landen.

[17]

Sie war nicht tot. Wie durch ein Wunder hatte Anne überlebt.

Calder lief nach draußen, zum brennenden Wrack seines Autos. Überall auf der Straße und im Vorgarten lagen Metallteile. Zuerst dachte er, seine Schwester sei im Wagen. Er überlegte, ob er in die Flammen tauchen und sie herausziehen solle, aber das war sinnlos. Schnell schaute er sich um. Die Wagentür war auf der Hecke am Straßenrand gelandet. Auf dem Feld nebenan lag ungefähr zwanzig Meter entfernt ein Bündel Mensch.

Calder sprang über den Zaun und lief hinüber. Es war Anne, und sie lebte. Ihre Augen flackerten unruhig hin und her. Die untere Hälfte ihres Körpers war zerfetzt, ihre Beine standen in einem seltsamen Winkel vom Körper ab, ihr Gesicht war blutverschmiert, die Kleidung zerrissen. Aber sie lebte.

Ihre Augen richteten sich auf ihn, ihre Lippen bewegten sich. »Alex?«

»Ja? Ja, Annie, ich bin da.«

»Was ist passiert?«

»Ich weiß es nicht«, sagte er, obwohl das nicht stimmte.

»Meine Beine … tun so weh.«

»Ganz ruhig! Ich rufe den Krankenwagen. Bin gleich wieder da.«

»Warte!« Es war nicht mehr als ein Flüstern, aber es war eindringlich. Calder gehorchte. »Phoebe. Robbie. Kümmer dich um sie. William wird Hilfe brauchen.«

»Du wirst dich selbst um sie kümmern können, wenn wir dich erst mal ins Krankenhaus gebracht haben«, sagte Calder verständnislos.

Anne runzelte die Stirn. Sie wollte sprechen, aber es kam nichts heraus. Sie schüttelte den Kopf. Calder erkannte seinen Fehler. »Natürlich kümmere ich mich um sie, Annie. Natürlich.«

Seine Schwester entspannte sich und schloss die Augen.

Calder lief ins Haus und rief den Krankenwagen. Er holte mehrere Handtücher, um das Blut zu stillen. Neben seiner Schwester saß er auf dem Feld, ihren Kopf in seinem Schoß, und wartete auf die Sanitäter. Mit reiner Willenskraft wollte er seine Schwester zum Leben zwingen, er betete um ihr Leben, während ihr warmes Blut seine Kleidung tränkte und ihm auf die Haut sickerte.

An die nächsten Stunden konnte er sich nur nebelhaft erinnern. In einem Taxi aus dem Dorf folgte er dem Krankenwagen und rief William auf dem Handy an, dass er ins Krankenhaus kommen solle. Anne wurde sofort in den OP gebracht.

Sie saßen in dem kleinen Wartezimmer, in dem Calder auch mit Kim gewartet hatte, als Todd eingeliefert worden war. William war völlig durch den Wind, die Kinder ebenfalls. Niemand wusste, ob Anne überleben würde. Dann begann William, Calder Vorwürfe zu machen. Er war ein untersetzter Mann von Mitte dreißig mit schütterem Haar, frühzeitig gealtert. Normalerweise hatte er eine freundliche, zurückhaltende, etwas tumbe Art. Jetzt jedoch nicht.

»Du weißt ja wohl, dass die Bombe für dich bestimmt war!«, begann er.

Calder nickte.

»Und warum hast du dann nicht in der Karre gesessen?«, rief William.

»Anne wollte Zutaten zum Backen aus dem Dorf holen«, erwiderte Calder.

»Warum bist du nicht selbst gefahren?«

»Ich habe ihr das Auto geliehen.«

»Du hättest selbst fahren müssen.«

»Ich wusste doch nicht, dass so etwas passieren würde, William«, sagte Calder ruhig.

William lief im Raum auf und ab, fuhr sich immer wieder mit den Fingern durch das spärliche Haar. Die beiden Kinder beobachteten ihren Vater mit vor Angst weit aufgerissenen Augen. Calder saß zusammengesunken neben ihnen auf dem Stuhl. In der Ecke lief leise ein Fernseher. Calder stand auf und schaltete ihn ab.

»Das war kein Zufall, Alex, das weißt du ganz genau«, sagte William. »Es gibt einen Grund dafür, dass jemand die Bombe gelegt hat, oder?«

Calder holte tief Luft. »Ich denke, ja.«

»Und was ist das? Hä? Hat es vielleicht irgendwas mit dieser Van-Zyl-Scheiße zu tun?«

»Wahrscheinlich«, gab Calder zu.

»Wahrscheinlich? Ganz bestimmt! Natürlich hat das was damit zu tun, verdammt noch mal!« William bückte sich, um auf Augenhöhe mit Calder zu sein. Speichel stand ihm auf den Lippen. »Hast du überhaupt eine Ahnung, dass deine Schwester ihr halbes Leben lang krank vor Sorge ist, dass dir irgendwas zustoßen könnte? In einem dieser verfluchten mickrigen Flugzeuge oder wenn du dich ungefragt mit Verbrechern anlegst? Na, sieht ganz so aus, als hätte sie recht gehabt, was? Nur dass nicht du wegen deiner blödsinnigen Spielchen in die Luft geflogen bist. Leider hat es sie getroffen.« Er richtete sich wieder auf, Tränen liefen ihm die Wangen hinunter. Das gab den Ausschlag für Phoebe, selbst leise vor sich hin zu weinen. Robbie mit seinen vier Jahren schob das Kinn vor und blickte von seinem Vater zum Onkel und zurück. Noch verstanden die beiden nicht so ganz, was mit ihrer Mutter geschehen war.

»Ich wusste doch nicht, dass sie in Gefahr war«, sagte Calder ruhig. »Wenn ich das gewusst hätte –«

»Hättest du doch trotzdem weitergemacht!«, schrie William. »Du machst mich krank!«

Eine Frau fasste William am Ellenbogen. Es war Kim. Neben ihr stand eine besorgte Krankenschwester, die Kim offenbar aus Todds Zimmer geholt hatte.

»William?«, fragte sie vorsichtig.

William drehte den Kopf zu ihr. Er blinzelte.

»William, ich bin Kim van Zyl. Ich bin eine Freundin von Alex. Mein Mann liegt auch hier im Krankenhaus. Es tut mir sehr leid, was mit Ihrer Frau passiert ist.«

William öffnete den Mund, als wolle er auch Kim beschimpfen, aber ihr warmes, mitfühlendes, beruhigendes Lächeln ließ ihn innehalten.

»Sollen Alex und ich mit den Kindern nach unten in die Cafeteria etwas trinken gehen?«, schlug sie vor. »Vielleicht ist es besser, eine Weile allein zu sein. In einer halben Stunde sind wir zurück.«

William schaute Phoebe, Robbie und Kim an und nickte.

»Alles in Ordnung?«, fragte Kim, als sie mit Calder und den beiden Kindern an der Hand den Flur entlanglief.

»Körperlich schon«, sagte Calder. »Aber William hat recht. Er hat absolut recht. Es war meine Schuld. Zuerst Todd und jetzt Annie.«

»Hey, das mit Todd war nicht deine Schuld«, sagte Kim streng. »Und du konntest nicht wissen, dass in deinem Auto eine Bombe deponiert war. Wenn jemand Schuldgefühle haben muss, dann nur ich, weil ich dich in diese Sache reingezogen habe.«

»Eigentlich sollte es mich treffen«, sagte Calder. »Die Bombe war für mich bestimmt. Wäre mir auch lieber gewesen.«

Kim legte ihre freie Hand auf Calders Arm. Die andere hielt Phoebe fest umklammert.

Sie holten für jedes Kind eine Tasse heißer Schokolade. Dann kamen ein Mann und eine Frau auf sie zu: Detective Inspector

Banks und Constable Wardle. Sie führten Calder an einen anderen Tisch und stellten ihm Fragen.

Zuerst beantwortete Calder sie teilnahmslos. Er erklärte, wo der Wagen gestanden hatte, dass er ihm gehörte, dass er seiner Schwester vorgeschlagen hatte, damit ins Dorf zu fahren. Dann stellte DI Banks die wesentliche Frage: Ob er eine Vorstellung habe, wer die Bombe gelegt haben könne?

»Es muss derselbe gewesen sein, der die Bombe in der Yak deponiert hat, oder?«, fragte Calder zurück.

»Da sind wir noch nicht sicher«, sagte Banks. »Zuerst müssen unsere Rechtsmediziner einen Blick auf die Beweismittel werfen.«

Calder schaute sie an. »Ja«, sagte er. »Ja, ich weiß, wer meine Schwester auf dem Gewissen hat. Zumindest weiß ich, wer es angeordnet hat, auch wenn derjenige die Bombe nicht persönlich deponiert hat.«

Aufmerksam musterten Inspector Banks' grünbraune Augen Calders Gesicht. »Und?«

Calder hielt inne und ließ es sich noch einmal durch den Kopf gehen. Aber es gab eigentlich nicht mehr viel zu überlegen. »Cornelius van Zyl. Oder sein Sohn Edwin. Oder beide gemeinsam.«

Banks kniff die Augen zusammen. »Haben Sie Beweise dafür?«

»Die werden Sie schon finden«, sagte Calder. »Das ist ja Ihr Job. Und beeilen Sie sich, damit nicht noch jemand in die Luft fliegt.«

Banks lächelte voller Mitgefühl. »Stimmt, das ist unser Job, und wir machen ihn auch. Aber es würde uns helfen, wenn Sie uns sagen könnten, warum Sie so sicher sind, dass Cornelius van Zyl dahintersteckt.«

Und so erzählte Calder ihr von dem Abendessen mit der Familie van Zyl und von Cornelius' heftigem Einspruch, als Kim den Wunsch äußerte, herauszufinden, was damals mit Martha van Zyl geschehen war.

Banks lauschte. Wardle machte sich Notizen. Anschließend gingen sie zurück an den anderen Tisch, wo Kim leise mit den Kindern sprach. Während die Polizeibeamten Kim befragten, tat Calder sein Bestes, Phoebe und Robbie zu unterhalten, doch in Gedanken war er bei seiner Schwester, die im OP um ihr Leben kämpfte.

Calder hielt es den ganzen Tag lang kaum aus. Am Nachmittag wurde Anne aus dem OP auf die Intensivstation verlegt. Die Ärzte sprachen mit William, nicht mit Calder, deshalb erfuhr er keine Einzelheiten. Nur zweierlei war klar: Anne würde überleben, aber ihr linkes Bein war über dem Knie amputiert worden. Man wusste noch nicht, ob das rechte ebenfalls abgenommen werden müsste.

Calder fand die Stimmung im Krankenhaus unerträglich. Zum einen lag es an Williams Feindseligkeit, zum anderen an dem Gefühl, absolut hilflos zu sein. Er konnte nichts anderes tun, als Ärzten und Schwestern dumme Fragen zu stellen. Aber am schlimmsten war das Schuldgefühl.

Er beschloss zu fahren. Kim erbot sich, ihn zu begleiten, aber Calder sagte, das würde alles nur noch schlimmer machen. Sie war beleidigt. Calder wusste, dass sie ihm das Angebot aus lauteren Beweggründen gemacht hatte, aber ihm war ebenfalls klar, dass er sich nur noch schuldiger fühlen würde, wenn er weiterhin so viel Zeit mit ihr verbrachte. Er hatte seinen Vater angerufen, daran führte kein Weg vorbei. Calder hatte ihm erklärt, dass Annes Verletzungen von einem Bombenattentat stammten, nicht von einem Unfall. Sein Vater sagte, er würde am nächsten Morgen im Krankenhaus sein. Das machte es Calder nicht gerade leichter.

Mit einem Taxi fuhr er vom Krankenhaus nach Hause. Polizeiband war um sein Haus gespannt; Männer und Frauen in weißer Schutzkleidung untersuchten das Wrack des verkohlten Maserati. Calder wurde klar, wie viel Glück Anne gehabt hatte, von der Druckwelle fortgeschleudert worden zu sein. Es sah aus, als hätte sie die Tür offen gelassen, als sie den Motor zündete, möglicherweise wollte sie Calder noch fragen, wie dieses oder jenes funktionierte. Es war ein Wunder. Hätte sie sich angeschnallt und die Tür geschlossen, wäre sie in Stücke gerissen worden.

Ein Polizist führte Calder über einen markierten Weg zur Haustür, ein anderer bat ihn um Erlaubnis, sich drinnen und draußen alles gründlich anzusehen. Calder wollte allein sein. Und er brauchte etwas zu trinken. Die Karaffe mit Whisky war leer, aber er fand eine Flasche im Schrank: zwölf Jahre alten Laphroaig, den sein Vater ihm zum letzten Geburtstag geschenkt hatte. Auf das mitleidige Lächeln des Polizisten, der den Tatort bewachte, reagierte Calder mit einem knappen Nicken. Dann ging er, die Flasche in der rechten Hand, nach draußen.

Er marschierte schnell. Es war zwar Mai, und die Sonne hatte tagsüber geschienen, aber von Osten hatte den ganzen Tag ein kalter Wind geweht, der die Luft abkühlte. Strammen Schrittes marschierte Calder über den Pfad zum Meer, die Blicke der anderen Spaziergänger ignorierend. Er steuerte auf eine abgelegene Senke in der Nähe der Bucht zu, die vom Pfad aus nicht einsehbar war. Der Whisky brannte in seiner Kehle und kurz darauf in seinem leeren Magen. Der Schmerz tat gut. Calder trank noch einen Schluck.

Er atmete mehrmals tief durch und blickte über die Bucht zum Meer. Er wollte den Kopf frei bekommen, sich wieder im Griff haben, das Chaos in seinem Kopf unter Kontrolle bringen. Calder konzentrierte sich auf ein einsames Segelboot in einer halben Meile Entfernung, das gerade um die Landzunge gefahren war und nun auf die große Bucht von Hanham Staithe zusteuerte. Der Wind hatte nachgelassen, das Boot – eine Ketsch mit braunem Segel – kam nur langsam voran. Im Sand vor Calder huschten kleine Vögel zwischen den Muscheln umher. Um ihn herum herrschte ein wildes Zwitschern und Tschilpen, gelegentlich hörte er den klaren Ruf eines Brachvogels, den er jedoch nicht entdecken konnte. Wenige Meter vom Ufer entfernt zog sich ein Band weißen Schaums entlang. Nach mehrmaligem Hinsehen erkannte Calder, dass es winzige weiße Krebse waren, Tausende, vielleicht Millionen, alle tot. Ein Festmahl für die Vögel!

Anne ohne Beine. Nein! Noch ein Schluck Whisky. Blick auf die Landzunge, eigentlich eine Insel aus Gras und Sand, die bei Flut vom Festland abgeschnitten war. Das Segelboot kam jetzt schneller voran, würde aber noch einmal wenden müssen, um die Einfahrt zur Bucht zu erwischen. Calder spürte die Luft auf seinen Wangen, der Wind hatte wieder aufgefrischt. Das Segelboot gewann an Fahrt.

Anne ohne Beine. Annes Gesicht, blutig, verwundet, schmerzverzerrt. Williams Gesicht, voller Feindseligkeit, nein, voller Hass.

Noch ein Schluck Whisky.

Ob Anne ihn jetzt auch hassen würde? Würde sie ihm je vergeben? Würde William mit zwei lebhaften Kindern und einer behinderten Frau zurechtkommen? Er würde seine Arbeit aufgeben müssen. Hatten sie genug Geld? Würde ihre Ehe das aushalten?

Die weinende Phoebe. Der tapfere Robin.

Noch ein Schluck Whisky.

Williams Vorwürfe. Von der Logik her wusste Calder, dass sein Schwager Blödsinn redete. Es war reines Pech, dass Anne in den Maserati gestiegen war und nicht er. Aber das meinte William eigentlich gar nicht. Er wollte darauf hinaus, dass Calder gedankenlose Risiken einging. Dass er, wenn er sich selbst verletzte, auch seiner Familie wehtat. Aber diesmal hatte seine Schwester den Schaden davongetragen, und das war für William unverzeihlich. Calder hatte schon immer riskant gelebt: ob als kleiner Junge beim Klettern, ob er sich mit dem Kopf voran auf dem Rugbyfeld ins Getümmel stürzte, ob er bei der RAF Tornados flog, Millionen an der Börse aufs Spiel setzte oder ... oder was? Oder ob er den van Zyls unangenehme Fragen stellte.

Konnte Calder sich selbst vergeben? Er wusste es nicht. Noch ein Schluck Whisky.

Vor einigen Tagen noch war alles in Ordnung gewesen. Sicherlich war die Notlandung mit der Yak eine schreckliche Erfahrung gewesen, aber das hatte er verarbeiten können. Todds Verletzung war schlimm, aber Calder hatte sich selbst einreden können, daran nicht schuld zu sein. Er kam gut mit schwierigen Situationen zurecht.

Aber jetzt, jetzt wurde ihm alles zu viel. Plötzlich wusste er das.

Er konnte nicht schönreden, was er mit Kim getan hatte. Dafür gab es vielleicht Erklärungsversuche, aber keine Rechtfertigung. Er ärgerte sich, so schwach gewesen zu sein. Zu einem sexbesessenen, egoistischen, gefühllosen Schwein geworden zu sein, das mit der Frau eines Mannes schlief, der im Koma lag. Was für ein Mensch würde so etwas tun? Und es war nicht mehr zu ändern, er konnte es nicht ungeschehen machen, sich nicht entschuldigen oder es verdrängen. Höchstwahrscheinlich würde Todd es niemals erfahren, aber Calder wusste es. Und zwar für den Rest seines Lebens.

Noch ein Schluck Whisky. Ein großer Schluck, der in seinem rauen Hals kratzte. Der Schmerz tat gut.

Mit Kim geschlafen zu haben, das war es, was seinen Selbstschutz untergraben hatte, was seine Fähigkeit geschmälert hatte, mit Annes Schicksal umzugehen.

Wie gern er jetzt mit jemandem darüber gesprochen hätte! Sandy. Kim. Anne. Alles nicht möglich. Seinen alten Freunden aus der City hatte er sich entfremdet, und obwohl er in Norfolk neue gefunden hatte, stand ihm keiner von denen nahe genug, als dass er sich bei ihnen hätte ausweinen können. Er vermisste seine Mutter. Wie alt wäre sie jetzt? Vierundsechzig.

Wenn sie noch leben würde. Sie würde für ihn da sein, für Annie und ihn.

Mit der Faust schlug Calder in den Sand. Natürlich war seine Mutter tot! Und zwar, weil er den Schulbus verpasst hatte und sie zu schnell über die Landstraße gefahren war, um ihn abzuholen. Und dann war der Unfall passiert. Calder hatte schon so oft über seine Rolle in dieser Tragödie nachgedacht, dass er es sich wirklich schenken konnte. Nicht jetzt.

Aber genau das war der Punkt. Er bildete sich ein, ein harter Kerl zu sein, jemand, der unter Druck schwierige Entscheidungen traf, der Risiken einging und bestand, der sein eigenes Schicksal in die Hand nahm. Doch so war er gar nicht; er war ein rücksichtsloser Spinner, der allen ihm Nahestehenden das Leben verdarb.

Morgen würde sein Vater kommen. Von allen Menschen, mit denen Calder möglicherweise sprechen konnte, um sich über seine Situation etwas klarer zu werden, war sein Vater der letzte. Seit dem Tod der Mutter war die Beziehung zwischen Vater und Sohn eingefroren. Der Arzt ließ keine Gelegenheit aus, die Entscheidungen seines Sohnes zu kritisieren, egal ob es um das Studium an irgendeiner Universität ging, um seine Tätigkeit an der Börse oder um die Wahl seiner Freundin. Dass Calder die Spielsucht des alten Mannes entdeckt hatte, war ihrer Beziehung nicht unbedingt zuträglich gewesen. Die Kritik seines Vaters tat immer weh, aber morgen ... Calder wusste nicht, ob er sie morgen aushalten würde. Er wusste nicht mal, wie er den nächsten Tag überstehen sollte.

Noch ein Schluck Whisky. Der Schmerz war jetzt betäubt. Die Krebse sah er nur noch verschwommen. Calder brauchte einige Sekunden, bis er das Segelboot fand, das jetzt in die Bucht einfuhr.

Wenigstens würde sich die Polizei Cornelius holen.

Der Schlüssel zu der ganzen Geschichte war Martha van Zyls Tod im Jahr 1988. Todd hatte unbequeme Fragen dazu gestellt und war beinahe umgebracht worden. Dann hatten Kim und Calder sich hinter die Geschichte geklemmt, und Calder war ebenfalls beinahe ums Leben gekommen. Ihm war klar, wer hinter alldem steckte: Cornelius, vielleicht unterstützt von dieser falschen Schlange Edwin. Calder wusste nur sehr wenig über Südafrika und Südafrikaner, aber ihm war durchaus bekannt, dass es ein Land voller Gewalt war und Buren wie Cornelius größtenteils für diese Gewalt verantwortlich waren.

Calder grinste. Mit Freude würde er Cornelius' Prozess beiwohnen.

Dann kam ihm ein Gedanke. Wäre die Polizei überhaupt imstande, Cornelius vor Gericht zu bringen? Der Mann war wohlhabend, einflussreich, intelligent und durchaus in der Lage, Menschen zu bezahlen, die die schmutzige Arbeit für ihn erledigten, Profis, die ihre Distanz zu ihm und zu ihrem eigenen Handwerk wahrten. Es würde schwer werden für die Polizei, die notwendigen Beweise zu finden, um Cornelius für die beiden Verbrechen anklagen zu können. Man würde die Explosionen einem unbekannten Attentäter zuschreiben und dann dessen Kontakt zu Cornelius oder Edwin nachweisen müssen. Der Mörder konnte jeder sein: ein Amerikaner, ein Südafrikaner, ein Londoner. Detective Inspector Banks machte einen cleveren Eindruck, aber sie war nicht wirklich gerissen. Die Polizei würde Cornelius vernehmen, und der würde einen hervorragenden Anwalt mit seiner Verteidigung beauftragen, der ihm wiederum raten würde, so wenig wie möglich zu sagen. Calders Lächeln verschwand, als ihm klar wurde, dass Cornelius unbehelligt davonkommen würde.

Wut stieg in ihm hoch. Da saß er hier und machte sich Vorwürfe wegen Todds und Annes Verletzungen, während er genau wusste, wer dafür verantwortlich war. Und dieser Mann würde ungestraft davonkommen. Klar, Calder konnte Cornelius nicht die Schuld an dem geben, was er und Kim getan hatten, damit würde er einfach leben müssen, aber alles andere … dahinter steckte dieser alte Mann. Und er, Alex Calder, würde den Rest des Lebens dafür büßen müssen. Und nicht nur er: Anne, William, Phoebe, Robbie, Todd und Kim ebenfalls.

Noch ein Schluck Whisky.

Die Sonne sank dem Horizont entgegen. Der nächste Tag würde kommen, unvermeidlich. Ein schrecklicher Tag, der erste von vielen scheußlichen, unvorstellbar grässlichen Tagen in der Zukunft, Tage, an denen Calder hilflos würde zusehen müssen, wie Cornelius seine Übernahmen ausheckte und Millionen scheffelte. Calder konnte den Gedanken an die Zukunft nicht ertragen. Er konnte diese Untätigkeit nicht mehr aushalten.

Er rappelte sich auf. Das Meer und die Marsch drehten sich. Er machte einen unsicheren Schritt nach vorn und konzentrierte sich auf den Hang oberhalb seines Hauses, versuchte die Landschaft mit reiner Willenskraft zu zwingen, sich nicht zu bewegen. Dann holte er sein Handy hervor und rief Alfie an, das örtliche Ein-Mann-Taxiunternehmen. Ob Alfie ihn wohl an seinem Cottage abholen und nach King's Lynn zum Bahnhof bringen könne.

•••

Im Zug kaufte Calder zwei Literflaschen Wasser, um wieder nüchtern zu werden. Er versuchte, wach zu bleiben, aber das funktionierte nicht. Er bekam mit, wie der Zug Cambridge verließ, aber er wachte erst wieder auf, als der Zug in King's Cross ruckartig zum Stehen kam.

Calder ignorierte die tadelnden Blicke der Mitreisenden und stolperte vom Zug auf den Bahnsteig. Inzwischen war es dunkel. Er merkte, dass er Kopfschmerzen bekam, aber was schlimmer war: Seine Entschlossenheit schwand. In der Laphroaig-Flasche, die er in eine Plastiktüte gewickelt hatte, war noch ein kleiner Rest Whisky, dennoch torkelte Calder in einen Laden am Bahnhof und kaufte einen Flachmann White Horse. Er suchte sich eine ruhige Ecke und trank einen Schluck. Der Whisky wirkte – er machte ihm Mut, sein Vorhaben durchzuführen.

Calder bahnte sich seinen Weg zu den Taxis und las dem Fahrer langsam und bedächtig van Zyls Adresse vor. Es war nicht weit bis zum Regent's Park, der Fahrer ließ Calder vor einer Reihe edler beigefarbener, stuckverzierter Häuser mit eindrucksvollen Säulen links und rechts des Eingangs heraus. Blinzelnd starrte Calder auf die Nummern, fand das richtige Haus und näherte sich mit unsicheren Schritten der Tür. Von einem Bewegungsmelder ausgelöst, sprang das Licht an. Calder drückte auf die Klingel. Kurz darauf wurde die Tür geöffnet, und van Zyl schaute ihn überrascht an.

»Alex?«

»Kann ich reinkommen?«

»Sicher.« Van Zyl trat einen Schritt zurück und führte Calder durch den Flur in einen Salon. »Ist etwas passiert? Mit Todd? Oder mit Kim?«

»Nein«, sagte Calder.

»Möchten Sie sich setzen?«

»Nein«, wiederholte Calder.

Argwöhnisch musterte van Zyl ihn. »Sie haben etwas getrunken«, sagte er.

»Meine Schwester wurde heute in die Luft gesprengt.«

»O Gott!«, sagte van Zyl. »Das ist ja schrecklich. Ist sie ...?«

»Sie lebt«, sagte Calder. »Aber sie hat ein Bein verloren. Das andere muss vielleicht auch noch ab.«

»O Gott! Setzen Sie sich doch.« Van Zyl wies auf einen Stuhl. Calder ignorierte das Angebot.

»Möchten Sie nicht wissen, wie es passiert ist?«, fragte Calder.

»Doch ... ja. Wie um alles in der Welt kam es dazu?«

»In meinem Auto wurde eine Bombe deponiert. Eigentlich war sie für mich bestimmt. Damit ich keine Fragen mehr stelle. Nach Ihrer Frau.«

»Was?«

»So, wie auch die Bombe in der Yak versteckt wurde, als ich mit Todd flog. Damit er keine Fragen mehr über Ihre verstorbene Frau stellen kann.«

»Sind Sie da ganz sicher?«

»Ob ich mir sicher bin?« Calder lachte höhnisch. »Und wie! Sie etwa nicht?«

»Setzen Sie sich doch bitte!«, wiederholte van Zyl.

»Ich weiß nämlich, dass Sie jemanden beauftragt haben, die Bombe in der Yak zu verstecken. Und im Maserati.«

»Was? Glauben Sie wirklich, dass ich meinen eigenen Sohn umbringen würde?«

»Ich habe es schon der Polizei erzählt«, fuhr Calder fort.

Van Zyl riss sich zusammen und stand auf. »Das war richtig, Alex. Die Polizei wird morgen früh bestimmt mit mir sprechen wollen. Das mit Ihrer Schwester tut mir wirklich leid, aber jetzt gehen Sie besser.«

Calder merkte, dass van Zyl mit der linken Hand ein Zeichen gab. Er drehte sich um und sah eine ängstlich wirkende Frau im Nachthemd in der Tür stehen: Jessica Montgomery, die dritte Mrs. van Zyl. Calder kannte sie von Zeitungsfotos. Sie musste Mitte fünfzig sein, groß, schlank, blond, so dünn, dass es fast nicht mehr attraktiv war.

»Schon gut, Schatz«, sagte van Zyl. »Ich komme schon klar.«

»Oh, und wie Sie klarkommen«, höhnte Calder. »Wenn die Polizei Ihnen höfliche Fragen stellt, dann werden Sie sie beantworten. Aber wenn die Fragen unbequem werden, nehmen Sie sich einen Anwalt. Die Polizei wird Sie nicht verhaften können, weil Sie einfach zu gerissen sind und man Ihnen nichts nachweisen kann.«

»Ich versichere Ihnen, dass ich ohne Einschränkung mit der Polizei zusammenarbeiten werde. Ich möchte genau wie Sie wissen, wer Ihre Schwester verletzt hat.«

»Ha!«, schnaubte Calder verächtlich. Er hatte einen Plan, war dazu aber fast schon zu betrunken. Obwohl Mitte siebzig, war Cornelius van Zyl noch immer groß, stark und auf der Hut. Wenn Calder zu einem Schlag ausholte, würde van Zyl ihn abblocken, und Calder wäre umsonst hergekommen. Er konzentrierte sich auf van Zyls Kinn, fixierte es. Im Moment stand er sicher. Es musste schnell gehen.

»Alex …« Van Zyl machte einen halben Schritt nach vorn und wollte Calder die Hand auf die Schulter legen. Calder schlug zu, schnell und präzise. Er traf van Zyl direkt am Kinn. Er wankte zwei Schritte zurück. Calder holte erneut aus, einmal, zweimal. Van Zyl sackte zu Boden, Calder trat dem alten Mann in die Rippen. Mrs. van Zyl schrie laut und zerrte an Calders Arm. Er schüttelte die Frau ab. Van Zyl stöhnte. Calder trat abermals zu. Dann traf etwas Großes, Schweres seinen Kopf. Taumelnd sah er sich um. Jessica Montgomery holte aus, um ihm ein zweites Mal mit der Tischlampe auf den Kopf zu schlagen. Calder hob abwehrend den Arm, die Lampe streifte seine Schulter und seinen Schädel. Er fiel hin. Dann konzentrierte er sich darauf, bei Bewusstsein zu bleiben.

Cornelius van Zyl rappelte sich wieder auf und rieb sich das Kinn. »Lass das, Schatz«, sagte er zu seiner Frau, als sie zum Telefon griff.

Sie ignorierte ihn.

Van Zyl half Calder auf. Das Zimmer drehte sich. Er konnte van Zyl erst wieder schlagen, wenn der Raum stillstand.

»Hören Sie, Alex«, sagte van Zyl und legte Calder die Hand auf die Schulter. »Die Polizei ist jeden Moment hier. Verschwinden Sie durch die Tür da, und laufen Sie! Egal, wohin. Laufen Sie einfach!«

»Du kannst ihn doch nicht gehen lassen!«, rief Jessica empört.

Van Zyl hob die Plastiktüte auf, mit der Calder gekommen war, drückte sie ihm in die Hand, drehte ihn zur Tür und schob ihn durch den Flur und die Eingangstür nach draußen. »Los!«

Calder sah sich zum Haus um, dann schaute er auf das Tor zur Straße und rannte los.

Er hörte eine Sirene. Er lief schneller, um eine Ecke, um die nächste. Das Laufen fühlte sich gut an – die weit ausholenden Beine, das durch seinen Körper rauschende Blut, das pochende Herz in seiner Brust. Doch plötzlich rebellierte sein Magen, Calder blieb stehen und übergab sich. Dann wischte er sich den Mund ab und trottete weiter. Bald stellte er fest, dass er sich im Gewirr kleiner Gassen hinter der Euston Station befand. Er verlangsamte und taumelte weiter. Keine Sirene mehr. Keine Polizei.

Was hatte er getan? Er hatte Cornelius van Zyl geschlagen. Das war gut. Das war sehr gut. Aber es hatte nichts geändert. Der nächste Tag würde dennoch kommen, schon lag er auf der Lauer und wartete auf Calder.

Er hielt inne, trank den letzten Schluck Laphroaig und warf die Flasche fort. Dann leerte er den White Horse.

Er ging weiter. Es war noch immer Samstag. Es war ein sehr, sehr langer Samstag gewesen. Die Straßen waren voller Menschen, viele betrunken wie Calder. Ihm war es egal, wohin er lief.

Sandy. Sandy war irgendwo in London, das wusste er. Im Howard Hotel, genau. Das Howard Hotel. Unten am Fluss in der Nähe von The Strand.

Calder taumelte weiter. Er wusste nicht, wie lange er brauchte oder wie er sich in den einst vertrauten Straßen Londons zurechtfand, aber schließlich stand er auf der Treppe des Howard. Aus unerfindlichen Gründen hatte es ein weißes Schweizer Kreuz über der Tür bekommen, seit er zum letzten Mal dort gewesen war. Es war spät. Der Portier wollte ihn nicht hereinlassen. Calder sagte, er sei mit einem Gast verabredet, und der Portier begleitete ihn letztlich widerwillig zur Rezeption. Unter großer Anstrengung gelang es ihm, halbwegs nüchtern zu wirken, sodass er den Mann an der Rezeption dazu bewegen konnte, im Computer nachzusehen.

»Miss Waterhouse hat vor zwei Tagen ausgecheckt«, sagte der Mann.

»Nein, das kann nicht sein«, entgegnete Calder und stürzte sich auf den Angestellten. Starke Arme schoben ihn aus der Tür.

Calder sah sich um. Vor ihm rasten Autos am Themse-Ufer entlang. Dahinter war der Fluss.

Er schwankte bis zur Straße. Wartete. Kein Auto blieb stehen. Er wartete weiter. Irgendwo sprang eine Ampel auf Rot, es gab eine Lücke im Verkehr. Calder taumelte über die Straße. Ein Wagen hupte. Calder stolperte über den Bürgersteig entlang des Flusses. Überall waren Lichter – mein Gott, war diese Stadt hell –, überall, nur nicht tief unten, wo der Fluss an den Lichtern zerrte und zupfte und sie zu sich hinunterzog, hinab in die Dunkelheit. Calder sah zu, betrachtete die Dunkelheit. Er hatte das Gefühl, darin zu versinken.

Morgen. Herrgott, was sollte er mit dem nächsten Tag anfangen?

Er holte die Flasche heraus, um einen Schluck zu trinken.

»He, Kumpel!« Calder schaute neben sich. Ein magerer Mann mit Dreitagebart, zerschlissener Jeansjacke und Jeans lag vor der Mauer. Calder hatte ihn nicht gesehen. »He, Kumpel! Kann ich was abhaben?«

»Klar«, sagte Calder und ließ sich neben ihn sinken. »Hier. Nimm! Trink aus.«

{18}

Das Sonnenlicht weckte Calder, schien rot durch seine geschlossenen Augenlider. Er lag auf dem Bürgersteig, nur wenige Zentimeter von einer getrockneten Lache Erbrochenem entfernt. Calder setzte sich auf und sah auf die Uhr. Fünf nach fünf. Der Himmel hatte das helle Grau der sommerlichen Morgendämmerung. An der Uferstraße war niemand zu sehen, nur vereinzelt fuhren zu dieser frühen Stunde Autos vorbei. Calders Kopf pochte. Er fuhr sich mit der Zunge über die Zähne: sein Mund fühlte sich an, als hätte jemand einen großen Wattebausch mit Essig und Benzin getränkt und dann angezündet. Das Pochen wurde stärker, in seinem Magen begann es zu glucksen.

Calder rappelte sich auf. Der Begleiter der letzten Nacht war nirgends zu sehen, auch seine Whiskyflasche war verschwunden. Calder klopfte seine Hose ab: Seine Brieftasche war noch da. Unsicher wankte er nach Norden in Richtung King's Cross. Er hatte noch immer so viel Alkohol im Blut, dass sein Gleichgewichtssinn gestört war, doch das Gehen und der frühmorgendliche Sonnenschein taten ihm gut, trieben seinen Kreislauf an.

Er erreichte King's Cross, fand eine geöffnete Apotheke und kaufte sich Paracetamol, dann holte er sich in einem durchgängig geöffneten Laden etwas Warmes zum Frühstück. Zu dieser Zeit sonntags morgens waren schon einige Leute in King's Cross unterwegs, die letzten nächtlichen Sex- und Drogenhändler stießen auf die ersten Arbeiter. Mit noch immer brummendem Schädel überquerte Calder die Straße zum Bahnhof, um den ersten Zug nach King's Lynn zu nehmen.

Um halb zehn war er wieder in Norfolk. Er beschloss, mit einem Taxi direkt nach Hause zu fahren. Auf keinen Fall konnte er in seinem jetzigen Zustand einen Besuch im Krankenhaus ertragen. Sein Cottage wurde von einem Absperrband und einem Constable in Uniform geschützt. Calder grüßte, ging nach oben, zog die Vorhänge zu und legte sich ins Bett. Mehrmals klingelte das Telefon, er ignorierte es.

Um ein Uhr wachte er auf, duschte und rief Alfie an, er solle ihn mit dem Taxi zum Krankenhaus bringen. Vor seinem Haus wurde immer noch gearbeitet, das verbeulte Wrack seines Maserati wurde vorsichtig auf einen Abschleppwagen geladen. Ein Polizist nahm das Flatterband ab. Er nickte Calder zu und schrieb etwas in seinen Block.

Auf dem Rücksitz des Taxis hörte Calder die Mailbox seines Handys ab. Nachrichten von William, Kim, Jerry und seinem Vater. Alle wollten wissen, wo er war. Jerry war der Einzige, den er zurückrief. Rasch erklärte er, was mit seiner Schwester passiert war, und sagte, er würde die nächsten Tage nicht auf dem Flugplatz sein. Jerrys Verärgerung wich Schock und Mitgefühl. Calder legte auf und atmete tief durch. Wenn sein Vater und William nur genauso reagieren würden!

Das Pochen in seinem Kopf steigerte sich noch einmal, als er sich der Intensivstation näherte. Zusammengesunken saß William im Wartebereich. Er schaute auf, erkannte seinen Schwager und starrte wieder zu Boden.

»Wie geht es ihr?«, fragte Calder.

»Was interessiert dich das?«

»Wie geht es ihr?«, wiederholte Calder.

William seufzte. »Die Nacht hat sie ganz gut überstanden. Jetzt ist sie wieder im OP. Die Ärzte meinen, dass sie es schafft, aber wir wissen erst Genaueres, wenn sie da drinnen fertig sind.«

»Und das rechte Bein?«

William zuckte mit den Achseln. »Sie versuchen es zu retten. Gibt aber keine Garantie.«

»Wo sind die Kinder?«

»Bei Kim und deinem Vater. Irgendwo. Keine Ahnung. Lass mich in Ruhe.«

Calder ließ William allein mit seinem Kummer und lief durchs Krankenhaus. Schließlich entdeckte er die vier draußen. Sie saßen im Gras neben einem Rosenbeet. Kim las Phoebe, sein Vater Robbie etwas vor.

»Hi«, sagte Kim, als sie Calder erblickte. Sie beendete den Satz und klappte das Buch zu. Calders Vater ignorierte seinen Sohn und las seinem Enkel noch zwei weitere Seiten vor. Calder setzte sich neben die vier und betrachtete das ruhige, konzentrierte Gesicht seines Vaters, das dichte weiße Haar und die tiefen Falten. Robbie lutschte gebannt am Daumen und lauschte dem schottischen Bass seines Großvaters.

»So, Robbie. Jetzt lauf mal mit deiner Schwester los und schau, wie viele Rosenblätter ihr für mich sammeln könnt«, sagte Dr. Calder und wies auf das Beet mit gelben Rosen. Die frühen Blumen waren verblüht, auf dem Boden lagen welke Blätter. »Tragt sie alle an einer Stelle zusammen und zählt sie. Wenn ihr zwanzig habt, sagt ihr mir Bescheid.«

Robbie war stolz auf seine Zählkünste und tat mit seiner Schwester, wie ihm geheißen.

»Du siehst furchtbar aus, Alex«, sagte Kim. »Was hast du mit deinem Kopf gemacht?«

Calder fasste sich an die Schläfe. Wo ihn am Abend zuvor die Tischlampe getroffen hatte, fühlte er jetzt eine große Beule.

Dr. Calder musterte seinen Sohn von oben bis unten. »Bist du nüchtern?«

»Ja«, antwortete Calder. »Aber ich habe einen tierischen Kater.«

»Dummer Kerl«, sagte sein Vater.

Calder entgegnete nichts. Eine Welle der Erschöpfung spülte über ihn hinweg. Er war bereit. Bereit für all die kritischen Worte, die sein Vater ihm gleich entgegenschleudern würde. Er wollte sich nicht verteidigen. Er würde alles hinnehmen.

»Ich spiele ein bisschen mit den Kindern«, sagte Kim und ging zu den beiden.

»Das Mädchen ist eine große Hilfe, wirklich«, sagte Dr. Calder. »Sie macht das toll mit Robbie und Phoebe. Ohne sie wäre William überfordert gewesen.«

Calder schaute seinen Vater an. Dann brach es aus ihm heraus: »Es tut mir leid, Vater. Es tut mir so leid.«

Sein Vater lächelte. Seine Augen zwinkerten verständnisvoll. Er strich Calder über den Arm. Die Berührung war nur leicht, aber gleichzeitig beruhigend und stark. Calder begann zu erzählen, zusammenhanglos berichtete er von Anne, von den van Zyls, der Bombe, dem Besuch bei Cornelius. Von allem, nur nicht von Kim. Dafür schämte er sich zu sehr.

Sein Vater hörte aufmerksam zu.

»Ich weiß, wie sehr du Annie liebst, Vater«, sagte Calder. »Und du weißt, wie sehr ich sie liebe. Ich hätte niemals etwas in dieser Richtung getan, wenn ich auch nur geahnt hätte, dass es sie in Gefahr bringt.«

Hinter ihnen begann Robbie zu heulen, er hatte sich an einem Dorn gestochen. Calder und sein Vater sahen zu, wie Kim den Finger untersuchte und ihn wieder gesund pustete. Schließlich sagte Dr. Calder: »Jemand hat versucht, meinen Sohn zu töten, und hat dabei fast meine Tochter umgebracht. Das macht mich wütend, sehr wütend, aber nicht auf dich. Sich besaufen und einen alten Mann ins Gesicht zu schlagen, das hilft nicht viel, obwohl ich verstehen kann, warum du es getan hast.«

»Solche Männer sind unantastbar. Er wird ungeschoren davonkommen.«

»Das werden wir ja sehen«, sagte Dr. Calder. »Kim hat mir erzählt, wie sehr du ihr nach dem Unfall ihres Mannes geholfen hast. Jetzt brauchen Anne, William und die Kinder deine Hilfe.«

»William will nicht mit mir sprechen«, sagte Calder. »Und ich verstehe auch ganz gut, warum.«

»Ach, der kommt schon wieder zur Besinnung. Ich habe William gesagt, dass ich die Kinder morgen nach Hause bringe. Vielleicht fahre ich sie wieder in die Schule. Kim ist hier wirklich eine große Hilfe, aber William ist nicht in der Verfassung, sich um die beiden zu kümmern.«

»Was kann ich tun?«

Aufmerksam schaute Dr. Calder seinen Sohn an. »Darüber sprechen wir später, ja? Lass mich erst mal deine Beule da untersuchen.«

Es war Abend. Seit einer Stunde war Calder vom Krankenhaus zurück. Es musste einiges getan werden: Die Polizei hatte das Grundstück gründlich abgesucht, auch Calders Kleidung und Schuhe waren inspiziert worden. Langsam ging es ihm ein wenig besser, die Kopfschmerzen hatten nachgelassen, aber ein wenig dumpf fühlte er sich immer noch. Unablässig war er in Gedanken bei Anne. Die Operation war erfolgreich gewesen, aber er versuchte, nicht an die Explosion und seine Rolle dabei zu denken.

Draußen hielt ein Auto. Es war der ramponierte rote Volvo seines Vaters. Auf dem Beifahrersitz saß Kim.

»Wir bleiben nicht lange«, sagte Dr. Calder, als er das Cottage betrat. »Ich möchte nur kurz mit euch beiden sprechen, bevor ich morgen mit den Kindern runter nach Highgate fahre.«

Calder führte die beiden ins Wohnzimmer. »Möchtet ihr etwas trinken?«

»Hast du noch den Laphroaig, den ich dir zum Geburtstag geschenkt habe?«, fragte sein Vater.

»Wie wär's mit einem Glas Wein?«

Der Doktor runzelte die Stirn. »Den hast du gestern Abend getrunken, stimmt's?«

»Angebrochen und ausgetrunken, ja«, gab Calder zu.

»Hm.« Die Missbilligung, einen kostbaren Single Malt zum Besaufen zu verschwenden, war Dr. Calder deutlich anzumerken. »Wein ist okay«, sagte er zähneknirschend.

Calder öffnete eine Flasche und schenkte zwei Gläser ein. Er selbst trank Wasser.

»Sehr klug«, bemerkte sein Vater.

»Und, was meinst du zu Annie?«, fragte Calder. »Die Ärzte im Krankenhaus wollen sich nicht festlegen.«

»Sie kommt durch«, sagte Dr. Calder zuversichtlich. »Annie ist hart im Nehmen. Bei solchen Verletzungen hängt die Genesung stark von der Einstellung des Patienten ab. Je sturer und zäher er ist, desto besser.«

»Hoffentlich hast du recht«, sagte Calder.

Sein Vater lächelte. »Ich habe recht.« Er trank einen Schluck Wein. »So.« Er schaute Calder und Kim an. »Irgendjemand hat Ihrem Mann und deiner Schwester großen Schaden zugefügt. Ich möchte gern wissen, was wir jetzt tun.«

»Wie meinst du das?«, fragte Calder.

»Also, ich habe mir angehört, was du erzählt hast und was Kim berichtet hat, ich habe von deinen dummen Eskapaden in London gehört. Ich bin genauso wütend wie du. Es gibt offensichtlich eine Verbindung zwischen dem, was Todd und was Annie passiert ist, und zwar müssen es eure Fragen über den Tod von Martha van Zyl sein. Alex hat recht: Vermutlich steckt Cornelius van Zyl hinter der ganzen Sache.«

Kim und Calder nickten. Dr. Calder fuhr fort: »Wir sollten die Polizei, so gut es geht, unterstützen, aber ich teile Alex' Sorge, dass man nicht genug Beweise finden wird, um van Zyl dingfest zu machen. Wenn er davonkäme, wäre ich sehr, sehr wütend.« Dr. Calders buschige weiße Augenbrauen zogen sich zusammen. Das zerfurchte Gesicht bekam einen entschlossenen Ausdruck. »Sehr, sehr wütend.«

»Ich auch«, sagte Kim.

»Alex?«

Calder nickte.

»Was sollen wir also tun?«

»Ich weiß nicht, was wir noch machen sollen, außer der Polizei alles zu erzählen, was wir wissen«, sagte Calder. »Ich kann ja wohl kaum ein Geständnis aus van Zyl herausprügeln, oder?«

»Ach, Alex«, sagte sein Vater. »Du enttäuschst mich. In so einer Situation warst du doch schon öfter, oder? Ich möchte nicht, dass das Schwein, das meine Tochter zum Krüppel gemacht hat, ungeschoren davonkommt. Du hast mich gefragt, was du tun kannst. Nun, ich sage es dir: Schnapp ihn dir!«

Calder lächelte seinen Vater an. Auf einmal löste sich die Benommenheit in seinem Kopf auf. »Du hast recht: Wir können tatsächlich etwas tun«, sagte er. »Die Bomben in der Yak und im Maserati untersucht die Polizei. Aber Kims ursprüngliche Vermutung ist richtig. Martha van Zyls Tod ist der Schlüssel. Wenn wir herausfinden können, wer sie aus welchem Grund tötete, dann verstehen wir auch, was hier gerade passiert.«

»Es gibt irgendetwas, das wir nicht herausfinden sollen«, sagte Kim. »Und Cornelius lässt sogar seinen eigenen Sohn umbringen, um uns daran zu hindern.«

»Wir können nicht mit Sicherheit sagen, dass Cornelius van Zyl dahintersteckt«, sagte Dr. Calder.

»Schon klar«, meinte Calder. »Aber sobald wir mehr über Martha herausbekommen, werden wir es wissen.«

Die drei sahen sich gegenseitig an. In ihren Gesichtern lag ein Ausdruck von Entschlossenheit.

»Das wird gefährlich«, sagte Kim. »Todd und Anne sind verletzt. Wenn du noch mehr Fragen stellst, bist du der Nächste.«

»Sie hat recht«, sagte Calders Vater.

Calder schaute die beiden an. »Was soll ich jetzt sagen?«

»Was du willst«, gab sein Vater zurück. »Das musst du entscheiden.«

Calder schloss die Augen. Die Gefahr war real, das wusste er. Aber ebenso real war die Gelegenheit, etwas für Todd und Anne zu tun, für Kim und seinen Vater. Vor allem aber für sein eigenes Gewissen. Es war eine Möglichkeit für Calder, besser mit der Zukunft zurechtzukommen.

»Ich mache weiter«, sagte er.

Sein Vater lächelte.

Es klopfte laut an der Haustür. Calder ging hin. Auf der Matte lag ein edler beigefarbener Briefumschlag. Als Calder die Tür öffnete, sah er einen kleinwüchsigen Schwarzen in einem schlottrigen Anzug davoneilen und in einen Mercedes steigen, der einige Meter weiter geparkt war. Calder erinnerte sich, dass es Cornelius van Zyls Fahrer war.

Er hob den Umschlag auf und nahm ihn mit ins Wohnzimmer, um ihn den anderen zu zeigen.

»Ist er von London hergekommen, nur um den Brief abzugeben?«, fragte Kim.

»Offensichtlich.«

»Mach ihn auf! Wahrscheinlich irgendeine Drohung«, vermutete sie.

»Mal sehen.« Mit dem Finger schlitzte Calder den Umschlag auf und zog ein Blatt Papier hervor, das mit einer markanten, aber gut leserlichen Schrift beschrieben war. Er überflog den Brief und reichte ihn an seinen Vater und Kim weiter.

Lieber Alex,
es hat mir sehr leidgetan, von der Verletzung Ihrer Schwester zu hören. In Gedanken bin ich bei ihr und ihrer Familie.

Ich verstehe, dass Sie wütend sind. Auch sehe ich ein, dass Sie im Eifer des Gefechts mich für den Schuldigen hielten. Ich hoffe, dass Sie nun ein wenig Zeit zum Nachdenken hatten und erkennen, dass ich meinem eigenen Sohn oder einer unschuldigen Frau wie Ihrer Schwester niemals etwas antun würde.

Sie dürfen darauf vertrauen, dass ich der Polizei, so gut ich kann, herauszufinden helfe, wer diese entsetzlichen Verbrechen begangen hat. Selbstverständlich werde ich nicht erwähnen, was gestern Abend in meinem Haus geschehen ist.

Wenn ich Ihnen oder Ihrer Schwester irgendwie helfen kann, zögern Sie bitte nicht zu fragen.

Mit freundlichen Grüßen
Cornelius van Zyl

Dr. Calder hielt den Brief in der Hand. »Scheinheiliger Heuchler«, sagte er, als er ihn gelesen hatte. »Du hättest härter zuschlagen sollen.«

Beim Frühstück am nächsten Morgen fühlte sich Calder etwas besser. Sein Vater hatte bei ihm übernachtet und am frühen Morgen einen erfrischenden Spaziergang ans Meer gemacht. William und die Kinder waren in einem Hotel in King's Lynn untergebracht. Bei einer zweiten Tasse Kaffee überflog Calder die Zeitungen. In der *Financial Times* war ein großer Artikel über das Übernahmeangebot für die *Times*. Die Sache schien sich zu einer regelrechten Übernahmeschlacht auszuweiten. Das Angebot von Zyl News hatte den Aufsichtsrat von Laxton Media in helle Aufregung versetzt. Gleichzeitig verfolgten angeblich drei weitere potenzielle Bieter die Situation ganz genau: ein großer deutscher Verlagskonzern, ein irischer Immobilienunternehmer mit Zeitungen in Südafrika, Irland und den Vereinigten Staaten sowie Telegraph Newspapers, die Firma, die das größte Konkurrenzblatt der *Times* herausgab. Der Preis war hoch, aber die *Times* war auch eine Zeitung mit einzigartiger Reputation. Laut *Financial Times* gab es keinen klaren Favoriten. Die Deutschen hatten eine schier unerschöpfliche Kriegskasse, aber ihr Aktienkurs schwankte, und der Ire machte Anstalten, seine eigene Regel zu brechen, niemals zu viel zu zahlen. Obwohl die Sache ziemlich sicher vor die Wettbewerbskommission gebracht werden würde, wollten Telegraph Newspapers angeblich ihr Glück versuchen. Es war wohlbekannt, dass Sir Evelyn Gill und Cornelius van Zyl beide unbedingt die Zeitung in ihren Besitz bringen wollten, aber finanziell am Rande ihrer Möglichkeiten standen.

Jeder konnte als Bieter Erfolg haben. Nur nicht Cornelius van Zyl, hoffte Calder.

Er merkte, dass die Untätigkeit sein Feind war. Er rief die Autoversicherung an und meldete den zerstörten Maserati, dann fuhr er mit seinem Vater ins Krankenhaus. Anne war noch bewusstlos, aber ihr Zustand war stabil. Die Ärzte hatten das rechte Bein retten können, es fast vollständig rekonstruiert. Sie sagten, Anne sei eine Kämpfernatur, und waren jetzt viel zuversichtlicher, dass sie durchkommen würde. Bei Todd gab es keine Veränderung. Calders Vater brach mit den Kindern nach London auf und nahm Calder mit zum nächsten Autohändler, wo er einen alten schwarzen Golf mietete, den er so lange fahren wollte, bis er sich ein neues Auto kaufte. Im Golf fuhr er zurück nach Hause. Dort warteten Detective Inspector Banks und ihr untersetzter Begleiter bereits auf ihn.

Calder bat die beiden ins Haus und kochte ihnen eine Kanne Kaffee. Banks wirkte noch blasser als am vergangenen Samstag, hatte dunkle Ringe unter den Augen. Offenbar hatte sie ein anstrengendes Wochenende hinter sich.

»Wie läuft es?«, fragte Calder.

»Die Rechtsmediziner haben bestätigt, dass die Bombe im Flugzeug von derselben Person hergestellt wurde wie die Bombe im Auto.«

»Riesenneuigkeit«, sagte Calder. Banks warf ihm einen bösen Blick zu. »Hat Benton Davis Ihnen etwas erzählt?«

»Nicht mehr als Ihnen. Wir haben bei der Polizei in Südafrika Erkundigungen über Martha van Zyls Tod eingeholt. Wir warten noch auf die Antwort. Inzwischen würden wir Ihnen gern ein paar Fragen stellen.«

»Bitte!«

Sie holte ein Blatt Papier aus einer Mappe. Es war die Skizze eines kräftigen Mannes mittleren Alters mit kurzem Haar und Schnurrbart. Calder betrachtete das Gesicht.

»Haben Sie diesen Mann schon mal gesehen?«, wollte Banks wissen. »Er ist etwa ein Meter siebzig groß und trug eventuell eine schwarze Lederjacke.«

Calder schüttelte den Kopf. »Ich glaube nicht. Warum?«

»Wir haben einen Zeugen, der diesen Mann am Freitag an Ihrem Haus vorbeifahren sah. Der Mann hielt an und sah sich gründlich um. Die Beschreibung passt zu der des Mannes, der am Abend vor der Explosion des Flugzeugs am Flugplatz entlangging.«

Calder studierte die Zeichnung. »Tut mir leid. Den habe ich noch nie gesehen.«

Banks nahm die Skizze zurück. Sie wirkte nicht enttäuscht. Ungezählte Fragen zu stellen, auch wenn nichts dabei herauskam – das gehörte zu ihrer Arbeit.

»Seit wann kennen Sie Mrs. van Zyl?«, fragte sie.

»Wir waren zusammen an der Uni. Aber bis vor zwei Wochen hatte ich sie zehn Jahre nicht gesehen.«

»Aha. Aber in den letzten beiden Wochen haben Sie viel Zeit mit ihr verbracht, oder?«

»Ja, das stimmt.«

»Konnten Sie sich ein Bild vom Zustand der Beziehung zu ihrem Ehemann machen?«

»Ja«, sagte Calder. »Sie liebt ihn sehr. Was ihm passiert ist, erschüttert sie zutiefst.«

»Von Spannungen in der Ehe hat sie nicht gesprochen?«

»Nein. Sie ist wohl ein bisschen frustriert von ihrem Wohnort, aber das ist alles. Warum? Wollen Sie etwa andeuten, Kim sei für die Bomben verantwortlich?«

»Sie erbt ein Vermögen, wenn Todd sterben sollte.«

»Das ist doch absurd!«, sagte Calder etwas zu laut.

»Kann sein«, gab Inspector Banks zurück. Calder spürte, dass sie ihn nun ganz genau beobachtete. »Und Sie wissen ganz bestimmt nichts, das auf eheliche Probleme schließen lassen würde?«

Zwei Bilder standen Calder vor Augen: Donna Snyder an Todds Krankenbett und er mit Kim im Garten. Schnell versuchte er, sie aus seinem Kopf zu verbannen. »Ziemlich sicher«, sagte er langsam.

»Was ist mit Ihrer Beziehung zu Mrs. van Zyl?«

»Ich weiß, worauf Sie hinauswollen, und ich verbitte mir das«, sagte Calder ruhig. Inspector Banks' grünbraune Augen musterten ihn. Er hielt ihrem Blick stand.

»Gut«, sagte sie schließlich. »Nur noch eine Frage.«

»Ja?«

»Wo waren Sie am Samstagabend?«

Calder runzelte die Stirn. »Ich wüsste nicht, warum das wichtig sein sollte.«

»Zuletzt wurden Sie gesehen, als Sie sich betrunken von einem Taxi nach King's Lynn zum Bahnhof bringen ließen. Sie sind erst am nächsten Morgen nach Hause zurückgekehrt.«

»Ich bin Ihnen keine Rechenschaft schuldig, wo ich war«, empörte sich Calder.

Banks seufzte. »Nein, das stimmt. Aber bisher waren Sie kooperativ, und mir kommt es sonderbar vor, dass Sie sich weigern, ausgerechnet diese Frage zu beantworten. Das macht mich neugierig. Wenn Sie es mir nicht sagen, werde ich die Antwort allein herausfinden.«

Calder schaute sie an. Er wollte ihr helfen, und mit ziemlicher

Sicherheit würde sie es ohnehin erfahren. »Ich war bei Cornelius van Zyl.«

»Das war bestimmt keine sehr gute Idee, Mr. Calder.«

»Aber ich bin überzeugt, dass er hinter allem steckt«, sagte Calder.

»Wenn das so ist, und ich sage ›wenn‹, dann möchten wir bestimmt nicht, dass Sie sich da einmischen und ihn beschuldigen. Er muss mit Bedacht angefasst werden.«

»Waren Sie schon bei ihm?«

»Ich fahre morgen früh nach London, mit dem Superintendent.«

»Mit dem Superintendent?«

»Das ist eine wichtige Ermittlung.«

»Und Cornelius van Zyl ist ein wichtiger Mann.«

»Allerdings«, sagte Banks. »Vielen Dank, dass Sie sich Zeit genommen haben, Mr. Calder.«

Calder brachte die beiden Beamten zur Tür. Banks' Fragen hatten ihn beunruhigt, insbesondere die über seine Beziehung zu Kim. Das durfte auf keinen Fall herauskommen. Calder war überzeugt, dass es keine Bedeutung für den Mordanschlag auf Todd hatte. Die Vorstellung, dass Kim irgendetwas damit zu tun haben könnte, war völlig abwegig, auch wenn sie noch so viel Geld erben sollte. Andererseits machten ihm Banks' Beharrlichkeit und Auffassungsgabe Mut. Wenn sie van Zyl genauso in die Mangel nähme wie ihn, würde sie vielleicht etwas erreichen.

[19]

Es war ein schöner Raum, fand Cornelius von Zyl: ein langer antiker Sitzungstisch, Porträts ehrwürdiger Bankiers des neunzehnten Jahrhunderts und der von ihnen finanzierten Schiffe an den Wänden und der Blick auf einen Teil der Themse zwischen zwei neuen Hochhäusern der City.

Sie waren im Sitzungssaal von Leipziger Gurney Kroheim, der Handelsbank, die zwar von einem deutschen Branchenriesen geschluckt worden war, aber immer noch ihr traditionelles Geschäft ausübte, nämlich Firmen beim Kauf und Verkauf zu beraten. Auf der anderen Seite des Tisches saßen drei Banker von Gurney Kroheim, angeführt von einem gewandten Juden in einem modischen Streifenhemd; des Weiteren saßen dort Peter Laxton, der Gründer und Direktor von Laxton Media, und Tim Rollinson, sein erst kürzlich berufener Finanzdirektor. Van Zyl wurde begleitet von Edwin, Benton Davis, Dower und einem weiteren Banker von Bloomfield Weiss, dessen Namen er sich nicht gemerkt hatte. Der Mann von Gurney Kroheim redete; er bat um etwas mehr Zeit, damit er das Angebot von Zyl News durchrechnen konnte.

Es lief auf das alte Spiel hinaus: Wer zeigte als Erster Nerven? Zyl News hatte ein Angebot für die Aktien von Laxton Media abgegeben, das nach den Vorschriften der Regulierungsbehörde mindestens einundzwanzig Tage Gültigkeit hatte. Peter Laxton gehörten nur noch zehn Prozent der Aktien des von ihm gegründeten Unternehmens, den Rest hielten Großinvestoren, die auf hohen Verlusten saßen und inzwischen die Nase voll hatten vom Management der Firma. Sie warteten ab, ehe sie ihre Aktien zum

Verkauf anboten, und hofften auf ein höheres Gebot. Aber die Banken wollten ihr Geld zurück, und zwar schnell.

Laxton Media spielte auf Zeit, versuchte die Frist von Zyl News zu verlängern in der Hoffnung, ein höheres Gebot aus Evelyn Gill oder einem der anderen potenziellen Bewerber herauskitzeln zu können. Aus ebendiesem Grund wollte Zyl News der Mediengruppe nicht mehr Zeit zugestehen. Wenn van Zyl Peter Laxtons Bitte um eine Verlängerung ablehnte, riskierte er, dass Laxton andererseits das Gebot von Zyl News verwarf. Das würde sich nur dann für Laxton lohnen, wenn sich ein höheres Gebot abzeichnete. Wenn nicht, war diese Strategie verhängnisvoll. Laxtons Banker waren ungeduldig. Wenn Peter Laxton und sein Aufsichtsrat zögerten und niemand ein höheres Gebot abgab, würden die Banken den Verlag zwingen, mit eingezogenem Schwanz zu Zyl News zurückzukriechen und jeden Preis zu akzeptieren, den van Zyl ihnen bot.

Also hieß es bluffen. Von den wichtigen Gesprächspartnern am Tisch waren drei Profis ersten Ranges: van Zyl selbst, der Banker von Gurney Kroheim und Peter Laxton. Einer nicht: Tim Rollinson. Er war dünn, hatte eine Glatze, trug eine dicke Brille, und er war geizig. Er hatte den Ruf, ein harter Kerl zu sein, ein rücksichtsloser Sparer, der von den Banken eingesetzt worden war. Aber Rollinson war kein Zocker. Van Zyl ließ ihn nicht aus den Augen. Der merkte es und rutschte unbehaglich auf seinem Stuhl hin und her. Er verdrehte seinen Waterman-Kugelschreiber, den er zwischen seinen Händen hielt, so sehr, dass van Zyl befürchtete, er würde ihn zerbrechen.

Nachdem der Banker seinen Bericht beendet hatte, herrschte Schweigen. Alle Augen waren auf van Zyl gerichtet, der immer noch Rollinson beobachtete. Er ließ das Schweigen etwas länger wirken. Schließlich sagte er: »Wir dachten, Sie wollten lieber ein schnelles Geschäft.«

»Das wissen wir zu schätzen«, gab Laxton zurück, »aber Sie

werden auch verstehen, warum wir noch ein, zwei Wochen länger brauchen, damit auch andere Interessenten Zeit haben, ein Angebot abzugeben.«

»Ich überlege nur gerade mal, was passiert, wenn niemand sonst ein Angebot abgibt«, sagte van Zyl, ohne auf Laxton einzugehen. Er konzentrierte sich auf den Finanzdirektor. »Dann wird es ganz schön eng mit den Rückzahlungen an die Banken, nicht wahr, Tim?«

Rollinson schaute von seinen Papieren zu van Zyl auf. Der Finanzdirektor blickte durch seine dicken Brillengläser, van Zyl spähte über seine unauffällige Lesebrille. »Ich bin überzeugt, dass wir ausreichend Zeit haben, alles zufriedenstellend mit den Banken zu klären«, sagte Rollinson. »Sie haben uns versichert, dass sie uns alle Zeit geben, um den besten Abschluss für die Aktionäre von Laxton Media zu tätigen.« Eine Sekunde, zwei Sekunden hielt Rollinson van Zyls' Blick stand, dann wichen seine Augen für den Bruchteil einer Sekunde seitlich zu Peter Laxton aus, bevor er wieder van Zyl ansah.

Das reichte van Zyl. Rollinson log. Er spürte es einfach. Er lächelte Peter Laxton an, damit der merkte, dass er durchschaut war. »Tut mir leid, aber wir können unser Angebot nicht verlängern. Es läuft in – was haben wir heute? – elf Tagen aus. Ihre Aktionäre werden sicherlich einsehen, dass es sinnvoll ist, sich an uns zu halten.«

Laxton räusperte sich. »Wir müssen unsere Position überdenken«, sagte er ernst.

»Natürlich müssen Sie das«, entgegnete van Zyl lächelnd. »Das ist Ihr gutes Recht.«

Als sie das Gebäude von Gurney Kroheim verließen, schlug Benton Davis van Zyl auf den Rücken. »Die haben Sie aber am ausgestreckten Arm verhungern lassen! Die Banken werden sich querstellen, wenn Laxton mit der Empfehlung für Ihr Gebot noch warten will. Das konnte man Rollinson ansehen.«

Dower blickte düster. »Wir müssen abwarten, wie Laxton jetzt reagiert«, sagte er. »Wir wissen nicht mit Sicherheit, ob die nicht doch geblufft haben.«

Davis sah van Zyl an und blinzelte. Dower ließ sich nicht aufheitern.

•••

Calder fuhr ins Krankenhaus, um nachzusehen, wie es Anne ging. Die Ärzte waren zufrieden mit ihrer Entwicklung, aber sie war noch immer nicht bei Bewusstsein. Von Todd gab es gute Neuigkeiten: Er war aufgewacht, aber noch sehr erschöpft.

Kim war außer sich vor Freude. Todd hatte keine Ahnung, wo er war und was er im Krankenhaus machte, aber er hatte Kim erkannt. Immerhin hatten sie sich unterhalten, auch wenn das, was er von sich gab, eher wirr war und er schnell wieder einschlief. Aber es war ein Anfang. Cornelius van Zyl hatte vorgeschlagen, Todd im Lauf der nächsten Tage in eine Privatklinik in London zu verlegen. Kim hatte zähneknirschend zugestimmt. Bis dahin wollte sie jedoch so lange wie möglich an seiner Seite ausharren, falls er erneut aufwachte.

Calder hatte schon Schwierigkeiten, sie zu überreden, Todd nur eine halbe Stunde allein zu lassen. Sie gingen durch den Eingangsbereich des Hauptgebäudes nach draußen und spazierten über das Gelände. Überall hingen Schilder mit den Namen der verschiedenen medizinischen Fachabteilungen und wiesen in alle möglichen Richtungen. Calder erzählte von seinem Gespräch mit Inspector Banks, ohne allerdings ihre bohrenden Fragen über Kims Ehe zu erwähnen.

»Hoffentlich kann sie bei Cornelius etwas erreichen«, sagte Kim.

»Ich habe mir Folgendes überlegt«, begann Calder. »Wer die Bombe in der Yak versteckt hat, der musste wissen, dass Todd und ich an dem Tag mit dem Flugzeug fliegen wollten. Gut, die Leute von der Flugschule wussten das, es war auf dem Plan eingetragen, aber es ist höchst unwahrscheinlich, dass ein Feind von Todd das herausbekommen hätte. Das führt mich zu der Frage ...«

»Wem wir es erzählt haben?«

»Genau.«

»Also, ich habe es meinen Eltern am Telefon erzählt, das weiß ich noch.«

»Die leben in Liverpool, nicht?«

»Ja. Und als wir Cornelius in London besucht haben, haben wir auch darüber gesprochen. Ich habe gesagt, ich würde mir über die Sicherheit eines so alten Flugzeugs Sorgen machen. Er meinte, es würde bestimmt lustig werden.«

»Sehr interessant. Habt ihr sonst noch jemandem davon erzählt?«

»Nein.« Nachdenklich verzog Kim das Gesicht. »Nur Cornelius und meinen Eltern.«

»Deine Eltern können wir, denke ich mal, ausschließen. Dein Vater ist ja kein internationaler Terrorist, der es auf Todd abgesehen hat, oder?«

»Nein. Er hatte ein Lampengeschäft und ist jetzt im Ruhestand, und er mag Todd sehr gern«, sagte Kim.

»Bleibt nur Cornelius van Zyl.«

Sie gingen weiter, vorbei an einer älteren Dame mit einem verbundenen Auge, die langsam auf die Ambulanz zusteuerte. Sie hielt inne, um Luft zu holen, und wünschte Kim und Calder einen guten Abend.

»Hier gibt es für uns nicht mehr viel zu tun«, sagte Calder. »Ich denke, als Nächstes muss ich nach Südafrika. Mir ansehen, wo Martha gestorben ist. Wo sie gelebt hat. Vielleicht kann ich irgendjemanden auftreiben, der etwas über die letzten Wochen ihres Lebens weiß. Vielleicht kann ich ihr Tagebuch finden. Ich dachte, Todd könnte mir vielleicht helfen.«

»Später eventuell, aber jetzt noch nicht«, sagte Kim. »Was ist mit Caroline?«

»Sie war damals erst zwölf, oder?«

»Ja. Aber sie hat das Tagebuch gesehen. Und sie hat zu Cornelius gesagt, dass auch sie mehr herausfinden will, denk dran. Ich könnte sie anrufen, wenn du willst. Wir haben uns ganz gut verstanden. Eigentlich«, Kim holte ihr Handy hervor, »könnte ich es jetzt sofort versuchen.«

»Okay«, sagte Calder. »Probier's mal.«

Sie saßen auf einem Grashang vor der orthopädischen Ambulanz. Kim suchte in ihrer Tasche nach der Nummer. Es war ungefähr sechs Uhr, in San Diego musste jetzt Vormittag sein. Kim wählte die Nummer, und Calder kam mit dem Ohr dicht an sie heran, um das Gespräch verfolgen zu können.

Caroline meldete sich und schien erfreut, von Kim zu hören. Als Kim erzählte, dass Todd aufgewacht sei, war sie überglücklich. Dann erklärte Kim, was Calder vorhatte, und fragte Caroline, wen er in Südafrika besuchen könne.

»Das ist schwierig«, sagte Caroline. Über den Äther klang ihre Stimme noch viel kalifornischer. »Mom und Dad hatten oft Gäste, aber ich weiß nicht, welche davon richtige Freunde waren oder ob Mom sich einem von denen anvertraut hätte. Zan natürlich, die wohnte ja zu dem Zeitpunkt bei ihnen. Ich glaube, jetzt lebt sie in Camps Bay. Das ist so ein schicker Vorort von Kapstadt.«

»Ich habe ihre Adresse«, sagte Kim.

»Okay, gut. Und Doris, das war das Hausmädchen. Wenn Alex sie besucht, soll er sie ganz lieb von mir grüßen. Ich mochte sie wirklich gern. Warte, da war noch ein Angestellter von Dad, George soundso, George Field, glaube ich. Er stand Mom ziemlich nahe. Und sie fuhr ziemlich oft zu so einem Projekt in einem Township. Nach Guguletu. Da hatte sie Freunde. Mehr fällt mir eigentlich nicht ein. Ich kann mich noch ganz gut an die Freunde meiner Eltern erinnern, denn sie waren für mich wichtiger als für Mom.«

»Und das Tagebuch?«, fragte Kim.

»Hondehoek ist natürlich längst verkauft. Angeblich soll es in einem Schreibtisch bei den Steuersachen versteckt gewesen sein, oder? Weiß Gott, wo der gelandet ist. Vielleicht bei Dad in Philadelphia? Wahrscheinlich wurde der Schreibtisch in Südafrika verkauft, und die alten Steuerunterlagen sind auf dem Müll gelandet, wie Dad schon meinte.«

»Ah«, sagte Kim enttäuscht.

»Aber mir ist noch mehr über das Tagebuch eingefallen. Genau genommen habe ich es gar nicht vergessen, aber Dad war beim Abendessen letztens so nervös, dass ich nicht davon sprechen wollte. Ich habe doch erzählt, dass ich sah, wie Mom etwas aus der Aktentasche in ihr Tagebuch abschrieb, nicht?«

»Ja.«

»Ich weiß nicht mehr, wie der Mann mit der Aktentasche hieß, aber an den Namen des anderen kann ich mich noch erinnern. Er hieß Andries Visser. Das weiß ich noch, weil meine beste Schulfreundin auch Visser hieß, das war einer der wenigen Afrikaandernamen in der Schule, deshalb machte mich das neugierig. Ich fragte sie nach diesem Mann, es hätte ja ihr Vater sein können oder so, aber sie kannte ihn nicht. Ich weiß noch, dass er humpelte.«

Kim hob die Augenbrauen, um sich zu vergewissern, dass Calder zuhörte. Er nickte. »Gut gemacht, Caroline«, sagte sie.

»Ich wollte den Namen beim Abendessen nicht erwähnen. Die ganze Sache ging Dad offenbar sehr nahe. Und Edwin war da.« Caroline stockte. »Ich traue Edwin nicht. Ich weiß, dass Mom überhaupt nicht mit ihm zurechtkam.«

»Verstehe«, sagte Kim. »Was ist mit Zan?«

»Nein, die verstand sich gut mit Mom. Wir hatten einige Jahre nicht viel von ihr gesehen, aber in jenem Winter tauchte sie plötzlich auf und blieb zwei Monate bei uns. Sie schien sich wirklich gut mit Mom zu verstehen. Vielleicht lohnt es sich, mal mit ihr zu reden.«

»Danke, Caroline.«

»Hör mal«, sagte sie. »Wenn du finanzielle Unterstützung brauchst, sag mir bitte Bescheid. Vielleicht kann ich den Flug von Alex bezahlen?«

Kim schaute Calder an, doch der schüttelte den Kopf. »Ich frage ihn. Wir halten dich auf dem Laufenden.«

»Gut. Ach ja, Kim?«

»Hm?«

»Gib Todd einen Kuss von mir, ja?«

Sie gingen zurück zu Todds Zimmer.

»Das ist komisch«, sagte Kim. »Als ich diese Donna hier sah, hatte ich Angst davor, dass Todd aufwacht. Ich wusste nicht, wie ich darauf reagieren würde. Aber ich freue mich einfach nur. Ich bin dankbar. Glücklich.«

»Das ist gut.«

»Vielleicht klingt es blöd, aber ich glaube, dass ich durch das, was wir beide getan haben, nicht mehr so böse auf ihn bin. Ich bin viel wütender auf mich selbst. So kann ich ihm leichter verzeihen. Vielleicht zerbricht unsere Ehe, wenn er wieder gesund ist, aber ich hoffe, dass alles gutgeht. Wenn er es versuchen will, tue ich es auch.«

»Sonst wäre er ein Dummkopf«, sagte Calder.

Calder verbrachte den Abend damit, sich auf die Reise nach Südafrika vorzubereiten. Er wählte sich ins Internet ein und bestellte ein Flugticket nach Kapstadt für den nächsten Tag. Dann recherchierte er ein wenig. Er suchte nach Andries Visser. Natürlich fand Google verschiedene Männer dieses Namens, aber der wahrscheinlichste Kandidat war ein Beamter, der in den achtziger und neunziger Jahren im südafrikanischen Finanzministerium gearbeitet hatte. Es war nicht viel über ihn herauszubekommen: einige Reden, die er auf Konferenzen gehalten hatte, er erschien auf einer Mitgliederliste eines öde klingenden Komitees. Sonderbar, dass so jemand ein wichtiges Treffen mit Cornelius gehabt haben sollte. Es fand sich kein Hinweis auf seinen jetzigen Arbeitsplatz oder seinen Wohnort, aber wenigstens war es ein Anfang.

Calder fand auch den Treffer zum »Laagerbond« in der Zeugenaussage vor der Wahrheits- und Versöhnungskommission. Die Fundstelle war genauso dürftig, wie Kim gesagt hatte. Ein Mann namens Ben Dillard sagte aus, damit er für seine Beteiligung am Bombenattentat auf das Büro des ANC in London 1982 Straffreiheit erhielt. Er hatte als Spion für die südafrikanische Sicherheitspolizei gearbeitet. Bei seiner Befragung erwähnte er, sein Betreuer, ein gewisser Colonel Retief, sei Mitglied des Laagerbonds gewesen. Colonel Retief konnte nicht mehr in den Zeugenstand gerufen werden, da er 1990 verstorben war.

Calder suchte südafrikanische Nachrichten-Sites nach weiteren Hinweisen auf Dillard ab. Er fand heraus, dass ihm Amnestie gewährt worden war und er im Jahr 2000 ums Leben kam, als in sein Haus in Durban eingebrochen wurde.

Calder wandte sich von seinem Computer ab, um Donna Snyder in New Hampshire unter der Nummer anzurufen, die sie ihm gegeben hatte. Sie war unsicher, als sie seine Stimme hörte, aber überglücklich zu erfahren, dass Todd aus dem Koma erwacht war. Calder bemühte sich, das Gespräch kurz zu halten. Er unterbrach sie, als sie erzählen wollte, wie fertig sie sei, und ihn fragte, ob sie ihre Stelle an der Schule aufgeben solle. Calder hatte sein Versprechen gehalten. Er war froh, speziell dieses Problem Tausende von Meilen hinter sich zu lassen.

Am nächsten Morgen brach er nach Heathrow auf. Auf dem Weg dahin wollte er in Langthorpe und im Krankenhaus vorbeifahren. Auf dem Flugplatz herrschte wie immer großes Durcheinander. Jerry war verständnisvoll, was Calders Schwester anging, aber nicht gerade erfreut über dessen Reisepläne. Sie bedeuteten weitere abgesagte Flugstunden und verärgerte Schüler. Doch Calder blieb hart. Jerry würde allein klarkommen müssen.

Im Krankenhaus gab es gute Neuigkeiten: Anne war aufgewacht. Calder wollte der Krankenschwester gerade auf die Station folgen, da stellte sich William ihm in den Weg.

Sein Schwager sah schlecht aus: das Gesicht gelblich, die Augen blitzten manisch in tiefen Höhlen, die wenigen Haare standen in alle Richtungen vom Kopf ab. »Ich finde, du solltest sie jetzt nicht stören, Alex«, sagte er.

»Dauert nicht lange«, entgegnete Calder. »Ich fliege für ein paar Tage nach Südafrika. Ich wollte Anne vorher nur noch mal kurz sehen.«

»Südafrika, was?« William lachte, ein unangenehmes hohes Kichern, das Calder noch nie gehört hatte. »Du kapierst einfach nicht, wann Schluss ist, oder?«

»Entschuldigung«, sagte Calder und drängte sich an William vorbei.

Sein Schwager hielt ihn am Arm fest. »Ich habe gesagt, du kannst da nicht rein.«

Calder blieb ganz ruhig. Die Krankenschwester war bereits auf der Station verschwunden, hatte sein Fehlen nicht bemerkt. »Ich bin ihr Bruder. Ich habe ein Recht, sie zu sehen.«

»Sie will dich nicht sehen«, sagte William.

»Woher willst du das wissen?«, fragte Calder. »Man hat mir gesagt, sie könne nicht sprechen.«

»Ich bin ihr Mann«, sagte William. »Ich weiß, was sie denkt.«

Verärgert seufzte Calder und riss sich von William los, um der Krankenschwester zu folgen, die bereits nach ihm suchte. Er folgte ihr an Annes Bett.

Wie Todd war sie an alle möglichen Apparate und Instrumente angeschlossen. Zuerst bemerkte Calder, dass ihr linker Arm in

Gips lag. Mit einem kurzen Blick auf die Bettdecke sah er, dass an der Stelle, wo ihr linkes Bein hätte sein sollen, eine Mulde war. Erst dann fiel ihm auf, dass Annes Wangen und ihre Stirn verbunden waren. Über Nase und Mund lag eine Sauerstoffmaske, ihre Augen waren geschlossen.

Er stellte sich neben sie. Sie öffnete die Augen. Er nahm ihre rechte Hand und drückte sie. »Annie, ich bin's, Alex«, flüsterte er.

Ihre Augen brauchten einen Moment, um sich auf ihn zu konzentrieren. Dann weiteten sie sich. Sie öffnete die Finger, mit denen sie seine Hand schwach umfasst hielt. Anne schüttelte den Kopf, erst leicht, dann immer stärker.

»Annie! Ich bin's nur«, flüsterte Calder, nun eindringlicher.

Sie wandte den Kopf ab.

Die Krankenschwester legte Calder die Hand auf die Schulter. »Kommen Sie mit«, sagte sie. »Wir wollen sie nicht noch mehr aufregen.«

Calder starrte auf den Hinterkopf seiner Schwester. Ihr kurzes schwarzes Haar klebte am Schädel. Dann ließ er sich von der Station führen.

»Was hab ich dir gesagt?«, triumphierte William an der Tür. »Komm bloß nicht wieder!«

Calder ignorierte ihn. Wie im Traum taumelte er durch die Gänge. Er musste hier raus.

»Alex!«

Er sah sich um. Es war Kim. »Alex! Was ist los?«

Calder legte die Hand auf die Stirn. »Ich habe gerade Anne besucht«, sagte er.

»Ja, und? Gibt es irgendwelche Komplikationen?«

»Nein«, sagte Calder. »Sie ...« Er bekam es kaum heraus. »Sie wollte mich nicht sehen. Sie hat ihren Kopf weggedreht.«

Mitfühlend legte Kim die Hand auf seinen Arm. »Wahrscheinlich ist sie einfach ein bisschen erschöpft. Beim nächsten Mal geht es ihr bestimmt besser.«

Calder schluckte. »Da bin ich mir nicht sicher, Kim. Alles andere als sicher.«

»Komm, wir gehen eine Tasse Kaffee trinken.«

Calder schaute hinüber zur Cafeteria und schüttelte den Kopf. »Entschuldige, Kim. Ich muss hier raus.«

Mit diesen Worten schlich er aus dem Krankenhaus.

[20]

12. August 1988

Jetzt haben wir richtig Winter. Während ich weg war, gab es hier heftige Stürme. Die Weinstöcke sind nackt, die Eichen haben auch fast ihr ganzes Laub verloren. Es ist spürbar kälter, und die Gipfel über dem Tal tragen weiße Schneekappen. Ein ganz schöner Schock nach der Hitze und Schwüle im sommerlichen Amerika.

Habe heute mit George zu Mittag gegessen. Er hat immer noch keinen Käufer für die *Mail* gefunden.

Ich habe ihn nach Beatrice Pienaar gefragt. Wie er sagt, hat sie einen Master von der Journalistenschule in Stellenbosch und war eine sehr gute Studentin. Ihr Professor schlug ihr vor, einige Monate für Zyl News in Philadelphia zu arbeiten. Das muss Daniel Havenga gewesen sein, folgerte ich. Offenbar ist sie eine kluge Frau; das kommt bei Neels gut an.

Ich erzählte George von meinem Verdacht, dass Daniel ein Mitglied des Broederbonds sei. George meinte, das würde ihn nicht wundern, dort seien viele Akademiker. George vermutete sogar, diese Beatrice spioniere für die Sicherheitspolizei. Zuerst dachte ich, er mache Witze, aber er meinte es todernst. Die Zeitungsredakteure glauben schon lange, dass die Regierung versucht, die Redaktionen zu infiltrieren. Es herrscht großes Misstrauen. Wenn jemand an einem Knüller arbeitet, achtet George darauf, dass nur drei Personen davon wissen: er selbst, der betreffende Redakteur und ein weiterer, um eine gewisse Objektivität zu gewährleisten. Vor zwei Monaten entließ er einen Journalisten, weil er ihn verdächtigte, Informationen über einen Korruptionsskandal im Verteidigungswesen weitergegeben zu haben.

Neels hat er von seinem Verdacht noch nichts erzählt, die beiden verstehen sich momentan nicht sehr gut. Ich bedrängte George, mit Neels zu sprechen, bezweifle aber, dass er es tun wird.

Ich fragte ihn, ob Beatrice Ende letzten Monats in Kapstadt gewesen sei (das war der Abend, als Neels nicht nach Hause kam – aber das verriet ich George natürlich nicht). Offenbar ist sie damals einige Tage im Kapstadter Büro gewesen. George meinte sogar, Beatrice würde Neels begleiten, wenn er morgen zurückfliegt. Ich bin *so* wütend.

13. August

Als ich heute Nachmittag Caroline von der Schule abholte, bekam ich einen Riesenschreck. Wir gingen gerade die Straße hinunter, da erblickte ich Moolman. Er saß in einem blauen Wagen gegenüber dem Schultor und beobachtete uns. Er muss gesehen haben, dass ich ihn entdeckt hatte, aber er ließ sich nichts anmerken. Er sah mir einfach zu. Und Caroline.

Ich muss sicherstellen, dass er sie nicht anfasst. Wenn ich mich genau daran halte, was er verlangt, wird er ihr nichts tun. Ich muss Neels sagen, dass ich jedes Interesse am Laagerbond verloren habe.

Neels ist wieder da. Heute Morgen ist er gelandet, fuhr aber sofort ins Büro. Wahrscheinlich hat er Beatrice in irgendein Hotel am Foreshore verfrachtet. Ich habe ihn noch nicht auf sie angesprochen, aber das werde ich noch tun.

Ob sie wirklich ein Spitzel ist? Und wenn ja, ist sie »Impala«, die Frau, von der in Daniel Havengas Notiz über Neels zu lesen war? Sie muss es sein!

Neels kam gestern Abend erst um neun Uhr nach Hause. Er wirkte erschöpft. Er schenkte sich einen großen Brandy ein und setzte sich an den Kamin. Ich leistete ihm Gesellschaft.

»Ich habe gestern George Field getroffen«, begann ich.

»Ach ja?«, erwiderte Neels desinteressiert.

»Er sagt, bei der *Mail* gebe es Spitzel.«

»Ich weiß. Wir haben in den letzten Jahren mehrmals darüber gesprochen. Im Mai hat er einen Mitarbeiter entlassen.«

»Hat er dich auf Beatrice Pienaar angesprochen?«

»Nein.« Neels' Augen blitzten zornig. »Warum sollte er?«

»Er meinte, sie sei verdächtig.«

»Ist sie nicht. Außerdem arbeitet sie in Philadelphia, nicht hier. Und Daniel Havenga hat sie mir empfohlen. Er ist ein Freund von mir.«

»Und wahrscheinlich im Broederbond.«

»Jeder Afrikaander von Bedeutung ist im Broederbond. Der hat Tausende von Mitgliedern.«

»Gehörst du auch dazu?«

»Nein!«, rief Neels. »Das habe ich dir schon einmal gesagt.«

»Wurdest du schon mal gefragt?«

»Nein. Ich bin mir sicher, dass man es mir anbieten würde, wenn man glaubte, dass ich wollte. Aber abgesehen davon hat die *Mail* in den letzten Jahren Dutzende von Artikeln über die Umtriebe des Broederbonds veröffentlicht.«

»Hat der irgendwas mit dem Laagerbond zu tun?«, fragte ich.

Neels runzelte die Stirn. »Hatte ich dir nicht geraten, das Thema zu vergessen?«

Wut stieg in mir hoch, die ich nach besten Kräften zu kontrollieren versuchte. Dass er mich letztens »Abschaum« genannt hatte, tat noch immer weh. Doch dass wir hier saßen und locker über seine Geliebte sprachen, als sei sie eine von vielen Angestellten, schmerzte noch mehr. Aber ich hatte Neels etwas Wichtiges mitzuteilen. »Du hast recht. Ich vergesse das Thema.« Neels warf mir einen argwöhnischen Blick zu. Ich versuchte zu lächeln. »Es geht mich nichts an, mit wem du zu tun hast«, sagte ich. »Ich will nichts darüber wissen.«

»Gut«, sagte er. »Wir müssen aufpassen, mit wem wir reden und was wir tun. Jeder von uns. Dieses Land wird immer gefährlicher. Ich muss mit Zan sprechen und ihr sagen, dass sie nicht mehr zu diesen Treffen gehen kann, solange sie bei uns wohnt. Und du solltest auch vorsichtig sein.«

»Neels, du müsstest dich mal hören«, sagte ich. »Denk doch an all die mutigen Männer und Frauen, die du in all den Jahren unterstützt hast. Menschen, die wegen ihrer Überzeugungen im Gefängnis saßen. Wie kannst ausgerechnet du ein Problem damit haben, wenn Zan zu einem Treffen der Kampagne zur Abschaffung der Wehrpflicht geht? Oder wenn ich, äh, wenn ich …«

Ich hatte einen Satz begonnen, den ich lieber nicht beenden wollte. Neels wurde aufmerksam. »Was, Martha?«, fragte er. »Was hast du getan, womit ich ein Problem haben könnte?«

»Nichts.« Ich dachte an Libby Wiseman, an die Polizeifotografen auf Thandos Beerdigung. Und an Moolman. Vor allem an Moolman. »Wie gesagt, mit wem du zu tun hast, ist deine Sache.«

Er war nicht überzeugt. »Hör zu«, sagte er. »Wir stehen hier in der Schlussphase, und der Einsatz ist hoch. Inzwischen bist du nicht mehr immun, niemand von uns ist das. Du kannst im Gefängnis landen, es kann noch schlimmer kommen. Erinnerst du dich an dein Versprechen kurz nach unserer Hochzeit?«

Das war zu viel. Bis dahin war ich bereit gewesen, wenigstens einen Abend lang so zu tun, als würde Beatrice nicht existieren, als sei sie unwichtig. Ich knallte mein Glas auf den Tisch. »Wir haben uns beide etwas versprochen bei unserer Hochzeit, Neels. Ich halte mich daran, wenn du es auch tust!«, rief ich. Dann rannte ich nach oben.

Neels kam später nach. Aber wir redeten nicht miteinander.

Irgendwann schlief er ein. Ich lag wach. Meine Gedanken wanderten von Neels zu *ihm*. Ich bekomme ihn einfach nicht aus dem Kopf. Ich möchte wissen, wann ich ihn wiedersehe. Ich kann es nicht erwarten, von ihm zu hören.

Später …

Wir hatten eben Besuch. Penelope. Und was für ein Besuch das war! Es hätte lustig sein können, wenn es nicht so traurig gewesen wäre.

Sie kam gegen drei Uhr nachmittags, zum Glück hatte sie einen Fahrer. Ich war im Garten und beschnitt mit Finneas die Rosen. Das machen wir gern zusammen, wir verfeinern dabei unsere Technik. Wenn die Rosen blühen, ist der Garten wunderschön. Ich denke, das liegt in erster Linie an unserem Beschnitt. Die Bokmakiris riefen sich im Stinkwood Tree etwas zu.

Da fuhr ein Jaguar die Einfahrt hoch, und Penelope stieg aus. Auf lächerlich hohen Absätzen schwankte sie zur Haustür und klingelte. Ich kam ums Haus herum und begrüßte sie von hinten. Vor Schreck wäre sie fast umgefallen. Penelope trug eine leuchtend gelbe hautenge Hose und eine weiße Rüschenbluse. Ich habe sie mindestens fünf Jahre nicht mehr gesehen. Sie hatte deutlich zugenommen, hielt sich schief und hatte die Haare orangerot gefärbt. Das biss sich furchtbar mit der Hose. Ich habe Fotos aus der Zeit gesehen, als sie Neels heiratete. Damals sah sie umwerfend aus: eine unglaubliche Figur und leuchtende Augen unter langen Wimpern. Vor ein paar Jahren sah man noch die letzten Spuren ihrer ehemaligen Schönheit. Jetzt nicht mehr. Jetzt ist sie alt, dick und verbittert.

»Hallo, Penelope«, sagte ich mit einem, wie ich meinte, höflichen Lächeln.

»Ich will meine Tochter abholen.«

»Ich wusste gar nicht, dass ihr verabredet seid.«

»Sind wir nicht. Aber ich hole sie jetzt zurück.«

»Wie meinst du das?«

Penelope richtete sich auf. Sie ist nicht annähernd so groß wie ich, aber da sie auf der obersten Stufe stand und diese Absätze trug, konnte sie auf mich hinunterblicken. »Ich meine damit, dass du mir meine Tochter weggenommen hast und ich sie jetzt zurückhole. Du hältst sie hier fest und verbietest ihr, mich zu besuchen. Das lasse ich nicht zu.«

Ihr Akzent hatte mich schon immer geärgert, diese affektierte Art, die britische Oberklasse nachzuäffen. Sie sprach nicht ganz deutlich, und ich roch Alkohol. Es wunderte mich nicht.

»Zan ist vierundzwanzig«, sagte ich. »Sie kann kommen und gehen, wann sie will. Du kannst sie nicht mitnehmen, und ich kann sie nicht festhalten.«

»Du hast sie mir gestohlen! Genau wie du mir meinen Mann und meine Zeitung gestohlen hast.«

Boshaft überlegte ich kurz, zuzugeben, dass ich ihr den Mann genommen hätte und sie ihn jetzt gern wieder zurückhaben könne. Neels und Penelope hätten bestimmt viel Freude miteinander.

»Apropos Zeitung: Ich habe gehört, sie steht zum Verkauf. Stimmt das?«

»Ich glaube, ja«, sagte ich.

»Hoffentlich ist Neels klar, dass die Blätter meiner Familie gehören. Wenn er sie verkauft, sollte er wenigstens den Anstand besitzen, mir das Geld zu geben, das er dafür bekommt.«

»Ich richte es ihm aus«, sagte ich. Wenn Penelope erst einmal mit den Zeitungen anfängt, kann das sehr lästig werden. In gewisser Weise verstehe ich ihren Zorn. Kurz nach ihrer Hochzeit mit Neels gab ihr Vater ihm Geld, um den kränkelnden Verlag zu kaufen, dem die *Johannesburg Post* und die *Durban Age* gehörten. Zwei Jahre später stellte er ihm das Kapital für die *Cape Daily Mail* zur Verfügung. Es war ein Geschenk. So wie Neels erzählt, verstand er sich sehr gut mit Penelopes Vater. Er behauptet, sein Schwiegervater hätte ihm das Geld gern gegeben, habe es nicht investieren wollen, auch hätte er darauf verzichtet, dass die Aktien auf Penelopes Namen eingetragen würden. Der Alte starb 1967 und hinterließ seiner Tochter im Übrigen ein Vermögen an Bergwerksaktien. Als Penelope sich 1970 von Neels scheiden ließ, bestand sie darauf, mindestens fünfzig Prozent der Zeitungsaktien zu bekommen. Es wurde sehr unschön, Neels ersparte mir die Einzelheiten, aber ich weiß, dass Zyl News in seinem Besitz blieb. Das nagt an ihr, offenbar bis heute. Sie braucht das Geld nicht. Ich glaube, am meisten ärgert sie sich darüber, dass die Zeitungen sie regelmäßig an die Zuneigung ihres Vaters zu Neels erinnern. Vielleicht beruhigt sie sich, wenn alles verkauft ist.

»Nun, wo ist sie?«

»Ich gehe sie mal suchen.« Ich ließ Penelope vor der Tür stehen und ging um das Haus herum nach hinten. Das war vielleicht unhöflich, aber um nichts in der Welt hätte ich sie in mein Haus gebeten. Zan zog ihre Bahnen im Swimmingpool. Eigentlich ist er zu klein, sie verbraucht ihre ganze Kraft für die Wenden, aber sie muss trainieren und schwimmt jeden Tag, egal bei welchem Wetter. Ich sagte ihr, ihre Mutter stände vor dem Haus. Zan verzog das Gesicht.

»Wenn du willst, sage ich ihr, dass du sie nicht sehen willst«, bot ich ihr an. »Oder dass du nicht da bist.«

Zan stand im Pool, keuchte vor Anstrengung. »Ich habe sie seit Weihnachten nicht mehr gesehen«, sagte sie. »Ich ertrage es einfach nicht. Sie ist schon mittags betrunken.«

»Xanthe!« Wir drehten uns um und sahen, wie Penelope über den Rasen zum Pool geschwankt kam. »Xanthe! Mein armer Liebling! Ich will dich abholen.«

»Hallo, Mom«, sagte Zan.

»Du kannst bei mir bleiben, mein Schatz«, sagte Penelope und blieb am Rand des Beckens stehen. »Du musst nicht bei deinem

Vater und Martha wohnen. Wir haben einen herrlichen Swimmingpool, das weißt du doch.« Sie hockte sich auf ihre breiten Oberschenkel und wankte bedrohlich. »Du kannst jetzt sofort mitkommen. Ich schicke Jimmy vorbei, dann holt er deine Sachen ab.«

»Nein, Mom«, sagte Zan. »Ich will hierbleiben.«

Penelope sah mich an. »Könntest du uns bitte allein lassen?«, forderte sie hochmütig.

Ich entfernte mich, aber Zan rief mich zurück. »Warte, Martha! Bleib stehen! Ich fahre nicht mit.«

»Aber Xanthe«, flötete Penelope, »du fehlst mir so sehr, mein Schatz!«

»Mom, fahr nach Hause!«, sagte Zan. »Ich besuche dich nächste Woche, bevor ich nach London ziehe.« Mit diesen Worten zog sie die Schwimmbrille herunter und begann, kraftvoll durch das Becken zu kraulen.

»Zan!« Penelope lief ihr nach, aber Zan wendete, sodass ihre Mutter umdrehen und am Beckenrand entlanglaufen musste. Zan schwamm schneller, als Penelope mit ihren hohen Absätzen laufen konnte. Sie wankte zum Kopfende. Als Zan anschlug, bückte sich Penelope und wollte ihre Tochter am Handgelenk festhalten. Ich weiß nicht, was sie sich dabei dachte. Die Folge war unvermeidlich: Zan wendete, Penelope verlor das Gleichgewicht und fiel mit einem gewaltigen Klatschen ins Wasser. Es war das tiefe Ende, sie versank. Zan merkte sofort, was passiert war, drehte um, zog ihre Mutter hoch und schleppte sie zur Treppe am Fußende.

Mit gewissem Widerwillen bot ich ihr meinen Arm, um sie herauszuziehen. Die arme Frau schluchzte. Zan und ich brachten sie ins Haus, Zan streifte ihr die nasse Kleidung ab. Wir wussten nicht, was wir ihr anziehen sollten. Dann kam ich auf die Idee, Neels' alte Sachen zu suchen. Neels ist groß, doch selbst seine Hosen saßen ihr sehr eng um die Taille. Sein Hemd reichte ihr bis zu den Knien. So schnell es ging, verfrachteten wir Penelope in ihren Wagen, und ihr Chauffeur brachte sie zurück nach Constantia.

Arme Zan. Arme Penelope. Aber irgendwie war es auch witzig.

Ob er mich anruft? Wenn wir uns doch verabredet hätten! Oder über unsere Beziehung geredet hätten, so man sie als solche bezeichnen kann. Ich weiß nicht, ob er mich wiedersehen will, und ertrage die Vorstellung nicht, dass er es sich nicht wünscht.

17. August

Neels ist heute nach London geflogen, um mit seinen Bankern die Übernahme des *Herald* zu besprechen. Die letzten Tage waren wirklich unangenehm. Wir haben nicht mehr von Beatrice und vom Laagerbond gesprochen. Eigentlich haben wir kaum ein Wort miteinander gewechselt. Aber ich habe sichergestellt, dass Beatrice nicht mit ihm nach London reist. Sie kehrt morgen in die Staaten zurück.

Und ich fahre heute Abend nach Johannesburg. Nur für eine Nacht.

Ich fange an, ein Parallel-Leben zu führen, von dem nicht einmal dieses Tagebuch weiß. Es ist unheimlich aufregend. Es fällt mir schwer, meine Gedanken zu ordnen, wenn ich schreibe. Eigentlich bin ich mir ziemlich sicher, dass bisher niemand dieses Tagebuch gelesen hat, aber eine Garantie dafür gibt es natürlich nicht. Wahrscheinlich ist es dumm, überhaupt etwas hineinzuschreiben. Aber es hat mir geholfen, eine gewisse Perspektive für mein Leben zu finden, und das brauchte ich, weiß Gott. Gerade habe ich noch einmal die erste Seite gelesen. Sie führt mir vor Augen, wie verzweifelt ich war. Noch immer geht es mir oft so. Es sieht schlecht aus, aber es gibt Hoffnung. Und heute Abend bin ich in Johannesburg.

18. August

Es war wunderbar in Johannesburg. *Er* war wunderbar. Auch wenn es nur eine Nacht war, es hat sich gelohnt.

Beinahe wären wir erwischt worden. Als wir in den Aufzug steigen wollten, kam gerade Roger Temple heraus, einer dieser selbstgefälligen Typen, die für Anglo-American arbeiten. Zum Glück war er mit einem Geschäftsmann ins Gespräch vertieft. Ich wundere mich, dass er mich nicht erkannt hat, erst vor zwei Monaten saßen wir uns bei den Jamesons gegenüber. Wahrscheinlich war es dumm, das Risiko einzugehen und uns in diesem Hotel zu treffen. Aber ich bin trotzdem froh, dass wir es getan haben.

Ob wir uns wiedersehen? Wir haben nicht darüber gesprochen. Am Ende, als wir uns verabschiedeten, wollte ich ihn fragen. Aber das hätte so viele neue Unklarheiten aufgeworfen: was für eine Beziehung wir haben, wie unmöglich das alles ist, dass die ganze Sache völlig verrückt und dumm ist und keine Zukunft hat. Ich wollte nicht über all das nachdenken. Ich wollte nur jeden Moment mit ihm genießen.

Fühle ich mich schuldig? Die Frage stelle ich mir lieber nicht.

Mein Herz jubiliert.

[21]

Es war unübersehbar, dass die Frau gegenüber von Calder Cornelius van Zyls Tochter war. Zan van Zyl war groß, hatte Cornelius' markante Gesichtszüge und seine durchdringenden blauen Augen, umgeben von lauter kleinen Fältchen. Auch seine breiten Schultern hatte sie geerbt, aber ihr Körper war schlank und sehnig. Zan trug eine enge Jeans und einen leichten Pullover. Ihr blondes Haar war kurz geschnitten, sodass man die drei goldenen Ohrringe in jedem Ohr sah. Calder überschlug kurz, dass sie Anfang vierzig sein musste, doch sie sah jünger aus, von den Fältchen um die Augen mal abgesehen.

Sie saßen in einem Restaurant an der Victoria and Albert Waterfront, einem sanierten Stadtteil mit Geschäften, Restaurants, Jachten und Fischerbooten. Am Kai vor ihnen wimmelte es nur so von Touristen und Einheimischen, die die spätherbstliche Sonne genossen. Fast alle waren weiß. Durch die offenen Fenster drang eine Kakophonie von Klängen herein, denn die Spaziergänger draußen wurden gleichzeitig von einer Gruppe Gospelsänger, einem Saxophonisten und einer Band aus vier E-Gitarristen in Kilts musikalisch beglückt. In der Ferne sah man die Glas- und Stahltürme des Stadtzentrums und dahinter den Tafelberg mit seinem geheimnisvollen Plateau tausend Meter über der Stadt, eine große, lange graue Wand, blass im weichen Sonnenlicht.

Am Morgen hatte Calder den Berg zum ersten Mal gesehen, als er von seinem Frühstück im Flugzeug aufschaut hatte und der gewaltige Berg schwarz in der stahlgrauen Dämmerung vor ihm stand. Wie eine Insel erhob er sich aus dem unendlichen

Meer weißer Wolken, das sich bis zu der unregelmäßigen Silhouette weiterer Berge im Osten erstreckte. Als das Flugzeug näher kam, sah Calder, dass die Wolken sich wie Wellen, die sich an Felsen brechen, um den Gipfel drehten. Jetzt, sieben Stunden später, hatten sie sich aufgelöst. Der Himmel leuchtete azurblau, der Berg schimmerte.

Noch immer leicht benommen von seinem unterbrochenen Schlaf im Flugzeug, blinzelte Calder auf die Speisekarte und versuchte sich zwischen Springbock-Pie und Straußensteak zu entscheiden. Schließlich wählte er den Springbock. Zan nahm Pasta.

»Sie sind also die einzige van Zyl, die in Südafrika geblieben ist?«, fragte Calder.

»Genau«, erwiderte Zan. Sie hatte einen viel auffälligeren südafrikanischen Akzent als ihre Geschwister und ihr Vater. »Es gefällt mir hier, besonders in Kapstadt. Sie müssen doch zugeben, dass es eine herrliche Stadt ist.«

»Allemal besser als London mitten im Winter«, stimmte Calder zu.

»Ich weiß. Ich habe ein Jahr dort gelebt. Die kurzen Tage haben mich fertiggemacht. Und dass sich alle immer schwarz anziehen; das ist doch das Letzte, was man in so einem grauen Land gebrauchen kann. Ich wollte eigentlich an der LSE studieren, aber die meiste Zeit habe ich mich für die Sache engagiert. Nach einem Jahr habe ich aufgehört und bin für eine Weile nach Mosambik gegangen. Das war alles sehr aufregend, aber als wir gewannen und Mandela an die Macht kam, wollte ich wieder zurück nach Hause. Ein freies Südafrika, dafür hatten wir schließlich lange gekämpft.«

»Was machen Sie jetzt? Irgendwas Politisches?«

»Nein. Nach 1994 verlor ich irgendwie die Motivation. Jetzt sind mal andere an der Reihe und können sich überlegen, was mit diesem Land geschehen soll. Ich habe etwas Geld von meiner Mutter geerbt, das ich in Immobilien investierte. So lernte ich

Piet kennen, meinen Mann. Jetzt bin ich eine Hausfrau mit zwei Kindern und glücklich damit.«

»Halten Sie es für einen Fehler, dass Ihr Vater Südafrika verlassen hat?«

Zan warf Calder einen kurzen Blick zu. »Ja. Doch. Früher machte er immer so ein Buhei darum, wie wichtig ihm das Land wäre, und dann änderte er plötzlich seine Meinung. Ich weiß, dass Martha sich auch darüber ärgerte.« Zan seufzte. »Leider habe ich nach ihrem Tod den Kontakt zum Rest der Familie verloren. Man sagt, so eine Tragödie würde eine Familie entweder zusammenschweißen oder zerreißen. In unserem Fall sorgte Marthas Tod wohl eher für eine Zerstörung. Hin und wieder spreche ich mal mit Edwin, und Todd und Kim habe ich gesehen, als sie kurz nach ihrer Hochzeit herkamen, aber meinen Vater schon lange nicht mehr.«

»Was glauben Sie, wer Martha umgebracht hat?«, fragte Calder.

»Meinen Sie damit, ob ich glaube, mein Vater hätte sie getötet?« Zan blickte Calder durchdringend an. Ihre blauen Augen, Cornelius' Augen, waren eiskalt.

Calder hielt ihrem Blick stand und zuckte mit den Achseln.

Sie entspannte sich ein wenig. »Diese Frage habe ich mir im Lauf der Jahre oft gestellt. Die Polizei behauptete, es seien Guerillas des ANC gewesen. Damals durfte man natürlich nicht glauben, was die Polizei sagte, aber es war im Bereich des Möglichen. Die Guerillas zogen damals durch den Krüger-Nationalpark und die Wildreservate an der Westgrenze, wie beispielsweise Kupugani, und zerstreuten sich in den Dörfern und Orten hinter der Grenze. Normalerweise machten sie unterwegs keinen Ärger; schließlich versuchten sie, unbemerkt ins Land zu gelangen. Als ich im Jahr darauf in Mosambik war, hörte ich mich um, aber niemand wusste etwas über den Mord an Martha. Es könnten Wilderer gewesen sein, davon gab es damals so einige.

Todd glaubt scheinbar, dass etwas vertuscht werden sollte. Vielleicht hat er recht. Vielleicht wurde Martha von der Sicherheitspolizei ermordet. Oder«, Zan zögerte, »es war doch mein Vater. Das möchten Sie herausfinden, nicht wahr?«

Calder nickte. »Ich versuche, nicht voreingenommen zu sein. Es wurden Anschläge auf Todd und mich verübt, bei einem Attentat wurde meine Schwester schwer verletzt …«

»Ich habe davon gehört«, sagte Zan. »Das tut mir sehr leid.«

Calder lächelte kurz. »Da möchte jemand nicht, dass Todd oder ich herausfinden, was mit Martha passiert ist. Und ja, es könnte durchaus Ihr Vater sein.«

Zan runzelte die Stirn. »Ich komme schon lange nicht mehr mit ihm aus, aber die Vorstellung, dass er sie ermordet haben soll, ist völlig abwegig. Oder dass er es auf Todd abgesehen hat.«

»Sie wohnten doch bei Ihrem Vater, als Martha starb. Angeblich war die Ehe damals in einer schwierigen Phase?«

»Das stimmt. Ich habe in jenem Winter zwei Monate in Hondehoek verbracht, war aber einige Tage vor Marthas Tod bereits nach London aufgebrochen. Um Ihre Frage zu beantworten: Ja, die Stimmung im Haus war furchtbar. Teilweise lag es an Pas Entscheidung, die *Cape Daily Mail* zu schließen. Martha war dagegen. Aber es steckte noch mehr dahinter. Ich schätze, dass einer von beiden eine Affäre hatte.«

»Wirklich? Wer denn?«

»Ich weiß es nicht«, sagte Zan. »Damals wollte ich nicht darüber nachdenken. Ich wollte mit beiden gut auskommen. Ich hatte mich ihnen entfremdet, als ich zur Uni ging. Meine politischen Ansichten waren ziemlich radikal, deutlich radikaler als ihre. Aber dann wurde auch noch mein Onkel ermordet. Die Beziehung zu meiner Mutter war denkbar schlecht, und eine andere Familie hatte ich nicht. Ich sorgte mich um die Sicherheit meiner Verwandten, falls die Revolution mit Gewalt herbeigeführt würde. Ich wollte Brücken bauen.« Zan hielt inne, biss sich auf die Lippe und blickte von Calder zum Berg hinüber. Als sie ihn wieder ansah, blinzelte sie. »Ich denke, es ist mir gelungen. Ich mochte Martha sehr gern. Sie war eine sehr liebe Stiefmutter, eine bessere Mutter als meine richtige – viel besser –, dennoch stieß ich sie in der Pubertät von mir. Ich bin so froh, dass wir in dem Winter vor ihrem Tod noch einige Zeit zusammen verbracht haben.«

»Es tut mir leid, dass das jetzt alles wieder hochkommt«, sagte Calder sanft.

»Nein, schon gut«, entgegnete Zan. »Irgendjemand muss sich darum kümmern. Mein Vater tut es ja nicht. Todd hat es versucht, und wir wissen, was daraus geworden ist.«

»Gibt es sonst noch jemanden, der Grund gehabt hätte, Martha umzubringen? Jemanden, der sie hasste?«

»Meine Mutter hasste Martha«, erklärte Zan. »Verständlicherweise. Sie hat Martha nie verziehen, dass sie ihr den Mann ausgespannt hat. Und sie war sauer, weil Pa nach der Scheidung die Zeitungen behielt. Das Geld, um sie zu kaufen, hatte er von ihrem Vater erhalten.« Zan merkte, dass Calder sich bemühte, die nächste Frage taktvoll zu stellen, und erlöste ihn aus seiner Misere. »Aber ich glaube wirklich nicht, dass sie es getan hat. Wenn Martha gestorben wäre, weil ihr jemand eine Ginflasche über den Kopf gezogen hätte, dann vielleicht. Mom war ja meistens betrunken. Mit Sicherheit wäre sie nicht in der Lage gewesen, Martha eigenhändig zu töten, und ich glaube nicht, dass meine Mutter noch organisiert genug war, um so etwas in Auftrag zu geben. Sie ist ohnehin tot, man kann sie nicht mehr fragen.«

»Das tut mir leid.«

Zan schüttelte den Kopf. »Irgendwie bin ich froh darüber. Es wurde immer schlimmer mit ihr.« Rasch fuhr sie sich mit der Hand durch das kurze blonde Haar, als wolle sie die Erinnerung an ihre Mutter zur Seite schieben. »Aber um noch mal auf Ihre ursprüngliche Frage zurückzukommen: Vielleicht war es doch die Sicherheitspolizei. Martha war immer gegen das Apartheidregime, engagierte sich aber nicht politisch. Ich glaube, sie wollte Pa nicht bloßstellen. Doch zum Ende hin fragte sie mich mehrmals, ob sie mich zu Protestkundgebungen begleiten könne. Sie ging zu einer großen Beerdigung für den Sohn unseres Hausmädchens, was damals ein politisches Statement war. Und sie war gut befreundet mit Libby Wiseman.«

»Libby Wiseman?«

»Die beiden saßen im Vorstand einer Wohltätigkeitsorganisation, ein Alphabetisierungsprojekt in Guguletu. Libby Wiseman war Lektorin an der Uni Kapstadt und ziemlich radikal. Sie war wahrscheinlich schon damals Mitglied der Kommunistischen Partei, später auf jeden Fall. In der ersten Post-Apartheid-Regierung war sie Juniorministerin. Martha könnte etwas mit ihr unternommen haben, was der Sicherheitspolizei nicht gefiel. Ich kann mich erinnern, dass einmal zwei Polizisten auftauchten und Martha warnten, sie solle aufpassen, mit wem sie spreche.«

»Wissen Sie, wo ich Libby Wiseman finden kann?«

»Keine Ahnung«, sagte Zan. »Aber vor ein paar Jahren war sie noch ziemlich gut bekannt. Es dürfte nicht allzu schwierig sein, sie ausfindig zu machen.«

»Hatten Sie selbst mal Ärger mit der Sicherheitspolizei?«, wollte Calder wissen.

Zan grinste. »Als Studentin in Johannesburg habe ich öfter mal über Nacht im Knast gesessen. Aber bis ich nach London ging, habe ich mich an nichts Größerem beteiligt.«

»Erst nach Mosambik?«

»Erst nach Mosambik.«

Calder fragte sich, was das »Größere« nach Mosambik wohl gewesen sein mochte. Aber Zan sah so aus, als könne sie sich durchsetzen. »Schwimmen Sie noch?«

»Ja, doch. Warum fragen Sie?«

»Ich habe gehört, dass Sie zu den Olympischen Spielen hätten fahren können. Und es sieht so aus, als wären Sie sportlich ziemlich fit.«

»Ich schwimme. Ich jogge. Ich mache Triathlon. Momentan trainiere ich für den Comrades Marathon in Durban in zwei Wochen. 89 Kilometer.«

»O Mann! Und das schaffen Sie alles?«

Zan grinste. »Na klar. Ich werde zwar älter, aber ich bin nicht viel langsamer geworden, besonders nicht auf langen Strecken.«

Calder kam sich vor wie eine lahme Ente, als er die Springbocksoße auftunkte. Eigentlich war er stolz auf seine körperliche Fitness. Die Kellnerin räumte die leeren Teller ab und brachte Kaffee. Hell schien die Sonne auf die Menschenmenge am Kai. Die düstere Apartheidpolitik schien weit weg zu sein, obwohl Calder immer noch nicht viele Schwarze sah.

»Niemand scheint zu wissen, warum Martha an jenem Wochenende nach Kupugani fuhr«, sagte er.

»Das stimmt, das ist schon mysteriös. Ich weiß noch, wie sie mir davon erzählte. Sie sagte, sie müsse einfach mal weg. Als ich klein war, fuhren wir öfter mit der ganzen Familie in ein Wildreservat, das hieß Mala Mala. Es ist ziemlich berühmt, ich weiß, dass Martha gern dorthin fuhr. Aber von Kupugani hatte ich noch nie zuvor gehört. Vielleicht hatte es ihr jemand empfohlen.«

»Auch so etwas, das keinen richtigen Sinn ergibt«, sagte Calder. »Ich weiß, dass Todd schon danach gefragt hat, aber haben Sie mal gesehen, wie Martha in ein Tagebuch schrieb?«

»Nein. Und ich habe auch noch nie vom Laagerbond gehört.«

»Ah, gut. Kennen Sie vielleicht jemanden, den ich danach fragen könnte?«

Zan nestelte an ihren Ohrringen herum. »Eventuell kann ich Ihnen da helfen«, sagte sie. »Im Geheimdienst NIA sind die Sicherheitskräfte des alten Regimes und des ANC vereint. Ich habe nie so richtig verstanden, wie das klappen konnte, schließlich waren sie vorher erbitterte Feinde. In den frühen Neunzigern wurden viele Dokumente über die Aktivitäten der Sicherheitskräfte zerstört, tonnenweise. Ich weiß nicht, ob die Unterlagen über den Laagerbond verschont worden sind. Vielleicht hat der ANC Einblick in die Akten. Ich könnte einige Genossen von damals fragen, die jetzt bei der NIA arbeiten.«

»Sagen Sie mir bitte Bescheid, wenn Sie etwas erfahren.« Calder schrieb seine Handynummer auf. »Wenn Sie sich in den nächsten Tagen mit denen in Verbindung setzen könnten, wäre mir das eine große Hilfe.«

»Mal sehen, was ich erreichen kann.« Zan schaute auf die Uhr. »Ich muss los, die Kinder von der Schule abholen. Das wird nicht leicht werden, wissen Sie? Herauszufinden, was passiert ist. Damals wurden viele Verbrechen verübt, und dieses Land ist wahrhaft ein Meister im Vergessen. Sonst kann es nicht überleben.«

»Ich weiß. Aber ich bin fest entschlossen. Für mich geht es hier nicht um Geschichte, es geht um die Gegenwart, um Todd und meine Schwester. Wer auch immer versucht hat, die beiden umzubringen, ich werde ihn finden.«

»Das glaube ich Ihnen«, sagte Zan.

Sandy fegte die Brotkrumen von den Unterlagen vor ihr. Es war drei Uhr. Gerade hatte sie die spärliche Mahlzeit beendet, die ihr Mittagessen darstellte. Ihre innere Uhr war so durcheinander, dass sie nicht mehr wusste, welche Tageszeit gerade war. Am Morgen war sie mit einem Nachtflug von New York in Heathrow eingetroffen, am nächsten Abend sollte sie nach der großen Besprechung mit dem Klienten zurückfliegen.

Sie las die Klausel vor sich nun zum dritten Mal, und wieder verschwammen die Worte vor ihrem Auge. Es handelte sich um einen dieser schlecht formulierten juristischen Bandwurmsätze, bei dem man den Abstand zwischen Subjekt, Verb und Objekt auf dem Blatt vertikal in Zentimetern messen konnte. Doch der eigentliche Grund für ihre mangelnde Konzentration war das Gespräch, das sie am Nachmittag mit dem Seniorpartner des Londoner Büros haben würde.

Noch immer war Sandy sich nicht sicher, was sie tun sollte: den Antrag auf Versetzung nach London zurückziehen oder es dabei belassen und hoffen, dass er sowieso abgelehnt würde. Eigentlich war Sandy überzeugt, dass ihre Beziehung zu Alex keine Zukunft mehr hatte. Sie konnte nicht glauben, dass sie so dumm gewesen war, etwas anderes anzunehmen. Aber sie würde wie der letzte Idiot dastehen, wenn sie dem Chef sagte: Sorry, ich habe mich geirrt, ich habe doch keinen Freund in England. Wie unprofessionell wäre das wohl?

Wieder wallte Zorn in ihr auf. Dieser verfluchte Alex!

Einige Tische weiter klingelte das Telefon, kurz darauf rief eine Sekretärin Sandy zu: »Unten ist eine Mrs. van Zyl und wartet auf Sie!«

»Van Zyl? So wie dieser Zeitungstycoon?«

Die Wirtschaftspresse überschlug sich mit Berichten zur Übernahme der *Times*. Sandy hatte das Thema mit mäßigem Interesse verfolgt.

Die Sekretärin zuckte mit den Achseln.

»Gut. Sagen Sie ihr, dass ich runterkomme.«

Sandy nahm ihre Jacke von der Stuhllehne, ging ins Bad, prüfte ihr Aussehen im Spiegel und steuerte auf den Aufzug zu. Der Mann am Empfang wies mit dem Kinn auf zwei schlanke Beine hinter einer aufgeschlagenen *Times*.

»Mrs. van Zyl?« Sandy kam näher, ein erwartungsfrohes Lächeln auf den Lippen.

Die Zeitung senkte sich. Sandy brauchte einen Moment, aber dann erkannte sie das lockige dunkle Haar, das blasse Gesicht, die lebhaften Augen.

»Sie!«

Kim lächelte nervös und stand auf. »Hallo, Sandy.«

Sandy mochte nicht glauben, wen sie vor sich sah. »Sind Sie diejenige, für die ich Sie halte?«

»Wahrscheinlich.«

»Was haben Sie dann hier zu suchen?«

»Ich möchte mit Ihnen sprechen. Wegen Alex.«

»Sie sind ja verrückt!« Sandy drehte sich um.

»Warten Sie! Bitte! Alex zuliebe.«

Sandy hielt inne. »Alex zuliebe? Und warum genau bitte sollte ich Alex zuliebe etwas tun?«

»Na gut. Ihnen selbst zuliebe.«

»Was können Sie schon zu sagen haben, das von Interesse für mich sein könnte?«

»Hören Sie, Sie müssen furchtbar wütend sein«, sagte Kim schnell. »Ich wäre es in Ihrer Situation auch, aber hören Sie sich bitte an, was ich zu sagen habe. Dann können Sie immer noch gehen. Bitte!«

Sandy zögerte. Die Frau wirkte aufrichtig. Sandy zuckte mit den Schultern. »Um die Ecke ist ein Café. Gehen wir dahin.«

Schnell verließen sie das Gebäude von Trelawney Stewart und traten auf die Straße.

»Ihre Sekretärin in New York sagte, Sie seien mehrere Tage hier«, begann Kim. »Wann fliegen Sie zurück?«

Entschlossen ignorierte Sandy den Smalltalk. Schweigend eilten sie ins Café hinüber, bestellten beide einen Caffè Latte und setzten sich.

»Also«, sagte Sandy. »Was ist?«

»Alex war völlig erschüttert, als Sie so überraschend bei ihm auftauchten.«

Sandy zuckte mit den Schultern. Sie war eine große Frau mit kurzen blonden Haaren, hohen Wangenknochen und klaren blauen Augen. Sie konnte sehr kühl wirken, wenn sie wollte. So wie jetzt.

»Ich kenne Alex schon sehr lange, seit der Uni, wir waren immer gute Freunde, das war das einzige Mal, dass wir …« Kim zögerte, suchte den passenden Ausdruck.

»Gebumst haben?«, schlug Sandy vor.

»Äh, ja. Aber seitdem ist das nicht mehr vorgekommen. Ich weiß, dass Alex sich nichts mehr wünscht, als Sie wiederzusehen. Ich wollte Sie bitten, ihm noch eine Chance zu geben.«

»Hat er Sie geschickt?«

»Nein, Gott bewahre. Das wäre ihm zu peinlich. Mir ist es auch peinlich. Aber ich mag ihn wirklich gern und möchte nicht auch noch dafür verantwortlich sein, wenn in *seinem* Leben alles kaputtgeht. Es reicht schon, wenn es bei mir so ist. Wir haben über Sie gesprochen; er hat mir gesagt, wie wichtig Sie ihm sind. Er glaubt, Sie wollten nichts mehr von ihm wissen, aber das kann ja wohl nicht stimmen. Schließlich haben Sie ihn zu Hause besucht.«

»Kann schon sein«, gab Sandy zu. »Aber jetzt will ich wirklich nichts mehr von ihm.«

»Geben Sie ihm noch eine Chance! Im Moment ist er in Südafrika, aber rufen Sie ihn doch an, wenn er zurückkommt.«

Sandy musterte Kim mit unbewegter Miene. »Haben Sie sich nicht als *Mrs.* van Zyl angemeldet?«

»Ja«, sagte Kim und senkte den Blick.

»Sind Sie mit Cornelius van Zyl verwandt?«

»Er ist mein Schwiegervater.«

»Aha. Und wo war Ihr Mann, als Sie sich mit Alex Calder im Garten wälzten?«

Kim sah in ihre Tasse und murmelte etwas vor sich hin.

»Bitte? Ich habe Sie nicht verstanden.«

Kim hob den Kopf und schaute Sandy in die Augen. »Im Krankenhaus«, sagte sie mit zitternder Stimme.

»Das ist doch nicht Ihr Ernst!«, gab Sandy zurück. Die Verachtung in ihrer Stimme war deutlich hörbar.

Kim versuchte, Sandys Blick standzuhalten, aber ihr Kinn bebte, und eine Träne rann ihr die Wange hinunter. Ohne ein Wort zu sagen, fuhr sie sich mit dem Handrücken über die Augen, schniefte und stolperte auf den Ausgang zu.

Sandy schaute ihr nach.

Benton Davis sah sich am kleinen Konferenztisch um. Einer der wenigen Vorteile, wenn man die Londoner Niederlassung von Bloomfield Weiss leitete, bestand in dem Anrecht auf einen großen Schreibtisch, Ledersofas und -sessel, ein Eckbüro mit Blick auf Broadgate und auf den eigenen kleinen Konferenztisch. Davis hatte Dower überzeugen können, für das Telefonat zu ihm hochzukommen, so musste er nicht zum Investmentbanking hinuntertraben. Es war keine Frage der Bequemlichkeit, nein, es war eine Statusfrage. Wer hatte hier das Sagen? Sie hatten schlechte Nachrichten für Cornelius van Zyl, und Dower wollte, dass Davis sie überbrachte. Dieser Feigling! Und was für ein Dummkopf. Davis würde nur noch unentbehrlicher für den Deal werden. Und so kauerten jetzt Davis, Dower und zwei Mitarbeiter um den Telefonhörer.

Davis wählte die Nummer von Cornelius van Zyls Büro am Madeira Quay. Seit die Übernahme der *Times* öffentlich geworden war, hatte van Zyl sein Hauptquartier ins Verlagshaus des *Herald* in den Docklands verlegt.

»Guten Morgen, Cornelius«, begann Davis. »Wie geht es Ihnen?«

»Gut, Benton.« Van Zyls Stimme war laut, klar und ungeduldig. »Was gibt es?«

»Andy Dower und ein paar von seinen Kollegen sind hier«, sagte Davis. »Wir haben gerade mit Gurney Kroheim gesprochen. Laxton Media hat ein weiteres Angebot bekommen.«

»Scheiße«, sagte van Zyl. »Von Gill?«

»Ja. 875 Millionen. Cash.«

»Verdammte Scheiße. Sie haben doch gesagt, Gill käme nicht an weitere Gelder ran!«

»Da haben wir uns wohl geirrt«, gab Davis zu.

»Wird der Aufsichtsrat von Laxton das Geschäft empfehlen?«

»Gurney Kroheim sagt, sie seien dem Angebot ›wohlgesinnt‹.«

»Was soll das heißen?«

»Das heißt, wenn wir noch ein höheres Gebot abgeben wollen, dann am besten sofort«, erklärte Dower.

»Scheiße. Können Sie rüberkommen?«

»Wir sind schon unterwegs«, sagte Davis.

Die Fahrt im Taxi dauerte zwanzig Minuten. Zu viert saßen die Banker auf der Rückbank. Davis lange Beine drückten gegen den Oberschenkel eines jüngeren Mitarbeiters auf dem Notsitz.

»Können wir unser Gebot noch einmal aufstocken?«, fragte Davis.

»Das wird kompliziert«, entgegnete Dower. »Ich habe gestern mit den Leuten von Capital Markets gesprochen. Sie sind jetzt nicht mehr so sicher, dass sie den Dreihunderter-Deal durchbekommen, von dem wir anfangs sprachen. Ein noch größerer Deal zu einem höheren Preis wäre sehr, sehr schwierig.«

»Was? Sie haben doch gesagt, der Junk-Bond-Markt würde sich erholen!«

»So sah es auch aus. Aber letzte Woche war die Zahlungsunfähigkeit bei Matzin Industries. Das war ein Hammer. Hat den Leuten Angst gemacht. Und für den Sommer sind schon mehrere Geschäfte in Milliardenhöhe in der Warteschleife. Unsere Leute sind nicht überzeugt, dass bei den Investoren genügend Bedarf besteht.«

»Ich verstehe euch nicht«, sagte Davis. »Vor zwei Wochen haben Sie unserem Klienten gesagt, der Markt wäre stark. Jetzt sind Sie anderer Meinung. Sie können einem Klienten nicht heute dies und morgen das sagen, schon gar nicht, wenn sein gesamtes Handeln von Ihren Prognosen abhängt.«

»Die Märkte ändern sich, Benton«, sagte Dower. »Sie sind schon lange genug dabei, um das zu wissen.«

»Es ändert sich nur eins: eure Bereitschaft, Risiken einzugehen«, gab Benton zurück. »Eine Pleite, und ihr nehmt Reißaus. Junk-Bond-Emittenten schmieren ständig ab, deshalb zahlen sie ja so hohe Zinsen. Manchmal muss Bloomfield Weiss einfach aufstehen und mitmachen, und jetzt ist es so weit.«

»Benton, das können nicht Sie oder ich entscheiden, das entscheidet das Emissionskomitee.«

Benton antwortete nicht, sondern schaute aus dem Fenster auf den Canary-Wharf-Turm, der immer größer wurde, je näher sie den Docklands kamen.

Das war das Problem. Sie brauchten die Genehmigung des Emissionskomitees, sonst konnte Bloomfield Weiss Zyl News nicht schriftlich ein höheres Überbrückungsdarlehen garantieren. Zum Komitee gehörten die Generaldirektoren von Sales und Trading sowie einige der höchsten Entscheidungsträger der Firma. Sie würden ein Überbrückungsdarlehen nur dann genehmigen, wenn sie überzeugt wären, dass es in den nächsten Monaten über die erfolgreiche Lancierung von Junk Bonds zurückgezahlt werden würde. Das Komitee ging oft große Risiken ein, aber wenn der Junk-Bond-Markt zu unruhig war, zog es eine vorsichtigere Gangart vor.

Wenn van Zyl sein Angebot nicht erhöhte, würde es keinen Deal geben, so einfach war das. Das konnte sich Davis nicht leisten. Als Leiter des Londoner Büros hatte er nun schon seit Jahren nichts mehr mit der aufregenden Seite des Investmentbankings zu tun, mit großen Geschäften und gewaltigen Provisionen. Er bekam ein ansehnliches Gehalt, aber der Lebensstandard, auf dem er sich mit seiner Familie hier in London bewegte, konnte nur mit erheblichen Summen aufrechterhalten werden. In den mageren letzten Jahren hatte Davis sich Geld geliehen, um zahlungsfähig zu bleiben, aber so konnte das nicht ewig weitergehen. Er brauchte unbedingt einen dicken Bonus. Nur über ein gigantisches Geschäft wie das mit der *Times* könnte er sich den verschaffen.

Bisher war er mit Scharfsinn und seinen Beziehungen erfolgreich gewesen, aber angesichts der zunehmenden Aggressivität in der Geschäftswelt reichte das nicht mehr. Die traurige Wahrheit lautete, dass ein Investmentbanker dann erfolgreich war, wenn er seinen Klienten überzeugte, den höchsten Preis zu zahlen. Nur so bekam man große Provisionen und Bonuszahlungen. Davis wollte unbedingt dazugehören. Dower konnte ihn mal.

Das Taxi hielt vor dem verglasten Gebäude, in dem der *Herald* untergebracht war. Die Investmentbanker fuhren mit dem Lift hoch in die Vorstandsetage. In null Komma nichts waren sie im Büro des Vorstandsvorsitzenden mit der teuren modernen amerikanischen Inneneinrichtung. Von hier ging der Blick auf die Themse, den Millennium Dome und die schillernde architektonische Mischung der neuen Docklands.

Ein erschöpfter Edwin saß an einem langen Konferenztisch vor einem Laptop, umgeben von zahllosen Unterlagen. Der alte van Zyl lief auf und ab.

»Setzen Sie sich, meine Herren«, sagte er. Davis und seine Kollegen nahmen Platz, van Zyl blieb stehen. »Wir müssen entscheiden, ob wir ein noch höheres Angebot abgeben. Haben sich die anderen potenziellen Bieter gerührt?«

»Nein«, antwortete Dower. »Wir wissen, dass die Leute vom *Telegraph* mit Laxton gesprochen haben, aber deren Angebot wird mit Sicherheit der Wettbewerbskommission vorgelegt, und Laxton hat nicht genug Zeit, um darauf zu warten. Für die Deutschen und die Iren ist der Preis inzwischen zu hoch. Es sind nur noch wir und Gill übrig.«

»Ich werde gegen diesen Dreckskerl nicht verlieren«, brummte van Zyl.

»Ich nehme an, Sie haben keine Möglichkeit, noch irgendwo Geld aufzutreiben?«, fragte Dower.

Van Zyl schüttelte den Kopf. »Nein. Jedenfalls nichts Wesentliches.« Er schaute böse. »Ich bin nicht so wie andere Zeitungsverleger, die ich nicht nennen will. Alles, was ich habe, ist bereits in diesem Angebot. Ich habe keine versteckten Reichtümer in der Schweiz oder der Karibik.«

»Das wollte ich damit auch nicht sagen«, stammelte Dower.

»Aber besser wäre es, nicht wahr, Benton? Ich weiß, dass Edwin meint, die Familie sollte einen Notgroschen für schlechte Zeiten zurückhalten, stimmt's, Edwin?« Sein Sohn reagierte nicht. »Nein, wenn wir mehr zahlen wollen, müssen wir uns das Geld leihen.«

Gerade wollte Benton Davis etwas sagen, als Dower ihm ins Wort fiel. »Da könnte es ein Problem geben ...«

»Das dachten wir auch ...«, unterbrach ihn Davis.

Van Zyl hob die Hand, damit beide schwiegen. »Ein Problem?« Er sah Dower an.

Dower schluckte. »Der Junk-Bond-Markt erholt sich nicht so gut, wie wir gehofft haben. Letzte Woche gab es Zinsverzug, das Vertrauen der Investoren ist stark zurückgegangen.«

»Moment mal.« Cornelius van Zyl beugte sich über den Tisch, stützte seine große Gestalt auf die Hände und starrte den Banker mit vorgerecktem Kinn an. »Erst vor wenigen Tagen haben Sie mir versichert, wir würden ohne Probleme dreihundert Millionen Pfund bekommen.«

»Ich habe gesagt, es wird eng.«

»Aber Sie haben es mir schriftlich gegeben.«

»Das stimmt«, bekannte Dower. Auf seiner Stirn und an seinem fleischigen Hals standen Schweißperlen. »Wir haben uns verpflichtet, ein Angebot in Höhe von achthundertfünfzig Millionen zu finanzieren. Aber mehr können wir nicht.«

»Bei achthundertfünfzig ist der Cashflow schon dünn«, sagte Edwin und sah von seinen Papieren auf. »Noch einen Schritt weiter, und das Ganze fällt in sich zusammen.«

Wütend funkelte der alte Mann seinen Sohn an. Edwin und Dower vermieden es zwar, sich anzusehen, aber die Eintracht zwischen ihnen war fast greifbar. Es reichte einfach nicht.

Am Tisch herrschte Schweigen. Van Zyl runzelte die Stirn. Er sah Benton Davis an. »Was meinen Sie?«

Davis überlegte. Er musste jetzt alles richtig machen. Er war froh, dass er noch nichts gesagt hatte. Das bedeutete, dass er sich noch eine gewisse Autorität bewahrt hatte. Dower hatte seine verspielt. Davis sah van Zyl in die Augen. »Schaffen Sie es mit neunhundert Millionen?«

»Wir haben einfach nicht genug Cashflow, um so hohe Schulden zu bedienen«, sagte Edwin.

Davis sah van Zyl mit erhobenen Augenbrauen an.

Cornelius van Zyl nahm Platz. Er setzte sich seine halbmondförmige Lesebrille auf die Nase, nahm eine von Edwins Tabellen und studierte sie. Dann warf er sie auf den Tisch zurück. »Ich weiß, dass du dir viel Mühe gegeben hast mit den Zahlen, Edwin, und ich weiß, was drinsteht. Normalerweise bezahle ich nie zu viel. Aber manchmal ... manchmal muss man einfach etwas wagen. Die *Times* ist eine einzigartige Investition. Wenn sie uns gehört, wird es eine großartige Investition. In ein paar Jahren wird sie mehr als eine Milliarde wert sein. Viel, viel mehr. Wir sind schon einmal ein solches Wagnis eingegangen, beim *Herald*, weißt du noch? Es hat funktioniert. Ich habe so ein Gefühl«, er schaute seinen Sohn an, »nein, mehr als das, ich bin *überzeugt*, dass es jetzt wieder so weit ist. Deshalb: Ja, Benton, das können wir.«

»In dem Fall können wir auch.«

»Warten Sie, Benton«, unterbrach ihn Dower. »Wir müssen noch mit einigen Leuten bei uns darüber sprechen.«

Davis überhörte den Einwand und sah van Zyl in die Augen. »Sie haben mein Wort.«

Edwin stolzierte zurück in sein Büro und knallte den Papierstapel auf seinen Schreibtisch. Sein Vater übernahm sich. Natürlich konnte Edwin seine Betriebswirtschaftler veranlassen, die Prognosen bezüglich Auflage, Werbekosten, Kostensenkung zu ändern: ein Prozent hier, zwei Prozent da. Auf dem Papier konnten die Zahlen hinhauen, in Wirklichkeit aber nicht. In Wirklichkeit funktionierte das Geschäft nur dann, wenn Cornelius nach der Übernahme der *Times* ein Wunder zustande brachte. Möglich war es, das musste Edwin zugeben. Aber wahrscheinlicher war, dass sie nicht genug aus der Zeitung holen konnten, um die Zinsforderungen zu bedienen, und das würde nicht nur der *Times*, sondern der gesamten Zyl-News-Gruppe das Genick brechen.

Wenn seine Schwägerin und dieser verdammte Alex Calder nicht schon vorher den ganzen Laden ruinierten.

Das wollte Edwin auf jeden Fall vermeiden. Er war überzeugt, sich in den letzten Jahren in der Firma unentbehrlich gemacht zu haben. Sein Vater würde nicht mehr lange mit voller Kraft arbeiten können; er wirkte zwar, als habe er grenzenlose Energie, aber immerhin war er schon zweiundsiebzig. Todd hatte praktischerweise auf alles verzichtet, als er sich für ein Leben als Lehrer entschied, er hatte nichts mehr zu sagen. In wenigen Jahren würde Zyl News Edwin gehören.

Falls Cornelius die Firma nicht durch einen letzten, schlecht beratenen Schachzug in den Bankrott führte.

Das Telefon klingelte. Es war Jeff Hull, Edwins Lieblingsjournalist.

»Wie hat sich unser Freund, der Superintendent, gestern gemacht?«, fragte Hull.

»Gut, sehr höflich, sehr respektvoll«, sagte Edwin. »Man merkte, dass seine Kollegin gern noch mehr Fragen gestellt hätte, aber er ließ es nicht zu.«

»Was habe ich dir gesagt? Nichts macht einem Polizisten so viel Angst wie die Androhung eines Kinderschänderskandals.«

Edwin grinste. »Du hattest recht. Ich lasse dir die Prämie morgen aufs Konto überweisen.«

»Vielleicht willst du noch was drauflegen?«

»Wieso?«

»Ich habe noch etwas für dich, Edwin.« Hull war aufgeregt. »Ich habe hier in Norfolk noch mal ein bisschen herumgeschnüffelt und herausgefunden, dass dein Bruder ein kleines Geheimnis hat.«

»Aha?«

»Wusstest du, dass er etwas nebenbei laufen hat?«

»Nein. Erzähl!«

»Im Krankenhaus hat sich offenbar mehrere Tage lang eine junge, sehr attraktive Amerikanerin namens Donna aufgehalten. Wenn Todds Frau weg war, hat sie sich zu Todd reingeschlichen. Sie behauptete, sie sei eine Kollegin von der Schule, aber die Krankenschwestern hatten so ihre Zweifel, besonders als Todds Frau das herausfand und in die Luft ging. Danach hat keiner diese Donna mehr gesehen. Ich habe bei Todds Schule in New Hampshire nachgefragt. Dort gehört eine Miss Donna Snyder zum Kollegium. Unterrichtet Kunst.«

»Das ist ja sehr interessant.«

»Dachte ich mir, dass dich die Nachricht freut. Weiß nicht, was du mit dieser Information machst, aber dir fällt bestimmt etwas ein. Auf meine Verschwiegenheit kannst du dich natürlich verlassen.«

»Gut gemacht, Jeff!«

»Kein Problem. Erhöhst du jetzt die Prämie noch ein bisschen?«

»Mach ich«, sagte Edwin. »Gute Arbeit.«

Er legte auf und überdachte das Ganze. Dieses Wissen gab ihm ein Druckmittel an die Hand. Die Frage war, wo genau er den Hebel ansetzen sollte. Schnell wurde es ihm klar. Er rief zwei seiner Strategen ins Büro und trug ihnen auf, die Prognosen zu überarbeiten. Dann verließ er das Gebäude und nahm sich ein Taxi.

Er fand Kim dort, wo er sie erwartet hatte: an Todds Bett. In der blitzenden Privatklinik, in die Todd verlegt worden war, hatte er ein Einzelzimmer mit Fernseher, Sesseln, Blumen und schönen Vorhängen, auch wenn die Schläuche, an denen er hing, große Ähnlichkeit mit denen im Krankenhaus von Norfolk hatten. Todd schlief. Kim saß neben ihm in einem Sessel und starrte mit rot geränderten Augen vor sich hin.

Als Edwin eintrat, blickte sie auf und schenkte ihm die schwache Andeutung eines höflichen Lächelns.

»Wie geht's ihm?«, fragte Edwin.

»Besser«, murmelte Kim vor sich hin. »Deutlich klarer bei Verstand. Aber er schläft viel.«

»Gut. Können wir mal kurz reden?«

Kim wies auf den anderen Sessel.

»Nein, nicht hier.«

»Er schläft«, sagte Kim.

»Ich glaube, es wäre besser für alle, wenn wir uns woanders unterhalten.«

Kim zuckte mit den Achseln und folgte Edwin aus dem Zimmer. Sie fanden eine leere Warteecke weiter unten im Flur.

»Ich weiß über Donna Snyder Bescheid«, sagte Edwin.

Kim schüttelte den Kopf, eher resigniert als böse. »Warum wundert mich das nicht?«

»Ich habe gehört, dass Alex Calder in Südafrika ist und da wegen Martha herumschnüffelt.«

»Und?«

»Ich halte das für keine gute Idee.«

»Warum nicht?«

»Zyl News ist gerade in einer heiklen Lage. Calder könnte sie noch deutlich komplizierter machen. Es braucht nicht mehr viel, dann bricht alles zusammen.«

Kims Augen flackerten zornig. »Was könnte er deiner Meinung nach denn herausfinden? Wovor hast du Angst?«

»Ich habe nichts zu verbergen«, sagte Edwin. »Aber das Timing ist nicht gut. Es wäre besser, wenn du ihn nach England zurückholst.«

»Das tue ich nicht. Man hat versucht, zuerst Todd und dann Alex' Schwester umzubringen. Die Antwort auf die Frage, wer das war, liegt in Südafrika.«

»Weiß die Polizei von Donna Snyder?«

»Ich glaube nicht. Warum sollte es sie interessieren?«

»Och, da kann ich mir schon was vorstellen. Also, die haben meinem Vater und mir alle möglichen Fragen über dich gestellt, zum Beispiel, wie viel du bei Todds Tod erben würdest.«

»Das haben sie mich auch gefragt«, sagte Kim. »Reine Routine. Ich glaube nicht, dass sie mich ernsthaft verdächtigen.«

»Bis jetzt nicht«, gab Edwin zurück. »Weil sie noch nicht wussten, dass dein Mann dich betrügt.«

»Das ändert doch überhaupt nichts«, sagte Kim voller Verachtung.

»Das denke ich aber schon«, widersprach Edwin. Dann hatte er einen Gedankenblitz. »Was ist denn mit dir und Alex Calder?«

»Was soll mit uns sein?«, fragte Kim und lief rot an.

Edwin grinste. »Ts, ts. Und das, während dein Mann im Krankenhaus liegt.«

»Zwischen Alex Calder und mir ist überhaupt nichts«, sagte Kim verärgert.

Edwin hob abwehrend die Hände. »Ich meine ja nur, dass du Calder anrufen und ihm sagen sollst, er soll zurückkommen.«

»Verpiss dich!«, fauchte Kim.

»Das wäre jetzt wirklich am besten«, gab Edwin zu bedenken. »Damit vermeidet ihr viele Unannehmlichkeiten.«

»Verpiss dich, habe ich gesagt!«, schrie Kim. »Hau ab! Ich gehe jetzt zurück zu Todd.«

Sie drehte sich um und ließ ihren Schwager stehen.

»Ich gebe dir einen Tag, um darüber nachzudenken!«, rief er ihr nach. »Einen Tag!«

Kim betrat Todds Zimmer und schlug die Tür hinter sich zu.

[22]

Calder beschloss, von seinem Hotel nahe der Victoria and Albert Waterfront zu der Zigarrenbar in der Long Street, wo er mit George Field verabredet war, zu Fuß zu gehen. Es war früher Abend, und es wurde schon dunkel. Abseits der Waterfront bot die Stadt eine Mischung völlig verschiedener architektonischer Stile: hoch aufragende moderne Büroblöcke, elegante britische Kolonialbauten, Betonklötze der Regierung, traditionelle weiße Kaphäuser, bunte afrikanische Fassaden und schäbige, verfallene Straßenzüge. Auch unter den Menschen fanden sich viele verschiedene Hautfarben und Figuren. Weiße waren hier definitiv in der Minderheit. Und über allem schwebte der Berg, immer zu sehen. Momentan war der Gipfel in eine dünne Wolkendecke gehüllt.

Die Bar war düster: dunkles Holz, dunkles Leder, und hinter dem Barkeeper in grüner Weste standen Reihen funkelnder Whisky- und Brandyflaschen. Es roch nach Zigarren; nahe der Tür saßen Geschäftsmänner, die große Exemplare pafften, doch auch der süßere Duft von Pfeifenrauch war zu riechen. Er stammte von einem Mann mit drahtigem grauem Haar und dicken weißen Augenbrauen, der ungefähr Mitte sechzig war. Er trug eine Cordjacke, die zu schäbig für diesen Laden wirkte. Zufrieden sog er an einer Bruyèrepfeife, vor sich ein Glas Whisky. Als er Calder erblickte, stand er auf und reichte ihm die Hand.

»Alex Calder? Ich bin George Field. Haben Sie gut hergefunden? Mir gefällt's hier, besonders am frühen Abend. Es ist ruhig, nicht wahr? Ein guter Ort für ein Gespräch. Und es gibt nur noch wenige Läden, wo man heutzutage rauchen darf.«

»Danke, dass Sie so kurzfristig Zeit für mich hatten«, sagte Calder. Noch in England hatte er George Field über das Internet ausfindig gemacht. Als er ihn anrief, war der ehemalige Zeitungsredakteur anfangs misstrauisch gewesen.

»Keine Ursache. Ich habe mit Todd van Zyls Frau und seiner Schwester gesprochen. Beide wollten, dass ich mich mit Ihnen treffe. Als ich Todd und Caroline das letzte Mal gesehen habe, waren sie noch Kinder. Besonders an Caroline kann ich mich gut erinnern. Es ist sonderbar, sie jetzt am Telefon zu hören, eine erwachsene Frau mit amerikanischem Akzent.«

»Mit Cornelius haben Sie aber nicht gesprochen, oder?«

»Nein«, sagte Field und zog seine buschigen Augenbrauen zusammen. »Schon lange nicht mehr. Nicht, nachdem er sich in einen amerikanischen Medienmogul verwandelt hat. Aber ich mochte Martha gern. Ich bin es ihren Kindern schuldig, mit Ihnen zu sprechen.«

»Danke«, sagte Calder. Er bestellte einen Whisky beim wartenden Kellner, jedoch keine Zigarre. »Ich weiß, dass Sie mit ihr befreundet waren. Vielleicht können Sie mir erzählen, was vor Marthas Tod geschah.«

»Wir waren befreundet, damals besonders eng. Ich war Redakteur bei der *Cape Daily Mail*. In dem Winter beschloss Cornelius, die Zeitung zu schließen und die anderen südafrikanischen Blätter zu verkaufen. Ich war stocksauer, wie Sie sich vorstellen können, Martha ebenfalls. Sie versuchte noch, Cornelius umzustimmen, aber ohne Erfolg.«

»Zwischen den beiden gab es einige Spannungen, nicht wahr?«

»Ja, zumindest in der Phase. Soweit ich weiß, war die Ehe bis ungefähr ein Jahr vor Marthas Tod durchaus glücklich. Sie war zehn Jahre jünger als er, aber alles andere als ein dummes Blondchen zum Angeben. Ganz im Gegenteil, das Repräsentieren war überhaupt nicht ihre Sache.« Field schmunzelte in sich hinein. »Das ist einer der Gründe, warum ich sie so gern mochte. Dann ging alles in die Brüche. Teilweise lag es an dem Streit um die *Mail*, aber es gab noch andere Gründe.«

»Nämlich?«

Field zog an seiner Pfeife und musterte Calder. »Nämlich Cornelius' Geliebte.«

»Seine Geliebte?«

»Geliebte, Mätresse, wie auch immer Sie es nennen wollen. Eine junge Frau namens Beatrice Pienaar. Wunderschön und intelligent. Sie hatte einen Abschluss in Journalismus und wollte angeblich ein zweimonatiges Praktikum bei Zyl News machen.«

»Angeblich?«

»Sie war ein Spitzel. Damals hatte ich schon den starken Verdacht, später kam dann ihr Name heraus, Ende der Neunziger, bei einer Zeugenaussage vor der Wahrheits- und Versöhnungskommission. Sie hatte nichts mit Gewalt oder Folter oder so zu tun, aber sie arbeitete für die Sicherheitspolizei. Sie hatte sogar einen Rang, war Leutnant. Die Sicherheitspolizei rekrutierte viele Spitzel unter den Studenten, brachte sie auf liberalen Universitäten unter und ermutigte sie, für Zeitungen zu arbeiten oder sich radikalen Bewegungen anzuschließen. Einige dieser Namen sind bekannt geworden: Joy Harnden, Craig Williamson, Beatrice Pienaar. Viele werden wir niemals erfahren.«

»Wusste Cornelius Bescheid?«

»Ich habe ihm von meinem Verdacht erzählt, aber er meinte, das sei lächerlich. Martha habe ich es auch gesagt.«

»Wusste sie von der Affäre?«

»Sie hatte einen starken Verdacht.«

»Was ist mit Marthas Tod? Was, glauben Sie, passierte mit ihr? Glauben Sie auch, dass es ANC-Guerillas waren?«

»Nein, auf gar keinen Fall. Das war die klassische Ausrede der Sicherheitspolizei.«

»Haben Sie versucht herauszubekommen, was wirklich geschah? Immerhin sind Sie Journalist.«

»Ich hatte keine Möglichkeit. Am Tag nach Marthas Ermordung wurde ich verhaftet.«

»Weshalb?«

»Das habe ich nie erfahren.« George Field lächelte schief. »Damals wusste man oft nicht, warum man ins Gefängnis kam. Die Polizei durfte einen Verdächtigen neunzig Tage wegschließen, ohne dass Anklage erhoben wurde. Während ich im Gefängnis war, wurde die Zeitung geschlossen, und Cornelius zog nach Amerika. Damals dachte ich, man würde mich einsperren, damit ich keinen Käufer für die *Mail* finden könnte. Aber vielleicht sollte ich keine lästigen Fragen über Marthas Tod stellen.«

»Konnten Sie noch etwas herausfinden, als Sie freikamen?«

»Da habe ich mich nicht mehr darum gekümmert«, gestand Field zerknirscht. »Ich machte mir keine Illusionen mehr darüber, als Journalist in Südafrika zu arbeiten. Ich fand, ich könnte besser aus dem Ausland über meine Heimat berichten. Deshalb zog ich nach London und wurde dort der Südafrika-Korrespondent einer Zeitung. Mit Marthas Tod habe ich mich nicht mehr beschäftigt. Ihr Mann auch nicht.«

»Wundert Sie das?«

»Ehrlich gesagt, schon«, sagte Field. »Als die Wahrheits- und Versöhnungskommission eingerichtet wurde, rechnete ich damit, dass Cornelius Marthas Tod untersuchen lassen würde, aber er tat es nicht. Es wäre ein aufsehenerregender Fall geworden. Gut möglich, dass man etwas herausgefunden hätte.«

»Cornelius meint, der Fall hätte zu viel Aufmerksamkeit erregt, er hätte keinen erneuten Wirbel veranstalten wollen«, sagte Calder.

Der Journalist zuckte mit den Achseln.

»Hat Martha Ihnen gegenüber den Laagerbond erwähnt?«

»Ja, das hat sie tatsächlich. Durch sie hörte ich zum ersten Mal davon.«

Calders Herz schlug schneller. Hier kam er weiter.

»Das war eine Woche vor ihrem Tod. Sie war damals ziemlich aufgeregt, wegen der *Mail* und wegen Cornelius. Wir trafen uns zum Mittagessen im Greenmarket Square, das weiß ich noch. Sie fragte mich sofort nach Muldergate.«

»Muldergate?«

»Das war hier 1978 ein großer Skandal. Noch nie davon gehört?«

Calder schüttelte den Kopf.

»Sie sind zu jung«, sagte Field. »Es war eine großer Eklat. Bedeutete das Ende der Karriere von Connie Mulder, der eigentlich Vorster als Premierminister beerben sollte. Dadurch erst kam P.W. Botha an die Macht.«

»Und was genau passierte damals?«

»Ein Mann namens Eschel Rhoodie im Informationsministerium zweigte Regierungsgelder ab, um in Südafrika Zeitungen zu gründen und weitere in anderen Ländern zu kaufen. Dahinter steckte der Plan, die Wahrnehmung Südafrikas im eigenen Land und im Ausland zu beeinflussen. Der Standpunkt der Regierung sollte verbreitet werden. Rhoodie kaufte zwei Magazine in Europa und versuchte, den *Washington Star* zu übernehmen. Das Geld war veruntreut worden; die Presse bekam Wind davon. Mithilfe der *Mail* kam das Ganze ans Licht. Connie Mulder, der damals Innenminister war, Nico Diederichs, der Finanzminister, und General van den Bergh, der Leiter des Geheimdienstes, steckten hinter der Sache. Vorster musste zurücktreten, P. W. Botha schlug Connie Mulder in der Abstimmung über Vorsters Nachfolge. Ironischerweise steckte Botha in den achtziger Jahren noch viel größere Summen in ein Programm, mit dem geheime Atom- und Chemiewaffen gekauft wurden. Im Muldergate-Skandal machte er jedoch einen relativ liberalen Eindruck. Selbst ich ließ mich ein paar Jahre lang von ihm täuschen.

Martha wusste so im Großen und Ganzen, was damals passiert war, aber sie hatte unzählige anschließende Fragen. Sie war völlig aus dem Häuschen, und meine Informationen regten sie noch mehr auf. Sie wollte wissen, ob ich schon mal vom Laagerbond gehört hätte. Ich verneinte. Ich fragte sie, was sie vorhabe, und sie erwiderte, sie würde es mir erzählen, wahrscheinlich schon bald. Sie meinte, es sei eine große Sache, über die ich bestimmt etwas würde schreiben wollen. Hoffentlich würde ich mich auch trauen, die Geschichte zu bringen, denn sie würde große Wellen schlagen.«

»Sie sagten, durch Martha hätten Sie erstmals vom Laagerbond gehört. Später noch von anderen?«

»Ja. Aber nur Gerüchte. Kennen Sie den Broederbond?«

»Nur ein wenig. Was genau ist das?«

»Der Broederbond ist eine nach dem Ersten Weltkrieg gegründete Geheimgesellschaft, die in Südafrika den Einfluss der Afrikaander-Kultur sichern sollte. Bei ihrer Gründung kam die größte Bedrohung natürlich von Seiten der englischsprachigen Südafrikaner. Der Broederbond entwickelte das Apartheid-Konzept; alle wichtigen Regierungsmitglieder gehörten dazu. In den Achtzigern hatte der Broederbond mindestens zehntausend Mitglieder. Er bildete das Establishment der Afrikaander und wurde eine Art Denkfabrik der Regierung; die Politik der National Party wurde größtenteils von Broederbond-Komitees ersonnen.

Die Gerüchte besagen, der Laagerbond sei eine ultra-geheime Zelle innerhalb des Broederbonds. Er hat Macht, aber die Mitgliederzahl ist begrenzt. Worüber er Macht hat, das weiß niemand. Verschwörungstheoretiker sind ganz wild auf den Laagerbond, aber bisher konnte noch niemand hieb- und stichfeste Beweise vorbringen. Man weiß nicht mal genau, wer die Mitglieder sind, obwohl man sich in Bezug auf den Gründer ziemlich sicher ist.«

»Und wer war das?«

»Dr. Nico Diederichs. In den Siebzigern Finanzminister, dann Staatspräsident. Er war ein wichtiger Broederbonder, der in den

Dreißigern in Nazideutschland studiert hatte. Er starb 1977, aber den Laagerbond gibt es offenbar noch heute. Vor ein paar Jahren wollte ein Freund von mir einen Artikel darüber schreiben, aber er lief gegen Mauern, wo auch immer er fragte.«

»Haben Sie eine Vorstellung, was der Zweck dieser Organisation ist?«

»Nein.«

»Ich habe in den Akten der Wahrheits- und Versöhnungskommission einen Verweis auf den Laagerbond gefunden. Da steht, Colonel Retief hätte dazugehört.«

»Colonel Retief? Würde mich nicht wundern. In den Siebzigern und Achtzigern war er Chef des südafrikanischen Spionagerings. Wahrscheinlich gehörte er zu denen, die Beatrice Pienaar rekrutierten. Sehr nützliches Mitglied.«

»Was ist mit dem Broederbond? Gibt es den noch?«

»Mehr schlecht als recht.« George lächelte. »Er heißt jetzt Afrikaanderbond. Und er ist nicht mehr geheim, hat sogar eine eigene Website, alles relativ harmlos. Er tritt ein für das Christentum und die Lebensart der Afrikaander.«

»Kurz vor ihrem Tod schrieb Martha ihrer Mutter einen Brief, in dem stand, sie hätte in ihr Tagebuch etwas Wichtiges unter der Überschrift ›Laagerbond‹ vermerkt. Caroline ertappte ihre Mutter dabei, wie sie etwas aus einer Akte abschrieb, die einem von zwei Männern gehörte, die Cornelius zu Hause besuchten. Einer dieser Männer hieß Andries Visser. Er humpelte. Kennen Sie ihn?«

Eine Weile sog George Field an seiner Pfeife. »Es gab einen höheren Beamten im Finanzministerium, der so hieß. Der humpelte auch.« Field überlegte wieder eine Zeit lang. »Genau, er war ein Schützling von Nico Diederichs, wenn ich's recht in Erinnerung habe. Er hatte immer Einfluss, hielt sich aber im Hintergrund. Er müsste jetzt eigentlich im Ruhestand sein, ich habe seit Jahren nichts mehr von ihm gehört.«

»Könnte er also im Laagerbond sein?«

»Gut möglich«, sagte Field. »Und der andere Mann?«

»An dessen Namen konnte sich Caroline nicht mehr erinnern. Sie meinte, er hatte einen weißen Bart und abstehende Ohren. Na ja, das hilft nicht groß weiter.«

»Das reicht schon. Das müsste Professor Daniel Havenga gewesen sein. Er war mit Cornelius befreundet, mit Martha übrigens auch. Ein Journalistik-Professor von der Universität Stellenbosch. Und derjenige, der Cornelius Beatrice Pienaar empfahl.«

»Also auch ein Mitglied des Laagerbonds?«

»Wer weiß?«, entgegnete Field. »Sie sagten, die beiden hätten Cornelius in Hondehoek besucht?«

»Ja. Caroline erzählte, ihre Mutter sei ganz aufgeregt über das gewesen, was sie gelesen hatte. In dem Brief an ihre Mutter erwähnte Martha eine Seite in ihrem Tagebuch mit der Überschrift ›Operation Drommedaris‹. Irgendeine Vorstellung, was das sein könnte?«

Der Südafrikaner schüttelte den Kopf.

Schweigend saßen die beiden da, jeder wägte ab, was er erfahren hatte, und zog Rückschlüsse. Calder schaute zum älteren Mann hinüber. »Was glauben Sie, planten die ein neues Muldergate?«

Field sog an seiner Pfeife, grübelte. »Möglich ist das sicherlich«, sagte er schließlich. »Visser hätte das Finanzielle organisieren können. Havenga war der Fachmann für die Medien. Der Laagerbond wurde von Diederichs gegründet, der tief in den ersten Skandal verstrickt war. 1988 war er natürlich längst tot, aber sein Protegé konnte seine Arbeit für ihn fortsetzen.«

»Vergessen Sie nicht, dass Cornelius seinerzeit gerade versuchte, den *Herald* in London zu übernehmen!«

»Und er ging auf große Einkaufstour in den USA.«

»Aber wenn Muldergate so eine Katastrophe war, warum sollte der Laagerbond dann zehn Jahre später einen neuen Skandal riskieren?«, fragte Calder.

»Südafrika hatte sich 1988 stark verändert«, erwiderte Field. »Das System war repressiver geworden: Nach drei Jahren Ausnahmezustand hatte die Regierung das Land fest in der Hand. Bei dem ursprünglichen Skandal führte sich Eschel Rhoodie wie ein Jetset-Playboy auf: Er ließ sich Apartments und Ausflugsreisen auf die Seychellen aus seinem Etat finanzieren. In erster Linie war es das, was ihm das Genick brach. Visser und Havenga könnten aus seinen Fehlern gelernt haben. Wenn der Laagerbond als geheime Zelle innerhalb des Establishments, aber nicht als Teil der Regierungspartei gegründet wurde, könnte es sehr schwer werden, seine Tätigkeiten irgendwie nachzuweisen. Als Rhoodie schließlich auspackte, ließ er durchblicken, dass vieles vor sich ginge, was nicht an die Öffentlichkeit gelangen dürfe. Vielleicht stimmte das.«

»Aber hätte der ANC das nicht herausgefunden, als er 1994 an die Macht kam?«, fragte Calder.

»Nicht unbedingt«, entgegnete der Journalist. »Die Sicherheitsdienste achteten peinlich genau darauf, jeden Beweis zu vernichten. Durch die Wahrheits- und Versöhnungskommission kam ein paar Jahre später einiges ans Licht; beispielsweise entdeckte man ein Ministerium, von dem niemand zuvor etwas gehört hatte, das Direktorat für verdeckte Informationssammlung. Aber das war nur ein kleiner Einblick, vieles ist noch immer verborgen. Es gab Gerüchte, Diederichs hätte durch den Verkauf von Goldbarren enorme Summen in der Schweiz gebunkert. Bis zu den achtziger Jahren war das Verteidigungsbudget auf mehrere Milliarden Dollar angeschwollen. Durch das Gesetz über Sonderkonten für Verteidigungskosten wurde das vor der Öffentlichkeit geheim gehalten, aber daher stammten die Gelder für den geheimen Kauf von Waffen aus Staaten wie Israel oder Pakistan. Warum nicht auch für den Kauf ausländischer Medien?«

»Und den Laagerbond gibt es immer noch?«

»Das ist ja das Interessante daran«, sagte Field. »Damals war schon vielen Afrikaander-Nationalisten klar, dass die Tage der Apartheid gezählt waren. Aber da der Laagerbond nicht zur Regierung gehörte, konnte er die Afrikaander nach dem Sturz des Regimes weiter unterstützen.« Er sog kräftig an seiner Pfeife und runzelte die Stirn. »Ich verstehe schon, warum Cornelius für diese Leute in vielerlei Hinsicht die perfekte Wahl war. Eigentlich ist er der einzige internationale Medienmogul aus Südafrika. Aber ich begreife nicht, warum die sich einbilden, dass er auf sie eingehen würde. Er war noch nie ein Befürworter der Apartheid, sondern immer ein Stachel in ihrem Fleisch.«

»Ich habe den Eindruck, dass er seine Meinung über Südafrika geändert hat«, sagte Calder. »Und wenn diese Beatrice Pienaar vom Laagerbond eingeschleust wurde, hat sie ihn vielleicht von ihrer Sache überzeugen können.«

Field schüttelte den Kopf. »Sie haben recht, er änderte sich. Doch auch wenn mir der neue Cornelius nicht gefiel, glaube ich nicht, dass er von denen Geld genommen hätte. Man hätte doch wohl von ihm erwartet, dass er sich der Parteiräson unterwirft, wenn man ihm das Geld für diese Zeitungen gegeben hätte. Und darauf habe ich keinen Hinweis gesehen.«

»Wie berichten seine Zeitungen über Südafrika?«, fragte Calder.

»Soweit ich das sagen kann, habe ich keine Befangenheit feststellen können. Ich habe das Gefühl, dass er kein besonderes Interesse an Südafrika hat. Wenn er Geld vom Laagerbond bekommen hätte, sollte man meinen, dass seine Blätter voller Propaganda gegen den ANC wären.«

»Wissen Sie, dass Cornelius jetzt auf die *Times* bietet?«, fragte Calder. »Ob der Laagerbond ihm dafür wohl auch die Mittel gibt?«

»Das wäre das große Los für die Organisation.«

»Aber auch teuer«, warf Calder ein. »Ich meine gelesen zu haben, dass sich der Preis bei über achthundert Millionen Pfund bewegt.«

»Wissen Sie, wie Cornelius sich finanziert?«, fragte Field.

»Bisher hat er sich fast alles geliehen«, sagte Calder. »Aber das kann ich prüfen. Könnten Sie herausfinden, wo ich Visser und Havenga auftreiben kann?«

»Kein Problem, das ist leicht.«

»Und auch eine Frau namens Libby Wiseman?«

»Libby Wiseman? Was hat die denn damit zu tun?«

»Sie war wohl mit Martha im Vorstand einer Wohltätigkeitsorganisation. Die beiden waren befreundet.«

»Ich kenne Libby Wiseman flüchtig«, erklärte Field. »Sie war kurzfristig in der Regierung, aber kein Jahr lang. Ich glaube, sie wohnt jetzt in Johannesburg, das sollte leicht herauszubekommen sein. Ich melde mich bei Ihnen im Hotel, wenn ich Genaueres weiß.«

Calder leerte seinen Whisky. »Arbeiten Sie noch?«, fragte er.

»Hin und wieder schreibe ich einen Artikel. Und ich helfe beim *Rainbow* aus. Das ist eine Zeitung von Schwarzen, sehr angesehen, aber ziemlich regierungskritisch. Der ANC hat in den letzten zehn Jahren viel erreicht, aber er hat jetzt ein Machtmonopol. Man muss immer wieder auf die Gefahren eines Einparteiensystems hinweisen, und genau das macht der *Rainbow.* Aber er ist immer knapp bei Kasse. *Plus ça change.*«

Calder mochte George Field: Er war ein intelligenter Mann, der viel über Südafrika wusste. Calder beschloss, ihn auf das Minenfeld Rassenpolitik anzusprechen. »Es kann nicht leicht gewesen sein damals für einen weißen Südafrikaner.«

»Deutlich einfacher als für einen schwarzen«, entgegnete Field.

»Sie wissen schon, was ich meine. Das Apartheidregime war natürlich schlecht, aber was konnte man schon dagegen tun? Die Opposition zu wählen nutzte nicht viel, da die National Party immer die Mehrheit behielt. Sie und Cornelius haben versucht, friedlich zu protestieren, aber das funktionierte auch nicht, Sie wurden beide aus dem Land getrieben. Cornelius' Tochter Zan ließ sich in den bewaffneten Kampf hineinziehen, aber eine gewalttätige Revolution scheint auch nicht die richtige Antwort zu sein.«

»Die meisten weißen Südafrikaner machten einfach die Augen zu«, sagte George. »Heute behaupten sie, sie hätten keine Ahnung gehabt, was wirklich in ihrem Land vorging, aber das ist Blödsinn. Es stand in unseren Zeitungen und in den anderen. Gut, manchmal durften wir nicht die volle Wahrheit berichten, aber wer die *Cape Daily Mail* las, konnte sich zusammenreimen, was da lief. Die Leute wollten es einfach nicht wissen: es war wie eine kollektive Verdrängung.«

»Viele von denen, die Verbrechen verübt haben, sind davongekommen, nicht wahr?«

»Allerdings. Und viele sitzen immer noch in einflussreichen Positionen, bis heute. Oder sie sind mit einer guten Pension in den Ruhestand gegangen. Dieses Land hat alle möglichen Probleme: Arbeitslosigkeit, Gewalt, Aids, die schreckliche Vergangenheit. Aber wenn Südafrikaner darüber streiten, ob es gut oder schlecht läuft, ob das Glas halbvoll oder halbleer ist, dann vergessen sie immer das Wichtigste: das Glas wurde nicht zerbrochen. Es war eine außerordentliche Leistung unserer Führungspersönlichkeiten, nicht nur von Nelson Mandela und Erzbischof Tutu, sondern auch von F. W. de Klerk und seiner Regierung, zu vergessen und zu vergeben und ein neues, freies Land aufzubauen, wie fehlerhaft auch immer es sein mag.«

»Gehört Marthas Tod zu dieser Vergangenheit? Die vergessen und vergeben werden sollte?«

»Vielleicht nicht«, sagte George Field. »Aber es ist gefährlich, in Südafrika in der Vergangenheit herumzustochern. Das haben Sie schon gemerkt.«

»Meinen Sie damit, ich sollte besser abreisen?«, fragte Calder.

Field lächelte. »Nein. Aber seien Sie vorsichtig!«

Kaum war Calder zurück in seinem Hotel, rief er Tarek al-Seesi in London an. Er hatte Glück, ihn im Büro zu erreichen, Tarek arbeitete noch. Calder bat ihn, den für die Medienbranche zuständigen Analysten von Bloomfield Weiss zu fragen, ob es unerklärliche Löcher in der Finanzierung von van Zyls Geschäften gebe. Tarek versprach nur zu gern, ihm zu helfen.

Dann rief Calder Kim auf dem Handy an. Zu seiner Überraschung aß sie mit seinem Vater bei Anne zu Hause zu Abend. Todd mache sehr gute Fortschritte, er sei schon viel klarer als beim ersten Aufwachen. Als Todd in die Privatklinik nach London verlegt wurde, hatte Kim sich entschlossen, mit Dr. Calder und den Kindern in Highgate zu wohnen anstatt bei ihrem Schwiegervater. Calder berichtete Kim von seinen Gesprächen mit Zan und George Field und von der Theorie, der Laagerbond könne Cornelius van Zyl bei dem Versuch finanziert haben, Zeitungen im Ausland zu kaufen. Zuerst war Kim schockiert, aber die Theorie leuchtete ihr ein. Täglich misstraute sie Cornelius mehr.

»Meinst du, du kannst mit Todd darüber sprechen?«, fragte Calder. »Wenn Zyl News von mysteriösen Südafrikanern finanziert wurde, könnte Todd ja vielleicht etwas darüber wissen. Er hat schließlich einige Jahre für die Firma gearbeitet.«

»Das stimmt, aber soweit er mir erzählt hat, kam das Geld von Zyl News ausschließlich aus Bankdarlehen und Junk Bonds«, erwiderte Kim. »Todd ist immer noch ziemlich angeschlagen. Wir haben über den Flugzeugabsturz gesprochen, aber nicht darüber, wer ihn möglicherweise herbeigeführt hat. Mal sehen, wie es ihm morgen geht.«

»Das kannst nur du entscheiden.«

»Cornelius und Edwin waren in der Klinik. Cornelius ist ziemlich lange bei Todd geblieben, aber wenn er da ist, gehe ich ihm aus dem Weg. Ja, und Edwin ...«

»Was?«

Kim flüsterte, wahrscheinlich sollte Calders Vater nichts hören. »Er hat mir gedroht. Er hat das mit Donna Snyder rausgefunden und will damit zur Polizei. Er glaubt, dann würde der Verdacht auf mich fallen. Edwin will, dass ich dich überrede, nach London zurückzufliegen. Ich habe ihm gesagt, er soll sich verpissen.«

»Gut gemacht. Das war ein Bluff, der Polizei ist das völlig egal. Du kämst nie ernsthaft als Verdächtige in Frage. Aber wo wir gerade beim Thema sind: Kommt die Polizei voran?«

»Es ist traurig. Ich habe mit Inspector Banks gesprochen. Sie meinte, Cornelius habe in ihren Ermittlungen keine Priorität. Es hörte sich an, als sei sie nicht gerade erfreut darüber, aber zugeben wollte sie es nicht. Ach ja, die südafrikanische Polizei hat ihr ausgerichtet, die Akten über den Mord an Martha wären verlegt.«

»Also zerstört«, sagte Calder. »Es ist unglaublich, dass die Polizei Cornelius in Ruhe lässt. Wenigstens komme ich hier ein bisschen voran.«

»Danke. Mach bitte weiter. Möchtest du mit deinem Vater sprechen? Er steht neben mir.«

»Ja, bitte.«

Calder wartete kurz, dann hörte er die Stimme seines Vaters. »Alex? Kannst du da unten was erreichen?«

»Ich glaube schon. Kim erzählt dir später alles.«

»Gut. Ich verlasse mich auf dich.«

Calder lächelte. »Wie geht es Anne?«

»Stabil. Sie konnten das rechte Bein retten.«

»Ist sie wach?«

»Ja. Ich habe heute Nachmittag mit ihr telefoniert.«

»Hat sie von mir gesprochen?«

»Ich glaube, William hat sie gegen dich aufgehetzt. Ich habe ihm gesagt, dass er das lassen soll, aber es ist schwierig, ihm übers Telefon ins Gewissen zu reden.«

»Sie hat also von mir gesprochen.«

»Mach dir keine Sorgen, Alex. Sorg einfach dafür, dass du den Dreckskerl findest, der das getan hat.«

»Mach ich. Wie geht es Phoebe und Robbie?«

»Die waren heute wieder in der Schule. Ich halte es für das Beste, wenn sie ihrem vertrauten Tagesablauf nachgehen. Robbie ist sehr still, aber er konnte kurz mit seiner Mutter telefonieren.«

»Ob die beiden das verkraften?«, fragte Calder.

»Ja, da bin ich sicher«, sagte sein Vater. »Wenn Anne erst mal wieder zu Hause ist.«

»Hoffentlich hast du recht.«

»Alex, warte mal kurz …« Calder hörte Schritte, offenbar ging sein Vater in ein anderes Zimmer. Das klang nach Ärger.

»Ja?«

»Als ich in deinem Cottage in Norfolk war, habe ich zufällig ein paar Kontoauszüge von einem Unternehmen namens Spreadfinex gesehen.«

»Zufällig? Du hast herumgeschnüffelt!«

»Damit kennst du dich ja aus.« Sein Vater spielte auf das vergangene Jahr an, als Calder zwischen den Unterlagen des Arztes Abrechnungen vom Buchmacher gefunden hatte.

»Also gut. Das ist eine Art Börsenmakler. Hat was mit Investitionen zu tun.«

»Das ist ein Spread-Betting-Unternehmen.«

»Es ist eine einfache Möglichkeit, Währungen oder Aktien zu handeln«, entgegnete Calder.

»Du zockst.«

»Ich habe gesagt, das ist eine Möglichkeit, Geld zu investieren«, protestierte Calder. »Hör auf damit, ja? Und lass meine Sachen in Ruhe.«

»Alex«, sagte sein Vater. »Ich bin froh, dass du mich letztes Jahr überredet hast, zu den Anonymen Spielern zu gehen. Da lernt man als Allererstes, sein Problem überhaupt zu erkennen.«

Wut stieg in Calder hoch. Er war nahe daran, seinen Vater zu beschimpfen, besann sich aber eines Besseren und legte auf. Das war doch grotesk! Typisch von seinem Vater, die eigenen Fehler auf den Sohn zu projizieren.

Schlecht gelaunt stapfte Calder hinunter an die Hotelbar, um sich mit Whisky zu betrinken.

•••

In der gewaltigen Heldenhalle flackerten schwach zwei Kerzen und beleuchteten das hagere Gesicht von Andries Visser. Paul Strydom, der neue Kandidat für die Aufnahme in den Laagerbond, war kaum zu erkennen. Sie befanden sich im Inneren des Voortrekkerdenkmals, eines gewaltigen Granitbaus auf der Kuppe eines bewaldeten Hügels über Pretoria. Das Denkmal war 1938 im faschistischen Stil zur Erinnerung an den Großen Treck der Buren hundert Jahre zuvor errichtet worden. Es war umgeben vom »Laagerwall«, einer steinernen Wagenburg aus vierundsechzig Ochsenkarren, und einem Relief schwarzer Gnus. Sie symbolisierten den Feind, die Zulu. In der Heldenhalle zog sich ein Fries mit siebenundzwanzig Szenen des Großen Trecks an den Wänden entlang, und in der Mitte befand sich ein Ehrengrab. Es war so konstruiert, dass am 16. Dezember, dem Jahrestag der Schlacht am Blood River, um zwölf Uhr die Sonne durch ein Loch in der Decke auf die Inschrift »Ons vir you, Suid-Afrika« fiel. Das war die letzte Zeile der alten Nationalhymne »Die Stem van Suid-Afrika«.

Nun sang Visser mit dünner, rauer Stimme die erste Zeile jener Hymne. Sofort fielen die einundzwanzig Männer, die im Dunkeln hinter dem Kandidaten standen, in den Refrain ein. Es war zwei Uhr nachts, die Versammlung stand unter strengster Geheimhaltung. Als die letzte Strophe verklang, hustete Visser und hob fast flüsternd an: »Paul Gerrit Strydom, deine Mitafrikaander, die Mitglieder des Laagerbonds, haben nach reiflicher Prüfung beschlossen, dich einzuladen, Mitglied dieser Organisation zu werden.«

Visser hielt sich an das vorgeschriebene Ritual der Zeremonie. Nacheinander wurden dem Kandidaten Wesen und Ziele des Laagerbonds erklärt. Zu jeder einzelnen Aussage musste er sich ausdrücklich bekennen. Strydom stand aufrecht und gerade und antwortete deutlich mit Ja auf jede Frage, die ihm gestellt wurde. Die meisten Kandidaten wussten bis zum Ende der Zeremonie nur wenig über die Identität der anderen Mitglieder, aber Visser nahm an, dass Strydom mehr ahnte als die anderen. Schließlich war er die Nummer drei beim Geheimdienst NIA.

Fast versagte Visser die Stimme, als er zum Höhepunkt der Feier kam.

»In Gegenwart deiner hier als Zeugen versammelten Brüder nehme ich dein Treueversprechen an und erkläre dich hiermit zum Mitglied des Laagerbonds. Sei stark im Glauben, wenn der Kampf beschwerlich wird. Sei stark in der Liebe zu deinem Volk! Sei stark im Dienst an deiner Nation! Herzlichen Glückwunsch und herzlich willkommen!«

Bei diesen Worten schüttelte er Strydom die Hand, und die anderen Mitglieder des Laagerbonds traten aus der Dunkelheit und taten es ihm gleich.

Weitere Kerzen wurden entzündet. Ein alter General von mindestens fünfundachtzig Jahren kam auf Visser zu. »Ich hoffe, du weißt, was du da mit der Operation Drommedaris machst, Andries«, sagte er schroff.

»Das wird eine kluge Investition, wirst schon sehen«, gab Visser zurück.

»Hm. Ich habe gehört, die *Times* soll zehn Milliarden Rand kosten.«

»Mindestens«, sagte Visser.

»Für zehn Milliarden Rand gibt es eine Menge Feuerkraft«, gab der General zu bedenken.

»Wir brauchen politische Macht, keine Waffen«, entgegnete Visser. »Und ich kann dir versichern, dass wir das mit dem Geld erreichen.«

Der General schlurfte davon. Es gab einige im Laagerbond, die es einfach nicht verstanden, dachte Visser. Zum Glück wurden sie älter und starben mit der Zeit aus. Der Laagerbond war mächtig. Dafür hatte er keine Waffen gebraucht. Er verfügte über Geld und Wissen. Das Bündnis arbeitete eher mit versteckter Einflussnahme als mit brutaler Gewalt. Operation Drommedaris beeinflusste die öffentliche Meinung im In- wie im Ausland. Dirk du Toit und sein Vater hatten die Milliarden vervielfacht, die Nico Diederichs durch kluge Investitionen zur Verfügung gestellt hatte. Ein Teil dieses Geldes wurde für Bestechung verwendet. Wenn das nicht funktionierte, konnten Freddie Steenkamp und jetzt auch Paul Strydom die umfangreiche Aktensammlung des Nachrichtendienstes über alle wichtigen Politiker und Bürokraten Südafrikas anzapfen, schwarze wie weiße. So konnte letztlich jeder überzeugt und erpresst werden. In Südafrika hatte jeder Mensch von Bedeutung eine Vergangenheit, in der er Dinge getan hatte, für die er sich schämte. Der Laagerbond wusste, was das für Dinge waren. Und wenn alle Stricke rissen, gab es noch Anton van Vuuren, den grauhaarigen, bebrillten Physikprofessor, der sich im Moment mit Daniel Havenga unterhielt. Van Vuuren verfügte über einen beachtlichen Vorrat an waffenfähigem Uran, das in einer stillgelegten Diamantenmine bei Kimberley versteckt war.

Visser lächelte in sich hinein. Solange er das Amt des Vorsitzenden des Laagerbonds innehatte, war das Volk der Afrikaander in guten Händen.

Dann erblickte er Kobus Moolman und runzelte die Stirn. Er ging auf den ehemaligen Polizisten zu. »Ich habe gehört, dieser Alex Calder ist in Südafrika?«

Moolman hob die Augenbrauen. »Das wundert mich. Offenbar hat er mehr Glück als Verstand und lässt sich nicht so leicht abschrecken.«

Vissers Blick spiegelte unverhohlen seinen Zorn. »Es sieht so aus, als wärst du nicht mehr so zuverlässig wie früher.«

Moolman grinste unverschämt. Er würde sich nicht von einem Sesselfurzer einschüchtern lassen, auch wenn er sein Vorsitzender war. »Keine Sorge, Andries. Jetzt, da er hier in Südafrika ist, wird er bald keinen Ärger mehr machen.«

»Das freut mich zu hören«, sagte Visser. »Denn wenn diese Sache mit van Zyl außer Kontrolle gerät, könnte das alles zerstören.«

»Der sitzt in ein paar Tagen wieder im Flugzeug und fliegt nach Hause«, sagte Moolman. Er grinste erneut. »Wenn nötig, sogar im Sarg.« Dann ging er zu dem neuen Laagerbond-Mitglied, um mit ihm zu sprechen.

Visser hustete. Der Schmerz fuhr ihm durch Brust und Schulter. Er konnte froh sein, wenn er lange genug lebte, um noch einer dieser Zeremonien beiwohnen zu können. Er betrachtete den Fries an der Wand: diese kleine Gruppe mutiger Männer und Frauen, die sich am Rande eines so gewaltigen Kontinents an ihr Leben und ihre Freiheit klammerten. Visser erinnerte sich an sein Studium der Geschichte an der Universität im Oranje Vrystaat. Damals hatte er Artikel in der *Times* gelesen, in denen die Buren scharf angegriffen wurden. Wieder lächelte Visser. Bald würde dieses mächtige Sprachrohr britischer Kolonialherrschaft in der Hand ebendieser Buren sein. Auf diesen Tag freute er sich schon.

Am nächsten Morgen rief George Field Calder im Hotel an und teilte ihm die Adressen von Daniel Havenga, Andries Visser und Libby Wiseman mit. Da Professor Havenga in Stellenbosch wohnte, keine Stunde Autofahrt von Kapstadt entfernt, beschloss

Calder, bei ihm anzufangen. Aber zuerst wollte er sich Hondehoek, Marthas Zuhause, ansehen.

Er fuhr an Mitchell's Plain und dem geschäftigen Township Guguletu vorbei in Richtung der Hottentots-Holland-Berge. Sein Kopf pochte noch schwach von dem Whisky, den er am Vorabend getrunken hatte. Er war immer noch wütend, und zwar auf seinen Vater, der ihn der Spielsucht bezichtigt hatte, wütend auf seine Schwester, die ihm die Schuld an dem gab, was passiert war, wütend auf Edwin, der Kim bedroht hatte, und ganz besonders wütend auf sich selbst. In den letzten Wochen hatte er Fehler begangen, aber jetzt wollte er sie wiedergutmachen. Calder war überzeugt, dass er durch das Gespräch mit George Field ein großes Stück weitergekommen war. Es war noch viel zu tun, der Zorn machte ihn nur noch entschlossener.

Er fuhr von der Autobahn ab und befand sich bald inmitten der Weinberge: wogende Hügel und hektarweise Weinreben, rostrot und gelb gefärbt. Viele wurden von niedrigen weißen Bauernhäusern bewacht, deren Mittelgiebel ihren holländischen Ursprung verriet. Calder fuhr am Rande von Stellenbosch entlang und folgte der gewundenen Straße hinaus ins Tal. Es war üppig bewachsen: Eichen, Wein, Wiesen, dazu ein Fluss. An beiden Seiten erhoben sich felsige Bergflanken bis hoch in die schwarzen Wolken. Es hatte vor kurzem geregnet; Wasser tropfte von den Bäumen und glänzte an den Reben.

Calder bog um eine Kurve und erreichte zwei weiße Torpfähle. Auf einem stand der Name »Hondehoek«, an dem anderen warnten die üblichen Schilder vor Schusswaffengebrauch und bissigen Hunden. Calder fuhr die von goldgelben Eichen gesäumte Auffahrt hinauf bis zum Haus, das stolz die Jahreszahl 1815 im Giebel trug. Davor war der Garten – feucht, üppig, geheimnisvoll.

Calder klingelte. Ein großer grauhaariger Mann öffnete ihm, leger gekleidet in einem Ralph-Lauren-Hemd und einer beigefarbenen Hose. Als Calder erklärte, er sei ein Freund der Familie van Zyl, lächelte der Mann breit und bot an, ihn herumzuführen. Es stellte sich heraus, dass es der Deutsche war, der Cornelius van Zyl 1989 das Grundstück abgekauft hatte. Haus und Garten waren in tadellosem Zustand. Der Deutsche sagte, er kümmere sich jetzt auch um die Weinstöcke.

Calder erkundigte sich nach Doris und Finneas. Der Deutsche kannte die beiden, hatte sie bei Übernahme des Hauses behalten. Finneas hatte einige Jahre später aufgehört, geschwächt von Aids, und war inzwischen tot. Doris war ebenfalls gestorben, und zwar vor drei Jahren an einem Schlaganfall. Der neue Besitzer konnte sich an Marthas Schreibtisch erinnern. Cornelius hatte ihm das Möbelstück hinterlassen, aber er hatte es verkauft. Soweit er noch wusste, war der Tisch leer gewesen; falls er Papiere enthalten habe, seien sie wohl in den Müll geworfen worden. Nein, kein Tagebuch.

Als sie durch den Garten spazierten, stellte Calder sich vor, wie Martha van Zyl dort gearbeitet hatte. Es herrschte dort eine herrliche Atmosphäre. Obgleich das Haus nur wenige Meilen außerhalb von Stellenbosch lag, wirkte es völlig abgeschieden, versunken im nebligen Tal. Alles war einfach, viel einfacher, als Calder es sich vorgestellt hatte. Er stand vor einer Glocke, die zwischen zwei weißen Pfählen hing. Plötzlich schrie ein Vogel im Baum hinter ihm.

Der Hausbesitzer fluchte auf Deutsch.

»Was war das?«, fragte Calder.

»Ein Bokmakiri«, erklärte der Deutsche. »Die Südafrikaner lieben diese Vögel, aber ich finde, sie sind eine Plage, besonders im Sommer, wenn sie morgens um fünf wach werden und loskreischen. Wir haben hier zwei. Vor ein paar Jahren dachte ich, sie wären weg, aber offenbar sind sie zurückgekommen.«

Calder bedankte sich und ging, den Ruf des Bokmakiri im Ohr.

Calder war sich bewusst, dass die von George Field und ihm entwickelte Theorie, Zyl News habe Geld vom Laagerbond erhalten, nichts weiter als eine Vermutung war. Er konnte lange darüber spekulieren, warum Havenga und Visser Cornelius van Zyl an jenem Tag besucht hatten. Wenn es eine schlüssige Erklärung gab, so würde er sie wahrscheinlich von Daniel Havenga hören. Calder hielt es daher für das Beste, Havenga direkt mit seiner Hypothese zu konfrontieren.

Stellenbosch war eine beschauliche Stadt. Eindrucksvolle moderne Universitätsgebäude standen neben deutlich älteren Wohnhäusern. Daniel Havenga wohnte auf der Dorp Street, einer von Eichen gesäumten Straße mit weißen holländischen Kaphäusern, deren Geländer und Fensterrahmen schwarz gestrichen waren. In vielen waren Kunstgalerien untergebracht. Calder hatte das Gefühl, eher in Neuengland als in Afrika zu sein, so friedlich, wohlhabend, antiquiert ging es hier zu. Eine Frau mit nur noch wenigen Zähnen und wirrem schwarzem Haar leitete ihn auf einen Parkplatz vor einem antik wirkenden Gemischtwarenladen namens Oom Samie's. Anschließend verlangte die Alte ein kleines Trinkgeld fürs Aufpassen. Calder ging einige Meter die Straße entlang zu Havengas Haus und klingelte. Der Professor öffnete persönlich die Tür. Calder sah sofort, was Caroline mit den abstehenden Ohren gemeint hatte. Havenga war ein kleiner Mann mit weißem Haar, einem Bart und einem schelmischen Affengesicht.

»Professor Havenga?«

»Ja?«

»Mein Name ist Alex Calder. Ich bin ein Freund von Todd van Zyl. Sie waren mit seinen Eltern befreundet. Todd bat mich, Ihnen einige Fragen zu stellen.«

»Worüber?«

»Über seine Mutter.«

»Aha. Kommen Sie herein!«

Calder stolperte beinahe über den großen Koffer, der im Flur stand.

»Entschuldigen Sie«, sagte der Professor. »Ich bin erst heute Morgen aus Pretoria zurückgekommen. Hier entlang, bitte.« Er führte Calder in ein vollgestelltes Wohnzimmer, das durch die bis zur Decke reichenden Bücherregale an allen Wänden noch kleiner wirkte. Eine attraktive Frau von ungefähr vierzig Jahren erschien. Havenga stellte sie als seine Partnerin vor und schickte sie Kaffee kochen.

»Höre ich da einen schottischen Akzent heraus?«, fragte Havenga.

»Allerdings«, gab Calder zu.

»Na, da haben Sie ja einen langen Weg hinter sich. Wie kann ich Ihnen helfen?« Der Professor hatte strahlende Augen und lächelte freundlich, konnte aber eine gewisse Nervosität nicht verbergen.

»Ich habe gehört, Sie waren mit Martha befreundet?«

»O ja, eine sehr liebe Freundin. Als Amerikanerin sorgte sie hier für frischen Wind, fand ich. Heute ist es ja viel besser, aber damals war die Universität sehr abgekapselt.«

»Haben Sie eine Ahnung, wer Martha umgebracht haben könnte?«

Die Augenbrauen des Professors gingen in die Höhe. »Waren das nicht ANC-Guerillas irgendwo im Norden? An der Grenze zu Mosambik?«

»Das behauptete die Polizei.«

»Glaubt Todd das nicht?«

»Nein.«

Havenga zuckte mit den Achseln. »Vielleicht hat er recht. Damals wurden alle möglichen furchtbaren Verbrechen von den Behörden vertuscht. Ich denke, das könnte auch für Marthas Tod gelten. Diese Geschehnisse heute noch aufzudröseln, das ist ziemlich schwer. Wie lange ist das her? Fünfzehn Jahre?«

»Achtzehn«, sagte Calder. »Und es stimmt, es ist schwer. Deshalb bin ich hier.«

Die Frau kehrte mit einer Kaffeekanne und zwei Bechern zurück. Havenga warf ihr einen vielsagenden Blick zu, sie zog sich wieder zurück. Der Professor schenkte den Kaffee ein und fluchte, als etwas danebenlief. Er war erkennbar nervös.

»Ich habe Martha sehr gern gemocht«, sagte Havenga und reichte Calder einen Becher. »Aber ich kannte sie nicht besonders gut. Falls sie persönliche Probleme hatte, hätte ich nicht davon erfahren. Es gab Gerüchte, sie verstehe sich nicht mehr so gut mit ihrem Mann, aber solche Gerüchte gibt es in Stellenbosch immer. Diese Stadt ist berühmt dafür.«

»Könnten Sie mir vielleicht von dem Treffen mit Cornelius van Zyl kurz vor Marthas Tod erzählen?«

Havenga setzte sich auf. »Welches Treffen?«

»Als sie ihn mit Andries Visser vom Finanzministerium besuchten.«

Das hatte gesessen. Havenga schwieg.

»Kennen Sie Andries Visser?«

»Ähm ... Wir saßen zusammen in einigen Komitees, glaube ich. Vor langer Zeit.«

»Aha«, sagte Calder. »Und irgendwann waren Sie gemeinsam mit Visser bei van Zyl.«

»Das glaube ich nicht.«

»Caroline hat Sie gesehen.«

»Caroline? Marthas Tochter? Die war doch damals noch ein Kind, oder?«

»Ein aufmerksames Kind mit einem guten Gedächtnis.«

»Nun, sie mag ein gutes Gedächtnis haben, ich nicht. Ich kann mich an kein Treffen erinnern.«

»Sicher nicht?«

»Ziemlich sicher.« Jetzt lächelte Havenga nicht mehr. Seine Augen waren wachsam.

»Waren Sie Mitglied im Broederbond, Professor?«

Havengas Lachen klang künstlich, aber er war sichtlich erfreut über den Themenwechsel. »Das kann ich Ihnen leider nicht beantworten. Aber ich bin Mitglied im Afrikanerbond, das ist die Nachfolgeorganisation. Wie Sie zweifellos wissen, ist mein Fachgebiet der Journalismus, daher habe ich großes berufliches Interesse an der Sprache Afrikaans und ihrer Rolle im modernen Südafrika.«

»Was ist mit dem Laagerbond?«

Havenga wollte gerade einen Schluck Kaffee trinken. Die Tasse schepperte laut, als er sie erschrocken absetzte.

»Der Laagerbond«, wiederholte Calder. »Sind Sie dort auch Mitglied?«

Havenga erholte sich von seinem Schreck und schürzte die Lippen. »Laagerbond? Interessanter Name. Noch nie gehört.«

»Was ist mit ›Operation Drommedaris‹?«

Langsam schüttelte Havenga den Kopf, die Lippen fest aufeinandergepresst.

»Nein, natürlich nicht«, sagte Calder. »Vielen Dank, dass Sie sich die Zeit genommen haben, Professor. Ich habe erfahren, was ich wissen wollte.«

Havenga sprang auf. »Ich wüsste nicht, wie. Ich habe keine Ahnung, wovon Sie gesprochen haben.«

Calder lächelte den Professor an. »Oh, glauben Sie mir, Sie waren mir eine große Hilfe.«

Nach Calders Abschied geriet Daniel Havenga in Panik. Er lief in dem kleinen Wohnzimmer auf und ab, ging im Kopf noch einmal das Gespräch durch. Er hatte doch nichts verraten, oder? Alex Calder schien davon überzeugt zu sein. Havenga war verblüfft, wie viel sich dieser Mann zusammengereimt hatte. Marthas Tod hatte ihn damals erschüttert, und selbst heute, achtzehn Jahre später, wurden seine Augen feucht, wenn er daran dachte. Schließlich hatten weder er noch Andries Visser noch der Laagerbond damit etwas zu tun gehabt. Am liebsten hätte er es Calder geradeheraus gesagt. Aber das ging nicht. Es stand zu viel auf dem Spiel.

Havenga griff zum Telefon und wählte. »Andries? Ich bin's, Daniel. Ich mache mir Sorgen …«

[23]

Sobald Calder zurück in Kapstadt war, buchte er einen Flug nach Johannesburg. Es lag auf der Hand, dass Havenga in Bezug auf das Treffen mit Visser und Cornelius van Zyl gelogen hatte und entgegen seinen Beteuerungen ganz genau wusste, was der Laagerbond war. Calder beschloss, Andries Visser unter der Adresse aufzusuchen, die George Field ihm gegeben hatte: auf einer Farm in der Nähe von Pretoria.

Bevor er zum Flughafen aufbrach, rief er Kim an. Sie hatte sich entschieden, mit Todd zu sprechen. Er war schockiert über die Vorstellung, dass van Zyls Unternehmen vom Laagerbond finanziert sein könnten. Todd mochte es nicht glauben und wollte seinen Vater darauf ansprechen. Das schien Calder eine sehr schlechte Idee zu sein. Er bedrängte Kim, ihren Mann davon abzubringen. Sie versprach, ihr Bestes zu tun.

Gegen acht Uhr abends landete Calder in Johannesburg. Er mietete ein Auto und fuhr nach Pretoria, wo er im Diplomatenviertel Arcadia in ein Hotel eincheckte. Am nächsten Morgen machte er sich zu Vissers Farm im Buschland auf.

Im Gegensatz zum grünen, bergigen Kapstadt war der Busch verdorrt und flach, nur hier und dort fand sich eine kleine Erhebung. Meilenweit erstreckte sich das Grasland, dazwischen standen schwer bewachte Farmen mit saftig grünem Rasen in der verbrannten Landschaft.

Vissers Farm lag abseits einer schnurgeraden Straße, die von einem kleinen Dorf ins nächste führte. Der Hof schien größer zu sein als die der Nachbarn, das Haus selbst war massiv, ebenso die Stallungen. Entlang der Straße zog sich ein Zaun, dahinter noch mal ein Streifen mit vier Meter hohem Stacheldraht, alles von Flutlicht erhellt. Die Metallschilder am Tor warnten vor Schusswaffengebrauch, bissigen Hunden und Stromschlägen. Calder hätte ein Hinweisschild auf Landminen auch nicht erstaunt.

Er öffnete das Tor und fuhr bis vor die Farm. Nach der Begegnung mit Professor Havenga hatte er sich darauf eingestellt, einen pensionierten Beamten zu treffen, aber das hier war nicht das malerische ländliche Gehöft, mit dem er gerechnet hatte. Es glich eher einer Festung. Calder nahm sich vor, subtiler auf Visser zuzugehen, weniger auf Konfrontationskurs, indirekter.

Als er sich dem zweiten Tor kurz vor dem Farmhaus näherte, kamen zwei Dobermänner auf ihn zugestürmt. Sie bellten wie von Sinnen. Dieses Tor würde Calder auf gar keinen Fall öffnen. Stattdessen drückte er auf die Hupe des Mietwagens.

Es dauerte eine ganze Minute, dann wurde die Haustür und kurz darauf das Eisentor aufgedrückt. Ein dünner Mann kam heraus. Mit heiserer, dünner Stimme rief er den Hunden etwas zu. Die Tiere gehorchten und kamen auf ihn zugeschlichen. Er sperrte sie in einen Stall neben dem Haus und humpelte zum Tor, um es aufzuziehen.

Calder lehnte sich aus dem Autofenster. »Mr. Visser? Ich bin Alex Calder ...«

»Ich weiß, wer Sie sind«, schnaufte Visser. »Kommen Sie rein.«

Calder stellte das Auto ab und folgte dem Mann ins Haus. »Sie sind hier aber gut abgeschottet«, bemerkte er.

»Das ist auch notwendig. Jedes Jahr verlieren wir wertvolles Vieh. Wir müssen selbst für die Sicherheit unserer Tiere sorgen, da können wir uns nicht auf andere verlassen.«

»Aha«, sagte Calder.

Visser führte ihn in ein Arbeitszimmer, einen sehr funktional eingerichteten Raum voller Bücher, Aktenordner, Karteikästchen und Computer.

»Setzen Sie sich!«, sagte er, nachdem er sich von einem schlimmen Hustenanfall erholt hatte, und wies auf ein Sofa. Als Calder sich darauf niederließ, ging Visser in die Ecke hinter dem Schreibtisch. Calder entdeckte ein Gewehr. Er sprang auf, aber Visser hielt die Waffe bereits in der Hand und richtete sie auf ihn.

»Nicht bewegen!«, drohte er.

»Schon gut«, sagte Calder und hob beschwichtigend die Hände.

»Hände nach unten!«

Calder ließ die Arme sinken.

»Sie sollten wissen, Mr. Calder, dass ich aus ganz anderem Holz geschnitzt bin als mein Freund Professor Havenga. Ich bin nicht so freundlich. Ich protestiere gegen die Art, wie Sie ihn unter Druck gesetzt haben.«

Calder schluckte. »Aha.«

»Wir sind hier nicht in Großbritannien«, sagte Visser.

»Ich weiß.«

»Ich könnte Sie jetzt einfach erschießen. Sie sind auf meinem Grundstück, auf meiner Farm, Sie sind hier widerrechtlich eingedrungen. Ich kenne den örtlichen Polizeichef gut. Der stellt mir vielleicht ein, zwei unangenehme Fragen, aber er nimmt mir meine Geschichte ab. Unsere Familien kennen sich schon seit Generationen.«

Calder schwieg.

»Sie sind einfach zu neugierig. Drehen Sie sich um!«

Calder bewegte sich nicht.

»Umdrehen, habe ich gesagt!« Visser hob die Stimme. Calder schaute auf den Gewehrlauf, dann tat er, wie ihm geheißen. Er blickte gegen die nackte Wand.

»Bei uns darf man Eindringlinge sogar von hinten erschießen. Es ist sogar glaubhafter. Ich zähle jetzt bis drei, dann drücke ich ab. Sind Sie bereit?«

Wieder musste Calder schlucken. Visser bluffte doch bestimmt nur …

»Eins.«

Vielleicht aber auch nicht. Der Mann war zu weit entfernt, als dass Calder sich hätte auf ihn werfen können. Sobald sich Calder bewegte, wäre er tot. Eventuell konnte er es Visser ausreden. »Andries …«

»Ruhe! Zwei.«

Das war es dann wohl. Calder schloss die Augen. Er dachte an seinen Vater. An Sandy.

»Drei!« Es gab einen scharfen Knall, dann flog etwas an Calders Wange vorbei. Der Putz an der Wand zerplatzte und spritzte ihm ins Gesicht. Calder zuckte zusammen. Seine Ohren und sein Kinn brannten. Er berührte sein Gesicht. Blut.

Calder drehte sich um. Visser hielt das Gewehr an die Schulter gedrückt. »Vergessen Sie nicht, dies hier ist mein Land, nicht Ihres. Ich kann Sie hier ohne weiteres umbringen, wann immer ich will. Und das mache ich auch, wenn Sie nicht heute Abend wieder zurückfliegen. Ich werde Sie beobachten lassen. Und jetzt gehen Sie!«

Calder zögerte.

»Gehen Sie!«, schnaubte Visser. Calder verließ den Raum und ging steifen Schrittes zum Auto. Seine Knie waren weich, am liebsten wäre er gerannt, aber diese Genugtuung wollte er Visser nicht gönnen. Langsam stieg er ein und fuhr davon. Als er die kleine Landstraße erreichte, tauchte hinter ihm ein blauer Toyota Corolla auf, in dem ein Weißer mit Stiernacken und Baseballkappe saß. Calder machte keinen Versuch, das Auto abzuschütteln. Es folgte ihm bis nach Pretoria.

Es gab viele Banker bei Bloomfield Weiss, die Benton Davis nicht leiden konnte, aber am meisten hasste er den Mann, der ihn gerade am Telefon anschrie. Simon Bibby war Engländer, wohnte aber in New York, wo er die Abteilung Internationaler Rentenhandel leitete. Außerdem war er Vorsitzender des

Emissionskomitees. Ein einflussreicher Mann. Und ein zorniger Mann.

»Wollen Sie mir sagen, dass Sie sich verpflichtet haben, eine Junk-Bond-Emission zu garantieren, ohne zuerst das Emissionskomitee zu konsultieren?«

»Ja.«

»Verdammte Scheiße! Mensch noch mal! Ich dachte, das hätten wir schon vor Jahren geklärt! Banker können nicht einfach so aus einer Laune heraus in einer Besprechung einem Klienten etwas zusichern. Wussten Sie das nicht?«

»Ich habe es getan, damit uns das Geschäft erhalten bleibt«, sagte Benton. »Gestern ging die Finanzierungszusage an Zyl News heraus.«

»Warum konnten Sie das nicht Dower überlassen?«, fragte Bibby. »Der hätte so was nie gemacht. Das ist ein Anfängerfehler, Davis.«

»Wir brauchen nur fünfzig Millionen Pfund zusätzlich«, sagte Benton. »Das sind weniger als zehn Prozent vom Umfang der gesamten Transaktion. Das bekommen wir doch wohl hin! Was ist los mit der berühmten Platzierungskraft von Bloomfield Weiss?«

»Es geht darum, dass nicht *Sie* entscheiden, wie viel Firmenkapital wir riskieren, sondern wir. Das wissen Sie genau. Ich werde nicht gern zu Entscheidungen gedrängt von einem Idioten, der die Firma verscherbelt, nur um ein Geschäft an Land zu ziehen.«

»Wenn Sie nicht genug Mumm haben, sich bei einem der besten Kunden unserer Bank für lausige dreihundertfünfzig Millionen einzusetzen, dann geben Sie mir nicht die Schuld daran«, sagte Davis.

»Sie fliegen!«, brüllte Bibby. »Sobald dieses Geschäft gelaufen ist, sind Sie Geschichte! Dafür werde ich sorgen.«

»Vielen Dank für Ihre Unterstützung«, sagte Davis und legte auf.

Simon Bibby war nicht sein direkter Vorgesetzter, aber er konnte ihn trotzdem hinauswerfen lassen. Davis wusste, dass er einen Fehler gemacht hatte, das war ihm schon in dem Moment klar gewesen, als er versprach, Bloomfield Weiss würde die Gelder auftreiben. Die Wahrscheinlichkeit war groß, dass er deswegen seinen Job verlieren würde. Dennoch bereute er nicht, was er getan hatte.

Cornelius van Zyl hatte die Hilfe von Bloomfield Weiss verdient. Es ging um den entscheidenden Moment in der Firmengeschichte von Zyl News. Seit über zwanzig Jahren war die Firma ein treuer Kunde. Damals hatte Bloomfield Weiss die komplizierten Parallelanleihen konstruiert, die es van Zyl ermöglicht hatten, die Kontrolle der südafrikanischen Börse zu umgehen und in amerikanische Zeitungen zu investieren. Seither hatte die Bank ein Dutzend Geschäfte mit ihm gemacht, größere und kleinere, gewinnträchtige und weniger profitable. Bei dem Gespräch hatte van Zyl die uneingeschränkte Unterstützung von Bloomfield Weiss gefordert, und Davis hatte sie ihm zugesagt. Das war richtig gewesen. Davis hatte es satt, vor Leuten wie Simon Bibby zu katzbuckeln.

Sein Telefon klingelte. Er nahm ab. »Benton Davis.«

»Ich habe gerade mit Peter Laxton gesprochen«, sagte van Zyl.

»Ja?«

»Er hat Bedenken, ob wir neunhundert Millionen zusammenbekommen.«

»Wie kommt er darauf?«

»Von Gurney Kroheim. Man hat ihm erzählt, auf den Schuldenmärkten würde es eng.«

»Das stimmt, aber damit kommen wir klar.«

»Haben Sie heute Morgen die Lex-Kolumne gelesen?«

»Ja«, erwiderte Davis. In der täglichen Kolumne der *Financial Times* wurden die neuesten Übernahmen und der Lauf der Börse kommentiert. Heute hatte der Verfasser die Verlässlichkeit des

Gebots von Zyl News angezweifelt und den Aktionären von Laxton Media geraten, sie würden sicherer fahren, wenn sie den etwas niedrigeren Preis von Sir Evelyn Gill akzeptierten. »Gills PR-Abteilung arbeitet auf Hochtouren.«

»Sie sind also überzeugt, das Geld auftreiben zu können?«

»Absolut«, sagte Benton Davis. »Sie haben doch unser Schreiben, oder?«

»Gut. Das habe ich nämlich auch Peter Laxton gesagt. Diesmal steht mein Ruf auf dem Spiel.«

Da bist du nicht der Einzige, dachte Davis. Aber er sagte nur: »Sie können sich auf uns verlassen, van Zyl.«

»Ich weiß nicht, ob Laxton uns noch vertraut«, sagte van Zyl. »Aber ich weiß, dass wir nicht mehr als neunhundert bieten können.«

»Das ist mehr als Gill. Laxtons Aktionäre bekommen mehr Geld, wenn sie an uns verkaufen. Das ist der ausschlaggebende Punkt.«

»Von den institutionellen Anlegern haben uns bisher nur wenige ihre Aktien angeboten«, sagte van Zyl.

»Keine Sorge. Die warten ab und hoffen auf ein besseres Gebot. Wenn keins kommt, nehmen sie unseres, das werden Sie schon sehen.«

»Hoffentlich haben Sie recht«, sagte van Zyl und legte auf. Davis starrte das Telefon an. Er ging alle möglichen Szenarien durch. Wenn Zyl News den Zuschlag bekam und sie die Junk Bonds erfolgreich auf den Markt brachten, würde er in der Firma bleiben können. Wenn es nicht klappte, bekäme er Probleme. Wenn die Bondemission floppte und Bloomfield Weiss auf einem Überbrückungsdarlehen von dreihundertfünfzig Millionen Pfund sitzen blieb, dann war Benton geliefert. Und es gab nichts, was er tun konnte, um das Ergebnis in irgendeiner Weise zu beeinflussen.

Cornelius van Zyl war ebenfalls besorgt, als er den Hörer auflegte. Er wusste Benton Davis' Unterstützung zu schätzen, auch hatte er sich gegenüber Peter Laxton äußerst zuversichtlich gegeben, aber der Zweifel in Laxtons Stimme war unüberhörbar gewesen. Die Aktionäre würden sich für Gills Gebot entscheiden, für die sichere Option.

Van Zyls Assistentin kam herein. Er schaute von seinem Schreibtisch auf. »Ich hatte gerade einen Anruf von Todd«, sagte sie. »Er will mit Ihnen sprechen. Sofort.«

»Geht es ihm gut?«

»Ich denke schon«, sagte sie. »Er will Sie etwas fragen.«

Calder nahm Andries Vissers Drohung ernst. Er war überzeugt, auf einer heißen Spur zu sein, und wollte nicht aufgeben. Je näher er der Auflösung der Frage kam, wer Martha van Zyl getötet hatte, desto entschlossener wurde er. Wegen Todd, wegen Kim, wegen Anne, wegen seines Vaters und auch seiner selbst wegen. Doch genauso wenig wollte er sterben. Sicherlich konnte er den Toyota abschütteln, aber es war möglich, dass ihn noch weitere Personen beobachteten, die ihm nicht aufgefallen waren. Der Laagerbond war eine einflussreiche Organisation, und zu diesem Zeitpunkt hatte Calder noch nicht in Erfahrung gebracht, wie weit genau sich ihre Tentakel durch Südafrika erstreckten.

Wenn er am Leben bleiben wollte, musste er dabei beobachtet werden, wie er noch am gleichen Tag in ein Flugzeug stieg und Südafrika verließ.

Calder fuhr zurück in sein Hotel nach Pretoria, wo man ihm ausrichtete, er solle Tarek al-Seesi in London anrufen. Er versuchte es, aber sein Freund war in einer Besprechung. Daher checkte er aus, fuhr die fünfzig Kilometer in Richtung Süden zum Flughafen Johannesburg und kaufte ein Flugticket über Lusaka nach London. Zwei Stunden Warten, zwei Stunden Aufenthalt in Lusaka, dann buchte er dort einen Flug zurück nach Johannesburg. Um zehn Uhr abends war er wieder in Südafrika. Er hoffte, dass derjenige, der sich von seiner Abreise überzeugt hatte, jetzt nicht in der Ankunftshalle stand und prüfte, ob Calder nicht doch zurückkehrte. Er mietete ein Auto und fuhr nach Sandton, einem Stadtteil nördlich der Innenstadt, wo er ein Hotel fand. Es war zu spät, um al-Seesi anzurufen, stattdessen versuchte er es auf Kims Handy. Es war ausgeschaltet. Calder hinterließ eine Nachricht auf ihrer Mailbox und erklärte, wo er sich aufhielt und warum.

Obwohl sein Zimmer im vierten Stock lag, das Fenster fest geschlossen war und er den Riegel und die Kette an der Tür vorgelegt hatte, schlief Calder in der Nacht nicht gut. Kaum war er einige Minuten eingenickt, öffneten sich seine Augen wie von selbst und musterten die dunklen Konturen von Sessel, Lampe und Vorhängen. Er lauschte angestrengt, um trotz des leisen Rauschens der Nacht draußen die Geräusche eines Eindringlings auszumachen. Sosehr er sich auch einredete, es sei niemand da, sein Unterbewusstsein glaubte es ihm nicht.

Libby Wiseman wohnte in Yeoville, einem Vorort östlich des Central Business District von Johannesburg. Bei Tag bot Sandton einen überwältigenden Anblick: edle Hotels, schicke neue Bankzentralen, weitläufige Einkaufspassagen – hier roch es nach Geld. Nach Geld und nach Weißen. Calder fuhr durch grüne Vorstädte voll gut gesicherter Häuser in südlicher Richtung. Als er sich dem Stadtzentrum von Yeoville näherte, änderte sich die Umgebung: mehr Schwarze, weniger Bäume, verfallenere Häuser, unglaublich lange Schlangen an den Bushaltestellen. In Yeoville sah er keinen einzigen Weißen, mit Ausnahme zweier glatzköpfiger Polizisten in einem Streifenwagen.

Calder fand die Straße von Libby Wiseman und fuhr zu ihrem Haus. Es war ein großzügiges Gebäude, dessen Farbe jedoch abblätterte. Links und rechts standen ähnliche Häuser in noch schlimmerem Zustand. Vor fünfzig Jahren mochte es eine herrschaftliche Residenz gewesen sein; jetzt war die Gegend heruntergekommen. Auf der Straße tummelten sich Hausierer und Herumtreiber. Ein erschreckend dünner, sehr schwarzer Mann wollte Calder ein Paket ungewissen Inhalts verkaufen. Calder lehnte ab. Er schaute sich um. Er fühlte sich wie eine Zielscheibe für Visser oder jemand anders. Als die Tür des Hauses geöffnet wurde, war er erleichtert.

Libby Wiseman war eine schwergewichtige Frau von ungefähr sechzig Jahren. Sie hatte dunkles, von grauen Strähnen durchzogenes Haar, das ihr bis auf die Schultern reichte. Sie trug einen langen Jeansrock und ein weites grünes Sweatshirt. Libby erwartete Calder, er hatte am Morgen angerufen. Lächelnd führte sie ihn in eine große Küche, in der es nach Feuchtigkeit und Gas roch.

»Interessante Gegend«, bemerkte Calder.

»Das hier ist Kriegsgebiet«, sagte Libby.

»Aha.«

»Yeoville war früher die Radikalenhochburg von Südafrika«, erklärte Libby. »Meine Großeltern kamen vor hundert Jahren aus Litauen her. Überzeugte Kommunisten. Die Tradition hielt sich: Als die Exilanten des ANC in den frühen Neunzigern nach Südafrika zurückkehrten, siedelten sie sich hier an. Ich wurde hier geboren, und nach meiner Scheidung 1991 verließ ich Kapstadt und kam hierher zurück. Ich war sogar selbst einmal kurz in der Politik.«

Libby nahm sich eine Zigarette aus dem Päckchen auf dem Küchentisch und zündete sie an. »'tschuldigung, möchten Sie auch eine?«, fragte sie und hielt Calder die Schachtel hin. Er schüttelte den Kopf.

»Dachte ich mir. Dann plötzlich wollten alle hier wohnen«, fuhr sie fort. »Südafrikaner, Nigerianer, Kongolesen, Kenianer, alle. Die Gegend wurde international. Zu weltoffen für die Radikalen. Sie flüchteten in die weißen Vororte und ließen nur ein paar alte Weiber wie mich zurück.«

»Warum bleiben Sie hier?«, wollte Calder wissen.

»Ich habe die erste Hälfte meines Lebens dem Kampf gegen die Rassentrennung gewidmet. Ich werde nicht die zweite Hälfte damit verbringen, vor den Folgen wegzulaufen.«

»Sie sagten gerade, Sie seien selbst einmal in der Politik gewesen?«

Libby lachte. »Nur ein Jahr. Ich habe schnell gemerkt, dass es ein Fehler war.«

»Mochten Sie Mandela nicht?«

»Oh, alle lieben Mandela, ich auch. Nein, an ihm lag es nicht. Der ANC war angeblich eine sozialistische Organisation. Ich war Mitglied bei den Kommunisten. Wir wollten die Produktionsmittel verstaatlichen, den Armen zu essen geben, wollten Schulen, Krankenhäuser, Häuser und Land zur Verfügung stellen. Ich weiß, dass das heutzutage total altmodisch klingt, aber ich habe wirklich daran geglaubt, tue ich bis heute. Aber kaum war der ANC an der Macht, was passierte da? Alles wurde privatisiert. So eine Regierung war nichts für mich, deshalb bin ich ausgestiegen.« Libby betrachtete Calders Gesicht. »Was haben Sie mit Ihrer Wange gemacht?«

Calder berührte die Kruste. Der Putz in Vissers Arbeitszimmer hatte ihn nur oberflächlich verletzt, doch die Erinnerung an den Schuss ließ seine Gedanken abschweifen. Er antwortete nicht.

»Darf ich annehmen, dass Sie schon die sonnige südafrikanische Gastfreundschaft genossen haben?«, fragte Libby.

»Äh … ja. Könnte man so sagen.«

»Tut mir leid. Ich werde zynisch. Ich hatte einfach gehofft, mit der Apartheid würde auch die Gewalt in diesem Land verschwinden. Aber dem ist nicht so.«

»Über Gewalt wollte ich auch mit Ihnen sprechen. Beziehungsweise über Mord.«

»Ja. George Field hat mich angerufen und mir gesagt, dass Sie herausfinden wollen, was damals mit Martha van Zyl geschah.

Er meinte übrigens, ich könnte Ihnen vertrauen und sollte Ihnen helfen. Ich kenne George nicht gut, aber er war damals sehr mutig, deshalb tue ich gern, worum er mich bittet.«

»Danke. Ich habe gehört, Sie waren mit Martha befreundet. Sie saßen beide im Vorstand einer Wohltätigkeitsorganisation?«

»Ja. Das Alphabetisierungsprojekt in Guguletu. Wir waren nicht eng befreundet, ich weiß nicht genau, ob Martha überhaupt richtige Freunde in Südafrika hatte, aber wir mochten uns. Sie war ein wenig naiv, aber sie hatte das Herz am rechten Fleck. Ihr Mann startete allerdings den großen Ausverkauf, und ich glaube, darüber war sie nicht besonders glücklich.«

»Einen Ausverkauf?«

»Ja. Im wahrsten Sinne des Wortes. Ich habe den weißen Geschäftsleuten nie ein Wort geglaubt, die sich über die Apartheid empörten, aber ihren Gewinn auf dem Rücken der ausgebeuteten schwarzen Arbeiter machten. Marthas Mann gab auf, vernichtete die *Cape Daily Mail* und verschwand nach Amerika, um dort Millionen zu scheffeln. Er muss eine Menge Geld haben, oder?«

»Ich denke schon«, sagte Calder.

»Martha war mit seinen Plänen nicht einverstanden, was ich ihr nicht verübeln konnte.«

»Haben Sie eine Ahnung, warum sie umgebracht wurde? Glauben Sie, dass es der ANC war?«

»Möglich ist es. Es kann auch jemand anders gewesen sein.« Libby lächelte verschwörerisch. »Ich weiß etwas, das nicht im offiziellen Bericht stand. Martha war nicht allein in Kupugani.«

»Was meinen Sie damit?«

»Sie fuhr mit einem Mann dorthin.«

»Was?!«

Libby lächelte. »Cornelius hatte eine Geliebte. Martha nahm sich ebenfalls einen Geliebten. Er war ein ganzes Stück jünger als sie, aber sie war verrückt nach ihm. Ich denke, es war ebenso sehr die Aufregung, eine verbotene Affäre zu haben, wie alles andere. Jedenfalls war die Geschichte völlig unmöglich. Ich hatte übrigens nichts dagegen. Ich war sogar neidisch; meine eigene Ehe war kaputt, ich hätte auch eine Affäre zur Abwechslung gebrauchen können.«

»Deshalb also fuhr sie nach Kupugani?«

»Genau. Ich hatte es ihr vorgeschlagen. Ich bin mit der Besitzerin des Wildparks zur Schule gegangen, Phyllis Delahay. Sie ist eine alte Freundin von mir. Kupugani ist ein wunderbarer Ort. Sehr diskret. Denn Martha brauchte etwas Abgelegenes. Einen Ort, an dem ihr Geliebter keine Aufmerksamkeit erregte.«

»Warum hätte er Aufmerksamkeit erregen sollen?«

»Weil er schwarz war. Ein schwarzer Amerikaner.«

Benton! Der verdammte Benton Davis! Kein Wunder, dass Martha ihre Mutter angehalten hatte, mit ihm zu sprechen, falls ihr etwas zustieße. Und was hatte Benton gesagt? Dass er nichts wüsste. In Wirklichkeit wusste er alles.

»Diese Information scheint Sie nicht gerade glücklich zu machen«, bemerkte Libby. »Ich nehme an, Sie kennen den betreffenden Herrn?«

»Allerdings. Ich habe mal mit ihm zusammengearbeitet.«

»Also, ich weiß seinen Namen nicht, aber sie erzählte mir, er sei Banker und arbeite für Cornelius.«

»Und Sie haben nie irgendjemandem von ihm erzählt?«

»Nein«, sagte Libby. »Auf keinen Fall hätte ich es der Polizei verraten, obwohl sie es wahrscheinlich ohnehin wusste. Ihrem Mann das zu sagen stand außer Frage.«

»Warum erzählen Sie es dann jetzt mir?«

Libby musterte Calders Gesicht. »Ich vertraue Ihnen. Weiß Gott, warum. Ich habe länger darüber nachgedacht und bin zu dem Schluss gekommen, dass es falsch wäre, für immer zu schweigen. Irgendjemand muss es wissen. Vielleicht sollte es jemand Marthas Kindern erzählen; das weiß ich nicht genau, das überlasse ich Ihnen. Und jemand muss herausbekommen, was damals wirklich passiert ist. Vielleicht sind Sie derjenige, dem diese Aufgabe zufällt.«

»Wusste Cornelius von dem Geliebten?«

»Das ist die große Frage, hm?« Libby zog ein letztes Mal an der Zigarette und drückte sie aus. »Ich habe den Eindruck, dass der Ehemann unter diesen Umständen am ehesten verdächtig ist. Er war reich und mächtig genug, um sicherzustellen, dass die Polizei den Mund hielt. Martha sagte mir, sie hätte Angst vor ihm, besonders wenn er wütend wurde. Er hatte ein Motiv: Männer wie er werden nicht gern betrogen, egal wie treu oder untreu sie selbst sind. Cornelius hat es bestimmt nicht selbst getan, vielleicht hat er jemanden beauftragt. Wer weiß? Aber das würde erklären, warum keiner mit mir über ihren Tod gesprochen hat. Bis heute, achtzehn Jahre später.«

[24]

22. August 1988

Er kommt nach Kapstadt! Morgen. Ich kann es gar nicht glauben. Neels hat es mir heute Morgen erzählt (obwohl wir sonst nicht gerade viel miteinander gesprochen haben). Anscheinend erkundigt *er* sich ziemlich oft nach mir. Die Plätzchen, die ich für ihn gebacken habe, waren offenbar ein Hit. Arglos fragte ich Neels, ob *er* noch mal zum Essen kommen würde. Neels verneinte. Aber ich werde ihn treffen. Irgendwas werde ich mir einfallen lassen.

23. August

Ich habe ihn angerufen! Er ist wieder in Südafrika und hat einen richtigen Besprechungsmarathon mit den Leuten von Zyl News, aber morgen um halb zwei hat er ein wenig Zeit. Wir treffen uns zum Mittagessen in seinem Hotel. Das ist leichtsinnig, aber ich kann einfach nicht anders. Ich fühle mich wie ein Schulmädchen vor der ersten Verabredung. Nein, vor der zweiten.

Habe gestern Abend mit Todd gesprochen. Er freut sich, nach Hause zu kommen. Es sind nur noch zehn Tage. Er scheint ganz vernarrt in diese Francesca zu sein.

24. August

Was für ein toller Tag! Wir hätten es nicht tun dürfen, aber ich bin so froh, dass wir es trotzdem gemacht haben. Am liebsten würde ich der ganzen Welt sagen, wie glücklich ich bin, auch wenn es nur wenige Stunden waren. Da das nicht geht, schreibe ich es hier nieder.

Genug mit der albernen Geheimniskrämerei! Ja, es ist Benton. Es ist so schön mit ihm. Er ist jung und stark und hat einen herrlichen Körper. Ich mag kräftig gebaute Männer, und Benton ist kräftiger als Neels. Ups, ganz so habe ich das nicht gemeint, wie es sich jetzt anhört. Benton ist groß und hat breite Schultern und einen ... Hm. Na ja. Vielleicht habe ich das doch gemeint.

Aber er ist auch klug und gebildet und belesen. Und er ist schwarz – allerdings. Es stimmt, das hat etwas Verbotenes, was ich aufregend finde, und es stimmt auch, dass Schwarze in diesem Land eine verbotene Frucht sind, und ja, irgendwie ist es erfrischend, diesen Nazis zu zeigen, dass es blonde weiße Frauen gibt, die mit einem schwarzen Mann schlafen wollen und es auch genießen, dass es natürlich, normal und richtig ist. Es fühlt sich einfach gut an. Ich weiß, dass es falsch ist, aber trotzdem ist es einfach herrlich.

Beim Essen waren wir unglaublich zurückhaltend. Nur bei der Begrüßung gab ich ihm einen flüchtigen Kuss auf die Wange, sonst berührte ich ihn nicht. Andere Gäste drehten sich um und starrten uns an. Ich meine, Benton ist ein sehr großer Mann und hervorragend gekleidet. Ich erkannte einen von Neels' Geschäftsfreunden. Wir haben Neels nicht gesagt, dass wir uns treffen würden, aber wir werden ihm hinterher erzählen, dass wir zusammen gegessen haben. Ganz arglos und normal.

Dann war es so weit. Wir hatten nur anderthalb Stunden Zeit, dann musste Benton zu seiner nächsten Besprechung. Die Zeit war fast um, da grinste er und sagte, er müsse mal kurz telefonieren. Als er etwas später zurückkam, sagte er, bei einem anderen aktuellen Geschäft sei etwas dazwischengekommen, er müsse auf sein Zimmer und das klären. Somit würde er das nächste Treffen bei Zyl News verpassen. Wir verließen das Restaurant; er ging hoch auf sein Zimmer, ich blieb fünf herzklopfende Minuten lang auf der Toilette – es kam mir ewig vor –, dann nahm ich den Aufzug und ging zu ihm.

Es war wunderbar!

Ich erzählte Benton von der Operation Drommedaris. Er musste mir versprechen, mit niemandem darüber zu reden, mit keinem bei Bloomfield Weiss und auf gar keinen Fall mit Neels. Ich musste es einfach bei jemandem loswerden, und Benton ist der Einzige, dem ich vertraue und der unmöglich mit dem Laagerbond zu tun haben kann. Von diesem Moolman erzählte ich ihm nichts, aber er spürte sicher, dass ich Angst hatte.

Ich habe das Gefühl, dass meine Verdächtigungen begründet sind. Die Leute bei Bloomfield Weiss und Zyl News versuchen die ganze Zeit herauszubekommen, wie sie das Gebot für den *Herald* noch erhöhen können. Alle sind verzweifelt. Zyl News ist pleite, wenn kein Geschäft zustande kommt, aber wenn die Firma zu viel zahlt, ist sie auch bankrott. Letzte Woche verkündete Neels Benton und seinem Chef, dass er möglicherweise eine neue Einnahmequelle aufgetan hätte. Er war sehr verschlossen, was die Herkunft dieser Gelder angeht. Benton wurde misstrauisch. Obwohl das Kapital aus Südafrika zu stammen scheint, versicherte Neels, es würde keine Probleme mit der Devisenkontrolle geben. Geld stinkt nicht, und Bloomfield Weiss hat nicht vor, unangenehme Fragen zu stellen.

Benton sagte, Beatrice Pienaar begleite Neels überallhin. Im Moment sei sie in Südafrika. Aber in Bentons Armen störte mich das nicht so sehr. Ganz im Gegenteil: Ich fühlte mich weniger schuldig.

Ich sagte Benton, dass ich ihn unbedingt bald wiedersehen wolle. Morgen fliegt er nach Johannesburg, um die Unterlagen von Zyl News noch genauer zu studieren, und er meinte, er könne übers Wochenende dort bleiben. Neels fliegt heute Abend nach Philadelphia zurück, das könnte also klappen. Wir müssen deutlich vorsichtiger sein. Ich sagte, ich würde ein verschwiegenes Örtchen für uns suchen, irgendwo außerhalb der Stadt. Ich weiß noch nicht, wo, aber ich lasse mir etwas einfallen.

Ich habe immer noch Angst wegen dieser Laagerbond-Sache, aber gleichzeitig bin ich aufgeregt.

Mein Gott, ich kann das Wochenende kaum erwarten!

25. August

Heute hatten wir ein Vorstandstreffen des Guguletu-Projekts. Anschließend gingen Libby und ich in den Kirstenbosch Gardens spazieren. Ich liebe diesen Park: Er liegt auf halber Höhe an der östlichen Flanke des Tafelbergs. Von dort aus blickt man auf die gewaltige Fläche der Townships von Cape Flats, dahinter Guguletu. Alle Pflanzen in dem Park stammen aus Südafrika. Hier habe ich mir viele Anregungen für die Fynbos-Beete in Hondehoek geholt.

Ich erzählte Libby von Benton; ich konnte einfach nicht anders. Sie redete mir Mut zu, war sogar ein bisschen neidisch. Ich gebe ihrer Ehe mit Dennis nicht mehr lange. Sie staunte, wie jung Benton ist. Er ist zehn Jahre jünger als ich, aber mir kommt das nicht so vor. Gott weiß, was er in mir sieht. Libby machte eine gemeine Anspielung, ich sei schließlich die Frau vom Chef. Vielleicht ist da was dran. Vielleicht bin auch ich für ihn eine verbotene Frucht.

Wir sprachen darüber, wo ich mit ihm hinfahren könne. Ich sagte, ich würde Benton gern den Busch zeigen, das wahre Afrika. Ich hatte an Mala Mala gedacht, aber das war inzwischen völlig überlaufen. Libby schlug ein Wildreservat vor, das einer alten Schulfreundin von ihr gehört. Die Farm ist sehr zurückgezogen, sehr diskret, es gibt dort viele Löwen. Ich beobachte gern Löwen. Die Farm heißt Kupugani, auf Zulu bedeutet das »Steh auf«. So hieß diese große Kampagne in den Sechzigern, die die weißen Milchbauern überzeugen sollte, ihren Überschuss an Milch hungernden Schwarzen zu spenden. Damals war das ganz schön subversiv. Phyllis, die Besitzerin, ist Witwe und teilt Libbys liberale Ansichten. Libby ist ziemlich überzeugt, dass Phyllis nichts gegen ein gemischtrassiges Pärchen hätte, sie meinte sogar, Phyllis fände es aufregend.

Die Idee ist nicht schlecht. Libby will ihre Freundin anrufen. Ich muss mir eine gute Ausrede einfallen lassen. Muss ich das wirklich? Neels fliegt mit seiner Freundin nach Lust und Laune um die ganze Welt, ohne mich um Erlaubnis zu bitten. Warum also soll ich das tun? Ich werde einfach sagen, dass ich mal ein paar Tage allein sein muss.

Ich glaube, Moolman hat sich überzeugt, dass ich keine Fragen mehr über den Laagerbond stelle. Ich habe ihn nicht mehr gesehen, seit er vor fast zwei Wochen vor Carolines Schule stand. Aber man weiß ja nie. Ich habe trotzdem Angst. Ich habe beschlossen, meiner Mutter einen Brief zu schreiben, für den Fall, dass mir etwas zustößt. Ich weiß, dass ihr das eine Heidenangst einjagen wird, aber wenigstens kann ich sichergehen, dass meine Familie das Richtige tut.

[25]

Auf dem Rückweg von Yeoville nach Sandton schaute Calder immer wieder in den Rückspiegel. Es herrschte viel Verkehr. Da er kein Profi im Beschatten war, wusste er nicht genau, ob ihm jemand auf den Fersen war. Als er sich den nördlichen Vororten näherte, machte er einen Umweg durch eine weiße Wohngegend, fuhr um zwei oder drei Häuserblöcke und dann zurück auf die Hauptstraße nach Sandton. Niemand folgte ihm.

Nach den verfallenen Häusern von Yeoville erstaunte ihn der Wohlstand von Sandton aufs Neue. Die Weißen hatten das Zentrum von Johannesburg verlassen und eine Festung für die Privilegierten errichtet, beruhigend für die Einwohner, provozierend für die Enteigneten. Sie benahmen sich wie reiche Weiße auf der ganzen Welt. Irgendwie hatte Libby recht, fand Calder.

Er stellte den Wagen in einem gut gesicherten Parkhaus ab, fuhr mit dem Aufzug hoch zum Vorplatz des Hotels und trat ein. In einem Sessel saß jemand und wartete auf ihn: Cornelius van Zyl.

Calder sah sich in der Lobby um: nur Hotelangestellte. Er schaute hinter sich. Zwei Damen mittleren Alters stiegen mit ihren Koffern in ein Taxi.

»Ich bin allein«, sagte van Zyl und erhob sich.

»Was wollen Sie hier?«

»Mit Ihnen sprechen.«

»Deshalb kommen Sie extra aus London?«

»Sie haben in den letzten Wochen sehr viel für meine Familie getan«, sagte van Zyl. »Ich finde, Sie haben eine Erklärung verdient. Und zwar eine persönliche.«

»Hat Todd mit Ihnen gesprochen?«

»Ja. Kommen Sie, wir wollen nicht hier sitzen.«

Calder folgte van Zyl aus dem Hotel, wobei er sich immer über die Schulter umsah. Nach wenigen Minuten erreichten sie eine moderne Piazza, die von einer zehn Meter hohen Bronzestatue Nelson Mandelas beherrscht wurde. In der Mitte stand ein Brunnen. Am Rande des Platzes waren verschiedene Cafés und Restaurants unter Markisen. Es war kühl, nur wenige Menschen saßen draußen. Ohne Probleme fand van Zyl einen diskreten Tisch.

»Todd kommt zurecht«, sagte er.

»Er hätte nicht mit Ihnen sprechen sollen.«

»Ich bin Ihnen sehr dankbar für alles, was Sie für Todd und Kim getan haben. Mir ist bewusst, dass Sie dabei zweimal fast getötet wurden.«

»Dreimal«, sagte Calder in Gedanken an Vissers Schuss. »Aber jetzt mache ich es nur noch für mich. Woher wussten Sie, wo ich bin?«

»Von Kim.«

Calder erinnerte sich an die Nachricht, die er auf ihrer Mailbox hinterlassen hatte. Aber warum hatte sie ausgerechnet Cornelius seinen Aufenthaltsort verraten?

Van Zyl bestellte einen Kaffee. Einkaufsbummler schlenderten über den Platz. Kichernd und gackernd blieb eine Gruppe weißer Mädchen vor ihnen stehen. Eine holte ein winziges Handy hervor und drückte auf die Tasten, die anderen schauten zu.

»Es ist richtig, dass ich auf Hondehoek Besuch von Daniel Havenga und einem seiner Freunde hatte, Andries Visser. Es stimmt auch, dass sie mir anboten, das Gebot für den *Herald* zu finanzieren. Und nicht nur das. Sie wollten mir das Kapital für eine ganze Reihe von Zeitungs- und Magazinkäufen zur Verfügung stellen.«

»Sagten sie, woher das Geld kommen würde?«

»Ja. Von einer Organisation namens ›Laagerbond‹. Angeblich sei es eine hochgeheime Gruppe, die die Interessen der Afrikaander vertrete. Sie wären gegen Gewalt, wollten nicht einmal an der Apartheid festhalten, das sei eine überkommene Ideologie, aber sie glaubten an die Macht der öffentlichen Meinung. Die Gruppe verfügt über immense finanzielle Mittel, die in der Schweiz deponiert sind. Daniel sagte, die Gruppe gehöre nicht zur Regierung, sie würde fortbestehen, wenn die Regierung stürze. Sie wollten jemanden unterstützen, der weltweit Einfluss auf die Medien habe und einen internationalen Bestand an Zeitungen und Zeitschriften aufbauen könne, in denen zukünftig die Standpunkte der Afrikaander vertreten würden. Daniel war der Ansicht, die größte Bedrohung für die Afrikaander sei die öffentliche Meinung in der restlichen Welt. Er hatte miterlebt, was nach dem Zweiten Weltkrieg mit den deutschen Nazis passiert war, und wollte so etwas hier verhindern. Er sagte, man müsse den Rest der Welt davon überzeugen, dass Afrikaander nicht böse sind. Ich sei der richtige Mann dafür.«

»Was war mit der *Cape Daily Mail*?«

»Das fanden sie gut, die zu schließen. Sie wollten, dass ich die anderen südafrikanischen Zeitungen behielte, obwohl das in Anbetracht der damals kritischen amerikanischen Haltung gegenüber Investitionen in Südafrika wohl schwierig geworden wäre. Sie schlugen mir vor, dass meine Zeitungen nach und nach eine immer positivere redaktionelle Meinung annehmen sollten, nicht unbedingt regierungsfreundlich, aber afrikaanderfreundlich.«

»Wollte man, dass Sie Mitglied in diesem Laagerbond werden?«

»Das sagte niemand ausdrücklich, aber ich hatte den Eindruck.«

»Und Sie sagten zu?«

»Ich sagte, ich würde drüber nachdenken. Und das tat ich auch.«

»Aber warum? Nachdem Sie die Apartheid so lange bekämpft hatten!«

Van Zyl seufzte. Sein Blick wanderte aufs Neue zu der großen Statue. Nelson Mandela lachte. Es sagte viel über ein Land, wenn es seinem Gründer ein Denkmal setzte, das ihn nicht unerbittlich und staatsmännisch zeigte, sondern fröhlich. »Mir war damals schon klar, dass die Apartheid am Ende war. Ich hatte Angst, was danach kommen würde. Südafrika befand sich in einer gewalttätigen Revolution. Die Townships standen in Flammen, die Menschen brachten sich gegenseitig um, mein Bruder wurde von Guerillas getötet, die Kommunisten hatten eine Todesliste, auf der mein Name stand. Ich war hin- und hergerissen. Ein Teil von mir wollte das Land verlassen, nach Amerika gehen und dort ein neues Leben beginnen. Aber ein anderer Teil wollte seine Wurzeln nicht verleugnen. Meine Afrikaander-Wurzeln. Dreihundert Jahre Familiengeschichte. Generationen hart arbeitender, ehrlicher, anständiger Leute, die furchtbares Elend ertrugen und nur durch Gottvertrauen und Charakterstärke überlebten. Fast mein ganzes Leben lang hatte ich meine Wurzeln verleugnet, ich hatte zwei englischsprachige Frauen geheiratet, aber ich wusste, dass vieles am Leben der Afrikaander gut war. Ich wollte nicht, dass es dem Vergessen anheimfiel.«

»Hat Beatrice Pienaar Sie beeinflusst?«

Van Zyl warf Calder einen kurzen Blick zu. »Wissen Sie darüber Bescheid?« Calder antwortete nicht. »Ja. Hat sie. Sie war eine scharfsichtige Frau. Ihrer Meinung nach standen die Afrikaander vor der größten Herausforderung ihrer Geschichte. Aber die Lösung sei nicht, die Vergangenheit zu bewahren. Nein, es sei die Pflicht unser Generation, einen Platz für die Afrikaander in der zukünftigen Welt zu finden.« Van Zyl lächelte. »Sie hörte sich genau an wie Daniel Havenga. Und sie brachte mich dazu, darüber nachzudenken, ob ich nicht vielleicht auch eine Verpflichtung hatte.«

»Hm. Finanziert der Laagerbond jetzt auch Ihr Gebot für die *Times?*«

Van Zyl lachte. Offenbar über denselben Witz wie Nelson Mandela.

»Was ist so komisch an der Frage?«, fragte Calder.

»Ich habe damals abgelehnt. Als Martha starb. Und dann wollte ich das Land wirklich so schnell wie möglich verlassen. Ich sagte Daniel und seinen Freunden, ich hätte kein Interesse, verkaufte meine Zeitungen und ging in die Staaten.«

»Aber den *Herald* kauften Sie trotzdem?«

»Ja. Aus einem Grund, der sich mir nie erschlossen hat, ignorierte Lord Scotton das höhere Angebot von Evelyn Gill und entschied sich für meins. Wir kauften den *Herald*, schafften den Turnaround, kämpften uns durch die Rezession Anfang der neunziger Jahre und gingen gestärkt daraus hervor. Zyl News trauerte nicht der Vergangenheit nach. Und wir haben nicht einen Cent vom Laagerbond genommen.«

»Und Sie erwarten, dass ich das glaube?«

Van Zyl sah Calder in die Augen. »Ja. Deshalb bin ich hier.«

Der Medienmogul war es gewohnt, seinen Willen zu bekommen. Aber er wirkte aufrichtig.

»Moment mal«, sagte Calder. Er holte sein Handy hervor und wählte Tarek al-Seesis Privatnummer zu Hause. Es war Samstag. Seine kleine Tochter meldete sich mit einem erkennbaren Londoner Akzent. Kurz darauf war al-Seesi am Hörer.

»Hallo, ich bin's«, sagte Calder. »Hast du was gefunden?«

»Allerdings. Ich habe mit unserem Medienanalysten in New York gesprochen. Er verfolgt Zyl News seit fünfzehn Jahren und kennt die Firma sehr gut. Als in den frühen Achtzigern die ersten Käufe auf dem US-Markt getätigt wurden, ließ sich Bloomfield Weiss irgendetwas Ungewöhnliches mit Parallelanleihen einfallen, um die südafrikanischen Devisenkontrollen zu umgehen. Aber seither hat Zyl News alle Käufe entweder mit internationalen Geldmitteln, syndizierten Krediten oder hoch ertragreichen Anleihen finanziert. Die Zahlen sind öffentlich zugänglich und scheinen zu stimmen. Unser Mann ist sicher, dass die Finanzierung nicht aus Südafrika kam.«

Calder schaute van Zyl an. »Danke, Tarek.«

»Warte«, sagte al-Seesi. »Wir haben auch über die Übernahme der *Times* gesprochen. Der Analyst meint, die interessantere Frage sei eigentlich, woher Evelyn Gill sein Geld habe. Wir wissen, dass er Beziehungen zu Schweizer Privatbanken hat. Vor drei Jahren behauptete ein Londoner Sonntagsblatt, das Geld stamme letztlich aus islamischen Quellen, aber Gill dementierte das und verklagte die Zeitung mit Erfolg. Unser Mann glaubt, Südafrika sei viel wahrscheinlicher.«

»Wirklich?«

»Zufälligerweise ging ich mit einem Mann namens Jeff Tidwell zur Schule. Bis vor zwei Jahren war er Finanzdirektor von Beckwith Communications.« Calder wusste, dass zu al-Seesis kostspieliger Ausbildung auch der Besuch einer englischen Privatschule gehört hatte, bevor er in Amerika zur Uni ging. »Den habe ich gestern angerufen. Angeblich hatte er keine Ahnung, wovon ich sprach. Er meinte, Gill hätte nur seine eigenen Gelder verwendet und nie einen Penny von fremden Investoren genommen.«

»Das ist doch möglich, oder?«

»Eigentlich nicht. Unser Analyst sagt, zehn, wenn nicht hundert Millionen müssen aus einer anderen Quelle geflossen sein. Mit seinem Metallhandel habe Gill niemals so viel verdienen können. Ich glaube, Jeff hat mich angelogen. Was mich nicht wundert. Dem habe ich schon in der Schule nicht getraut.«

»Sehr interessant, Tarek. Vielen Dank noch mal.«

»Gerne, mein Freund.«

Cornelius van Zyl hatte Calder die ganze Zeit nicht aus den Augen gelassen. »Und?«, fragte der alte Mann.

»Ich glaube Ihnen«, sagte Calder und legte sein Handy zur Seite. Dann erzählte er van Zyl von al-Seesis Verdacht in Bezug auf Evelyn Gill.

»Na klar!«, rief van Zyl. »Wie dumm von mir!« Er trommelte mit den Fingern auf den Tisch. Sein Kopf arbeitete fieberhaft. »Als ich ablehnte, suchte sich der Laagerbond jemand anders. Und er fand einen rechtslastigen Fanatiker, der für Geld und Macht alles tun würde. Das leuchtet ein. Mir ist schon aufgefallem, dass seine Blätter bei Berichten über Südafrika immer gegen den ANC tendieren. Ich dachte, das wäre eine persönliche Sache. Ich nahm an, er wäre sauer auf mich, weil ich ihm den *Herald* vor der Nase weggeschnappt hatte, und das würde er an meiner Heimat auslassen. Richtig eingeleuchtet hat mir das nie. Aber wenn er vom Laagerbond gestützt wird, schon. Außerdem besitzt er jetzt zwei große Blätter in diesem Land.«

Calder betrachtete den älteren Mann. »Was ist mit Martha?«

»Ich habe sie nicht getötet.«

Calder trank einen Schluck Kaffee und dachte über van Zyls Antwort nach.

»Ich möchte Ihnen helfen«, fuhr van Zyl fort. »Es geht hier nicht allein um Martha. Wenn ja, dann könnte ich versuchen, alles hinter mir zu lassen und zu vergessen. Aber es geht auch um Todd und Ihre Schwester, um Caroline, Kim und Sie.« Er beugte sich vor und schob einen Salzstreuer zur Seite. »Achtzehn Jahre lang habe ich alles verdrängt. Ich wollte nicht, dass Marthas Tod wieder hochgezerrt und seziert würde, ebenso wenig wollte ich, dass meine Beziehungen zum Laagerbond mich den Rest meines beruflichen Lebens verfolgen würden, auch wenn nichts daraus geworden war. Als Marthas Mutter mir all die Fragen über den Laagerbond stellte und mich drängte, zur Wahrheits- und Versöhnungskommission zu gehen, ignorierte ich sie einfach. So wie später Todd. Ich habe nie hinterfragt, ob der Laagerbond etwas mit Marthas Tod zu tun haben könnte, ich habe mich bemüht, möglichst gar nicht an ihren Tod zu denken. Die Polizei sagte, es war ein Zufallsmord der Guerilla, das passte zu meiner Sicht der Dinge, was damals in Südafrika vor sich ging. Die Sache war abgehakt, und so sollte es auch bleiben. Erst als Todd gestern mit mir sprach, wurde mir klar, dass ich mich der Wahrheit stellen muss.« Van Zyl sah Calder ins Gesicht. »Ich möchte helfen.«

»Gut.« Calder holte tief Luft. »Es gibt ein paar Sachen, die Sie wissen müssen. Vielleicht sind sie Ihnen schon bekannt. Aber ich warne Sie, es ist nichts Angenehmes.«

»Schießen Sie los!«

»Wussten Sie, dass Beatrice Pienaar ein Spitzel war?«

»Das hat George Field behauptet, aber es war reine Spekulation«, entgegnete van Zyl. »Er konnte es nie beweisen.«

»Jetzt schon«, gab Calder zurück. »Es kam bei den Anhörungen der Wahrheits- und Versöhnungskommission heraus. Sie war Leutnant bei der Sicherheitspolizei.«

»Nein!«, rief van Zyl. »Das hat mir keiner gesagt.«

»Haben Sie denn danach gefragt?«

»Nein.«

»Was ist aus ihr geworden?«

»Weiß ich nicht. Nach Marthas Tod wurden wir … lebten wir uns auseinander. Sie verließ Zyl News.«

»Die andere Sache ist …« Calder zögerte. Er war nicht sicher, ob die nächste Eröffnung nicht zu hart für van Zyl werden würde.

»Was?«, fragte er.

Calder entschied, die Karten auf den Tisch zu legen. Wie van Zyl selbst gesagt hatte, ging es um weitaus mehr als um ihn. Calder musste die Wahrheit herausfinden. »Wussten Sie, dass Ihre Frau einen Liebhaber hatte?«

»Nein!« Van Zyl war ehrlich schockiert. »O Gott!« Er barg den Kopf in den Händen. »Und ich habe mir Sorgen gemacht, was sie von der Sache mit Beatrice dachte. Das war ganz am Schluss, oder? Kurz vor ihrem Tod?«

»Ja.«

»Wer war es? Doch nicht George Field? Oder Havenga? Das war ein geiler alter Bock, aber ich kann ihn mir nicht mit Martha vorstellen. Ich kann mir keinen mit Martha vorstellen.«

»Es war Benton Davis.«

»Was?!« Van Zyls Schultern fielen nach vorn. Calder schwieg und ließ ihm Zeit, sich an die Vorstellung zu gewöhnen. »Das war bestimmt wegen Beatrice«, sagte van Zyl schließlich leise.

»Ich glaube, sie hat etwas vermutet.«

»Das Dumme ist, wissen Sie, dass ich nie mit Beatrice geschlafen habe. Klar, ich war ganz vernarrt in sie. Und sie hatte großen Einfluss auf meine Einstellung damals. Ich war völlig verunsichert. Aber ich habe nie mit ihr geschlafen. Ich bin Martha nie untreu gewesen, und irgendwie wollte ich, dass das auch so bleibt, obwohl es zwischen uns so schlecht lief. Verflucht!« Er schlug so heftig mit der Hand auf den Tisch, dass die Kaffeetassen tanzten. »Verdammt!«

»Deswegen war Martha in Kupugani. Um sich dort mit Benton Davis zu treffen. Er war mehrere Tage in Johannesburg und fuhr heimlich hoch zu ihr. Es wurde von den Behörden vertuscht. Deshalb schrieb Martha ihrer Mutter, sie solle Benton fragen. Und deshalb hat Benton mich angelogen.«

»Benton Davis, dieses verlogene Schwein! Die ganzen Jahre haben wir zusammengearbeitet, jedem ist er in den Arsch gekrochen, und die ganze Zeit wusste er, dass er meine Frau gebumst hat.« Van Zyl schüttelte den Kopf. »War wohl mein Fehler.« Sein Zorn verlor sich etwas. »Okay. Wer also hat Martha umgebracht? Sie haben schon so viel über meine Familie herausgefunden, aber können Sie auch diese Frage beantworten?«

»Nein«, erwiderte Calder. »Es könnte der Laagerbond gewesen sein. Ich hatte eine hässliche Begegnung mit Andries Visser, die darauf schließen lässt, dass diese Leute zu allem fähig sind. Es kann auch die Polizei gewesen sein. Oder, nun ja …«

»Ja?«

»Also, das ist wirklich nur eine Vermutung.«

»Edwin?«

Calder zuckte mit den Achseln. »Vielleicht. Ich weiß es nicht. Er hat jedenfalls versucht, jemanden zu erpressen, damit ich keine unangenehmen Fragen mehr stelle.«

»Wen hat er erpresst? Sie?«

»Nein, nicht mich. Ich möchte lieber nicht sagen, um wen es sich handelt und was er gegen denjenigen in der Hand hat. Wenn Edwin Ernst macht, erfahren Sie es noch früh genug.«

Van Zyl runzelte die Stirn. »Ich will es gar nicht wissen.« Er machte ein grimmiges Gesicht. »Das überrascht mich kein bisschen. Ich habe ihn immer in Verdacht gehabt, Lord Scotton erpresst zu haben, als wir damals den *Herald* übernahmen. Dass Scotton an mich verkaufte und nicht an Gill, hat mir noch nie eingeleuchtet.« Er schüttelte den Kopf. »Ich habe Edwin all die Jahre lang viel zu sehr vertraut.«

»Eines ist jedenfalls sicher«, sagte Calder. »Benton weiß viel mehr über die Sache, als er mir erzählt hat.«

»Da haben Sie recht. Dieses Schwein!« Van Zyl trommelte wieder mit den Fingern auf den Tisch. »Finden wir mal heraus, was er weiß.« Er zog sein Handy hervor und drückte auf einige Tasten. »Benton? ... Tut mir leid, dass ich Sie am Wochenende störe ... Stimmt, ich bin in Johannesburg. Hören Sie, Sie müssen so schnell wie möglich herkommen ... Nein ... Darüber kann ich nicht am Telefon sprechen. Ist eine heikle Angelegenheit ... Nein, nur Sie ... Ich bin im Intercontinental in Sandton ... Gut, dann treffen wir uns morgen zum Frühstück.«

Van Zyl legte das Handy zur Seite und grinste. »Herrlich, wenn man einem Investmentbanker sagt, er soll springen, und er nur fragt, wie weit.«

»Das ist fabelhaft! Gut gemacht!« Der Yorkshire-Akzent dröhnte durch den Raum. »Die Entscheidung werden Sie nicht bereuen.« Ein kräftiges Lachen kam durch das Telefon. »Ich kenne ein paar Leute, denen wird es gar nicht gefallen, dass die *Times* jetzt einem Kerl aus Sheffield gehört. Einem, der sich alles selbst verdient hat.«

»Ganz bestimmt, Evelyn«, sagte Visser und beugte sich zur Freisprechanlage vor. Er verzichtete auf den Hinweis, dass Gill das meiste Geld vom Laagerbond bekam. Visser saß in Dirk du Toits Büro in der Zentrale der United Farmers Bank nahe dem Church Square im Zentrum von Pretoria. An diesem Samstag arbeiteten nur wenige in der Bank; für du Toit war es die ideale Zeit, sich um das Laagerbond-Geschäft zu kümmern.

Er lächelte. Gerade hatten sie Sir Evelyn Gill eröffnet, der Laagerbond sei bereit, das Gebot für die *Times* auf 920 Millionen zu erhöhen. Das war ein hoher Preis, aber die Zeitung war es wert. Und wie Gill nie müde wurde zu betonen, hatten sie mit allen Publikationen, bei denen er bisher unterstützt worden war, einen netten Gewinn eingefahren. »Wenn Sie Hans in Zürich anrufen, sollte alles in Ordnung sein«, sagte er.

»Und setzen Sie die *Times* sofort auf die Aids-Kampagne an«, fügte Visser hinzu. »Wir machen uns zunehmend Sorgen um unseren Präsidenten. Wenn er so weitermacht, haben wir hier bald einen Einparteienstaat nur für Schwarze.«

»Eine Kaffernregierung für ein Kaffernland.« Gills Gelächter dröhnte durch den Raum. Visser erhaschte du Toits Blick und verzog das Gesicht. Doch inzwischen wusste er, dass diese Grobheit nur aufgesetzt war. Evelyn Gill manipulierte seine Redakteure sehr geschickt – manchmal energisch, manchmal subtil. »Keine Sorge«, fuhr Gill fort. »Die halbe Welt hält Ihren Präsidenten für durchgeknallt, weil er glaubt, es gebe keinen Zusammenhang zwischen HIV und Aids. Sobald wir die *Times* haben, erklären wir es auch noch der anderen Hälfte.«

»Ich weiß, dass wir uns auf Sie verlassen können, Evelyn.«

»Und ob Sie das können! Ach, übrigens: Ich hatte einen Anruf von einem Burschen, der früher bei mir Finanzdirektor war. Jeff Tidwell, vielleicht kennen Sie ihn noch. Ich musste ihn rauswerfen, war ein fauler Sack. Aber er hat mir erzählt, es hätte ihn jemand von Bloomfield Weiss angerufen, der wissen wollte, woher unser Geld kommt.«

Visser richtete sich auf. »Und was hat er gesagt?«

Gill lachte. »Keine Sorge. Jeff ist zwar ein bisschen schwer von Begriff, aber so dämlich nun auch wieder nicht. Er lässt mich nicht im Stich. Er hat diesem Wichser gesagt, ich hätte alles aus eigener Tasche bezahlt. So, und jetzt muss ich nach Zürich.«

Du Toit beugte sich vor und stellte das Telefon ab. »Das hat mir gerade gar nicht gefallen, dir etwa?«

»Nein«, sagte Visser. Er schloss die Augen. Wenn die van Zyls einmal Wind von der Verbindung zwischen Gill und dem Laagerbond bekamen, war alles vorbei. Das Gebot für die *Times* würde hinfällig werden. Nicht lange, und Operation Drommedaris käme ans Licht. Das wäre das Ende des Laagerbonds. Und das unter *seiner* Leitung.

Visser bedauerte, Calder nicht erschossen zu haben, als sich ihm die Gelegenheit bot. Auch wenn er zu seiner Zeit die Exekution verschiedener Personen angeordnet hatte, so hatte er doch noch nie jemanden eigenhändig getötet. Zwar hatte er das Gegenteil behauptet, aber die Polizei hätte sich für die Sache interessiert, und es wäre nicht einfach gewesen, den Verdacht von sich zu weisen. Visser wusste, dass er Calder eine Riesenangst eingejagt hatte. Genug, damit er das Land verließ. Dennoch machte der Mann weiterhin Ärger.

Freddie Steenkamp hatte doch recht gehabt.

Visser sah zu du Toit hinüber. »Darf ich?«, fragte er und griff zum Telefon. Er wählte Freddies Nummer und erklärte, was los war.

»Wir müssen handeln«, sagte der ehemalige Leiter des Nachrichtendienstes.

Visser seufzte. »Du hast recht. Wir wissen, dass Alex Calder wieder in London ist. Schicken Sie Moolman rüber, der soll sich um ihn kümmern.«

»Und Cornelius van Zyl?«, fragte Steenkamp.

»Um den auch«, sagte Visser.

»Und was ist mit der Frau?«

Visser schaute zu du Toit hinüber, der nicht hören konnte, was Steenkamp sagte. »Ist das nötig?«

»Wir wissen doch, was sie für Ärger anrichten kann. Wir hätten uns schon vor Jahren um sie kümmern sollen. Habe ich ja immer gesagt.«

»Stimmt, Freddie, hast du. Okay.«

»Ich setze Kobus auf die Frau an. Anschließend kann er nach London fliegen und da weitermachen.«

»Gut. Aber diesmal wird nichts verbockt!«

»*Ich* habe nichts verbockt«, protestierte Freddie Steenkamp.

Visser legte auf. Er merkte, dass du Toit ihn ansah.

Jetzt brach der Husten aus ihm heraus, den er während des Gesprächs mit Steenkamp nur mit Mühe unterdrückt hatte.

»Das ist doch nicht nur eine Erkältung, oder?«, fragte du Toit.

Visser schüttelte den Kopf. »Krebs. Die Lunge.«

Du Toit verzog das Gesicht. »Das tut mir leid.«

»Wenigstens erlebe ich noch, dass der Laagerbond die *Times* kauft«, sagte Visser. Er wusste, dass seine Tage gezählt waren, und wollte, dass auch du Toit es erfuhr.

»Du hast viel für den Bond getan, Andries.«

Du Toits Sorge war rührend. Trotz seines zurückgegelten rotes Haars und des schicken Büros strahlte Dirk du Toit noch immer Jugend, Energie und Unschuld aus. Er war ein großer, kräftiger Mann mit einem offenen Gesicht. Ein Mann von der Sorte, die jeden Sonntag zur *kerk* ging, den Kindern abends eine Gutenachtgeschichte vorlas und den Nachbarn half, wenn sie Schwierigkeiten hatten. Die Sorte von Mann, die die Afrikaander-Nation aufgebaut hatte. Ein Mann, wie Visser immer hatte sein wollen.

»Ich weiß nicht, wer mein Nachfolger sein wird. Mir wäre es lieber, es würde ein jüngerer Mann. Wenn Freddie Steenkamp mich beerbt, wäre ich froh zu wissen, wenn du eine führende Position im Bond einnimmst.«

Du Toit lächelte feierlich. »Das wäre mir eine Ehre.«

»Es gibt noch etwas, das du wissen musst«, sagte Visser. »Bisher haben sich Daniel Havenga, Freddie und ich darum gekümmert.«

»Ja?«

»Kannst du dich an den Mord an Martha van Zyl 1988 erinnern?«, fragte Visser.

»Ja, aber das waren doch nicht wir, oder?«

Visser wollte lächeln, musste aber husten. »Nein. Wie du weißt, bin ich gegen jede Form von Gewalt, es sei denn, sie ist unumgänglich. Aber du weißt auch, dass Freddie Steenkamp manchmal recht hat und etwas getan werden muss.«

»Vielleicht«, sagte du Toit. »Aber war es denn wirklich nötig, Cornelius van Zyls Bruder zu töten?«

»Wie uns Impala berichtete, hatte es eine starke Wirkung auf van Zyls Seelenlage. Dazu die Behauptung, sein Name stände auf der Kommunistenliste. Impala war überzeugt, dass er bei Drommedaris mitgemacht hätte, wenn seine Frau nicht umgebracht worden wäre.«

»Kann sein.«

Visser merkte, dass du Toit unbehaglich zumute war. Aber wenn er in das Machtzentrum des Laagerbonds wollte, musste er alles wissen. »Nun, fast zwanzig Jahre später, hat Marthas Sohn viele Leute angestachelt, die jetzt herumlaufen und herausfinden wollen, was damals passiert ist. Ich habe dafür gesorgt, dass einer von diesen Leuten zurück nach London geflogen ist, aber wenn wir die Situation unter Kontrolle behalten wollen, müssen wir wieder zu gewaltsamen Mitteln greifen. Es gibt keinen anderen Weg. Kobus Moolman kümmert sich bereits darum.«

»Wer sind die Zielpersonen?«

»Cornelius van Zyl. Ein Mann namens Alex Calder. Und …« Vissers Brust ächzte. Er wusste, dass du Toit die Antwort nicht gefallen würde. Deshalb war es wichtig, dass er frühzeitig darüber informiert wurde. »Und Zan van Zyl.«

[26]

Benton Davis saß im Flugzeug und konnte nicht schlafen. Für einen Mann seiner Größe war das immer schwierig, selbst in der ersten Klasse. Er hatte keine Hemmungen, Zyl News den teuren Flug in Rechnung zu stellen, auch wenn man bei Bloomfield Weiss heutzutage meistens Business-Class flog. Im Übrigen war Benton unwohl, wieder nach Südafrika zu reisen.

Seit damals, als Martha van Zyl vor seinen Augen brutal ermordet worden und er glücklicherweise mit dem Leben davongekommen war, hatte er Südafrika nicht mehr besucht. Bis heute hatte er Albträume. Im Lauf der Jahre hatten sie sich gewandelt, waren zu einer verstörenden Zeitlupenszene geworden, in der Martha nackt die Arme nach ihm ausstreckte und er langsam eine schwere Waffe hob und auf sie schoss. Sterbend flüsterte sie: »Bleib bei mir, Benton!« Er wollte nicht im Flugzeug schlafen. Er wollte diesen Traum nicht wieder heraufbeschwören.

Der Polizeiarrest war der blanke Horror gewesen. Obwohl eigentlich auf der Hand lag, dass er um ein Haar selbst erschossen worden wäre, hatten sie ihn festgenommen. Die Polizei ließ ihn ungefähr eine Stunde allein, dann wurde er gefragt, ob er Martha ermordet hätte. Als er verneinte, schien man sonderbar befriedigt. Mit unverkennbarer Genugtuung begannen die Beamten, ihm ein Geständnis abzupressen. Man zog ihn nackt aus, einer schlug ihn mit einem schweren Schlauch. Es tat höllisch weh. Die Schmerzen waren so stark, dass Davis ohnmächtig wurde. Als er wieder zu sich kam, wurden ihm Handschellen angelegt, mit denen man ihn an einen Balken in der Zelle hängte. Seine Muskeln, die noch von den Schlägen wehtaten, brannten nun vor

Schmerz. Sein linker Arm schien gebrochen zu sein. Noch immer weigerte Benton sich zu gestehen, er verfluchte die Folterknechte und verlangte, jemanden von der amerikanischen Botschaft zu sehen. Sein Zorn half ihm, ihnen die Stirn zu bieten. Er war wütend, weil er wie ein Tier behandelt wurde, nur weil er schwarz war, und er war wütend, dass man nicht die suchte, die Martha tatsächlich getötet hatten.

Mehrere Stunden ließen sie ihn in dieser Hölle hängen. Er litt unter den körperlichen Schmerzen und unter der noch frischen Erinnerung an Marthas Tod. Dann kam ein anderer Mann herein. Er wirkte jünger und noch bösartiger als die anderen. Benton konnte nicht mehr. Er war bereit, so gut wie alles zu gestehen, was sie verlangten. Aber der Mann lächelte nur. Er ordnete an, Benton herunterzulassen und ihm seine Kleidung zurückzugeben. Wieder angezogen, saß Benton dem Mann an einem nackten Tisch gegenüber.

»Sie heißen Benton Davis?«, fragte er und blätterte in Bentons blauem Reisepass. Benton sah, dass seine Brieftasche und seine anderen Habseligkeiten in einer durchsichtigen Plastiktüte lagen.

Benton nickte.

»Und Sie sind Investmentbanker?«

Erneut nickte Benton.

»Wie geht so was?«, fragte der Polizist mit einem grausamen Lächeln. »Affen können doch nicht rechnen.«

Mit unbewegter Miene saß Benton da. Beleidigungen konnte er den ganzen Tag ertragen; Hauptsache, er wurde nicht noch mal mit diesem Schlauch geschlagen.

»Sie können jetzt gehen«, sagte der Mann und warf Benton den Reisepass und den Plastikbeutel zu. »Wir wissen, dass Sie Martha van Zyl nicht umgebracht haben. Wir entschuldigen uns, falls Ihnen Unannehmlichkeiten entstanden sein sollten.«

»Es ist empörend, wie ich von Ihnen behandelt wurde …«

»Wenn ich Sie kurz unterbrechen darf, Mr. Davis«, sagte der Mann und beugte sich vor. »Mein Name ist Moolman. Colonel Moolman. Die Männer, die Sie vernommen haben, sind Amateure. Ich bin ein Profi.« Wieder lächelte Moolman. Er hatte einen Stiernacken. »Wir werden uns niemals wiedersehen, vorausgesetzt, Sie halten sich an Folgendes: Sie waren niemals auf dieser Polizeiwache. Sie waren nicht einmal in Kupugani. Wir fahren Sie nach Johannesburg und werfen Sie dort raus. Sie können erzählen, Sie wären angegriffen und ausgeraubt worden.« Moolman schmunzelte. »Wenn wir Sie an der richtigen Stelle absetzen, kann das sogar wirklich passieren.« Er beugte sich vor und sah Benton mit seinen harten grauen Augen ins Gesicht. »Haben wir uns verstanden?«

Benton antwortete nicht.

»Sie müssen wissen: Wenn Sie irgendjemandem hiervon erzählen, finde ich Sie und töte Sie. Und eines können Sie mir glauben: Ihr Tod wird schmerzhafter sein, als Sie sich vorstellen können. Und glauben Sie nicht, dass Sie geschützt sind, nur weil Sie nicht in Südafrika leben. In der ganzen Welt nehmen unsere Feinde ein unglückliches Ende. Erinnern Sie sich an Olof Palme, den schwedischen Premierminister, der vor zwei Jahren in Stockholm erschossen wurde? Wenn wir den kriegen können, dann sind Sie überhaupt kein Problem für uns.«

Benton hatte sich auf Moolmans Bedingungen eingelassen. Nie hatte er mit jemandem über diesen furchtbaren Tag gesprochen. Und angesichts dessen, was Todd und dann Alex Calders Schwester zugestoßen war, war er auch froh darüber. Moolman hätte ihm nicht die telefonische Botschaft bei Bloomfield Weiss zukommen lassen brauchen; die Existenz des ehemaligen Polizisten war ihm nur allzu bewusst. Irgendwo trieb er sein Unwesen.

Nie wieder war Benton nach Südafrika zurückgekehrt. Er fragte sich, weshalb Cornelius ihn unbedingt jetzt sprechen wollte. Es kam ihm spanisch vor, dass der alte Mann wie aus heiterem

Himmel nach Johannesburg geflogen war. Vielleicht hatte er eine neue Kapitalquelle aufgetan, die es Zyl News ermöglichte, ein höheres Gebot für die *Times* abzugeben. Cornelius hatte zu Dower gesagt, er habe nirgends Notreserven versteckt, aber vielleicht hatte er ja gelogen. Benton erinnerte sich an den mysteriösen Laagerbond, von dem Martha ihm kurz vor ihrem Tod erzählt hatte. Egal, worum es ging, Benton hoffte, es würde dem Geschäft nutzen. Er hatte alles auf eine Karte gesetzt, um das Emissionskomitee zu überzeugen, die Finanzierungszusage an Cornelius zu unterstützen. Jetzt stand Bentons Karriere auf dem Spiel. Das Geschäft war riskant, möglicherweise selbst für den Junk-Bond-Markt zu riskant, und Benton wusste, dass er ausgespielt hatte, wenn Bloomfield Weiss nicht den Großteil der Anleihen loswerden würde. Wenn Cornelius auch nur an hundert Million Pfund aus anderen Quellen herankam, mussten deutlich weniger neue Schulden aufgenommen werden. Das Geschäft würde erheblich weniger riskant.

Zumindest wollte Cornelius mit Benton unter vier Augen sprechen. Ohne Dower. Ohne Lakaien. Wenn der Deal funktionierte, würde Benton die Lorbeeren allein ernten. Er würde nichts abgeben. Zum ersten Mal nach langer Zeit hätte er sich einen ordentlichen Bonus verdient.

Und wenn man es mal recht überlegte: Schließlich ging es doch um nichts anderes.

Das Hotel Intercontinental war in einem der Türme, die sich um die Einkaufspassage im Herzen von Sandton drängten. Im Speisesaal war es so früh am Sonntagmorgen noch ruhig. Er war ganz in Schwarz und Gold gehalten und voller Spiegel. Calder und van Zyl bestellten Orangensaft und Kaffee und warteten.

Selbstsicher kam Benton Davis durch den Eingang, wie immer piekfein gekleidet: ein glattes, strahlend weißes Hemd, eine lässig geschlungene Krawatte, ein perfekt sitzender Anzug, hervorblitzende Manschetten. Als er van Zyl erblickte, lächelte er und streckte ihm die Hand entgegen. Der Medienmongul lächelte zurück. Dann entdeckte Davis den zweiten Mann am Tisch: Calder.

Kurz merkte man ihm seine Überraschung an. Dann fasste er sich. »Alex! Freut mich. Sie tauchen wirklich an den unmöglichsten Orten zum Frühstück auf.« Davis setzte sich. »Ich werde gar nicht erst so tun, als ob ich verstehe, was hier vor sich geht.«

Cornelius van Zyl schwieg. Er lächelte nicht mehr, sondern schaute ernst drein. Todernst. Benton blickte von van Zyl zu Calder und wieder zurück. Dann schien es ihm zu dämmern. Calder hatte sich mit Marthas Tod beschäftigt. Nun wurde ihm klar, dass Cornelius mittlerweile einige Antworten kannte.

Davis' Schultern sackten nach vorn. Niemand sagte etwas. Dann drückte er das Kreuz durch. Er sah van Zyl in die Augen. »Ich glaube, jetzt ist der Moment gekommen, vor dem ich mich seit achtzehn Jahren drücke. Es tut mir leid, Cornelius. Aufrichtig leid. Ich habe einen Fehler gemacht, den ich sehr bereue. Es war falsch, in jedem Fall, aber in Anbetracht dessen, was dann mit Martha geschah ...« Davis schüttelte den Kopf. »Es tut mir leid.«

»Sie sind *fokkol,* Benton«, sagte van Zyl mit emotionsloser Stimme. Der Kellner, der gerade die Frühstücksbestellungen hatte aufnehmen wollen, zog sich wieder zurück.

»Ich kann mir denken, was das heißt«, sagte Davis. »Und wahrscheinlich haben Sie recht.«

Van Zyl schüttelte den Kopf. »Wir sind beide *fokkol.* Martha glaubte ja schließlich, ich hätte etwas mit Beatrice, stimmt's?«

Davis nickte.

»Aber ich habe nicht mit ihr geschlafen.«

Davis schwieg.

Wütend sah sich Cornelius im Speisesaal um, als wäre da irgendwo jemand, der alles rückgängig machen, der ihn von seinen

Taten freisprechen würde. »Ich kann den Gedanken nicht ertragen, dass sie mich bei ihrem Tod gehasst hat«, stieß er hervor und senkte den Blick.

»Martha hat Sie geliebt«, sagte Davis leise. »Martha hat Sie immer geliebt. Nur deshalb war sie so verletzt. In ihrer ein wenig verqueren Logik hat sie deshalb etwas mit mir angefangen. Ich denke, dass ich das wusste.«

Der alte Mann holte tief Luft. »Sie waren damals dabei. Als sie starb, oder?«

Davis nickte.

»Was genau ist damals passiert?«

Davis schloss die Augen. Er war es Cornelius schuldig, alles zu erzählen. Fast zwanzig Jahre lang hatte er die Schuld seiner Affäre mit Martha mit sich herumgeschleppt. Vielleicht hatte er jetzt die Möglichkeit, das ein wenig wiedergutzumachen. Zur Hölle mit Moolman.

»Wir waren in Kupugani, und zwar in einem abgelegenen Cottage mehrere Hundert Meter vom Haupthaus entfernt. Wir sollten vor den anderen Touristen verborgen bleiben; damals konnte es richtig Probleme geben, wenn eine weiße Frau mit einem schwarzen Mann zusammen war, selbst da draußen im Busch. Es war Vormittag, wir standen gerade auf. Ich war im Badezimmer und rasierte mich. Martha lag auf dem Bett und schrieb in ihr Tagebuch. Die Badezimmertür stand offen.«

Davis schlug die Augen auf. Ein Schweißfilm stand ihm auf der Stirn. Er sah auf seine Hände hinunter. »Es fiel ein Schuss, das Fenster zersplitterte. Martha schrie. Ich drehte mich um. Es gab einen zweiten Schuss.« Davis schluckte. »Sie hörte auf zu schreien. Sie war ganz still.« Blinzelnd schaute er van Zyl an. »Martha war auf der Stelle tot. Ich wollte zu ihr, da wurde ein drittes Mal geschossen. Ich warf mich auf den Boden. Überall war Blut. Das Tagebuch war auf den Teppich vor dem Bett gefallen. Ich nahm es und kroch ins Badezimmer. Dann trat ich die Tür zu, schlug das Fenster an der Rückseite ein, kletterte hinaus und rannte um mein Leben.«

»Konnten Sie sehen, wer die Schüsse abgab?«, fragte Calder.

»Nein«, erwiderte Davis. »Ich lief den Weg hinunter und versteckte mich in einem Geräteschuppen. Drückte mich hinter eine Metallabdeckung. Ich hörte, wie jemand vorbeilief, ein paar Sekunden später rannte jemand zurück. Die Person warf einen Blick in den Schuppen, entdeckte mich aber nicht hinter der Metallplatte. Ich wartete ungefähr zehn Minuten, dann schlich ich mich zum Haupthaus.

Ich habe Martha nie wiedergesehen. Ihre Leiche, meine ich. Die Polizei kam und nahm mich fest. Ich wurde geschlagen, sollte gestehen. Dann tauchte so ein hohes Tier auf und ließ mich frei. Der Mann sagte, er würde mich umbringen, wenn ich irgendjemandem erzählte, was passiert war.« Davis warf van Zyl einen Blick zu. »Und das meinte er ernst.«

Van Zyl brummte etwas.

»Kaum war ich wieder in New York, besuchte mich Marthas Mutter«, fuhr Benton fort. »Ich hätte ihr gern alles gesagt, aber ich hatte wirklich Angst. Vor der südafrikanischen Polizei und vor Ihnen.«

»Das kann ich verstehen«, murmelte van Zyl.

»Aber in New York waren Sie doch sicher vor den Südafrikanern!«, warf Calder ein.

Benton schüttelte den Kopf. »Der Polizist hieß Colonel Moolman. Den werde ich nie vergessen. Er war sehr überzeugend. Er sagte, sie würden mich kriegen, ganz egal, wo ich sei. Das habe ich geglaubt. Insbesondere als Todd fast ums Leben kam, nachdem er die ersten Fragen gestellt hatte. Deshalb habe ich nichts gesagt, als Alex kam und mich nach Marthas Brief an ihre Mutter und nach dem Tagebuch fragte.«

»Was wissen Sie über den Laagerbond?«, fragte Calder. »Und über die Operation Drommedaris?«

»Nur wenig, wahrscheinlich nicht mehr als Sie, Cornelius. Martha erzählte mir, sie hätte einige Unterlagen über diese Gruppe gefunden. Sie wären in einem Auto in einer Aktentasche gewesen, als zwei Mitglieder des Laagerbonds in Hondehoek zu Besuch waren. Sie schrieb einiges daraus ab. Martha glaubte, der Laagerbond würde Ihr Gebot für den *Herald* finanzieren. Das passte zu dem, was Sie uns bei Bloomfield Weiss erzählt hatten: dass Sie eine neue Geldquelle aufgetan hätten.«

Van Zyl nickte.

»Martha war sehr wütend. Sie sagte, sie hätte etwas dagegen unternehmen wollen, aber zu viel Angst gehabt. Ich weiß nicht, warum. Ich nahm an, sie hatte Angst vor Ihnen.« Davis warf van Zyl einen Blick zu, der mit unbewegter Miene zuhörte. »Ich glaube, sie wollte mit mir an dem Wochenende noch über andere Sachen sprechen, aber es kam nicht mehr dazu.«

»Hat der Laagerbond Zyl News finanziert?«, fragte Calder. Er wollte es ganz genau wissen.

»Nein«, sagte Davis. »Bloomfield Weiss organisierte das Kapital von den Banken und dem Junk-Bond-Markt. Es war schwer, aber wir schafften es. Soweit ich weiß, hat der Laagerbond nie einen Cent in Zyl News gesteckt. Obwohl ich zugeben muss, dass ich gestern dachte, deswegen hätten Sie mich herbestellt.«

»Als ich ablehnte, ging der Laagerbond zu Evelyn Gill«, murmelte van Zyl.

»Nein!« Davis riss die Augen auf. »Daher hat der also das Geld?«

»Das wissen wir nicht mit Sicherheit«, sagte Calder. »Aber es passt.«

»Allerdings«, bemerkte Davis.

»Was ist mit dem Tagebuch?«, fragte Calder.

»Das war Martha sehr wichtig. Sie sagte, es sei so etwas wie ein Vertrauter, ein Freund.« Benton Davis lächelte. »Als ich da im Badezimmer stand und mich rasierte, sagte sie sogar, es wäre das erste Mal, dass sie in Gegenwart von jemand anderem etwas hineinschreiben würde. Es wäre ein gutes Gefühl, mir so zu vertrauen, dass sie nichts verheimlichen müsse.« Als Davis' Blick zu van Zyl wanderte, verschwand sein Lächeln. »Entschuldigung.«

»Ich wusste nichts von einem Tagebuch, erst als Marthas Mutter davon sprach«, erklärte van Zyl. »Aber das war ja wohl auch Sinn der Sache.«

»Haben Sie es gelesen?«, fragte Calder Davis.

»Nein, nie. Ich weiß, dass irgendetwas Wichtiges drinsteht über den Laagerbond und diese Operation, wie hieß sie noch gleich, Dromedar?«

»Drommedaris«, korrigierte Calder.

»Wie auch immer. Wahrscheinlich auch viel über mich und Cornelius und den Rest der Familie. Außerdem hätte ich es nie gelesen, solange Martha lebte.«

»Und nach ihrem Tod?«, fragte Calder.

»Konnte ich es nicht.«

»Warum nicht?«

»Weil ich es nicht habe.«

»Moment mal! Eben sagten Sie doch, Sie hätten es aufgehoben und mitgenommen!«

»Das ist richtig. Das habe ich instinktiv gemacht, glaube ich. Ich wusste, dass es wichtig war. Irgendwie war ich sicher, dass es durch Marthas Tod noch wichtiger würde. Aber ich wollte es nicht mit zurück ins Haupthaus nehmen, deshalb versteckte ich es. Und nach Moolmans Warnung beschloss ich, es an Ort und Stelle zu belassen.«

»Warum haben Sie es nicht einfach in die Tasche gesteckt?«

»Weil ich keine Hose anhatte. Ich hatte überhaupt nichts an.«

»Aha.« Calder spürte die Anspannung am Tisch, weil Bentons Antwort alle daran erinnert hatte, warum er mit Martha nach Kupugani gefahren war.

»Wo haben Sie es versteckt?«, brummte van Zyl.

»In dem Geräteschuppen. Unter einem Ziegelstein auf einem Holzbalken.«

»Könnte es da noch liegen?«, fragte Calder.

»Keine Ahnung.« Davis dachte nach. »Schon möglich. In dem Schuppen stand allerlei Krempel herum. Ich musste auf etwas klettern, damit ich an den Holzbalken kam, obwohl ich schon ziemlich groß bin. Sah mir nicht so aus, als gäbe es da alljährlich den großen Frühjahrsputz, und selbst wenn, glaube ich nicht, dass jemand zu dem Balken hochgeklettert ist. Ich schätze, falls der Schuppen nicht abgerissen oder umgebaut wurde, könnte das Tagebuch noch da sein.«

Calder und van Zyl schauten sich an.

»In diesem Fall«, sagte van Zyl, »fahren Sie mit uns nach Kupugani und zeigen uns die Stelle.«

Davis wollte protestieren, da klingelte ein Handy. Calders konnte es nicht sein; er hatte es abgestellt. Es war das von Cornelius.

»Ja, Edwin ... ja ... ja. Benton ist hier bei mir ... Wie viel? ... Neunhundertzwanzig? ... Ich melde mich später.«

Mit grimmigem Gesicht legte er das Handy beiseite.

»Schlechte Neuigkeiten?«, fragte Davis.

»Evelyn Gill hat gerade ein neues Angebot vorgelegt. Neunhundertzwanzig Millionen. Laxton wird morgen früh um sieben eine Erklärung abgeben.«

»Scheiße«, sagte Davis.

Die beiden tauschten resignierte Blicke aus. »Dagegen kommen wir nicht an, oder?«, fragte van Zyl.

Benton Davis schüttelte den Kopf.

Calder brach das Schweigen. »Gill bekommt das Geld vom Laagerbond. Wenn wir das öffentlich machen, ist es nichts mehr wert. Dann bekommen Sie die *Times*.«

»Da hat er recht«, sagte Davis.

Van Zyl sah Davis böse an. »Wir fahren auf jeden Fall heute Nachmittag nach Kupugani.«

Van Zyl und Benton gingen hoch in van Zyls Suite, um Weiteres zu besprechen. Calder kehrte in sein nahe gelegenes bescheideneres Hotel zurück. Auf seinem Zimmer stellte er sein Handy wieder an. Er hatte eine Nachricht von Zan, die um Rückruf bat, doch zuerst rief er bei Anne in Highgate an.

Kim meldete sich. Anne sei jetzt definitiv außer Lebensgefahr und mache gute Fortschritte. Todd ginge es ebenfalls ganz gut, auch wenn man ihn noch etwas länger unter Beobachtung halten wolle. Dr. Calder sei mit den Kindern in den Park gegangen.

»Hast du noch was von Edwin gehört?«, fragte Calder.

»Nein. Aber ich bin zu dem Schluss gekommen, dass er blufft. Ich habe Inspector Banks angerufen und ihr erzählt, dass Donna Snyder Todd besucht hat und dass Edwin versucht hat, mich mit dieser Information zu erpressen.«

»Hat sie dich in Verdacht?«

»Glaube ich nicht. Ich habe sie gefragt, ob sie Edwin noch mal vernehmen würde, aber sie sagte, eher nicht. Sie klang ziemlich frustriert. Ich habe ihr ein bisschen von dem erzählt, was du herausgefunden hast. Ich soll dir alles Gute wünschen.«

»Wirklich?«

»Ich vermute, dass sie zurückgepfiffen wurde, damit sie die Familie van Zyl nicht allzu genau unter die Lupe nimmt, und das kotzt sie ganz schön an.«

Calder erzählte Kim von Benton und Cornelius und dem im Wildreservat versteckten Tagebuch. Kim klang erfreut, auch wenn sie von Cornelius' Unschuld immer noch nicht ganz überzeugt war. Calder versprach, sie auf dem Laufenden zu halten.

Dann meldete sich Calder bei Zan. »Hallo, Zan, hier ist Alex.«

»Oh, hi.« Es klang, als säße Zan im Auto. »Schön, dass Sie zurückrufen. Meine Kontakte zum Geheimdienst sind ein Volltreffer. Würde ich gern mit Ihnen durchsprechen. Wo sind Sie gerade?«

»Ich bin mit Ihrem Vater in Johannesburg. Wir fahren heute Nachmittag nach Kupugani.«

»Wo Martha ermordet wurde?«

»Genau. Wir glauben, dass ihr Tagebuch dort versteckt ist. Wir sehen nach, ob es noch da ist.«

»Nach so vielen Jahren? Das ist doch eher unwahrscheinlich, oder?«

»Ist eine lange Geschichte.«

»Klingt ja spannend!« Calder hörte, wie Zan in den nächsten Gang schaltete. »Hören Sie, können wir uns nicht da oben treffen?«, schlug sie vor. »Ich würde diese Laagerbond-Sache gern mit Ihnen persönlich besprechen.«

»Das müsste möglich sein«, sagte Calder. »Können Sie das rechtzeitig schaffen?«

»Fliegen Sie von Johannesburg aus hoch?«

»Weiß ich nicht. Cornelius kümmert sich darum.«

»Die wird er nehmen, es ist die schnellste Verbindung. Ich bemühe mich, heute Nachmittag da zu sein. Ich bin im Moment gar nicht so weit entfernt vom Flughafen Kapstadt. Ich habe gleich noch eine Besprechung, dann fahre ich direkt zum Flughafen und nehme einen Flieger nach Johannesburg.«

»Hat Ihre Besprechung etwas mit dem Laagerbond zu tun?«, wollte Calder wissen.

»Ja«, bestätigte Zan. »Aber das erzähle ich Ihnen später.«

»Seien Sie vorsichtig!«, mahnte Calder. »Meine letzte Begegnung mit einem Mitglied des Laagerbonds war ein wenig beunruhigend.«

»Keine Sorge«, lachte Zan, aber Calder meinte eine gewisse Nervosität herauszuhören. »Ich kann auf mich aufpassen.«

Calder hoffte es.

Der Regen prasselte so heftig auf die Themse unten am Madeira Quay, dass Edwin die Spitze des Canary Wharf Tower schon nicht mehr sehen konnte. Er war in eine graue Wolke gehüllt. Edwin schlug die Hände vors Gesicht. So lange hatte er dafür gekämpft, das Heft in der Hand zu behalten, die nächste Katastrophe zu vermeiden, doch jetzt hatte er das furchtbare Gefühl, die Kontrolle zu verlieren.

Gerade hatte er mit Detective Inspector Banks telefoniert. Da Kim nicht kooperieren wollte, hatte er nicht gezögert, seine Drohung wahr zu machen. Hauptsache, die Polizei fischte im Trüben. Aber Banks hatte behauptet, sie wisse bereits von Donna Snyder. Voller Verachtung hatte sie auf Edwins Anspielung reagiert, Kim und Calder hätten eine Affäre. Ihre Feindseligkeit war deutlich zu spüren: Man hatte Banks dazu angehalten, nicht weiter gegen Edwin und Cornelius zu ermitteln, und das gefiel ihr ganz und gar nicht. Edwin legte schnell wieder auf.

Er wusste nicht genau, was Calder in Südafrika entdeckt hatte, aber Cornelius' Entscheidung, in aller Eile hinunterzufliegen, bereitete ihm Sorgen. Das, und das höhere Gebot für die *Times* von Evelyn Gill.

Nie im Leben würde Zyl News damit gleichziehen können. Und es gab keine Möglichkeit, zu wiederholen, was er damals mit Lord Scotton gemacht hatte. Peter Laxton war ein völlig anderer Mensch. Selbst wenn er eine Leiche im Keller hätte, würde er sich nicht einschüchtern lassen – er war wie Kim. Außerdem war Laxton Media eine Aktiengesellschaft, die mindestens einem Dutzend Banken eine Menge Geld schuldete. Es wäre schwierig für Peter Laxton, ein höheres Gebot abzulehnen, das Cash hereinspülen würde. Nein, es wäre unmöglich.

Einmal hatte Edwin Cornelius vorgeschlagen, Carolines reichen Mann zu fragen, ob der nicht als Geschäftspartner einsteigen wolle, aber Cornelius hatte den Vorschlag nicht mal mit einer Antwort gewürdigt. Für so etwas war er viel zu stolz, das wusste Edwin. Und wie Cornelius gesagt hatte, waren nirgends mehr irgendwelche Reichtümer versteckt.

Die *Times* zu verlieren war ein herber Schlag, aber Edwin hatte das untrügliche Gefühl, dass etwas noch Schlimmeres bevorstand, dass die von Kim und Calder aufgeworfenen Fragen eine Kettenreaktion in Gang setzten, der er zum Opfer fallen könnte. Sein Vater würde sich in den nächsten Jahren zur Ruhe setzen, Edwin wollte unbedingt sein Nachfolger werden. Aber er machte sich nicht vor, dass Cornelius viel von ihm hielt. Bei der kleinsten Verstimmung würde er seine Meinung ändern.

Edwin schaute wieder aus dem Fenster. Was sollte er tun?

Er griff zum Hörer und wählte eine Nummer in Südafrika.

•••

Visser lief in seinem Büro auf und ab. Plötzlich klingelte das Telefon.

»Hallo, Andries, hier ist Freddie.«

»Hast du von Kobus gehört?«, fragte Visser.

»Er ist heute Morgen zum Kap geflogen«, berichtete Steenkamp. »Heute Nachmittag müsste er so weit sein.«

»Gut. Je schneller er im Flugzeug nach London sitzt, desto besser.«

»Nicht unbedingt«, sagte Steenkamp. »Paul Strydom hat mir gerade erzählt, dass Cornelius van Zyl in Südafrika ist. Mit zwei anderen Männern: der eine scheint Alex Calder zu sein, der andere ist ein großer schwarzer Amerikaner. Vielleicht ist es Benton Davis?«

»Wo sind sie?«

»Van Zyl wohnt im Intercontinental in Sandton.«

»Schick Kobus dahin, sobald er mit der Sache am Kap fertig ist.«

»Genau das hatte ich vor«, sagte Steenkamp.

Visser knallte den Hörer auf. Wäre er doch bloß entschlossener gewesen! Er ließ sich auf seinen Stuhl sinken. Plötzlich war er sehr müde. Er hatte Schmerzen in der Brust. Sie waren immer da und würden ihn bis zum bitteren Ende begleiten. Er hatte das Gefühl, das Ende komme auf ihn zugerast wie ein Schnellzug aus einem Tunnel. Im Moment würde er sich am liebsten davorwerfen.

Zan fuhr durch das breite Franschhoek-Tal. Die Landschaft war üppig und grün, hier und dort standen Bauernhäuser und Weinberge. Auf drei Seiten war das Tal von steilen Felswänden umgeben. Zan wollte zum Pass oben auf dem Kamm.

Sie ging noch einmal ihr Gespräch mit Alex Calder durch. Es hatte den Anschein, als käme er voran. Auf jeden Fall wollte sie dabei sein, wenn er das Tagebuch fand. *Falls* er es fand. Zan griff zu ihrem Handy und rief ihren Mann an, um ihm zu sagen, sie würde über Nacht in Johannesburg bleiben. Es gehe um ein interessantes neues Objekt, bei dem sie schnell reagieren müsse, alles Weitere später. Piet hatte sich an die Sprunghaftigkeit seiner Frau gewöhnt. Florence, das Hausmädchen, würde auf die Kinder aufpassen, bis er aus dem Büro zurückkam.

Es war ein seltsames Gefühl, ihren Vater nach so vielen Jahren wiederzusehen. Zan hatte seine Karriere in der Presse verfolgt und zahllose Fotos von ihm gesehen, jedoch seit über zehn Jahren nicht mehr mit ihm gesprochen. In ihrer Jugend hatten sie sich mehrmals heftig zerstritten, aber Zan hatte Cornelius immer bewundert: seine Kraft, seine Macht, seine Rechtschaffenheit. Noch immer war sie enttäuscht über die Art und Weise, wie er nach Marthas Tod das Land verlassen hatte. Seit damals hatte sie das Gefühl, ihm nicht mehr vertrauen zu können. Wie er wohl auf sie reagieren würde?

Zan fuhr durch die Stadt Franschhoek mit ihren Schmuckläden und Geschäften und dem Denkmal für die Hugenotten, die sich hier vor dreihundert Jahren niedergelassen hatten. Sie folgte der steilen Straße nach oben. Als sie den Pass erreichte, änderte sich die Landschaft: Vor ihr erstreckte sich eine weite Fläche Fynbos, hier und da von grauem Fels durchbrochen, sie reichte hinunter zu einer Ebene und einem See, der hellblau in der fernen Sonne schimmerte. Keinerlei Landwirtschaft, nicht mal Hütten. Die Gegend war sehr abgelegen, aus dem Grunde war sie wohl als Treffpunkt gewählt worden.

Zwei Kilometer hinter dem Pass stieß Zan auf einen Feldweg. Sie folgte ihm, wie angewiesen, vier Kilometer und blieb dann an einer Abzweigung stehen. Sie schaute auf die Uhr: noch zwanzig Minuten. Von der Hauptstraße war die Stelle nicht einsehbar. Hier waren lediglich Fynbos und nackter Fels.

Zan lehnte sich zurück und wartete. Sie war nervös. Es war gefährlich, sich hier zu treffen, mitten im Nichts, aber sie war gut vorbereitet. Es war das Risiko wert.

Dann hörte sie ein Auto. Ein staubiger blauer Toyota kam den Feldweg hochgefahren. Nicht gerade ein angemessenes Fahrzeug für den Mann, auf den sie wartete. Der Wagen hielt zwanzig Meter von ihr entfernt.

Zan stieg aus.

Der Mann im Toyota tat es ihr nach. Er war untersetzt und hatte kurz geschnittenes Haar, einen Schnauzbart und einen Stiernacken. Er trug ein Hemd mit offenem Kragen und einen Mantel. Langsam kam er auf sie zu.

»Bleiben Sie stehen!«, rief Zan.

Ungerührt ging der Mann weiter. Zan spannte ihren Körper an. Sie hoffte, ihre Vorbereitungen und ihre Ausbildung in den ANC-Lagern in Mosambik würden sich nun auszahlen.

»Wo ist Dirk du Toit?«, rief sie auf Afrikaans.

»Hatte keine Zeit«, erwiderte der Mann.

Zan griff zu der Pistole, die sie sich hinten in den Hosenbund geschoben hatte. Der Mann reagierte blitzschnell. Noch ehe Zan auf ihn anlegen konnte, hatte er seine eigene Waffe aus dem Schulterholster gezogen und auf sie gerichtet. Er drückte ab. Zan spürte einen dumpfen Schlag auf der Brust, als das Projektil ihre Schutzweste traf. Sie fiel hin und rollte sich sofort zur Seite. Als der Mann auf sie zugestapft kam, streckte sie ihm ihre Pistole entgegen. Zweimal drückte sie ab, traf ihn in die ungeschützte Brust. Er sackte zu Boden.

Zan rappelte sich auf und lief zu ihm hinüber. Er atmete noch. Seine Waffe lag nur wenige Zentimeter von ihm entfernt. Zan trat sie fort. Sie richtete ihre Pistole auf den Kopf des Mannes.

»Wer sind Sie?«

Er schüttelte den Kopf.

Zan trat ihm in die Rippen, unterhalb der Eintrittswunde. Vor Schmerz schrie er auf.

»Wer Sie sind, habe ich gefragt!«

»Moolman«, flüsterte der Mann.

»Kobus Moolman? Colonel Kobus Moolman?«

Der Mann nickte.

Zan kannte den Namen. Er war ein führendes Mitglied des Todeskommandos vom Vlakplaas gewesen, bei dem so viele ihrer Genossen getötet worden waren. Vor einer Minute hatte er sie zu erschießen versucht; noch immer schmerzte ihre Brust vom Aufschlag des Projektils.

Zan untersuchte seine Verletzungen. Wenn sie einen Krankenwagen rief, würde er möglicherweise überleben.

Sie drückte noch zweimal ab.

[27]

»Wenn sie noch mitfliegen will, muss sie sich aber beeilen«, sagte Cornelius van Zyl mit Blick auf die Uhr. »Das Flugzeug startet in einer Viertelstunde.«

Am Flughafen von Johannesburg warteten Calder, van Zyl und Benton Davis in der kleinen, aber gemütlichen Lounge der Chartergesellschaft, die sie nach Kupugani bringen sollte. An einem Tisch saß eine Gruppe von vier jungen Deutschen und trank Bier. Sie sollten in einem Wildreservat achtzig Kilometer weiter abgesetzt werden. Die Anspannung zwischen Davis und van Zyl war deutlich zu spüren, aber sie hatten eine Art Waffenstillstand geschlossen und ihren gegenseitigen Argwohn dem gemeinsamen Wunsch untergeordnet, das Tagebuch und damit den Grund für Marthas Tod zu finden.

»Sollen wir uns erkundigen, ob das Flugzeug warten kann?« fragte Davis.

»Nein«, sagte van Zyl scharf. »Wir wollen uns auf jeden Fall noch gründlich umschauen, bevor es dunkel wird.«

»Sie haben Zan in den letzten Jahren nicht oft gesehen, oder?«, fragte Calder van Zyl.

»Nein, eigentlich gar nicht. Nach Marthas Tod hatte ich das Gefühl, dass sie mir Vorwürfe machte, Südafrika verlassen zu haben. Sie hat einen sturen Kopf«, sagte er lächelnd, »genau wie ihr Vater. Wir waren beide zu starrsinnig, um dem anderen eine Chance zu geben. So ist das manchmal in Familien.«

Ganz bestimmt in der Familie van Zyl, dachte Calder. Draußen auf dem Vorfeld entdeckte er zwei junge Piloten, einen Mann und eine Frau, die in die Cessna Grand Caravan stiegen und mit den

Kontrollen begannen. Die Cessna war ein einmotoriges Flugzeug, das Platz für neun Passagiere bot. Ideal für kurze Landebahnen.

Davis verschwand auf der Toilette. Van Zyl blätterte in einer südafrikanischen Zeitung. »Es ist gut, wieder in diesem Land zu sein, wissen Sie? Seit Marthas Tod bin ich nur wenige Male zurückgekehrt.«

»Es ist wunderschön hier ...«, sagte Calder.

»Aber? Da sollte doch noch ein ›Aber‹ kommen, oder?«

»Aber es ist immer noch im Eimer, selbst zehn Jahre nach der Apartheid.«

»Was Martha wohl heutzutage davon halten würde?«

»Sie würde sich freuen, oder nicht?«

»Doch, doch, das würde sie.« Van Zyl dachte nach. »Ich glaube, Sie hatte recht und ich nicht. In Südafrika gibt es zwar immer noch Gewalt, aber es ist nicht zu der Anarchie gekommen, mit der ich gerechnet hatte.«

»Bedauern Sie es, fortgegangen zu sein?«

»O nein«, entgegnete van Zyl. »Ich bin stolz auf Zyl News und auf das, was wir geschafft haben. Aber ...«

»Aber was?«

Van Zyl warf Calder einen Blick zu. »Sie kennen all unsere Familiengeheimnisse. Sie wissen Bescheid über Todd und Edwin. Wenn ich die *Times* bekomme, was mache ich dann damit? Ich bin zweiundsiebzig. Ich kann noch ein paar Jahre weitermachen und den Turnaround schaffen, aber wer soll dann Zyl News leiten? Todd will nicht, und ich werde alles daransetzen, dass die Firma nicht in Edwins Hände gerät.« Calder grinste, van Zyl entging es nicht. »Ich war zu lange blind gegenüber Edwins Machenschaften.«

»Es muss doch Manager in Ihrer Firma geben, auf die Sie sich verlassen können. Sie könnten auch jemand Neues einstellen!«

»Ja, könnte ich. Mache ich wahrscheinlich auch. Brauchen Sie 'nen Job?«

Wieder grinste Calder. »Mit sechzehn habe ich Zeitungen ausgetragen. Aber nur ein, zwei Monate lang. Ich bin einfach kein Zeitungstyp.«

Van Zyl lächelte. »Ich frage mich, was Martha mir wohl geraten hätte.«

Calder zog eine Visitenkarte aus der Tasche und reichte sie van Zyl. »Wissen Sie, was? Wenn alles vorbei ist, melden Sie sich doch mal bei George Field.«

»Bei George? Der will doch nichts mehr von mir wissen.«

Calder zuckte mit den Achseln. »Vielleicht ja doch.«

Van Zyl steckte die Karte ein.

Benton Davis kam zurück an den Tisch. Das Bodenpersonal verkündete, das Flugzeug sei jetzt zum Einsteigen bereit. Als sie nacheinander nach draußen aufs Vorfeld traten, kam ihnen Zan entgegengerannt, völlig außer Atem.

»Sie haben es geschafft«, stellte Calder fest.

»Es war ganz schön knapp.«

Van Zyl wandte sich zu seiner Tochter um. Nur wenige Meter weiter dröhnte die Maschine.

Zan zögerte, dann ging sie zu ihrem Vater. »Hallo, Dad«, sagte sie und küsste ihn auf die Wange.

Der alte Mann lächelte. Die beiden umarmten sich. »Ich freue mich, dass du noch gekommen bist«, rief er, um den Motorenlärm zu übertönen.

»Du siehst gut aus, Dad«, sagte Zan lächelnd. »Besser als auf den Fotos in der Zeitung.«

Van Zyl grinste. »Du auch.«

Sie stiegen ins Flugzeug und nahmen ihre Plätze ein. Kurz blieb Zan vor dem leeren Sitz neben ihrem Vater stehen, dann entschied sie sich für den neben Calder. Sie schnallten sich an. Die Maschine rollte zur Halteposition.

»Wir dachten schon, Sie würden es nicht mehr schaffen«, sagte Calder.

»Hätte ich auch fast nicht.«

»Sie haben mir erzählt, Sie hätten heute Morgen jemanden wegen des Laagerbonds getroffen. Konnten Sie etwas in Erfahrung bringen?«

»Ja. Trauen Sie keinem von diesen Schweinen.« Zan berichtete, sie hätte einen Anruf erhalten, sie solle sich an einem abgelegenen Ort bei Franschhoek mit Dirk du Toit treffen, einem wichtigen Banker und mutmaßlichen Laagerbonder. Sie beschrieb ihr Rendezvous mit Colonel Moolman, schilderte, dass sie in weiser Voraussicht eine kugelsichere Weste angezogen und ihn erschossen habe, nachdem er versucht hätte, sie zu töten. Wie sie das Ganze zu Ende gebracht hatte, erzählte sie nicht.

Calder wunderte sich, wie sachlich Zan das alles berichtete. »Ist er tot?«

»Ja.«

»Und trotzdem sind Sie hergeflogen? Was ist mit der Polizei?«

»Die bekommt das bestimmt von selbst heraus. Ich werde mich melden, sobald die Sache hier geklärt ist. So schnell lasse ich mich nicht abschütteln.«

»Auf jeden Fall wissen Sie sich zu behaupten.«

»Das hat mir der ANC in Mosambik beigebracht«, erwiderte Zan. »Moolman war zu selbstgefällig, wahrscheinlich weil ich eine Frau bin. Großer Fehler.«

Jetzt hat der Laagerbond einen Mörder weniger, dachte Calder. Aber er war sich ziemlich sicher, dass Moolman nicht der einzige gewesen war. Der Mordversuch an Zan zeigte, dass die Mitglieder des Geheimbunds immer verzweifelter wurden. Über kurz oder lang würden sie herausfinden, dass Calder und Cornelius zusammen in Südafrika waren. Wenn sie es nicht schon wussten.

»Was hat Ihnen der Kontaktmann vom Geheimdienst über den Laagerbond erzählt?«, fragte Calder.

»Ich habe Namen bekommen. Acht Namen.«

»Wichtige Leute?«

»Zwei ehemalige Kabinettsminister und ein General. Aber die sind schon tot. Dirk du Toit ist dabei, Andries Visser, Daniel Havenga und noch zwei, von denen ich noch nie gehört habe. Vielleicht ist Moolman der neunte. Ich habe mir einiges notiert, ist in meiner Tasche.«

»Gut gemacht«, sagte Calder, obwohl er in Wirklichkeit ein wenig enttäuscht war. Die Namen der Toten halfen ihm nicht groß weiter, und über Visser und Havenga wusste er bereits Bescheid. Du Toit könnte eine nützliche Spur sein.

»Und?«, sagte Zan. »Woher wissen Sie nun, dass das Tagebuch in Kupugani versteckt ist?«

Calder erzählte es ihr.

Sie flogen über die weite braune Ebene des Hochlands, über die Gipfel und Schluchten der Drakensberge bis zum Buschland dahinter. Bäume und Sträucher erstreckten sich auf den hohen Hängen hinter ihnen, so weit das Auge reichte, wie ein dünn bepflanzter Wald. Bald ging das Flugzeug in den Landeanflug und überflog eine Lichtung mit einem Asphaltstreifen in der Mitte. Calder konnte ungefähr eine Meile weiter südlich mehrere Gebäude erkennen, wahrscheinlich war es das Camp. Beim Endanflug zeigte der Pilot ihnen eine kleine Herde von fünf Elefanten, die sich an den Bäumen gütlich taten. Dann setzte das Flugzeug auf und blieb stehen. Sie stiegen aus, die Maschine rollte zurück zur Landebahn und hob ab, um die deutschen Touristen an ihr Ziel zu bringen.

Ein Land Rover steuerte auf die kleine Gruppe zu, gefahren von einem jungen Wildhüter, der sich als Darren vorstellte. Die vier stiegen ein. Darren brachte sie zum Hauptgebäude des Camps.

»Wem gehören die?«, fragte Zan und zeigte auf drei einmotorige Maschinen, die unter einem behelfsmäßigen Hangar standen. Es waren zwei Piper Warrior und eine Cessna 172.

»Unseren Gästen«, erwiderte der Ranger.

»Du hättest ja auch selbst herfliegen können, Zan«, sagte van Zyl.

»Ja, wenn ich genug Zeit gehabt hätte.«

»Sie fliegen?«, fragte Calder neugierig.

»Hin und wieder«, antwortete Zan. »Ich habe eine Piper Saratoga, die steht in Stellenbosch. Aber es würde schon zwei Tage dauern, um von Kapstadt hier hochzufliegen.«

Der Land Rover rumpelte über einen Feldweg und erschreckte ein dahintrottendes Warzenschwein. Bald näherten sie sich dem Camp, das aus einem halben Dutzend strohgedeckter Holzhäuser bestand, die sich um ein altes Farmhaus gruppierten. Als die vier aus dem Land Rover stiegen, trat eine schlanke Frau mit kurzem grauem Haar und einem gebräunten, wettergegerbten Gesicht aus der Tür mit der Aufschrift »Büro«, um sie zu begrüßen. Sie trug eine olivgrüne Tunika und Hose, genau wie der Wildhüter.

Zuerst ging sie mit ausgestreckter Hand auf van Zyl zu. »Willkommen in Kupugani«, sagte sie. »Ich bin Phyllis Delahay. Sie sind bestimmt Mr. van Zyl.«

»Ja. Vielen Dank, dass Sie so kurzfristig Zeit für uns hatten«, sagte van Zyl.

»Keine Ursache. Obwohl ich zugeben muss, dass ich mich vor achtzehn Jahren gewundert habe, Sie hier nicht zu sehen. Dann stellen Sie mir mal Ihre Begleiter vor!«

Van Zyl war ein wenig verblüfft, so unverblümt zurechtgewiesen zu werden. Doch dann stellte er Zan, Calder und Benton Davis vor.

»Ja, an Sie kann ich mich natürlich erinnern«, sagte Phyllis zu Davis. »Ich hoffe, die Polizei hat Sie nicht zu hart angepackt?«

Davis lächelte. »Die waren ganz schön brutal, Mrs. Delahay. Aber am Ende ließen sie mich laufen. Das ist das erste Mal, dass ich seitdem wieder in Südafrika bin.«

»Es hat sich viel geändert. Zum Besseren. Und Sie?« Die Frau schaute Calder an. Es war nicht nur eine höfliche Frage, sie wollte wirklich wissen, was er hier machte.

»Ich bin ein alter Freund von Todd van Zyls Frau«, sagte er. »Todd ist Marthas Sohn.«

»Das ist der Mann, der die unangenehmen Fragen über Marthas Tod gestellt hat«, erklärte van Zyl.

Phyllis lächelte kurz. »Ah ja, Libby erzählte, dass sie mit Ihnen gesprochen hat. Und Sie sind Marthas Tochter?«, fragte sie Zan.

»Stieftochter«, berichtigte Zan.

»Aha.« Das schien Phyllis nicht sehr zu gefallen. »Wie wäre es mit einem Tee?«, bot sie an.

Sie wies auf mehrere Rattansessel auf einer Veranda, von der aus man ein kleines Wasserloch im Blick hatte. Affen spielten in den Bäumen. Die Nachmittagssonne fiel auf die Sessel, es war warm, aber nicht heiß. Sonderbare Vogelstimmen, ungewohntes Kreischen, Brüllen und Trillern drang aus dem Busch, der das Camp umgab. Calder fragte sich, wie weit entfernt wohl die Elefanten waren, die sie vom Flugzeug aus gesehen hatten. Ein Kellner erschien mit einer Teekanne, gefolgt von einer Kellnerin mit Kuchen.

»Schön haben Sie es hier, Mrs. Delahay«, sagte Cornelius.

»Danke. Mein Vater hat das Anwesen in den dreißiger Jahren gekauft. Früher war die Farm nur für uns und unsere Gäste da. Nach und nach nahmen wir auch Touristen auf. Inzwischen ist Kupugani ein richtiges Unternehmen geworden. Finanziell ist das natürlich gut, aber manchmal denke ich, es bringt Unglück.« Phyllis trank einen Schluck Tee. »Momentan sind alle Gäste unterwegs auf Nachmittagssafari. Sie kommen erst nach Einbruch der Dunkelheit zurück.«

»Wie ich Ihnen schon am Telefon sagte«, begann van Zyl, »sind wir hergekommen, um mehr über die Umstände des Todes meiner Frau zu erfahren.«

»Ja, verstehe«, sagte Phyllis. »Aber ehrlich gesagt bin ich ein bisschen verwundert, dass Sie alle zusammen gekommen sind.« Sie schaute Benton Davis mit erhobenen Augenbrauen an.

»Marthas Tod hat uns erschüttert«, erklärte Davis. »Cornelius und ich haben miteinander gesprochen. Er weiß, warum Martha und ich hier waren. Ich möchte ihm gern helfen.«

»Haben Sie irgendeine Vorstellung, wer sie erschossen haben könnte?«, fragte Zan.

Phyllis schüttelte den Kopf. »Nein. Ich weiß aber, dass es keine Guerillakämpfer waren, wie die Polizei behauptete. Meine Spurenleser fanden nur Fußabdrücke von einer Person, die teure Stiefel trug. Nach der Schuhgröße zu urteilen, muss die Person eher klein gewesen sein. Das habe ich der Polizei natürlich gesagt, aber die hat gar nicht hingehört. Ich habe es dann auf sich beruhen lassen. Ich wusste, dass Sie Macht und Einfluss haben, Mr. van Zyl. Ich dachte, ich würde von Ihnen hören. Als das nicht geschah, nahm ich an, sie steckten mit der Polizei unter einer Decke.«

»Eine verständliche Annahme, aber falsch«, sagte van Zyl.

Benton Davis räusperte sich. »Martha führte Tagebuch. Es war ein schwarzes Notizbuch, ungefähr so groß.« Er verdeutlichte das Format mit seinen Händen. »Wir sind ziemlich sicher, dass es wichtige Anhaltspunkte dafür enthält, wer sie damals erschossen hat. Ich nahm es mit, als ich flüchtete, und versteckte es. Wir würden gern nachsehen, ob wir es wiederfinden können.«

»Du lieber Himmel!«, sagte Phyllis. »Und wo soll das sein?«

»In einem Geräteschuppen neben der Hütte.«

»Steht der Schuppen noch?«, wollte van Zyl wissen.

»Ja, natürlich«, sagte Phyllis.

»Ist er in den letzten zwanzig Jahren mal ausgeräumt worden?«

»Nein«, erwiderte Phyllis nach kurzem Überlegen. »Es wurde immer mal wieder etwas Neues reingestellt und rausgenommen.

Aber der Schuppen ist nicht gestrichen worden, soweit ich weiß. Da wurde nichts dran gemacht.«

Van Zyl und Calder tauschten Blicke aus. Das hörte sich gut an. »Können wir ihn uns ansehen?«

»Warum nicht?« Phyllis stellte ihre Teetasse ab und ging zur Wand, wo drei Repetiergewehre in einem Gestell hingen. Sie nahm eins herunter, lud es mit fünf Patronen, setzte einen kleinen Rucksack auf und ging voran in den Busch. »Folgen Sie mir!«

Sie führte die vier über einen sandigen Weg durchs Gestrüpp. Auf beiden Seiten erhoben sich gefährlich wirkende Termitenhügel, manche bis zu drei Meter hoch. Trotz ihres Alters und ihrer Größe bewegte sich Phyllis äußerst selbstsicher durch den Busch.

»Brauchen Sie das Gewehr wirklich?«, wollte Calder wissen.

»Das Camp hat keinen Zaun«, erklärte sie. »Man weiß nie, was einem über den Weg läuft. Sehen Sie das hier?« Sie blieb stehen und wies auf Spuren im Sand. »Das war ein Leopard.« Sie studierte den Abdruck eine Weile. »Ist wahrscheinlich letzte Nacht hier vorbeigekommen. Tagsüber ist alles kein Problem, aber im Dunkeln muss man vorsichtig sein.«

»Würden Sie denn schießen? Wenn uns jetzt etwas entgegenkäme?«

»Nein«, sagte Phyllis. »Nur als allerletztes Mittel. Wichtig ist, dass man niemals wegläuft. Wenn man einfach stehen bleibt, passiert auch nichts. Aber trotzdem, dieses Gewehr ist nicht ohne. Angeblich kann es einen angreifenden Elefanten aufhalten, aber das möchte ich lieber nicht ausprobieren.«

Einige Minuten liefen sie durch die Bäume, dann kamen sie zu einer Hütte, die den anderen im Camp glich. Sie stand allein neben einem ausgetrockneten Flussbett. Als die kleine Gruppe näher kam, flogen zwei Nashornvögel mit unglaublichem Gekreische von einem Baum auf. Ihre weit gespreizten Schwanzfedern balancierten ihre schweren Schnäbel im linkischen Flug. Schwach waren im Westen die Gipfel der Drakensberge zu erkennen.

»Hier haben wir gewohnt«, sagte Davis.

»Ein schönes Fleckchen«, bemerkte Calder.

»Sie sehen ja, es ist sehr unauffällig«, erklärte Phyllis. »Und durch das Flussbett zieht viel Wild.« Sie wies auf den heißen Sand, über den kreuz und quer die Spuren zahlreicher Tiere verliefen. »Der Mörder schoss von da drüben.« Phyllis zeigte auf das andere Ufer. »Er stand hinter dem Mopan-Baum.« Es war eine Entfernung von rund zwanzig Metern, kein Problem für einen guten Schützen.

Calder warf Davis einen Blick zu. Er hatte einen geistesabwesenden Gesichtsausdruck. Alle schwiegen und beobachteten ihn.

Dann grinste er kläglich. »Entschuldigung. Es ist nur ... Hier zu sein bringt das alles zurück.« Er holte tief Luft. »Also, ich habe das Badezimmerfenster eingeschlagen und bin hinten rausgeklettert. Hier, ich zeige es euch.«

Mit schnellen Schritten eilte er zur Rückseite der Hütte. Mit seinen langen Beinen hatte er die anderen schnell abgehängt. Das Badezimmerfenster war von der Stelle aus, wo der Mörder gestanden hatte, nicht zu sehen. »Dann bin ich den Weg weitergelaufen, habe mich aber hier rechts gehalten.« An einer Abzweigung führte ein schmalerer Pfad in das Wäldchen. Nach rund zwanzig Metern endete er vor einem kleinen Schuppen. »Und hier habe ich mich versteckt.«

»Können wir reingehen?«, fragte Calder Phyllis.

»Aber sicher.« Sie zog einen Schlüssel hervor. »Der Schuppen ist verschlossen, damals war er das noch nicht. Ich zeige es Ihnen.«

Sie knipste das Licht an, eine nackte Glühbirne. Der Schuppen war klein, nicht größer als eine Garage. Er war vollgestellt mit alten Gerätschaften: Gartenwerkzeug, Äxte, Öllampen, Holz, einem kaputten Tisch, Dosen mit Paraffin und einem Insektengitter fürs Fenster. »Als ich mich hier versteckt habe, lag dahinten Metallblech«, erklärte Benton Davis und wies auf die Rückwand. »Da habe ich mich hintergequetscht.«

Van Zyl schaute zur Decke empor. In rund zweieinhalb oder drei Meter Höhe verliefen Balken über die gesamte Länge des Schuppens. »Und wo haben Sie das Tagebuch versteckt?«

»Da oben.«

Die alten Balken waren nicht gestrichen. Calder sah, dass auf einem ein Ziegelstein lag.

»Der da?«, fragte er.

»Ich glaube, ja«, entgegnete Davis. Er schaute sich suchend nach etwas um, auf das er klettern könnte, und fand eine alte Truhe. Er stieg hinauf. Sie ächzte unter seinem Gewicht. Davis streckte sich, hob mit der einen Hand den Ziegelstein an und fuhr mit der anderen über den Balken. »Es ist nicht da.«

»Versuchen Sie es weiter hinten!«, befahl van Zyl.

Während die anderen ihm den Weg frei machten, schob Davis die Truhe über den Boden und tastete den Balken ab. Nichts.

»Sind Sie sicher, dass niemand das Tagebuch von dort entfernt hat?«, fuhr van Zyl Phyllis an. Seine Enttäuschung war ihm deutlich anzusehen.

Phyllis schüttelte den Kopf. »Es tut mir leid, Mr. van Zyl«, erwiderte sie steif, »aber Ihre Reise war wohl Zeitverschwendung.«

Frust machte sich auch in Calder breit. Irgendwie war aus der vagen Hoffnung fast die Gewissheit geworden, dass sie das Tagebuch nach so langer Zeit noch finden würden. Jetzt wurde ihm klar, dass diese Gewissheit jeder Grundlage entbehrte. Er merkte, dass Cornelius und Benton ebenso zerknirscht waren. Nur Zan schien die Schlappe gleichmütig hinzunehmen, aber für sie war das Ganze natürlich auch nicht so wichtig wie für die anderen.

»Können wir noch mal zu der Stelle gehen, wo der Mörder stand?«, fragte Cornelius.

»Kein Problem«, sagte Phyllis und führte sie zurück zur Hütte und hinunter ans Flussbett. Mit leiser Stimme sprach sie mit Davis, bedauerte ihn vielleicht für das, was er damals mitgemacht hatte. Am anderen Ufer hielt sie inne. »Es ist direkt neben dem Mopan-Baum, den ich Ihnen eben zeigte«, sagte sie. »Benton möchte noch einmal kurz allein zurück in die Hütte. Ich bringe ihn rüber.«

Calder und van Zyl erklommen die Uferböschung und kämpften sich durch das Gebüsch bis zu dem Baum. Man hatte einen guten Blick auf die Hütte auf der anderen Seite. Sie sahen Benton Davis und Phyllis. Und Zan, die durch das Flussbett auf die beiden zueilte.

»Was hat Zan denn vor?«, fragte Calder. »Hat sie vielleicht Angst?« Auf einmal fühlte er sich dem Busch ausgeliefert. Phyllis hatte das Gewehr mitgenommen.

»Zan und Angst?«, sagte van Zyl. »Niemals.«

Calder wunderte sich, wie eilig Zan es plötzlich hatte. Er lief ihr nach, gefolgt von van Zyl. Sie hasteten die Böschung hinauf, zurück zur Hütte. Die Tür stand offen. Als sie eintraten, sahen sie Phyllis und Davis nebeneinander vor dem Bett stehen, auf dem Phyllis' Rucksack lag. Davis hatte ein schwarzes Notizbuch in der Hand. Beide starrten an Calder vorbei in die Ecke.

Er drehte sich um.

»Rein da!«, befahl Zan. Sie stand mit Phyllis' Gewehr in den Händen in der Zimmerecke und richtete es auf Calder und van Zyl. Dann bedeutete sie ihnen, sich zu Benton und Phyllis zu gesellen, und trat die Tür mit dem Fuß zu. »So, Benton … und jetzt her mit dem Tagebuch! Aber ganz vorsichtig!«

{28}

26. August 1988

O Gott, alles entgleitet mir! Ich kann keinem mehr vertrauen. Niemandem!

Vielleicht wird mir alles etwas klarer, wenn ich es der Reihe nach aufschreibe.

Zan fliegt heute nach London. Noch sechs Stunden, dann ist sie weg, Gott sei Dank. Heute Morgen hatte ich ihr gesagt, dass ich den Tag mit Miriam Masote und einer Besuchergruppe vom Amerikanischen Kirchenrat in Guguletu verbringen würde, aber schon am späten Nachmittag zurückkäme, damit ich sie noch zum Flughafen bringen könne. Doch kurz bevor ich losfahren wollte, erreichte mich ein Anruf von Miriam. Am Vorabend habe es Ausschreitungen in Guguletu gegeben, deswegen hätte sie beschlossen, den Besuch auf den nächsten Tag zu verschieben. So fuhr ich nach Stellenbosch, um ein wenig einzukaufen.

Von Oom Samie's ging ich durch die Church Street zurück zum Auto, da entdeckte ich Zan in einem Café am Fenstertisch. Gerade wollte ich die Straße überqueren, um sie zu begrüßen, da sah ich, wer sie begleitete: drei Männer. Zuerst erkannte ich Daniel Havenga. Es kam mir sonderbar vor, dass Zan sich mit ihm traf. Mir war gar nicht klar gewesen, dass die beiden sich kannten. Dann entdeckte ich, dass jemand über den Tisch hinweg Zans Hand hielt, ein großer rothaariger Mann von Mitte zwanzig, der eigentlich ganz nett aussah. Also hat Zan doch einen Freund, dachte ich. Das hatte sie erfolgreich verheimlicht. Wer das wohl war? Dann erkannte ich den dritten Mann: Andries Visser. Das war doch völlig unlogisch! Spontan überlegte ich es mir anders, machte mitten auf der Straße kehrt und eilte davon.

Ich schaute mich nicht um. Deshalb weiß ich nicht, ob ich gesehen wurde oder nicht.

Auf der Rückfahrt nach Hause versuchte ich zu ergründen, was da vor sich ging. Anfangs ergab alles keinen Sinn. Havenga mit einer jungen Frau ließ auf ein Techtelmechtel schließen. Havenga und Visser zusammen bedeutete Laagerbond. Warum sollte jemand wie Zan, eine ausgewiesene radikale Apartheidgegnerin, mit dem Laagerbond sprechen, mit ihren erbittertsten Feinden?

Vielleicht sollte sie für Cornelius spionieren? Ja, das konnte sein. Ich konnte mir vorstellen, dass sie zusammen mit Cornelius etwas ausheckte, von dem mir keiner von beiden etwas erzählt hatte. Ja, das musste es sein.

Zurück in Hondehoek machte ich mir eine Tasse Kaffee und nahm sie mit nach draußen in den Garten. Am Vorabend hatte es geregnet, aber der Morgen war hell und klar gewesen. Als ich den sanften Sonnenschein im Gesicht spürte, wusste ich, dass meine Erklärung nicht richtig war, auch wenn ich es mir noch so sehr wünschte.

Die drei Männer und Zan hatten nicht hektisch miteinander diskutiert. Sie waren entspannt und locker gewesen. Visser rauchte eine Zigarette, Havenga erzählte und lachte, auch Zan hatte gelächelt. Sie hatten *verschwörerisch* gewirkt. Genau das war es: eine Verschwörung.

Und was war mit dem Rothaarigen? Er hatte ganz beiläufig Zans Hand gehalten, so wie man es macht, wenn man schon lange mit jemandem zusammen ist. Aber irgendwie hatte es etwas Verbotenes gehabt. Dieser Mann war glücklich in Zans Gesellschaft, genoss die kurze Zeit mit ihr. Und Visser und Havenga waren dabei.

Der Mann hatte intelligent und adrett gewirkt, ein junger Akademiker.

Es war offensichtlich: Zan war seine Freundin, und beide arbeiteten mit dem Laagerbond zusammen.

Gut, aber wie konnte Zan, eine Aktivistin des Black Sash und der Kampagne zur Abschaffung der Wehrpflicht, so vertraut mit diesen Menschen sprechen? Das hätte vielleicht die alte Zan getan, die sich, um ihren Vater zu ärgern, an der Rand Afrikaans University eingeschrieben hatte, aber doch nicht die neue Zan, die nach Witwatersrand gezogen war, an Demos teilnahm und gegen alle Formen der Apartheid protestierte.

Es sei denn, es gab gar keine neue Zan.

Jeder weiß, dass die größten Oppositionsgruppen in den letzten zehn Jahren von den Sicherheitskräften unterwandert wurden: die SACP, die UDF, der ANC. Sie schleusten Spitzel ein, oft Weiße, weshalb viele schwarze Regimegegner im Lauf der Jahre sehr argwöhnisch gegenüber den Weißen wurden. Zan ist also auch ein Spitzel.

Wahrscheinlich hat sie ihren rothaarigen Freund an der Rand Afrikaans University kennengelernt. Die Sicherheitspolizei fand bestimmt, sie sei eine perfekte Kandidatin: die afrikaanderisch gesinnte Tochter einer prominenten, englischsprachigen, liberalen Familie. Man musste sie nur dazu bringen, ihre wahren Ansichten zu verschleiern. Was Zan sehr überzeugend getan hatte.

Und deshalb ist sie jetzt plötzlich wieder bei uns aufgetaucht. Zusammen mit dem Laagerbond hat sie es auf Cornelius abgesehen, bespitzelt ihn und will ihn letztlich überzeugen, dem Bond beizutreten. Genau wie Beatrice Pienaar.

In dem Schreiben über die Operation Drommedaris, das ich in Daniel Havengas Aktentasche fand, war von einer »Impala« die Rede, die eine Einschätzung von Cornelius abgegeben hatte. Ich nehme an, dahinter steckt Beatrice Pienaar. Angeblich wurde diese Meinung von »Eland« bestätigt. Könnte das Zan sein?

Ich kann nicht behaupten, dass ich nicht an Zans Gesinnungswandel geglaubt hätte. Ich glaubte an ihren Radikalismus und an ihre Rückkehr in den Schoß der Familie, weil ich es glauben *wollte*. Dass sie sich gegen Cornelius und mich gestellt hatte, war mir immer ein Dorn im Auge gewesen. Nichts wollte ich lieber, als sie wieder bei uns aufzunehmen.

Aber die verlorene Tochter ist ein Spitzel.

Oh, da kommt ihr Auto. Was soll ich bloß zu ihr sagen?

Später …

Zan ist fort. Finneas fährt sie zum Flughafen, ich konnte es einfach nicht.

Sie saß in der Küche, ich brühte uns einen Kaffee auf. Sie wirkte entspannt, locker. »Du warst heute nicht in Guguletu, oder?«, fragte sie.

»Da gab es gestern Abend Krawalle. Wir haben den Besuch verschoben.«

»Aha. Habe ich dich heute auf der Church Street gesehen?«, fragte sie beiläufig.

Natürlich hatte sie mich gesehen. Sie wollte herausfinden, ob auch ich sie entdeckt hatte. Ich lächelte. »Ja, ich habe ein paar Besorgungen gemacht.« Ich wandte mich ab und hantierte mit dem Wasserkessel herum. »Wo warst du denn? Ich habe dich gar nicht gesehen.« Ich merkte, dass meine Stimme unnatürlich klang. Belegt.

»Hast du wohl«, sagte Zan langsam und sachlich.

Ich drehte mich zu ihr um. »Was hast du denn mit diesen Männern zu tun?«, wollte ich wissen. Ich ließ jede Vorsicht fahren.

Zan lächelte. »Das sind Freunde von mir.«

»Du bist ein Spitzel, nicht wahr?«, sagte ich. »Ein Spitzel vom Laagerbond. Du versuchst, deinen Vater auf deren Seite zu ziehen.«

»Ich weiß nicht, wovon du sprichst«, sagte Zan. »Was soll das sein, der Laagerbond?«

»Wer war denn der Mann, der deine Hand gehalten hat?«, fragte ich.

»Ein alter Freund von der Uni«, erwiderte Zan.

»Von der Uni? Von welcher?«

Zan antwortete nicht sofort. Sie schien nachzudenken. »Diese Freunde«, sagte sie schließlich, »haben sehr viel Einfluss. Ich mag sie, aber sie können gefährlich werden. Sie können Menschen umbringen lassen.«

»Willst du mir drohen?«

»Ich gebe dir nur zu verstehen, dass es besser wäre, wenn du keinem erzählen würdest, mit wem du mich heute gesehen hast. Und an deiner Stelle würde ich keinem diese abstruse Theorie vorsetzen, dass ich ein Spitzel bin. Schon gar nicht Dad.«

»Du drohst mir doch! Pack deine Sachen und verlass mein Haus! Auf der Stelle!«

Wieder lächelte Zan. »Gut«, sagte sie und erhob sich langsam. Als sie in der Küchentür stand, fügte sie hinzu: »Viel Spaß am Wochenende mit Benton.«

Ich stürmte in den Garten, damit sie in Ruhe packen konnte. Es ging schnell. Bin ich froh, dass sie nach London fliegt! Aber was soll ich nun bloß tun?

Ich kann nicht glauben, was sie getan hat. Dass sie ihre Familie, uns, die ganze Zeit belogen hat. Sie hat mit uns gegessen, mit uns geredet, mit uns gelacht. Wen hat sie noch betrogen? Wie viele Menschen, die für die gerechte Sache arbeiten, sind wegen ihr im Gefängnis gelandet? Ich hatte immer geglaubt, dass der Hass, den sie mir als Jugendliche entgegenbrachte, verschwunden sei. Aber er hatte unter ihrer Haut gegoren und geschwärt. Irgendwie kann ich mir ja noch vorstellen, dass sie mich belügt – aber ihren eigenen Vater? Wahrscheinlich glaubt sie in ihrer verqueren Logik, sie würde ihm helfen, die Wahrheit zu erkennen.

Ich zweifle keine Sekunde daran, dass ihre Drohung ernst gemeint ist. Vielleicht sollte ich wirklich den Mund halten, wie sie mir geraten hat. Aber wie soll ich das tun, wenn das bedeutet, Cornelius dem Laagerbond auszuliefern? Ich kann nicht für den

Rest meines Lebens so tun, als wäre Zan meine liebe kleine radikale Stieftochter. Wer weiß, welchen Schaden sie beim ANC anrichtet, wenn sie erst mal in London ist!

Außerdem hat sie mein Tagebuch gelesen. Und zwar vor kurzem. Wie sonst sollte sie von Benton wissen? Das ist der zweite Teil ihrer Drohung. Sie will Cornelius von ihm erzählen.

Ich weiß nicht, was ich tun soll. Ich muss mit irgendjemandem sprechen. Mit Benton. Er ist der Einzige, der mir einen vernünftigen, unbefangenen Rat geben kann.

Ich bin froh, dass ich Mom gestern diesen Brief geschrieben habe. Wenn Zan sich das nächste Mal meldet, werde ich ihr sagen, dass ich mich abgesichert habe und im Falle eines Falles alles herauskommt.

Ich würde gern mit Cornelius sprechen. Momentan ist er in Philadelphia und kommt erst in zwei Wochen zurück. Ich habe Angst, das Telefon zu benutzen; nach meiner Begegnung mit der Sicherheitspolizei würde ich mich nicht wundern, wenn es verwanzt wäre. Und ich weiß nicht, ob ich Cornelius vertrauen kann. Ich weiß einfach nicht, wie stark Zan, Beatrice und der Laagerbond ihn schon bearbeitet haben.

O Gott, ich habe solche Angst! Wie konnte ich nur in so einen Schlamassel geraten?

Wenigstens sehe ich morgen Abend Benton. Ich kann es kaum erwarten.

[29]

»Leg das Gewehr zur Seite, Zan!« Cornelius van Zyls Stimme klang kräftig und autoritär.

»Nein«, sagte Zan.

Van Zyl trat einen Schritt vor. »Ich habe gesagt, leg es weg!«

»Ich erschieße dich, Dad«, sagte Zan. »Ich will es nicht, aber wenn ich muss, mache ich es. Ich habe schon viele Menschen getötet, glaub mir.«

Van Zyl blieb stehen.

»Mach drei Schritte nach hinten«, befahl ihm Zan.

Langsam gehorchte ihr Vater. »Heißt das, du hast auch Martha umgebracht?«

»Ja«, sagte Zan.

»Und Todd hast du auch versucht zu ermorden?«

»Nein, das war der Laagerbond. Edwin hat mir gesagt, Todd würde unangenehme Fragen stellen. Außerdem erzählte er mir von dem Ausflug in der Yak, den Todd unternehmen wollte. Der Laagerbond fand, es sei eine gute Gelegenheit, ihn zum Schweigen zu bringen.«

»Wie konntest du Todd nur so etwas antun?«, fragte van Zyl fassungslos. »Er ist dein Bruder.«

»Mein Halbbruder. Ich hasse ihn. Schon immer, seit er auf die Welt kam. Martha und er, sie haben dich mir weggenommen. Ich wollte dich zurückgewinnen, aber du hast mich verlassen. Mich und dein Volk hast du verlassen und bist davongelaufen.«

»Mein Volk?«

»Die Afrikaander. Unser Volk.«

»Aber du hast doch immer gegen die Apartheid gekämpft!«

»Habe ich nicht, Pa«, sagte Zan lächelnd. »Wie konntest du das bloß glauben? Ich habe mich immer für unser Volk eingesetzt. Ich habe dem Laagerbond doch vorgeschlagen, dass er an dich herantritt. Wir hatten alles perfekt geplant. Die Todesliste der Kommunisten, Beatrice.«

»Und Hennie?«, fragte van Zyl. »Hast du Hennie auch getötet?«

»Nein«, entgegnete Zan mit gerunzelter Stirn. »Nein, das waren die Guerillas.« Doch in ihrer Stimme lagen Zweifel.

»So wie sie auch Martha umgebracht haben«, stellte van Zyl zynisch fest.

»Du bist abgehauen! Warum hast du das getan, Dad? Operation Drommedaris war perfekt für dich. Es hätte uns zusammengeführt, gemeinsam etwas für unser Volk zu tun, Vater und Tochter. Aber als Martha starb, bist du einfach abgehauen. Hast deine Heimat verlassen, dein Volk, mich. Du bist nach Amerika gegangen und hast wieder eine Amerikanerin geheiratet und dein Heimatland vergessen. Wie konntest du mir das antun nach allem, was ich für dich getan habe?«

Van Zyls Gesicht zeigte eine Mischung aus Unglauben und Abscheu. »Warum musste Martha sterben?«

»Es ging nicht anders. Sie hatte herausgefunden, was ich vorhatte. Sie wusste vom Laagerbond und dass ich für die Sicherheitspolizei arbeitete. Und sie schlief mit dem da!« Mit dem Gewehr zeigte Zan auf Benton Davis. »Habe ich alles hier drin gelesen.« Sie wies mit dem Kinn auf das Tagebuch, das auf dem kleinen Tisch neben ihr lag. »Ich wette, dass die letzten Einträge nur von mir handeln.«

»Also hat der Laagerbond Ihnen aufgetragen, Martha zu töten?«, fragte Calder.

»Nein! Ich wollte, dass die Männer es erledigen, aber sie weigerten sich. Sie wollten Cornelius nicht verschrecken. Ich beschloss, nicht nach London zu fliegen, sondern nach Johannesburg. Da besorgte ich mir ein Gewehr und fuhr nach Kupugani. Durch die Springbockjagden mit Onkel Hennie wusste ich, wie man mit einem Gewehr umgeht, schon damals. Und als ich Martha mit dem Neger sah, fiel es mir nicht schwer, abzudrücken. Ärgert mich nur, dass ich ihn nicht auch erwischt habe.«

Böse funkelte sie Davis an. Er erwiderte ihren Blick.

»Die Polizei schnappte mich, als ich Kupugani verließ. Ich habe den Laagerbond angerufen. Man war nicht gerade erfreut, musste mir aber helfen, alles zu vertuschen. Die Polizei ließ mich laufen. Dabei wäre es geblieben, wenn dieser Engländer nicht so viele verdammte Fragen gestellt hätte.« Zans zorniger Blick richtete sich auf Calder. »Phyllis wusste es«, sagte sie. »Deshalb hat sie versucht, dem Neger das Tagebuch zuzustecken, ohne dass ich es merke. Sie hatte es damals gefunden und gelesen, stimmt's?«

»Ja«, gestand Phyllis mit kräftiger Stimme. »Wir haben es vor ungefähr fünf Jahren gefunden. Als ich es las, dachte ich, ich erzähle besser niemandem davon. Ich hatte Angst, dass so etwas wie das jetzt passieren würde.«

»Hat heute Morgen wirklich jemand vom Laagerbond versucht, Sie umzubringen, Zan?«, fragte Calder.

»Allerdings! Als es dem Laagerbond nicht gelang, Sie aufzuhalten, sagte ich denen, ich würde die Sache selbst in die Hand nehmen. Genau wie mit Martha. Ich dachte, ich würde einen alten Freund treffen, um alles durchzusprechen, aber es war eine Falle. Aus irgendeinem Grund meint der Laagerbond, ich sei eine größere Gefahr als Alex Calder.«

»Das wundert mich nicht«, brummte van Zyl.

»Aber Sie haben in Wirklichkeit keinen Kontakt zum Geheimdienst«, stellte Calder fest.

»Natürlich nicht. Ich wollte nur gerade so viel über den Laagerbond erzählen, dass Sie meinten, ich wäre auf Ihrer Seite, aber Sie sollten mit den Informationen nicht viel anfangen können.«

»Steckt dein Bruder mit dir unter einer Decke?«, wollte van Zyl wissen.

»Edwin?« Zan schnaubte verächtlich. »Ich traue Edwin genauso wenig wie du. Aber er hat mich die ganze Zeit auf dem Laufenden gehalten, hat mich sogar noch heute Morgen angerufen. Er weiß, dass ich mich für deine Aktivitäten interessiere, ohne den Grund zu kennen. Obwohl, vielleicht kann er es sich denken. Es war Edwin, der mir erzählt hat, dass Alex und Kim unbedingt die Wahrheit über Marthas Tod herausfinden wollen. Das gab ich an den Laagerbond weiter. Nur haben die es leider wieder verbockt.«

»Leider haben die meine Schwester in die Luft gejagt. Und zum Krüppel gemacht.« In Calders Stimme lagen zu gleichen Teilen Verachtung und Wut. »Eine unschuldige Frau. Eine Mutter.«

»Ich sag ja, die haben es verbockt«, meinte Zan. Dann wandte sie sich an Phyllis. »Wo sind die Schlüssel vom Flugzeug?«

»In einem Schrank in der Hütte am Flugplatz.«

»Und wo ist der Schlüssel für die Hütte?«

Phyllis rührte sich nicht. Zan hielt immer noch das Gewehr auf Calder gerichtet. »Ich weiß, Sie sind eine mutige Frau«, sagte Zan. »Geben Sie mir den Schlüssel, sonst erschieße ich ihn.«

Phyllis blinzelte. Dann gab sie sich geschlagen, zog langsam einen Schlüsselbund aus der Tasche und wollte einen Schlüssel herausdrehen.

»Her damit! Mit dem ganzen Bund!«, befahl Zan. »Vor meine Füße!«

Phyllis warf die Schlüssel vor sie auf den Boden, und Zan bückte sich, um sie aufzuheben.

»Gut. So, jetzt legt die Hände auf den Kopf und geht nacheinander aus der Hütte raus!«

Zan stopfte das Tagebuch in Phyllis' kleinen Rucksack und warf ihn sich über die Schulter. Dann öffnete sie die Tür und ging rückwärts nach draußen. Phyllis trat als Erste heraus, gefolgt von Calder und Cornelius van Zyl. Benton Davis war der Letzte. Vor der Schwelle zögerte er und warf dann die Tür zu. Zan zog das Gewehr herunter und drückte auf den Abzug. Ein gewaltiger Schuss ertönte. Er traf die Tür und zerfetzte sie. Davis, der dahinter stand, stieß einen Schrei aus. Die Tür schwang auf, die anderen sahen ihn auf dem Boden liegen und sich die Schulter halten.

»Los, hoch!«, schrie Zan. Davis bewegte sich nicht. »Aufstehen, hab ich gesagt!«

Davis kniete sich hin, das Gesicht schmerzverzerrt. Er versuchte, einen Schrei zu unterdrücken, doch es wollte ihm kaum gelingen.

»Hol ihn, Alex!«, befahl Zan.

Langsam ging Calder zu Davis hinüber und half ihm auf.

»Jetzt bewegt euch! Rüber zum Schuppen! Aber immer schön langsam.«

Im Gänsemarsch zogen sie voran, Zan mit erhobener Waffe hinter ihnen. Calder schwankte unter Davis' Gewicht. Der Banker verlor viel Blut.

»Los, da rein!«, befahl Zan, als sie den Schuppen erreichten. »Rein da!«

Alle gehorchten. »Nach hinten! So weit wie möglich!« Sie schoben sich durch zu einem Stapel Schrott vor der Rückwand. Zan blieb in der Tür stehen. In einer fließenden Bewegung hob sie das Gewehr, zielte auf die Glühbirne und drückte ab. In dem engen Raum klang der Schuss aus der großkalibrigen Waffe wie eine Explosion. Die Glühbirne zersplitterte. Zan war eine gute Schützin. Calder meinte, die Gelegenheit sei günstig, sich auf Zan zu stürzen, aber schon hatte sie wieder das Gewehr gesenkt und richtete es auf seine Brust.

»Zurück, habe ich gesagt!«

Calder trat nach hinten.

Zans Blick fiel auf ihren Vater. Unsicher, was sie mit ihm machen sollte, zögerte sie. »Dad? Dad, willst du nicht mit mir kommen?«

»Mit dir? Wohin denn? Du kannst dich nirgends verstecken. Du kannst nur noch ins Gefängnis!«

»Verstehst du denn nicht, dass ich das alles für dich getan habe? Für dich und unser Volk? Martha war eine böse Frau. Sie hatte gerade mit diesem Neger geschlafen, als ich sie erschoss. Du bist ein mächtiger Mann, Dad. Du kannst das wieder geradebiegen. Du kannst alles wieder ins Lot bringen. Komm mit mir!«

»Zan, die böse Frau bist du«, sagte van Zyl. Seine Stimme war hart und voller Verachtung. »Gott verfluche dich, du bist nicht mehr meine Tochter!«

Eine Träne lief Zan über die Wange, dann eine zweite. Sie biss sich auf die Lippe. Ihre Kraft und ihre Überzeugung schienen sie zu verlassen. Kurz glaubte Calder, sie würde das Gewehr weglegen und in sich zusammensinken. Dann blinzelte sie mehrmals, ihr Gesicht bekam einen entschlossenen Ausdruck, und sie überlegte es sich anders. Mit einer Hand griff sie zu einer kleinen Dose Paraffin und warf sie nach draußen. Das Gewehr hielt sie weiterhin auf ihre Gefangenen gerichtet. Sie schnappte sich eine Streichholzschachtel, die bei den Öllampen lag, und entfernte sich rückwärts aus dem Schuppen. Die Tür warf sie zu.

Der Bau hatte kein Fenster, es war pechschwarz darin. Calder lief in die Richtung, wo er die Tür vermutete. Er rüttelte daran, aber sie war nicht zu öffnen. Er tastete nach dem Riegel, hörte dann aber, wie der Schlüssel im Schloss umgedreht wurde. Neben sich spürte er van Zyl, der ebenfalls nach dem Riegel fühlte.
»Sie hat abgeschlossen«, erklärte Calder.

»Was ist das?«, fragte Phyllis,

Sie hörten etwas tröpfeln, eine Flüssigkeit. Dann rochen sie Paraffin.

»O mein Gott!«, flüsterte van Zyl. »Zan! Zan!«, rief er. »Lass uns raus! Zan!«

Calder machte einen Schritt nach hinten und trat auf Davis. Vor Schmerz schrie der Banker laut auf. Calder warf sich gegen die Tür. Sie hielt ihm stand.

Von draußen kam ein sanftes *Wumm*. Dann ein Knistern, als das Holz Feuer fing. Calder warf sich erneut gegen die Tür und konnte bereits die Wärme spüren. Er hielt inne. In dem beengten Raum waren alle Geräusche unglaublich laut: Davis' Wimmern, sein eigener schwerer Atem. Van Zyl, der mit den Fäusten gegen die Wand hämmerte. Calder spürte, wie Panik in ihm aufstieg, er fühlte den Wunsch, um sich zu schlagen, gegen die Wände zu trommeln, alles zu tun, um aus diesem Schuppen herauszukommen.

»Hier gibt es eine Spitzhacke«, sagte Phyllis' ruhige Stimme einen Meter hinter ihm. »Drüben, an der anderen Wand, ist eine Spitzhacke. Ich hole sie.« Calder hörte, wie Phyllis sich bewegte und gegen etwas stieß. »Bewahrt die Ruhe. Bleibt bei der Tür. Die gibt als Erstes nach. Die Wände sind aus dickem Holz.«

Calder rührte sich nicht und atmete tief durch, um ruhig zu bleiben. Hitze drang durch die Tür. Die Temperatur im Raum stieg. Das Knistern wurde lauter. Van Zyl und Davis rissen sich zusammen, doch Calder konnte ihre Angst spüren. Noch waren die Flammen nicht zu sehen, der Rauch nicht riechen; wenn man das konnte, war es wahrscheinlich zu spät. Phyllis brauchte ewig. Am liebsten hätte ihr Calder gesagt, sie solle sich beeilen, aber er wusste, dass das nichts ändern würde.

»Gefunden!«, sagte Phyllis. »Wo sind Sie, Alex?«

»Hier!«, rief Calder.

»Wo?«

»Hier!«, wiederholte Calder ungeduldig. Er streckte die Hand aus und ertastete die von Phyllis. Kurz darauf hielt er den Griff der Spitzhacke umklammert.

»Achtung!«, rief er. Er trat einen Schritt zurück und holte aus. Die Spitzhacke prallte vom harten Holz ab. Das war die Wand gewesen. Jetzt roch Calder Qualm. In der Dunkelheit stach er ihm in die Augen. In der unteren Ecke der Tür sah er einen schwachen Lichtschein. Jeden Moment würden die Flammen in den Schuppen dringen. Wieder holte Calder aus und zielte rechts oben über den Lichtschein. Holz splitterte. Noch ein Schlag. Das Loch wurde größer, Flammen flackerten, Qualm und Licht sickerten herein. Erneut schlug Calder zu. Der Qualm kratzte ihm im Hals. Wenn er jetzt hustete, wäre alles vorbei. Calder hielt die Luft an, zielte auf das Türschloss und hieb ein letztes Mal zu.

Das Schloss zersprang, die Tür schwang auf, und eine grimmige Feuerwand drängte in den Schuppen. Flammen leckten am Holz, sprangen auf Balken und Dach über. Van Zyl warf sich durch das Feuer nach draußen. Calder nahm Phyllis an die Hand. »Los!«, rief er und stieß sie durch die Flammen hinaus.

Er atmete Rauch ein. Hustete. Bückte sich und griff nach Davis' Bein. Zog daran. Davis rutschte schreiend über den Boden. Mein Gott, war der Kerl schwer. Erneut hustete Calder. Davis' Schreie gingen in Calders Keuchen unter. Er steuerte auf die Flammen im Türrahmen zu, hielt den Kopf gesenkt, schleppte den Banker hinter sich her. Es war sengend heiß. Calder merkte, dass sein Haar zischte und seine Haut verbrannte. Dann war er draußen in der herrlichen, frischen Luft.

Van Zyl packte Davis' zweites Bein und zerrte ihn nach draußen. Seine Kleidung brannte. Van Zyl riss ihm das Hemd vom Körper und erstickte die Flammen. Davis rang nach Luft.

»In welcher Richtung ist die Rollbahn?«, keuchte Calder.

Phyllis wies in Richtung Busch.

»Sie bleiben bei Benton«, befahl Calder ihr. »Cornelius, Sie gehen zurück ins Camp und holen Hilfe.«

Van Zyl nickte und machte sich auf den Weg. Calder begab sich auf Zans Spur in den Busch.

[30]

Der Boden war uneben und holprig, voller Steine und Löcher, dazwischen verdorrtes Gras. Calder bahnte sich einen Weg durch die vereinzelten Bäume, Büsche und Termitenhügel, musste aber schnell feststellen, dass ihm die Orientierung schwerfiel. Er schaute hoch zur Sonne und meinte, sich ein wenig rechts von ihr halten zu müssen. Seiner Schätzung nach war die Rollbahn weniger als eine Meile entfernt. Zan war Marathonläuferin; sie würde nicht lange brauchen.

Es war schwer, auf diesem Untergrund zu laufen; schon bald rang Calder nach Atem. Er wusste nicht, was er tun würde, wenn er Zan einholte, aber nach dem, was sie seiner Schwester angetan hatte, wollte er sie auf keinen Fall entkommen lassen. Er wich einem Dornbusch aus, blieb aber mit dem Ärmel an einem Zweig hängen und musste stehen bleiben. Er riss daran, doch die Dornen hatten Widerhaken und wollten ihn nicht freigeben. Mit der linken Hand streifte er einen Dorn und tat sich furchtbar weh.

Vorsichtig zerrte er an seinem Hemd, achtete darauf, seinen Körper vom Busch fernzuhalten. Er brauchte eine geschlagene Minute, dann hatte er sich endlich befreit. In den Dornen blieb ein Stück Stoff hängen.

Zur Orientierung schaute Calder wieder zur Sonne hinauf. Da stand plötzlich direkt vor ihm ein Elefant, der ihn neugierig betrachtete. Er war noch nicht ausgewachsen, rund ein Meter fünfzig groß. Der Elefant kehrte um und steuerte eilig auf eine Baumgruppe in rund zwanzig Meter Entfernung zu.

Calder bewegte sich nicht.

Hinter einem Baum war etwas, das zuerst wie eine große graue Mauer aussah. Es gab ein ohrenbetäubendes trompetendes Geräusch, dann raschelte Laub, und Zweige krachten, der Baum wurde zur Seite gedrückt, und eine gewaltige Elefantenkuh stürmte mit weit ausgestellten Ohren auf Calder zu. Nicht weglaufen, hatte Phyllis gesagt. Calder spreizte die Beine und hob die Arme. Die Elefantenkuh reagierte nicht. Calder konzentrierte sich auf die spitzen Stoßzähne, die mindestens zwei Meter lang waren. Die Kuh kam näher, zu nah. Wenn ein so schweres Tier sich in diesem Tempo bewegte, konnte es unmöglich rechtzeitig stehen bleiben.

Calder kniff die Augen zu. Dann öffnete er sie wieder. Der Elefant war stehen geblieben, nur zehn Meter entfernt, ein Berg grauer Muskeln. Calder hielt immer noch die Arme ausgestreckt. Er bewegte sich nicht. Kurz schaute er der Elefantenkuh in die Augen. Ihr Blick war zornig, er signalisierte: Lass bloß mein Kind in Ruhe!

Calder senkte den Blick, weil er fürchtete, die Kuh nur noch mehr zu reizen. Das Kalb hatte sich hinter seiner Mutter in Sicherheit gebracht. Dort standen noch drei weitere Elefanten und schauten zu.

Es war nicht leicht, aber Calder behauptete sich. Eine Minute lang, vielleicht sogar zwei, starrte ihn die Elefantenkuh mit vor- und zurückklappenden Ohren an. Dann drehte sie ab und trabte zu ihrem Kalb zurück.

Calder schob sich seitwärts, ohne das Tier aus den Augen zu lassen. Mit dem Rüssel griff die Kuh nach hohen Zweigen und riss sie zornig ab. Es waren dicke Äste; sie war unglaublich stark.

Calder brauchte noch eine ganze Minute, um sich in den Schutz des nächsten Baumes zu stehlen, und auch danach ging er gute fünfzig Meter nur ganz langsam rückwärts, lauschte auf das Knacken von Zweigen und das gelegentliche wütende Trompeten.

Hinter ihm erwachte stotternd ein Flugzeugmotor zum Leben. Er konnte nicht weit weg sein. Calder schätzte, dass die Elefanten jetzt in sicherer Entfernung sein mussten. Er drehte sich um und lief auf das Geräusch zu. Bald gelangte er auf eine Lichtung und sah, wie eine der beiden Piper Warriors zur Startbahn rollte. Vor ihr lief eine kleine Herde Antilopen; die Tiere sprangen in alle Richtungen, um das sonderbare Raubtier hinter sich zu verwirren. Als die Maschine zu starten begann, lief Calder zu dem kleinen Schuppen neben den verbliebenen beiden Flugzeugen. Die Tür stand offen, im Schuppen erblickte er einen Stahlschrank, der ebenfalls geöffnet war. Calder griff sich die beiden Schlüsselbunde und raste hinüber zur Cessna 172. Als er hochschaute, sah er Zans Flugzeug über den Bäumen in Richtung der Berge verschwinden.

Er prüfte kurz den Treibstoff in den Tanks. Er konnte fast nichts erkennen, aber es war bekanntermaßen schwierig, visuell festzustellen, wie voll die Tanks einer Cessna waren. Da hörte er Motorengeräusche und blickte auf. Ein Land Rover schoss auf ihn zu, er wurde gefahren von Darren, dem Wildhüter. Auf dem Beifahrersitz saß mit nackter Brust Cornelius van Zyl. Calder ließ den Motor des Flugzeugs an. Mit einem Gewehr aus dem Wildreservat sprang van Zyl aus dem Land Rover und lief auf die Maschine zu. Calder öffnete ihm die Tür, van Zyl kletterte hinein.

»Los!«, sagte er.

Auf dem Weg zur Startbahnschwelle versuchte Calder, so viele Bestandteile der Vorflugkontrollen wie möglich durchzuführen. Dann rollte er auf die Bahn und gab Vollgas. Als die Maschine sich in Bewegung setzte, warf er einen Blick auf die Treibstoffanzeige: halbvoll.

»Wie geht es Benton?«

»Wir haben ihn zum Haupthaus gebracht. Phyllis hat ihm die Schulter verbunden, sie kennt sich offenbar mit Erster Hilfe aus.

Ein Krankenwagen ist unterwegs, die Polizei ebenfalls, aber die brauchen noch eine Weile, bis sie hier sind.«

Das Fahrwerk löste sich vom Boden, Calder ging mit Vollgas in einen geringen Steigflug über. Zan hatte ungefähr fünf Minuten Vorsprung, bei einer Warrior entsprach das rund acht Meilen. Aber es konnte sein, dass sie nicht Höchstgeschwindigkeit flog. Er hoffte, sie eingeholt zu haben, bevor sie merkte, dass er ihr auf den Fersen war.

Während sie höherstiegen, suchten Calder und van Zyl den Horizont ab. Es war heiß in dem kleinen Cockpit, außerdem roch es stark nach Calders verbranntem Haar und nach Schweiß. Er öffnete alle Lüftungen. Der Himmel war fast völlig klar, in rund sechstausend Fuß Höhe waren ein paar weiße Wolken. Obwohl Calder gelernt hatte, den Himmel nach kleinen Punkten abzusuchen, war es van Zyl, der Zan schließlich rund sieben Meilen vor ihnen und tausend Fuß weiter oben entdeckte. Die Cessna holte auf. Zan war im Steigflug; in wenigen Minuten würde sie die Ausläufer der Drakensberge erreichen.

»Wo will sie hin?«, fragte Cornelius.

»Keine Ahnung. Vielleicht sucht sie einen abgelegenen Flugplatz, wo sie landen und sich dann verdrücken kann. Hat sie viel Flugerfahrung?«

»O ja«, sagte van Zyl. »Sie ist kreuz und quer durchs Land geflogen.«

»Wir folgen ihr und schauen mal, wo sie hinwill. Dann können wir wenigstens der Polizei Bescheid geben. Reichen Sie mir bitte mal die Karte!« Calder wies auf eine Landkarte auf der Ablage vor van Zyl. Der Alte gab sie ihm.

Calder warf einen Blick darauf. Südafrika war ein gewaltiges Land mit unzähligen kleinen Landebahnen. Unmöglich, Zans Ziel zu erahnen.

»Ich schau mal, ob wir Hilfe bekommen können«, sagte Calder und drückte auf die Mikrofontaste des Funkgeräts. Er wusste nicht, welcher Kanal in Südafrika genutzt wurde. Das Gerät war auf 119,0 gestellt. »Mayday, Mayday, Mayday. Hier ist …«, Calder schaute auf das Rufzeichen des Flugzeugs am Armaturenbrett, »… Zulu Sierra Romeo Tango Oscar.«

»Mayday, Zulu Sierra Romeo Tango Oscar, hier ist Lowveld Information, bitte sprechen Sie.«

»Lowveld Info, ich bin mit einer Cessna 172 ungefähr fünfzehn Meilen westlich des Wildreservats Kupugani. Ich verfolge eine Piper Warrior, die rund fünf Meilen Vorsprung hat. Die Pilotin hat in Kupugani einen Mordversuch begangen. Die Polizei vor Ort wurde informiert. Ich habe vor, die Piper zu verfolgen, damit ich weiß, wo sie landet.«

Es gab eine kurze Pause. Offenbar verdaute der Fluglotse in Lowveld diesen für ihn sicherlich sehr außergewöhnlichen Funkspruch.

»Tango Oscar, identifizieren Sie sich mit Squawk-Code 2107. Wir benachrichtigen die Polizei.«

Calder setzte seinen Transponder auf 2107. So gab das Gerät ein Signal an das Fluginformationszentrum Lowveld ab, das dadurch Calders Position ausmachen konnte.

»Tango Oscar, wie haben Sie identifiziert.«

»Sehen Sie ein Flugzeug vor mir?«, fragte Calder.

»Negativ, wir haben nur Sekundärradar.« Das bedeutete, Lowveld Information würde nur ein Signal von Zan erhalten, wenn sie ebenfalls ihren Transponder eingeschaltet hatte. Das war höchst unwahrscheinlich.

»Haben Sie schon die Polizei benachrichtigt?«

»Tango Oscar, stand by!«

»Sie ändert die Richtung!« Van Zyl zeigte auf Zans Warrior. Tatsächlich hatte das Flugzeug seinen Kurs um gute dreißig Grad nach Norden geändert.

»Sie muss unseren Funkverkehr mitgehört haben«, sagte Calder. »Sie hält Ausschau nach uns.«

Solange sich die Cessna schräg unter Zan befand, konnte sie das Flugzeug nicht sehen. Weil Calder mit Höchstgeschwindigkeit geflogen war, hatte er Zan einholen können. Jetzt ging sie ebenfalls auf Höchstleistung.

»Scheiße! Sie will in die Wolken!« Sie befanden sich in sechstausend Fuß auf einer Höhe mit den weißen Wattebäuschchen. Zans Maschine steuerte auf die größte Wolke zu. Nach einer Minute war sie darin verschwunden. Calder zog den Gashebel in den Leerlauf und blieb unter der Wolke, reckte den Hals nach rechts und links. Keine Spur von Zan.

»Sie dreht da oben Kreise«, vermutete Calder.

»Da ist sie!«, rief van Zyl.

Zan flog jetzt nach Südwesten, stieg auf zu einer größeren Wolkenmauer über den Drakensbergen. Calder drehte abrupt, um Zan nicht zu verlieren. Wieder verschwand sie in den Wolken. Die Berge kamen ihm zu nah, er stieg höher, um die Wolkendecke zu durchstoßen. Tausend Fuß höher begann er, große Kreise zu ziehen.

Er konnte Zan nicht entdecken.

Sie war entkommen.

»Tango Oscar, hier ist Lowveld Information. Wir haben mit der Polizei gesprochen. Sie hat Ihre Angaben bestätigt. Haben Sie noch Blickkontakt zur Warrior?«

»Negativ«, sagte Calder. »Wir suchen noch, aber wir haben sie in den Wolken verloren. Sie flog Richtung Südwesten mit Kurs zwo-drei-null Grad, aber wir haben keine Ahnung, wo sie jetzt ist.«

»Mal sehen, ob Hoedspruit helfen kann«, sagte der Fluglotse.

»Hoedspruit?«

»Das ist ein Luftwaffenstützpunkt mit Primärradar. Stand by.«

Nach einer halben Minute krächzte der Funk wieder. »Tango Oscar, Hoedspruit hat das andere Flugzeug auf dem Radar identifiziert. Es fliegt Kurs null-vier-null in ungefähr fünfzehn Meilen Entfernung, sinkend.«

»Null-vier-null!«, rief Calder und schaute auf die Karte. »Das ist Richtung Simbabwe.«

»Bestätigt«, sagte der Fluglotse.

»Wir bleiben ihr auf den Fersen«, beschloss Calder und drehte die Cessna in Richtung Nordost. »Können Sie einen Jet oder so auftreiben, der sie abfängt?«

»Ich schaue mal, was sich machen lässt«, sagte der Fluglotse. »Aber wir treiben nicht jeden Tag einen Abfangjäger auf.«

Wieder flogen sie über Buschland, meilenweit erstreckte es sich bis zum Horizont. Calder konnte Zans Maschine zwar nicht sehen, erhielt aber Positionsangaben vom Fluglotsen. Sie war auf dreihundert Fuß heruntergegangen. Dadurch war sie schwerer zu erkennen, kam aber auch langsamer voran. Calder blieb in zweitausend Fuß, wo die Luft dünner und dadurch der Widerstand und der Treibstoffverbrauch geringer waren. Die Cessna und die Piper hatten ungefähr dieselbe Reisegeschwindigkeit, aber van Zyls Gewicht belastete die Cessna zusätzlich, es waren rund einhundert Kilo Nachteil für Calder.

Calder nahm ein wenig Gas weg. Höchstgeschwindigkeit bedeutete maximaler Spritverbrauch. Sie würden Zan nur verfolgen können, wenn sie noch genug Treibstoff hatten, um sich in der Luft halten zu können. Freilich wusste Calder nicht, wie viel Zan noch in Reserve hatte.

»Eines kann ich Ihnen sagen: Es ist wirklich furchtbar, wenn man herausfindet, dass die eigene Tochter ein Ungeheuer ist«, sagte van Zyl.

»Machen Sie sich keine Vorwürfe«, entgegnete Calder. Van Zyl mochte nicht der perfekte Vater gewesen sein, aber was seine Tochter ihm angetan hatte, das hatte er nicht verdient.

»Sie hat mich vollkommen zum Narren gehalten«, sagte van Zyl bitter. »Ich habe wirklich geglaubt, sie würde die Apartheid verabscheuen. Ich habe nicht gemerkt, dass sie mich manipulierte, dass ich von vielen manipuliert wurde. Die ganzen Jahre habe ich geglaubt, sie sei wütend auf mich, weil ich den Befreiungskampf nicht unterstütze.«

»Wütend war sie bestimmt«, sagte Calder.

»Ich bin mir sicher, dass der Laagerbond Hennie umgebracht hat, auch wenn Zan das bestreitet«, sagte van Zyl. »Man hat es ihr verheimlicht, weil man wusste, dass sie ihren Onkel sehr gernhatte.«

»Es sind zu viele Menschen gestorben, auf allen Seiten.«

»Ich glaube, sie hat jeden Bezug zur Realität verloren«, überlegte van Zyl. »Was sie da eben gesagt hat! Allein die Vorstellung, ich würde mit ihr kommen!«

»Da hätten Sie ihr ruhig mal einen Gefallen tun können!«

»Ich konnte doch nicht wissen, dass sie uns alle umbringen will!«

»Sie ist verzweifelt und deshalb gefährlich«, sagte Calder. »In diesem Stadium ist ihr, glaube ich, völlig egal, wen sie umbringt.«

Sie flogen weiter nach Norden, überquerten einen Fluss, laut Calders Landkarte der Olifants. Die Landschaft unter ihnen veränderte sich, die Bäume wurden seltener, ihre Stämme dicker – kräftige Baobabs. Die schwarzen Flecken dazwischen waren Wildtierherden: Elefanten, Antilopen, Gnus und hin und wieder eine Giraffe, selbst aus der Höhe gut zu erkennen.

Dann sah Calder einen Schatten, der in der Ferne über den Boden huschte. Daneben ein weißer Fleck.

»Lowveld Information, wir haben Sichtkontakt«, meldete er.

»Gut«, erwiderte der Fluglotse. »Sie fliegt zu tief; Hoedspruit verliert sie vom Radar. In zehn Minuten ist sie an der Grenze zu Simbabwe. Ein Polizeihubschrauber ist unterwegs, um sie abzufangen, aber er kann es nicht mehr rechtzeitig schaffen.«

»Können Sie uns die Erlaubnis besorgen, in den Luftraum von Simbabwe einzudringen?«, fragte Calder.

»Ich versuche es, aber ich habe nicht viel Hoffnung. Stand by.«

Die Minuten vergingen. Die Treibstoffanzeigen fielen auf Reserve. Das Problem mit den Tanks bei Leichtflugzeugen ist, dass man nicht mit Sicherheit feststellen kann, wie viel Kraftstoff tatsächlich noch vorhanden ist. Die Anzeigen sind nur eine grobe Orientierung. Man kalkuliert normalerweise mithilfe von Flugzeit und Spritverbrauch pro Stunde. Aber da Calder nicht wusste, wie lange die Cessna auf dem Flug nach Kupugani in der Luft gewesen war, konnte er das nicht zuverlässig errechnen. Im Kopf lotete er einige Möglichkeiten aus. Wenn er davon ausging, dass das Flugzeug beim Start halbvoll gewesen war, und wenn er wegen der Höchstgeschwindigkeit einen hohen Kraftstoffverbrauch für den bisherigen Flug in Rechnung stellte, mochte die Maschine beim Start noch genug Benzin für zwei Stunden gehabt haben, plus/minus eine halbe Stunde. Jetzt waren sie seit einer Stunde und vierzig Minuten in der Luft.

Calder verdünnte die Treibstoffmischung noch stärker. Er wollte verhindern, dass ihm der Motor hier ausfiel. Eine Notlandung in einem Baobab-Baum fand er nicht gerade anziehend. Schon gar nicht, da die Sonne jetzt im Westen hinter dem Horizont versank.

Das Funkgerät knisterte. »Tango Oscar, Ihnen wurde die Erlaubnis verweigert, in den Luftraum von Simbabwe einzudringen. Schätzungsweise noch drei Minuten bis zur Grenze. Was haben Sie vor?«

Calder warf van Zyl einen Blick zu. Staatsgrenzen ohne Flugplan zu überqueren galt unter Fluglotsen als Todsünde, wie hilfsbereit sie sonst auch sein mochten. Calder fand, es sei das Beste, sich nicht festzulegen. »Lowveld Information, hier ist Tango Oscar, wir verlassen Ihre Frequenz. Vielen Dank für Ihre Hilfe.« Damit stellte er das Funkgerät ab.

Sie waren noch immer in zweitausend Fuß Höhe. Zan flog flach über den Boden und war kaum noch zu erkennen. Calder schaute auf die Landkarte. Die Piper Warrior flog direkt auf einen kleinen Flugplatz in der Nähe eines Ortes namens Chiredzi zu. Wahrscheinlich wollte Zan dort nachtanken und übernachten. Calder konnte sich nicht mit der Idee anfreunden, diese Frau im Dunkeln über dem afrikanischen Busch zu verfolgen.

Zans Maschine glitt über einen See hinweg. Hunderte, wenn nicht Tausende großer weißer Vögel flogen auf, offenbar Kraniche. Calder und van Zyl verloren die Warrior aus den Augen. Als der Schwarm sich im Westen wieder gesammelt hatte, war Zans Maschine wohl schon zu weit entfernt, um sie noch sehen zu können.

Die Zeit verstrich. Zwei Stunden. Zwei Stunden und fünf Minuten. Zwei Stunden und zehn Minuten. Jeden Moment rechnete Calder damit, dass der Motor stotterte und erstarb. Er studierte den Boden und suchte nach Lichtungen, wo er notlanden konnte, ohne zu viel Schaden anzurichten. Rot glühte die Sonne im Westen, das Licht schwand weiter.

Zwei Stunden und fünfzehn Minuten. Am Horizont entdeckten sie Rauch und Schornsteinschlote, irgendeine große Industrieanlage. Dann machten sie in der Dämmerung eine Rollbahn aus. Calder hatte keine Ahnung, ob Zan dort gelandet war. Im Moment wollte er nur noch herunter, bevor ihm der Treibstoff ausging. Er beschloss, den Flugplatz nicht über Funk zu rufen. Möglicherweise würde man ihm die Landeerlaubnis verweigern.

Zwei Stunden und zwanzig Minuten. Die Anzeigen beider Tanks standen auf »leer«. Der Motor stotterte. Calder drehte den Tankwahlschalter nach rechts, der Motor startete neu. Der linke Tank war leer. Es würde nicht mehr lange dauern, dann wäre es auch mit dem rechten vorbei.

Die Cessna näherte sich der Rollbahn. Eigentlich hätte Calder zuerst den Platz überfliegen müssen, um die Bahn zu inspizieren, doch dafür fehlte ihm die Zeit. Er flog direkt auf die Bahn zu, seine Höhe haltend. Wieder stotterte der Motor, ruckte und erstarb.

Es wurde ganz leise. Unter ihnen waren Zuckerrohrfelder, nicht sehr angenehm, falls er die Bahn nicht erreichte.

Er trimmte das Flugzeug in die beste Lage für den Sinkflug und schwebte auf die Rollbahn zu. Die Zahlen auf der Landebahn kamen auf ihn zu, er hatte mit dem Sinkflug begonnen. Calder widerstand der Versuchung, die Nase nach oben zu ziehen; dann würde das Flugzeug nur an Geschwindigkeit verlieren und noch schneller sinken.

Bis zur Rollbahn würden sie es nicht mehr schaffen, aber hundert Meter davor war ein Streifen braunen Grases, der würde reichen. Davor befanden sich die Flughafenbegrenzung und ein Zuckerrohrfeld.

»Da ist sie«, sagte van Zyl. Gerade noch konnte Calder die Warrior auf einem Rollweg erkennen, dann konzentrierte er sich darauf, sein eigenes Flugzeug heil herunterzubringen. Sie glitten knapp über die Umzäunung hinweg. Calder fing das Flugzeug für eine rumpelige Landung auf unebenem Grasboden ab. Wenigstens waren sie unten. An der Rollbahnschwelle kamen sie zum Stehen.

In der Maschine war es still, doch sie hörten aufgeregte Stimmen dreißig Meter links von ihnen. Dort stand Zan neben ihrem Flugzeug, ihr gegenüber eine Gruppe von drei aufgebrachten Afrikanern, vage Umrisse in der zunehmenden Dunkelheit. Zan schrie die Männer an und fuchtelte mit ihrem Gewehr herum. Vom Tower kam ein uniformierter Polizist auf sie zu. Er rief etwas. Anscheinend war er unbewaffnet.

Zan wandte sich zur Cessna um und hob das Gewehr. Calder und van Zyl duckten sich im Cockpit. Sie gab einen Schuss ab, dann zersplitterte die Windschutzscheibe.

»Mein Gott!«, murmelte van Zyl. Er griff hinter sich und nahm das Gewehr vom Rücksitz.

Vorsichtig hoben sie die Köpfe über die Verkleidung. Der Polizist war stehen geblieben, rief Zan etwas zu. Die anderen Afrikaner, einer in Hemdsärmeln und zwei in Overalls, entfernten sich langsam rückwärts.

Zan schrie den Polizisten an, presste das Gewehr gegen die Schulter und zielte auf den Mann.

Sie drückte ab. Der Schuss warf den Polizisten nach hinten.

»Hier!«, sagte van Zyl und reichte Calder das Gewehr. »Sie müssen sie aufhalten. Ich kann es nicht.«

Calder zögerte. Er hatte noch nie jemanden getötet. Bei einer Frau hatte er noch mehr Skrupel.

»Schnell, Mann, bevor sie noch mehr Menschen erschießt!« In van Zyls Blick lagen tiefer Schmerz und Verzweiflung.

Calder nahm das Gewehr entgegen, entriegelte die Tür des Flugzeugs und drückte sie auf. Die drei Afrikaner liefen panisch über das Rollfeld davon. Wieder hob Zan das Gewehr an die Schulter und zielte auf die Flüchtenden.

Calder lud durch und entsicherte, warf sich auf den Asphalt und rollte zur Seite. Er spähte durch die Zielvorrichtung und verschob den Lauf ein wenig nach rechts unten, um Zans Oberkörper im Visier zu haben. Sie hatte die Bewegung bemerkt und schwang ihre Waffe zu Calder herum.

Er drückte ab. Zan wurde in der Brust getroffen, sie taumelte rückwärts, ein ungläubiges Staunen im Gesicht.

Als Calder und van Zyl ihren niedergestreckten Körper erreichten, war sie bereits tot.

{31}

Calder schaute hinab auf die vertraute Landschaft westlich von Heathrow, über die er schon viele Male am Wochenende hinweggeflogen war, als er noch in der Londoner City arbeitete. Er erkannte die Flugplätze von White Waltham und Blackbushe und die verstreuten wohlhabenden Dörfer und Ortschaften am Ufer der Themse. Sieben Stunden Flug nach New York lagen vor ihm. Er hatte keine Vorstellung, was in den nächsten Tagen geschehen würde, aber er war optimistisch.

Er hatte eine knapp gehaltene E-Mail von Sandy erhalten.

Habe nächste Woche 3 Tage frei. Kannst du kommen? Dann können wir in Ruhe reden.

Sandy

PS – Sag Kim van Zyl, es tut mir leid, dass ich so hart zu ihr war. Sie ist eine gute Freundin von dir. Es war mutig von ihr, auf mich zuzugehen.

PPS – Ich bin da, wenn du kommst – versprochen!

PPPS – Bitte komm!

Calder hatte Kim zur Rede gestellt, und sie hatte zugegeben, Sandy seinetwegen aufgesucht zu haben. Sie bedrängte ihn zu fahren, und er wunderte sich darüber, wie groß sein Bedürfnis trotz allem war, Sandy zu sehen. Diese Beziehung stellte ihn vor unzählige Schwierigkeiten und Probleme, vergangene und zukünftige, doch Calder wurde klar, dass er sich im Moment nur für die Gegenwart interessierte. Und deshalb hatte er einen Flug gebucht.

Kim und Todd waren vor zwei Tagen zurück in die Staaten geflogen. Todd war auf dem Wege der Besserung und plante, zum neuen Schuljahr an seinen Arbeitsplatz zurückzukehren, auch wenn die Ärzte das für ein wenig optimistisch hielten. Kim hatte Calder mitgeteilt, dass sie schwanger war. Sie war überglücklich, und zu Calders großer Erleichterung konnte sie ihm versichern, dass das Kind von ihrem Mann war, nicht von ihm.

Anne würde in Kürze das Krankenhaus verlassen. Anfangs müsste sie noch im Rollstuhl sitzen, aber dann würde man ihr eine Beinprothese anpassen. Gegen Williams ausdrücklichen Wunsch hatte Calder seine Schwester besucht. Zuerst war sie noch ganz höflich gewesen, hatte sich mit teilnahmsloser Stimme erkundigt, was in Südafrika geschehen sei, aber Calder hatte gespürt, dass sie ihren Zorn auf ihn nur mühsam unterdrückte. Eine Träne lief ihr die Wange hinab, sie drehte den Kopf zur Seite und schwieg. Er sprach weiter, aber sie erwiderte nichts mehr. Er konnte ihr keinen Vorwurf machen, nur sich selbst. Calder stellte sich vor, wie sie mühevoll die Kinder vom Rollstuhl aus großzog, mit ihrem Plastikbein auf dem Schulhof hinter ihnen herhinkte. Seit dem Tod seiner Mutter war die Beziehung zu seiner Schwester das einzige Stabile in seinem Leben gewesen. Wie so oft hatte er sich in Gefahr gebracht, aber diesmal musste seine Schwester die Folgen tragen.

Sein Vater hatte Calder dazu gratuliert, dass er herausgefunden hatte, wer seine Tochter zum Krüppel gemacht hatte. Er sprach es zwar nicht aus, aber er war spürbar erleichtert, dass Calder Zan erschossen hatte und auch Moolman tot war.

Calder empfand kein befriedigendes Gefühl der Rache. Er wusste, dass er keine Wahl gehabt hatte und Zan erschießen musste, weil sonst noch weitere Unschuldige gestorben wären. Auch war ihm klar, dass sie ein böser Mensch war, aber ebenso war sie in seinen Augen das Produkt einer verkorksten Familie in einem kaputten Land. Es würde viele Jahre dauern, bis die Wunden der Apartheid geheilt waren; eine solche Brutalität konnte man nicht einfach begraben und vergessen. Das hatte auch Cornelius van Zyl einsehen müssen.

Calder konnte von Glück sagen, dass Cornelius ihn im Flugzeug begleitet hatte. Die Simbabwer waren fremden Weißen gegenüber, die in ihr Land eindrangen und um sich schossen, nicht gerade freundlich gesinnt. Doch Zyl News und insbesondere Cornelius' Frau Jessica hatten dafür gesorgt, dass ein Netz aus Kontakten und Beziehungen Druck auf die Regierung von Simbabwe ausübte. So hatten Calder und Cornelius nur zwei Tage in Gewahrsam verbringen müssen, auch wenn diese zwei Tage in einem simbabwischen Gefängnis Calder völlig gereicht hatten.

Die Enthüllung, dass Sir Evelyn Gill vom Laagerbond finanziert wurde, hatte sein Gebot für die *Times* zunichte gemacht. Cornelius' Gebot war ausgelaufen, aber er hatte entschieden, es nicht zu erneuern, zur großen Erleichterung des Emissionskomitees von Bloomfield Weiss. Es sah aus, als würde einer der ursprünglichen Bieter, der irische Unternehmer, die Zeitung zum niedrigeren Preis von 820 Millionen Pfund kaufen. Laxton Media war sofort einverstanden; der Konzern brauchte ganz dringend Geld.

Benton Davis' Arm war noch in der Schlinge. Der Schuss aus Zans Gewehr hatte ihm eine hässliche Schulterverletzung zugefügt, deren Heilung eine Weile brauchen würde. Tarek hatte Calder erzählt, bei Bloomfield Weiss sei allgemein bekannt, dass Simon Bibby Benton auf der Abschussliste hatte. Die meisten wetteten, er würde Leiter von »Global Diversity« oder des Moskauer Büros werden, wenn er überhaupt noch eine Überlebenschance im Unternehmen hatte. Zu seiner eigenen Verwunderung stellte Calder fest, dass er Benton die Daumen drückte.

Cornelius hatte Edwin entlassen und verkündet, dass ein amerikanischer Angestellter aus dem Büro in Philadelphia in sechs Monaten den Posten des Generaldirektors übernehmen würde.

Zwischenzeitlich war Cornelius schon in Kapstadt gewesen, um mit George Field über eine Beteiligung am *Rainbow* zu sprechen. Nur ein Minderheitsanteil ohne redaktionellen Einfluss. Behauptete er zumindest.

Marthas Erkenntnisse über den Laagerbond, die man in ihrem Tagebuch fand, wurden an die Behörden in Südafrika und Großbritannien weitergegeben. Der große Durchbruch kam, als Dirk du Toit und Daniel Havenga ihre Kooperation zusagten. Laut du Toits Unterlagen verfügte der Laagerbond weltweit über Geldanlagen in einer geschätzter Höhe von vier Milliarden Dollar, auch wenn ein beträchtlicher Teil davon in Evelyn Gills schlingerndem Unternehmen Beckwith Communications steckte. Andries Visser unterzog sich im Krankenhaus einer anstrengenden Chemotherapie. Die Ärzte glaubten nicht, dass er es bis zu seinem Prozess schaffte.

Das Flugzeug tauchte in eine Wolke, und Calder wandte sich wieder der Zeitung auf seinem Schoß zu. Er las den Artikel über die in Russland in Betrieb gehenden Ölförderanlagen zu Ende. Das war gut für die Spread-Bet, die er kurz vor dem Abflug in England noch schnell auf fallende Ölpreise platziert hatte. Er war erleichtert; wahrscheinlich hatte er doch zu viel gesetzt. Seit seiner Rückkehr aus Südafrika hatte er mit unterschiedlichem Erfolg mehrere große Spread-Bets gemacht. Sich auf diese finanziellen Abenteuer zu konzentrieren lenkte ihn von Kim, Anne und Zan ab.

Er schob die Zeitung in das Netz des Vordersitzes, griff nach seinem Handgepäck und holte einen Ordner mit A4-Blättern hervor. Marthas Tagebuch war in Besitz der südafrikanischen Behörden, weil es ein Beweismittel war, aber Cornelius hatte Calder eine Fotokopie überlassen. Marthas Schrift war flüssig, zuversichtlich, klar. Calder begann zu lesen.

Es war ein sonderbares Gefühl. Er hatte so viel Zeit damit verbracht, sich in diese Frau hineinzuversetzen, über eine Distanz von achtzehn Jahren hinweg ihre Reaktionen und Motive zu verstehen. Seltsam, ihre Gedanken so unmittelbar zu lesen, in der Gegenwartsform. Er mochte Martha, das wurde Calder klar. Sie hatte es nicht verdient, von ihrer Familie vergessen zu werden. Calder war froh, dass er dazu beigetragen hatte, die Umstände ihres Todes zu erhellen.

Als er zum letzten Tagebucheintrag kam, war das Flugzeug schon westlich der irischen Küste.

28. August

Wir sind in Kupugani – es ist wunderbar. Libbys Freundin Phyllis ist unheimlich nett, blieb ganz ruhig bei Bentons Anblick. Sie hat uns in einer Hütte untergebracht, die ein Stück abseits vom Hauptgebäude liegt. Als wir gestern Abend auf der Veranda saßen, lief ein Leopard durch das ausgetrocknete Flussbett, als wäre überhaupt nichts dabei. In der Nacht wurden wir vom Brüllen und Fauchen der Löwen geweckt. Wir standen nicht früh genug auf, um auf die Vormittags-Safari zu gehen. Ganz im Gegenteil: Wenn wir so weitermachen, können wir froh sein, wenn wir überhaupt mal aus dieser Hütte herauskommen!

Benton ist im Bad, er duscht gerade. Ich kann ihn vom Bett aus sehen. Er ist einfach göttlich! Es ist wunderschön, mit ihm zusammen zu sein. Wie schnell die Zeit vergeht! Uns bleiben nur noch vierundzwanzig Stunden, dann trennen sich unsere Wege wieder.

Ich freue mich, dass ich in seiner Anwesenheit ins Tagebuch schreiben kann, ohne mir Sorgen darüber zu machen, dass er es lesen könnte. Es ist gut, doch noch einem Menschen vertrauen zu können. Noch habe ich nicht mit ihm über Zan und den Laagerbond gesprochen. Ich wollte uns nicht die Laune verderben, aber ich muss es noch tun.

Ich versuche, nicht daran zu denken. Denn sonst bekomme ich große Angst. Auch wenn Zan nach London geflogen ist – ihre bösen Freunde sind noch hier. Sie weiß, dass sie nicht auf mein Schweigen vertrauen kann, was also wird sie tun? Was haben ihre Freunde vor? Mich zu verhaften würde großen Ärger geben: Ich bin amerikanische Staatsbürgerin und Cornelius' Frau. Nun, sie könnten mich einfach umbringen.

Wenn sie mich umbringen wollen, dann wird es nicht mehr lange dauern. Vielleicht wissen sie nicht, wo ich im Moment bin, aber sobald ich nach Hondehoek zurückkehre, bin ich ein leicht zu treffendes Ziel.

Wenn ich sterbe, was ist dann mit den Kindern? Wer kümmert sich um Caroline? Todd ist aus dem Gröbsten heraus, aber fehlen würde ich ihm schon. Ich kann die Vorstellung nicht ertragen, ihn nicht zum Mann heranwachsen zu sehen. Meine Mutter ist eine starke Frau, aber meinem Vater würde es das Herz brechen.

Wenn mein Leben jetzt zu Ende wäre, was hätte ich dann erreicht? Ich habe mich stets als Amerikanerin gefühlt, aber in meinem Leben ging es immer nur um Südafrika. Auf jeden Fall, seitdem ich erwachsen bin. Ein Land, das ich hasse und gleichzeitig liebe. Es drehte sich immer alles um Südafrika und Cornelius.

Cornelius. Dieser Mann hat mein Leben dominiert. Bis zum letzten Jahr habe ich ihn geliebt, ihn geachtet, ihn bewundert, an ihn geglaubt. Das alles ist jetzt vorbei ...

Er hat genauso viel Angst wie ich. Und wir haben beide dasselbe getan. Er ist mit dieser schönen Blondine durchgebrannt, ich mit meinem schönen Schwarzen. Was ist Benton für mich? Sicherlich mehr als einfach nur ein wohlgeformter Körper. Ich mag Benton. Er ist intelligent, mir gefällt, wie belesen er ist, aber ich werde mir nicht vormachen, dass wir in zehn Jahren noch zusammen sind. Dann bin ich fünfundfünfzig.

Er rasiert sich. Gerade hat er zu mir herübergelächelt. O Gott, hoffentlich liest er das hier nie. So viel zu dem Thema »in seiner Gegenwart schreiben«.

Ich habe nur noch eine Möglichkeit: zu Cornelius fliegen und mit ihm sprechen. Mir Caroline schnappen und mit dem Flugzeug nach Amerika reisen, bevor diese Hunde mich schnappen. In Philadelphia mit Cornelius reinen Tisch machen. Wenn Südafrika in Flammen aufgeht, wenn sein Geschäft Pleite macht, dann haben wir trotzdem noch uns und Todd und Caroline. Nach allem, was wir gemeinsam durchgestanden haben, wäre es falsch, getrennt voneinander zu sterben. Einfach falsch.

Ja. Genau das werde ich tun. Ich habe mich entschieden. Aber ich werde es Benton sagen müssen. Er hat schon gemerkt, dass etwas nicht stimmt, gerade fragte er, was mit mir los sei. Ich habe gelogen, habe gesagt, alles sei in Ordnung. Meine Entscheidung wird alles zwischen uns kaputt machen, aber ich muss sie ihm heute noch mitteilen, heute Nachmit

•••

Mitten im Wort brach der Eintrag ab. Unten rechts in der Ecke entdeckte Calder auf der Fotokopie einen Bogen kleiner schwarzer Punkte. Blut. Martha van Zyls letzte Unterschrift.

{ Nachwort }

Wenn man über die Wirtschaftswelt schreibt, ist es immer schwierig, auf dem schmalen Grat zwischen Realität und Fiktion zu wandeln, ohne dass die Authentizität der Geschichte darunter leidet. Das trifft besonders auf die Welt der internationalen Zeitungsverlage zu. Cornelius van Zyl hat zwar Ähnlichkeit mit verschiedenen Medienmoguln, steht aber für keinen bestimmten von ihnen. Auch die anderen Figuren in diesem Buch stellen keine realen Personen dar. Die Unternehmen sind ebenfalls fiktiv. Den Broederbond hat es wirklich gegeben, auch den Muldergate-Skandal. Was die weiße Regierung Südafrikas in den achtziger Jahren mit den Millionen gemacht hat, die sie durch Sonderkonten ihres Verteidigungsprogramms schleuste, bleibt ihr Geheimnis.

Viele Menschen haben mir mit Rat und Tat zur Seite gestanden: der südafrikanische Schriftsteller Deon Meyer, Alice Harrison mit ihrer Familie, Isobel Dixon mit ihrer Familie, Jonathan Braack und Darren Green vom Wildreservat Ngala, Troy Reiser von der Luftfahrtbehörde in Johannesburg, Allan und Stephanie Walker, Mark Aitken, Susan Griggs, Lynn Gluckman, Neil Klein, Adam Buchan, meine Agentin Carole Blake und meine Lektorin Beverley Cousins. Ihnen allen möchte ich meinen Dank aussprechen. Für alle Fehler bin allein ich verantwortlich.